Une larme pour l'éternité

5-7, rue de l'Ecole polytechnique ; 75005 Paris

http://www.librairieharmattan.com
diffusion.harmattan@wanadoo.fr
harmattan1@wanadoo.fr

ISBN : 978-2-296-09430-7
EAN : 9782296094307

Danièle DÉON BESSIÈRE
Stéphanie BESSIÈRE

Une larme pour l'éternité

L'Harmattan

Des mêmes auteures :

Danièle DEON BESSIERE

SISSI-DIANA
du rêve à la tragédie,
Editions Buchet-Chastel 1998
Rééditions Editions de l'Officine 2004

ZITA DE HABSBOURG-FARAH DIBA PAHLAVI
Impératrices du trône à l'exil
Editions de l'Officine 2002

LES FEMMES ET LA LEGION D'HONNEUR
Editions de l'Officine 2002

MARIE-ANTOINETTE-ALEXANDRA ROMANOV
Souveraines de la couronne à la mort
Editions de l'Officine 2003

LA DEPORTATION EN HERITAGE
Editions ANOVI 2005

PREMIERES… DES PIONNIERES
Editions de l'Officine 2006

Stéphanie BESSIERE

La Chine à l'aube du XXIe siècle : le retour d'une puissance ?
Editions l'Harmattan 2005

L'amour, c'est l'appel de deux âmes qui s'élisent pour l'éternité…

« Touché par l'Amour,
Chacun devient poète »

Platon

EGYPTE

1365 Av. J.C.

Sous le règne d'AKHENATON et NEFERTITI…

1.

Dans la chambre à peine éclairée par l'aube naissante, l'enfant recroquevillée sur le sol sursaute brusquement. Eveillée par les doux rayons du soleil sur son petit corps engourdi par le sommeil qui l'a saisi malgré elle, la fillette qui vient d'avoir sept ans s'assied en lotus, tend ses mains vers l'infini et contemple avec fascination le disque rouge qui semble la fixer.

La veille au soir, encore imprégnée du rituel auquel son père l'avait autorisée à assister au petit matin d'une journée qu'elle n'oubliera jamais, Ankhsenamon avait décidé de saluer elle aussi ce dieu magnifique donnant la vie en le regardant sortir de l'horizon et s'élever dans le ciel.

Immobile, la petite fille revit les instants magiques dans un état de communion parfaite avec l'immensité qui lui fait face. Avec un naturel étonnant pour une enfant de son âge, Ankhsenamon laisse l'énergie solaire pénétrer son corps et l'envahir progressivement. Cette chaleur apaisante et régénérante, elle la perçoit, elle la ressent avec acuité et l'accueille avec confiance.

Lavée, coiffée et parfumée par sa nourrice Téti qui lui avait fait passer un joli pagne de lin court, elle avait eu conscience qu'elle allait vivre un moment exceptionnel. Ankhsenamon s'était laissée parer d'un air sérieux et posé, mais son regard trahissait son excitation et son impatience.

Veuve et sans enfant, Téti était très attachée à la fille de sa nièce Néphérouré qu'elle avait suivie quand celle-ci s'était mariée avec Knoumhotep. La ressemblance de la fillette avec sa mère, dont elle a hérité les yeux verts et la brune chevelure, lui rappelait avec nostalgie sa jeunesse.

C'est avec fierté qu'elle avait conduit sa petite aux appartements de son père. Celui-ci avait quant à lui revêtu sobrement un shenti ou long pagne blanc, vêtement hiératique masculin dans toutes les classes de la société, et chaussé de sandales confectionnées à partir d'écorce tressée de papyrus. Il était magnifique au regard d'Ankhsenamon qui avait écouté sagement les recommandations qu'il lui prodiguait d'une voix douce. L'ayant prise par la main, il l'avait entraînée à sa suite dans le dédale des couloirs de leur vaste demeure comportant une vingtaine de pièces sans compter les cuisines et les dépendances destinées aux domestiques, puis des rues de la ville jusqu'à la place où s'élève le grand temple d'Aton, joyau et centre spirituel d'Akhetaton, la nouvelle capitale de l'Egypte. Après avoir traversé l'enfilade de cours du « temple de la pierre levée », ils étaient arrivés dans la salle principale où se trouvaient déjà réunis courtisans et gens du peuple. Au centre, se dressait l'autel chargé de provisions vers lequel s'était dirigée la procession conduite par pharaon revêtu de la tunique blanche traditionnelle de ses prédécesseurs et la reine, ainsi que son père le lui avait expliqué. Hypnotisée par Néfertiti, superbe de simplicité dans une ample robe blanche plissée et coiffée de la mitre rouge, Ankhsenamon avait suivi tous les gestes de la grande prêtresse transfigurée par sa foi que les rayons de Rê illuminaient, l'auréolant de mystère et d'irréel. D'une beauté et d'une grâce intemporelle, Néfertiti suscitait naturellement admiration et dévotion sans n'en tirer aucune fierté personnelle, sa foi profonde semblant lui ôter toute conscience quant à l'ascendant qu'elle pouvait détenir sur son peuple.

Ses belles mains exemptes de bagues et les poignets libres de tout bracelet, bras tendus vers le ciel, elle accomplissait le rite préparant à l'accomplissement de la grande offrande et traçait dans l'espace les gestes sacrés plaisant à Aton. Chaque jour de l'année, au son des chants et musiques émis par la caste religieuse initiée pour mettre l'âme humaine en résonance avec celle des dieux, l'expression de la puissance divine qui dispensait nourritures spirituelles et matérielles se renouvelait. Le silence et la contemplation succédaient à cette phase animée quand le soleil se levait à l'Orient. Lorsque le premier rayon perçait les ténèbres et annonçait la naissance d'une lumière si puissante qu'elle allait bientôt illuminer le monde, de même que le roi et la reine, l'ensemble des fidèles qui les entouraient communiaient avec tout ce qui vit grâce à l'œuvre divine.

En cet instant, Ankhsenamon avait retenu son souffle d'émerveillement.

Représenté par un disque solaire d'où sortent des rayons qui se terminent par des mains dont certaines offrent la « clé de vie », Aton donne vie et bonheur, révélant chaque jour les forces divines qui assurent la bonne marche du cosmos, avait décrété Aménophis IV en prenant le nom d'Akhenaton.

Source de l'Univers, Aton prend la forme du soleil, force vitale par excellence puisqu'énergie qui fait croître toutes choses et lumière qui pénètre dans les cœurs où elle fait naître l'amour. Elevé à la cour de son père Aménophis III, dans un milieu ouvert aux idées de la théologie solaire prônée par le clergé de la ville d'Héliopolis ou « ville du soleil », Akhenaton avait abandonné le polythéisme traditionnel pour ne célébrer qu'un seul dieu : Aton. Le soleil n'est plus adoré en tant que Rê, figure symbolique qui revêt un aspect humain ou animal, mais comme une force divine à part entière qui habite le disque solaire lui-même. Ce nouveau choix politico-religieux de Pharaon avait totalement remis en cause les privilèges du tout-puissant clergé d'Amon habitué à intervenir de façon permanente dans la vie politique de la dynastie thébaine avec laquelle il avait partagé richesse et pouvoir.

Il n'y avait plus de prêtres, plus de clergé, seuls Akhenaton et Néfertiti officiaient. Il n'y avait désormais plus aucun intermédiaire entre le dieu et ses fidèles, ce que supportait très mal le clergé d'Amon demeuré à Thèbes pour qui la nouvelle religion constituait une hérésie. Persuadés que les extravagances du jeune prince n'étaient que des caprices d'adolescent, les grands prêtres d'Amon ne s'étaient pas, à l'époque, inquiétés plus que cela de ses grandes théories égalitaires et universalistes. Mais les changements qui suivirent le décès d'Aménophis III leur firent prendre conscience de leur grossière erreur. Aussi, dans le plus grand secret, ils s'étaient organisés pour exploiter le mécontentement du peuple et l'attiser pour faire naître une agitation sournoise. Ils commencèrent à répandre le bruit que l'esprit de Pharaon portait les stigmates de la folie et que ce mal risquait de mener l'Egypte à sa perte.

Chaque jour à l'aube, accompagnée de son épouse, Pharaon, ignorant les conspirations du clergé thébain contre lui, se rendait au temple à ciel ouvert pour célébrer la naissance de la lumière.

- Tu apparais en gloire à l'horizon du ciel, déclamait-il, toi, Aton, qui est origine de la vie.

Attentive et le cœur battant, Ankhsenamon avait tendu l'oreille afin de ne pas perdre un seul mot de la véritable déclaration d'amour adressé par Akhenaton.

Je respire le doux souffle
Qui sort de ta bouche,
Je vois ta beauté chaque jour,
C'est mon désir d'entendre ta douce voix,
Semblable au vent du Nord,
De sentir mes membres revigorés par la vie,
Grâce à toi.
Donne-moi tes mains,
Qui tiennent ton esprit,
Que je puisse le recevoir,
Vivre par lui.
Fais l'appel de mon nom dans l'éternité,
Il ne périra jamais.

Des acclamations avaient jailli des poitrines, glorifiant autant Aton créateur de vie que pharaon et la reine célébrant son nom dans la prière.

Ce n'étaient plus les ancêtres ou les divinités rituelles, comme Hathor déesse de l'amour, Min dieu de la fertilité, Bès dieu du foyer, du mariage et de la grossesse ou encore Hâpy personnification du Nil et symbole de prospérité qui étaient vénérés, mais le couple régnant faisant offrande au dieu lumière et recevant de lui la vie.

Un couple non seulement unit par l'amour mais également par le même rêve de sagesse ou d'extrême folie.

Un couple qui parcourt la cité tendrement enlacé, debout sur un char, sans craindre le regard d'autrui, attitude inhabituelle car jusqu'alors seul Pharaon caracolait sur son char pour recevoir des acclamations.

Un couple qui, pour rester proche de son peuple, a fait construire un palais sans dimensions colossales ni structures destinées à défier le temps et la nature comme l'ont pratiqué les autres pharaons. Cependant, Akhenaton a voulu placer sa demeure temporelle en hauteur pour être plus près d'Aton et pour dominer sa cité ; une cité accueillante avec ses longues avenues, ses zones vertes, ses jardins publics où certains se promènent, ses places où d'autres discutent, et ses grandes demeures nobiliaires ; une cité cosmopolite où se côtoient hommes et femmes de tous âges, enfants et étrangers ; une cité vivante où les rues s'animent à toute heure du jour et de la nuit ; une cité où tout est fait pour que le soleil circule librement. Le palais royal se dresse le long de l'axe principal de la ville et est relié aux appartements privés par un passage surplombant la rue. Au-dessous de trois suites de jardins suspendus, entourée d'un parc rempli d'arbres, de fleurs et d'animaux importés de Nubie et du pays de Kouch, la partie privative est composée d'un appartement pour le roi et d'un autre pour la reine comportant chacun chambre, salle de bains et garde-robe ainsi qu'une chambre pour chacune de leurs six filles. Parois, plafonds et même pavements sont décorés et peints avec des scènes de vie, faisant évoluer la famille royale au milieu des fleurs, des arbres, des animaux domestiques et des oiseaux.

* * *

Lassée des poupées en bois, même si elle en possède une avec une perruque en perles de terre et non pas de ficelle, des jeux de quilles, des balles comme du chant, de la danse et de l'art de filer, Ankhsenamon s'ennuie un peu, seule dans la villa paternelle dominant la rive droite du Nil, légèrement à l'écart des faubourgs. La riche demeure située sur les hauteurs, protégée par de hauts murs, recèle une petite brèche dans la paroi d'enceinte dissimulée derrière la luxuriance d'un buisson de tamaris près des hautes branches d'un acacia où s'égaient des huppes et des vanneaux. C'est en voyant un chat s'y faufiler qu'elle l'a découverte et un peu agrandie pour y passer le corps sans s'égratigner. Elle prend l'habitude de sortir en cachette de Téti lorsque celle-ci fait sa sieste. La fillette sait que sa brave nourrice ne voudrait pas reconnaître devant son maître cette faiblesse qui laisse une telle liberté à sa fille. Aussi est-ce sans l'appréhension d'être grondée et avec exaltation qu'Ankhsenamon s'autorise cette escapade journalière qui lui manquerait si elle devait en être privée.

Jour après jour, le cœur battant d'excitation, elle s'était éloignée un peu plus : de la terrasse elle était descendue dans les jardins puis des jardins s'était glissée jusqu'au Nil majestueux qui la fascinait.

Cet après-midi là, alors qu'elle s'apprête à franchir son entrée secrète, Ankhsenamon ne voit pas le serpent s'étirant au milieu du chemin et lui écrase malencontreusement la queue. Se sentant agressé, l'animal réagit instantanément. Dans une rapide contorsion, il la mord et s'enfuit. Une douleur fulgurante transperce le mollet d'Ankhsenamon dont le visage se crispe. Claudicante, elle se glisse difficilement dans les jardins. Sa jambe s'ankylose de plus en plus et paralyse son pas. Elle appelle à l'aide. Téti accourt, paniquée.

Dans les transes et craignant pour la vie de sa chère Ankhsenamon, Téti prend le risque d'envoyer chercher sa vieille amie Nebkeb. Elle lui fait toute confiance, comme Néphérouré qui s'était tournée vers elle à la naissance d'Ankhsenamon pour qu'elle lui donne le nom dans lequel serait contenu son destin. Téti espère la convaincre d'user de ses pouvoirs magiques pour soigner la morsure mortelle dont a été victime sa nièce. Reconnue par le peuple comme la femme sage de la communauté, Nebkeb était méprisée par le clergé d'Amon qui considérait sa considérable influence comme une menace. Elle prédisait l'avenir et soulageait les maux psychiques, ainsi que physiques, de tous ceux qui venaient la solliciter. Gardienne des traditions, elle transmettait également oralement mythes, légendes et contes. Rejetée par les prêtres, Nebkeb avait donc choisi de suivre Akhenaton dans sa nouvelle cité, sans pour autant renoncer à ses croyances. Bien que loin de ses ennemis, elle avait décidé de vivre dans l'ombre. Elle savait que la tolérance de la nouvelle religion ne durerait qu'un temps. Suppliante, Téti parvient à vaincre rapidement ses réticences.

Allongée sur son lit, Ankhsenamon, le regard voilé par la fièvre, n'a pas conscience de la scène qui se déroule autour d'elle. Après avoir disposé quelques amulettes aux quatre coins de la couche de l'enfant selon un rituel dont elle a seule le secret, Nebkeb revêt une longue robe blanche, seule couleur selon elle capable de la mettre en communication avec l'invisible. Sur ses instructions, Téti met de l'encens à brûler au pied du lit de l'enfant dont elle palpe les extrémités, pose l'oreille sur son cœur et met la main sous sa nuque avant de réciter une incantation destinée à guérir l'empoisonnement de son sang.

Sors de là, vil poison, viens et tombe sur le sol.
Horus te commande, il te coupe, il te crache, et tu ne te relèves pas,
au contraire, tu tombes et tu restes au sol

Alors que Nekkeb poursuit son rituel, Téti adresse intérieurement au dieu Bès protecteur des reptiles et des scorpions pour qu'il libère son enfant chérie du mal qui risque de la tuer. Protège ma petite, répète-t-elle en leitmotiv. Imperturbable, Nekkeb psalmodie toujours.

Tu es faible mais pas fort,
peureux, tu ne combats pas,
aveugle, et tu ne vois pas.
Tu ne lèves pas la tête.
Tu te retournes et ne trouves pas ton chemin.
Tu pleures, te lamentes, et ne trouve pas le bonheur.
Tu rampes au loin et n'apparais plus.
Ainsi parle Horus,
Efficace de Magie !
Le poison qui se réjouissait,
le cœur des multitudes le demande avec colère.
Horus l'a vaincu par sa magie.
Celui qui se lamentait est en joie.

Lève-toi, toi qui étais prostré,
Horus t'as rendu la vie.
Celui que l'on aidait à marcher pour venir est reparti tout seul.

La litanie semble sans fin à la pauvre Téti qui se tord les mains de détresse.

Horus a vaincu ses morsures.
Tous les hommes louent le fils d'Osiris.
Va-t-en, poison vaincu qui est dans les organes d'Ankhsenamon, fille de Knoumhotep.
Prends garde, car la magie d'Horus est puissante contre toi.
Coule au dehors des plaies, poison, et tombe sur le sol.

Combien de temps s'est-il écoulé ! La question n'intéresse pas Téti qui ne comprend qu'une chose. Ankhsenamon est sauvée et ne se souviendra de rien.

Des larmes de joie glissent doucement sur ses joues. De plus, elle est rassurée, elle n'aura pas à craindre d'encourir les foudres de Knoumhotep.

2.

Les mois, puis les années, s'écoulent paisiblement et c'est toujours avec la même fascination qu'Ankhsenamon vient contempler les eaux courant vers des lieux inconnus ou suivre le vol des ibis sacrés et des oies sauvages libres d'aller où bon leur semble. Elle envie un peu les enfants pataugeant joyeusement dans l'eau qui viennent parfois interrompre sa rêverie solitaire.

Les bateaux voguent incessamment sur le fleuve ; elle contemple aussi les embarcations diverses, des esquifs en papyrus aux navires en bois, naviguant sur le principal moyen de transport des Egyptiens.

Cet après-midi là, émergeant de l'enchevêtrement de roseaux et de papyrus formant une barrière naturelle, Ankhsenamon s'arrête soudainement, surprise de trouver quelqu'un assis à l'emplacement exact qu'elle a élu comme son territoire, son jardin secret. Le dos qui s'offre à sa vue est masculin. Après un rapide coup d'œil jeté par-dessus son épaule, le garçon l'invite à venir s'asseoir sur le banc de sable à ses côtés. La voix chaude et encore juvénile la met en confiance. Curieuse, elle franchit en quelques pas la courte distance qui les sépare et observe le visage de l'adolescent qui la fixe avec intensité. Ce garçon aux traits réguliers, au nez bien dessiné, à la bouche sensuelle lui paraît d'emblée sympathique et, rassurée par le sourire avenant qu'il lui adresse, elle prend place à ses côtés. Un long moment ils restent silencieux, le premier surveillant le fil qui trempe dans l'eau, la seconde retournant dans sa tête plusieurs formules pour engager la conversation sans se décider sur la meilleure.

Enfin, Hamosis se présente sans manifester la moindre timidité. Il est le fils de Ramosé le menuisier. Il revient de Thèbes où il a accompagné son père qui lui apprend le métier comme son propre père le lui avait appris. De la confection de coffres en bois massif marqueté d'ivoire à celle de fauteuils en ébène finement ciselés, ou plus simplement de tabourets à trois pieds, il exécute avec joie son ouvrage, fier d'appartenir bientôt à cette corporation qui travaille une matière noble.

Le garçon ne semble pas impressionné d'apprendre qu'Ankhsenamon est la fille de Knoumhotep, le grand vizir[1] de Pharaon, et poursuit la conversation en toute simplicité.

Il lui demande si elle aime pêcher.

---

[1] Administrateur et juge suprême de l'Etat.

- Je n'ai jamais essayé, lui répond-elle, l'air intéressé.

Il lui tend alors sa canne improvisée, un simple bambou avec un bout de fil. La voyant hésiter, Hamosis se lève, se place derrière son dos en lui mettant celle-ci entre les mains.

- Maintenant, il faut de la patience, le poisson ne se laisse pas toujours prendre.

Le souffle du garçon sur sa joue provoque une étrange émotion chez Ankhsenamon qui n'ose plus bouger.

De son côté, Hamosis se sent troublé par le doux parfum de lotus que dégagent ses longs cheveux d'ébène qu'il frôle involontairement dans sa démonstration. La dominant d'une tête, il remarque les longs cils ombrant les joues satinées.

Pour tous deux, le temps s'écoule trop vite. A contrecœur, Ankhsenamon doit rentrer. Lorsqu'ils se séparent sur un simple au revoir, sans avoir à se le dire, ils savent qu'ils se retrouveront le lendemain au même endroit. Une joie inconnue habite Ankhsenamon. Hamosis, quant à lui, ressent déjà le vide de son absence. L'image de l'adolescente danse encore longtemps devant ses yeux après qu'elle l'eut quittée.

Chaque jour, elle languit à présent que Téti se retire dans sa chambre pour courir vers celui qui occupe toutes ses pensées. Son enfance préservée l'a trop longtemps privée d'amis de son âge. Rire, se baigner et jouer dans les eaux rafraîchissantes du Nil avec un compagnon qui sait aussi l'écouter et lui raconter des histoires sur la vie du village lui font passer des moments qui animent son existence et lui font découvrir un monde ignoré. Souvent, même sans se parler, dans une communion d'esprit qui les rapproche, ils regardent passer les felouques aux voiles blanches gonflées par le vent.

Mais, aujourd'hui, Hamosis n'est pas seul. Une jeune fille, avec un petit singe sur l'épaule, rit avec lui lorsqu'elle arrive, un peu essoufflée par sa course pour être plus vite auprès de lui.

Stoppée dans son élan, Ankhsenamon se tient immobile, hésitant sur la conduite à tenir. Doit-elle rebrousser chemin ? Hamosis ne lui laisse pas le temps de décider et vient à elle en tenant par la main sa sœur qu'il présente avec affection.

L'étau qui semblait étreindre le cœur d'Ankhsenamon disparaît soudain et elle embrasse spontanément la brune Nofret aux yeux rieurs. Le trio s'installe sur des pierres chauffées par le soleil et se met à bavarder avec simplicité comme s'il se connaissait depuis toujours. Nofret, bien que paraissant plus que ses douze ans, a le même âge qu'Ankhsenamon plus petite qu'elle. Les deux filles ont deux ans de moins qu'Hamosis. Brunes à la peau mate, elles pourraient cependant presque faire croire qu'elles sont sœurs.

Le rendez-vous les réunit quotidiennement, sans le petit animal appartenant à un voisin se plaignant souvent de la fuite de celui-ci par monts et par vaux. Les deux filles partagent les mêmes goûts et aiment à plaisanter Hamosis, plus sérieux, assumant son rôle d'aîné et de protecteur avec un air d'adulte qui les amuse.

Les choses se compliquent le jour où Téti se réveille plus tôt de sa sieste ou que, peut-être, Ankhsenamon s'est un peu attardée pour rentrer.

Effrayée de ne pas trouver dans sa chambre, ni dans aucune des pièces de la villa pas plus que dans le jardin, sa petite qu'elle appelle familièrement Ankhse, elle se lamentait et sanglotait en la croyant enlevée ou pire encore. Se tordant les mains et gesticulant, Téti courrait dans tous les sens avec une rapidité surprenante pour une dame de sa corpulence.

L'apparition de la fillette ne la calme pas, ses cris de détresse se transformant en cris de joie. Une joie à la mesure de la peur qu'elle a éprouvée et ses baisers étouffent littéralement Ankhsenamon inquiète de voir son père surgir et s'enquérir d'un tel bouleversement.

Mais, après ces épanchements et une fois rassurée, Téti prenant un air fâché qui manque de conviction l'interroge.

- Où étais-tu ?

Ankhsenamon, plutôt que mentir, préfère lui avouer qu'elle se trouvait au bord du Nil avec son amie Nofret. Instinctivement, elle tait la présence d'Hamosis. Pourtant, elle sait combien Téti s'est toujours montrée indulgente envers elle, faible parfois même, mais avoir un secret, son premier secret, la pousse au silence.

Si Ankhsenamon sait qu'elle a eu tort de quitter la demeure paternelle sans permission et sans même avertir, Téti de son côté ne souhaite pas voir s'ébruiter l'incident. Aussi, consciente de sa responsabilité et de l'isolement de sa petite, propose-t-elle d'accueillir l'adolescente pour permettre aux deux fillettes de se retrouver sans danger.

Tranquillisée, Téti s'adonne à nouveau sans culpabilité aux plaisirs divins de la sieste car la jeune Nofret lui a fait la meilleure impression et elle se réjouit pour Ankhsenamon d'avoir une amie pour partager les petits secrets inhérents à son âge.

Heureuse de n'avoir plus à se cacher, Ankhsenamon s'interroge en revanche sur la manière dont elle va pouvoir à présent rencontrer Hamosis. L'ingéniosité de ceux qui veulent se fréquenter les conduit à utiliser Nofret pour se transmettre des tablettes de calcaire, un procédé qui, s'il leur permet de garder contact, s'avère malheureusement peu pratiques pour correspondre. A la fougue et à l'impatience de la jeunesse, il faut davantage. En effet, Ankhsenamon ne conçoit pas l'idée de ne plus le revoir et aborde directement la question avec son amie.

- Comment faire pour que nous puissions nous revoir tous trois ensembles ?

A deux, les idées fusent mieux.

- Nous pourrions demander à retourner de temps en temps au bord du Nil, suggère son amie.

- Non, Téti voudra nous accompagner, rétorque Ankhsenamon

Elles réfléchissent ensemble, l'une les sourcils froncés, l'autre se mordillant les lèvres.

- J'ai trouvé, s'écrie soudain Nofret dont le regard s'illumine. Pourquoi ne pas tout simplement demander à Téti de recevoir mon frère délégué par mes parents souhaitant savoir où je passe mes après-midis ?

- Tu es formidable ! s'exclame Ankhsenamon en lui sautant au cou pour l'embrasser.

Dès le réveil de Téti, les deux complices font le siège de la nourrice qui, malgré leurs craintes, ne trouve pas la requête insensée et leur promet d'en parler à son maître.

Le jour suivant, alors qu'Anksenamon termine sa toilette, Kipa vient la prévenir que son père souhaite la voir. Posant en hâte le peigne en ivoire qu'elle tenait en main, elle s'empresse de suivre la jeune servante. Un peu anxieuse, elle pénètre dans les appartements qui lui sont habituellement fermés. Trop préoccupée par l'entretien qu'elle sent venir, elle ne prête qu'une vague attention au sobre décor de la pièce : un coffre orné de quatre faucons sculptés surmonté d'un miroir en bronze poli, quelques étagères chargées de rouleaux de papyrus, un fauteuil à accoudoirs situé près de la fenêtre, des coussins disposés à même le sol et un tabouret face à la table de travail encombrée, que quitte son père pour venir à elle bras tendus. La pressant contre son cœur, il pose un baiser sur son front et entre sans attendre dans le vif du sujet.

- Ta nourrice m'a ouvert les yeux sur ton sentiment de solitude et je suis heureux de savoir qu'elle t'a procuré une amie de ton âge. Mais n'est-ce pas agir avec un peu de légèreté que d'introduire un garçon entre vous ? l'interroge-t-il dubitatif.

- Père, je serais heureuse d'avoir l'impression d'avoir un frère en plus de la sœur que j'ai trouvée en Nofret !

- Aton a guidé cette jeune personne jusqu'à toi, peut-être est-il de sa volonté d'y conduire également ce frère !

- Merci père, répond simplement Ankhsenamon sans attendre plus de précision.

- Je te fais une entière confiance, continue de la mériter, lui répond-il en lui prenant la main pour la conduire vers la porte. Mes obligations m'attendent, je ne peux malheureusement t'accorder davantage de temps.

Alors qu'elle s'éloigne à pas comptés, en se tenant bien droite comme sa bonne éducation le lui impose, la voix paternelle retentit dans son dos.

- Je serais heureux de faire la connaissance de tes amis si tu acceptes de m'inviter un jour de la semaine à venir.

Surprise, mais le cœur joyeux, Ankhsenamon acquiesce avec empressement et, dès qu'elle se sait hors de vue, redevenant l'enfant qu'elle est encore, se met à sauter de joie.

La dernière phrase de son père résonne soudain dans sa tête et arrête brusquement cet élan spontané.

Pourvu qu'il apprécie sa compagne et qu'Hamosis trouve grâce à ses yeux ! s'angoisse-t-elle.

Jusqu'à ce jour, Knoumhotep s'était déchargé de toute l'éducation de sa fille sur des scribes et sur Téti qui lui avait servi de mère, sa maman étant morte en couches. Mais, malgré toute la tendresse et la sollicitude de sa nourrice, Ankhsenamon a toujours ressenti jusqu'au plus profond de son cœur l'absence maternelle, comme si une partie d'elle-même était amputée. Incomplète, oui, elle se sent incomplète et comme incapable de donner de l'amour mais aspirant en revanche à en recevoir. Ce sentiment n'a-t-il été pas accentué par l'attitude distante de son père ? Ayant confié dès sa naissance le bébé à Téti qui avait suivi Néphérouré pour la servir plutôt que d'être séparée d'elle, sa nièce unique, il ne s'est plus inquiété que de lui procurer un bien-être matériel en oubliant de lui apporter la chaleur d'une vie familiale.

Le chagrin qui a écrasé Knoumhotep au décès de Néphérouré, dont il était tombé follement amoureux alors qu'elle n'était qu'une adolescente de seize ans et lui-même déjà un homme de trente ans, il ne l'a jamais partagé avec personne. Pourtant, Ankhsenamon aurait aimé qu'il lui parle de sa mère. Mais, enfermé dans sa douleur, et peut-être pensant inconsciemment que l'enfant a vu le jour au prix de la vie de son aimée, il n'a jamais songé à l'évoquer avec sa fille qui interrogea à maintes reprises sa nourrice sur celle qui lui manquait tant. La famille de sa mère, demeurée à Thèbes, n'est jamais venue jusqu'à la cité de Lumière. Trop modeste pour s'opposer à la volonté d'un dignitaire, mais honorée de voir leur fille unique faire un beau mariage, les parents de Nephérouré avaient appris son décès sans l'avoir revue. Touyou en était morte de chagrin et son mari, délaissant l'atelier de sculpture où il était employé, avait sombré dans la misère.

Comment ce père qu'elle admire et respecte mais lui reste étranger va-t-il accueillir ses amis ? Comment devra-t-elle se comporter à cette occasion ? Téti apaise les craintes de sa petite Ankhse.

- Tout se passera bien. Ton père ne veut que ton bonheur, lui affirme-t-elle.

En hôtesse avisée, elle va préparer de la bière pour Knoumhotep et du jus de caroube pour les jeunes gens, qu'elle servira sur la terrasse.

Au jour convenu, le trio s'incline devant le maître de céans qui les prie de prendre place autour de la table où des rafraîchissements et des figues les attendent. Knoumhotep interroge Nofret sur ses goûts et Hamosis sur son travail à l'atelier paternel. Il écoute d'une oreille distraite la réponse des jeunes gens car toute son attention se concentre sur Ankhsenamon qui se tient raide et crispée entre ses deux amis. Il réalise, en la voyant assise aux côtés d'Hamosis, que sa fille sera bientôt en âge d'être mariée. Que le temps a passé vite, songe-t-il assailli par des souvenirs nostalgiques ! Sous le regard insistant de son père Ankhsenamon se sent mal à l'aise. Comment pourrait-elle deviner que sous le masque froid qu'il s'impose, il se sent bouleversé par l'émotion. Sa fille ressemble tant à sa chère maman ! Sa tendre épouse trop tôt disparue ! Ses pensées le ramènent vers des temps heureux qui lui semblent bien lointains. Il réalise combien il s'est tenu éloigné d'Ankhsenamon et combien la solitude qui pèse sur son cœur a dû peser sur celui de son enfant. Egoïstement, il n'a songé qu'à sa propre douleur en s'enfermant sur lui-même. Aujourd'hui, il n'a pas le droit de confiner Ankhsenamon entre quatre murs avec la seule compagnie d'une femme âgée !

Lorsqu'il se lève, il se déclare satisfait de savoir sa fille agréablement entourée. La tension qui écrasait Ankhsenamon s'évanouit et laisse place à l'allégresse.

Loin d'être aussi froid et insensible que les apparences pourraient le laisser supposer, Knoumhotep souhaite pouvoir lui offrir un mariage d'amour à l'image du sien et, pour cela, il doit lui permettre de rencontrer des jeunes gens. Cette prise de conscience nécessaire, admet-il, l'obsèdera bien après avoir quitté le petit groupe.

Si Nofret, sous le charme, assure Ankhsenamon qu'elle a de la chance d'avoir un père si beau et si puissant, Hamosis en revanche se montre plus mesuré dans ses propos. Il n'a pas eu le sentiment d'être agréé mais d'avoir été tout simplement transparent aux yeux de leur hôte. Il aurait tellement souhaité faire bonne impression au père de celle qu'il sait aimer d'amour sans le lui avoir avoué.

3.

Au cours des quatre années qui suivent, les trois amis partagent tout, apprennent à se connaître et à s'accepter avec leurs différences. La religion et les dieux deviennent les principaux sujets de leurs conversations car le seul véritable point de divergence entre eux.

Ankhsenamon, élevée dans la religion d'Aton, dieu unique illuminant l'Egypte, s'étonne qu'Hamosis, vivant lui aussi dans la cité de Lumière, conçoive l'existence de dieux multiples. Elle écoute cependant avec intérêt celui qui lui inspire de doux sentiments lui parler de ces immortels et particulièrement d'Hathor la déesse de l'amour et de l'ivresse, de la joie et de la musique qu'il lui décrit avec enthousiasme.

Bien que né à Akhetaton, Hamosis, comme beaucoup d'autres enfants, a reçu de ses parents l'éducation religieuse qu'ils avaient eux-mêmes reçus avant de venir s'installer dans le quartier des artisans pour bâtir et embellir la ville conçue par Akhenaton lorsqu'il décida d'abandonner Thèbes et les prêtres d'Amon.

Au milieu d'un cirque naturel de montagnes, entre Memphis et Thèbes, la splendide capitale, située en Moyenne Egypte et délimitée par des bornes sous forme de stèles, s'étend le long de la rive orientale du Nil. Dans les montagnes rocheuses en arrière de la ville se situe la nécropole, le village des artisans construit en briques de limon s'insérant entre les deux. « Horizon d'Aton », territoire du dieu unique, réduisait ainsi Thèbes, la riche et puissante capitale économique, politique, administrative et religieuse, au rang de ville secondaire. Le seul départ de Pharaon avait amoindri le renom de la cité car, par sa seule présence, il confère au site où il réside un caractère sacré.

Thèbes, à trois jours de navigation, Hamosis s'y est rendu quelquefois avec son père pour travailler au palais doré qui se dresse au milieu des jardins sur la rive du Nil où demeure Tiyi, veuve du grand roi Aménophis III et mère de Pharaon. Aussi peut-il décrire à Ankhsenamon la majesté des temples qui reproduisent l'univers sur lequel veillent les dieux. A Karnak et à Louxor, il a admiré les édifices consacrés à ces derniers et notamment sur la rive droite du Nil le temple dédié par Aménophis III à Amon Rê « le caché », à son épouse Mout « la mère » et à leur fils Khonsou « le voyageur ».

Il pourrait également lui parler du palais consacré à Aton, bâti par le même pharaon, père d'Akhenaton, sur la rive gauche de Thèbes, nommé « la demeure de Pharaon est la splendeur d'Aton » !

En manifestant cet attachement particulier à ce dieu, n'a-t-il pas préparé son fils et successeur à l'enseignement d'Aton, d'autant que pour un Egyptien le nom est essentiel car il définit la nature profonde de l'être ou de la chose qu'il désigne ! Aménophis III et son épouse Tiyi avaient ressenti avec acuité le joug du clergé d'Amon sans toutefois avoir le courage de s'y attaquer. Le jeune Aménophis IV, en revanche, s'en était très vite offusqué et était bien décidé, en temps et en heure, à remettre en cause le pouvoir de ce clergé plus soucieux de ses privilèges que du bien-être du peuple au sein duquel il a fait des escapades nocturnes pour apprendre à le connaître. Aton, qui se lève pour tous sans aucune discrimination de quelque nature que ce soit, lui apparaît comme la seule voie spirituelle et religieuse.

Nofret, qui comme Ankhsenamon n'a jamais quitté la cité du soleil, écoute sans participer à leurs débats parfois animés.

Heureusement, la pêche, les promenades en barque et plus particulièrement la musique considérée comme un éveil de l'esprit, les réunit. Accompagnées par le luth d'Hamosis, les deux adolescentes chantent des hymnes à la gloire d'Aton ou improvisent à leur gré dans un joyeux délire. Parfois, ce sont elles qui jouent de la flûte lorsque le jeune homme ne peut se joindre à elles, retenu de plus en plus souvent par les tâches que lui confie son père pour le seconder. Nofret et Ankhsenamon ne manquent jamais d'aller lui faire un signe d'adieu depuis la berge lorsque, campé fièrement sur la petite embarcation paternelle qui l'éloigne pour un temps de la cité, Hamosis aime à humer le vent en regardant les silhouettes s'amenuiser lentement sur le rivage. Elles admirent sa fière allure et son air viril, les reins couvert du pagne blanc et, sur la tête, le couvre-chef formé d'un carré d'étoffe simple mais épaisse et à riches rayures qui lui enserre les tempes, retombant en plis carrés derrière ses oreilles.

Sur le Nil baigné d'une tendre lumière, d'autres embarcations se profilent, tels les bacs traversant bêtes et hommes tandis qu'au milieu du fleuve des pêcheurs ont immobilisé leur barque pour lancer leurs nasses avec l'espoir d'attraper poissons-chats et silures.

Des bateaux plus importants sont amarrés le long du quai où des porteurs déchargent des sacs de grains pour les porter jusqu'au marché. Au-dessus de l'eau, à l'affût d'une proie, planent les rapaces dans le bleu du ciel.

Pendant qu'Hamosis travaille, les deux jeunes filles quant à elles étudient ensemble. Assises en tailleur sur une natte de papyrus, les genoux croisés devant elles pour servir de support à la palette contenant dans sa partie évidée un pain de couleur noir à base de pigments végétaux, l'une et l'autre copient studieusement leurs leçons à l'aide d'un roseau taillé tout en surveillant la clepsydre[2] qui, à midi, marque la fin de leurs exercices. Ankhsenamon se révèle une élève studieuse qui manie l'écriture des hiéroglyphes sans difficulté et maîtrise aussi bien la géométrie que les mathématiques. Accroupi sur une natte, leur maître fait face à la trentaine d'enfants fréquentant l'école du Palais, une

---

[2] Horloge à eau.

bâtisse carrée dont les portes sont parfois franchies par la reine surveillant l'enseignement. Depuis leurs premiers échanges, Néfertiti partage la vision de Pharaon : « Un jour, l'écriture appartiendra à tous les hommes. »

Depuis trois ans, l'après-midi, elles se rendent toutes les deux à *la demeure du lotus,* espace sacré situé dans le grand temple et réservé à Néfertiti qui y enseigne les mystères du culte d'Aton aux jeunes filles choisies par elle pour leurs dons particuliers en même temps qu'à ses propres filles. Seule Méritaton, qui estime déjà tout savoir, est absente au grand désespoir de sa mère.

La reine, gracieuse et majestueuse, qui affiche toujours un sourire animé par une lumière intérieure intense sur un visage empreint de douceur et de sérénité, leur répète inlassablement que *La vénération de la lumière implique avant toute chose d'accueillir en son cœur l'illumination solaire pour le purifier.*

Après avoir suivi, la première année, une initiation commune à la magie rituelle dédiée au maître du ciel, chacune reçoit depuis lors une instruction individualisée correspondant à ses aptitudes spécifiques. Certaines apprennent à jouer du sistre pour éloigner les esprits maléfiques tandis que d'autres, dont Nofret, étudient le chant et les textes sacrés pour célébrer de leur voix apaisante la grandeur d'Aton.

Après s'être purifiée les mains et les pieds dans le bassin de la première salle, tout en récitant comme ses compagnes la formule rituelle qu'on leur a apprise, Ankhsenamon se dirige pieds nus vers le secret des salles intérieures et réservées aux sols formés de grandes dalles de pierres et aux murs recouverts de hiéroglyphes éclairés par la lumière divine du matin.. Un peu à l'écart, elle s'instruit avec application en compulsant le précieux recueil de formules pour s'initier à la pratique des rituels de résurrection. Dans chaque hiéroglyphe qu'elle déchiffre, elle perçoit une puissance magique latente qui l'appelle, une puissance qui ne demande qu'à être animée. Surprise d'être seule à suivre cet enseignement, et déçue de ne pas partager son apprentissage avec une ou plusieurs de ses compagnes, elle s'en était ouverte à Néfertiti qui lui avait répondu de manière énigmatique. *La mort physique étant un moment d'une importance capitale, les défunts doivent être aidés pour ce passage d'une vie à l'autre ; leurs âmes doivent être guidées dans l'au-delà pour ressusciter dans l'éternité et devenir une étoile impérissable. Si la frontière entre les deux mondes n'est qu'apparente, rares sont les vivants qui ont la faculté de la franchir pour accompagner les esprits défunts. Je sais que ce n'est pas facile à admettre pour une enfant aussi jeune que toi, mais tu dois suivre le chemin de ton destin, quelle qu'en soit la difficulté.*

Ankhsenamon ressent comme une injustice ce destin particulier que d'autres considéreraient comme une fierté. Etre obligée d'étudier seule, de garder le secret de la connaissance suprême que Néfertiti lui transmet, d'apprendre une multitude d'incantations de passage, de protection et de survie dans l'au-delà, de régénération du corps et de l'esprit ne comblent pas les aspirations de la jeune fille frustrée par la solitude physique et morale qui lui est imposée. Pourtant, Ankhsenamon s'applique consciencieusement à satisfaire les attentes de la reine.

Très souvent, quand elles reviennent de *la demeure du lotus,* les deux adolescentes s'arrêtent chez Pépi le joaillier où Djersis, l'ami d'Hamosis, est en apprentissage. Il leur montre avec un certain orgueil les bracelets faits de réseaux de perles ou d'or cloisonné destinés aux avant-bras. Il leur détaille le nom des pierres et la variété des couleurs fournies par le lapis, la turquoise et la cornaline. Elles sont fascinées par la beauté des bijoux créés pour la reine et les épouses des grands dignitaires se parant également eux-mêmes en signe d'opulence et de richesse. Elles s'imaginent portant-elles aussi aux bras et aux chevilles, dans l'avenir, ces larges bracelets ciselés ou incrustés d'améthystes et de turquoises ou de saphirs bleus. Nofret se voit bien accrocher à son cou ce collier en or blanc enrichi de petites agates. Ankhsenamon s'intéresse aussi aux pierres par elles-mêmes dont le maître artisan est tout heureux de lui donner les noms et de lui expliquer provenance et vertus, telle la serpentine jaune ou verte utilisée pour la régénération.

Si elle passe la plupart de ses journées avec Nofret, qu'elle considère depuis longtemps comme une sœur, il arrive cependant à Ankhsenamon de souhaiter un peu de solitude pour se rendre au bord du Nil, à l'endroit même où elle avait rencontré Hamosis pour la première fois.

Elle sait que Nofret a perçu le tendre sentiment qu'elle porte à son frère et qu'elle comprend son désir d'isolement. De son côté, ne lui a-t-elle pas fait confidence de ses amours avec Djersis, l'apprenti de maître Pépi, orfèvre reconnu pour ses créations en or ou en argent incrustées de pierres précieuses ! Djersis n'a pas souhaité comme son père confectionner de la vaisselle en argile ou des vases à parfums, canopes ou autres plats et cruches en matériaux durs comme la diorite ou la calcite. Il a préféré choisir de graver, incruster, emboutir des bijoux et fabriquer des émaux ou des pierres précieuses parfois imitées par des verres colorés. Si, au début du règne d'Akhenaton, maître Pépi réalisait également des amulettes en or, turquoise, agate ou autres, il n'en est plus de même à présent, les objets de protection pour les vivants et pour les morts étant proscrits par Pharaon imposant Aton comme dieu unique.

Bien que moins hardie que son amie qui n'a rien refusé à celui qui a pris son cœur, Ankhsenamon n'est plus une enfant. Elle pense à Hamosis comme à l'homme qu'elle aime et non plus comme au camarade de jeux avec lequel elle riait.

Elle ne lui a rien dit car elle ne sait pas comment ces choses-là s'expriment, d'autant que lui-même ne lui manifeste que des marques d'amitié.

Et pourtant… Pourtant, elle a l'intuition qu'il l'aime également. Malgré son inexpérience, elle est sûre qu'il la regarde à présent différemment ! Son regard s'anime quand il la fixe, manifestant une tendresse qu'elle ne sait comment interpréter et qui la trouble jusqu'au plus profond de son être. S'est-il aperçu qu'elle le regarde avec des yeux amoureux ? Cette interrogation pleine de doute lui ronge le cœur.

Ankhsenamon envie Nofret. Tout paraît simple et naturel dans sa relation avec Djersis qui lui a fait une vraie déclaration d'amour en caressant son visage d'un geste doux et en posant délicatement ses lèvres sur ses deux petits grains de beauté situés juste au-dessus de sa lèvre supérieure !

Pourquoi Hamosis reste-t-il si réservé ?

* * *

A chaque retour de Thèbes, Ramosé confie à son épouse sa consternation de voir la situation se dégrader dans cette ville où régnait auparavant tant de joie de vivre. Les dieux n'étant plus honorés par les offrandes rituelles dans les temples de Louxor et de Karnak semblent avoir oubliés les habitants de l'ancienne capitale. La pauvreté s'installe, d'autant que la crue de Hâpy[3], le fleuve nourricier, d'année en année ne féconde plus suffisamment la terre et affaiblit l'agriculture.

Tiyi, qui contribua à la formation de la pensée politique d'Akhenaton, est restée proche de son fils, servant de trait d'union entre Thèbes et la capitale du dieu Aton.

Pharaon avait fait construire un palais pour les séjours de sa mère dans la cité de Lumière, mais elle ne l'habita qu'une seule fois. Tiyi souhaitait ménager les grands prêtres d'Amon et avait mis en garde son fils.

- Je me méfie d'eux autant que toi, mais il faut compter avec eux. Dans ta propre Cité, beaucoup d'Egyptiens regrettent leurs croyances ancestrales et tiennent toujours à leurs propres dieux.

Elle avait également souligné la nécessité pour un souverain de conserver sa face divine, son mystère, alors qu'Akhenaton étalait devant tous sa tendresse pour sa femme et ses filles.

- Tu vas trop vite, tu vas tout détruire. L'empire s'agite, les princes se moquent de toi, tu cours vers l'abîme. Le culte que je voue à Aton, je l'ai toujours maintenu dans l'ombre, avait-elle conclu.

- La place du soleil n'est pas à l'ombre, avait répliqué Pharaon, le visage fermé, avant de reconduire sa mère jusqu'à la barque royale.

Tant de luttes contre ses propres déchirements, tant d'obstacles surmontés pour bâtir sa nouvelle capitale ne pouvaient être remis en cause. Pour Akhenaton, le clergé a enfoui ses dieux dans des tanières et les hommes dans la peur alors que le seul mystère est celui de la vie.

Lors de sa venue, la reine Tiyi avait été frappée par l'absence de solennités et d'apparat remplacés par une familiarité joyeuse où représentants du peuple et dignitaires partageaient ensemble leur repas lors des fêtes. Dans les foyers ouvriers, un petit autel permettait d'honorer Aton sans pour autant rejeter les dieux ancestraux. Mais, depuis cette visite, les temps ont changé et il n'est pas bon de manifester de l'intérêt aux anciens dieux. Il est également plus que souhaitable de se montrer sur le passage de Pharaon. Si celui-ci porte simplement le même shenti que ses sujets, bien que dans un tissu plus riche et

[3] Nom égyptien du Nil considéré comme un dieu de la Fécondité.

maintenu à la taille par une ceinture rehaussée de couleur, lorsqu'il remonte la voie royale sur son char de parade rutilant d'or tiré par deux chevaux couronnés de plumes multicolores, il arbore le serpent uraeus[4] protecteur. Cette magnificence ne dissimule pas ses jambes maigres, ses hanches larges, son ventre bas et gonflé exposés à toute la population massée de part et d'autre pour le saluer aux cris de : « Akhenaton est notre roi ! », « Akhenaton nous transmet la lumière d'Aton ».

Mais Akhenaton est désormais seul sur son char d'or rutilant sous le soleil lorsqu'il emprunte l'axe reliant la porte du Nord à celle du Sud, appelé « la route du roi ». Néfertiti n'est plus à ses côtés.

Pourquoi cette absence ?

Officiellement, la santé de la reine s'est détériorée et elle s'est retirée du monde. Car, comment expliquer à la population que Néfertiti n'a pas voulu dévoiler sa cécité pour lui laisser l'image de sa beauté non altérée par le temps !

Cette disparition soudaine fait courir des rumeurs. La véritable cause en serait un désaccord entre les époux sur la question religieuse.

Méritaton, la fille aînée du couple, ne la remplace-t-elle pas dans la célébration de la fête-sed[5] qui permet au roi de se régénérer, une régénération devenue quotidienne sous son règne !

Héria, la maman d'Hamosis et de Nofret, bien que consciente que la différence de classe ne soit pas un obstacle, s'inquiète quant à elle des liens qu'elle voit se tisser entre son fils et la fille du grand vizir. A ses yeux, ce qui les sépare c'est davantage leur mode de vie et la disparité de leur enseignement religieux.

Pour elle, comme pour son époux et comme pour de nombreux artisans d'Akhetaton, il existe des dieux partout et pour tout. Amulettes et objets de parure ont un rôle bénéfique. Superstition ? Peut-être, mais toute leur enfance a été imprégnée de ces croyances. Dieux et déesses vivent avec eux au quotidien et Aton, seul, ne peut suffire à combler leur attente et leurs espérances, surtout pour se préparer au passage dans la vie de l'au-delà.

Pourtant, elle a accepté que Nofret suive les enseignements religieux de Néfertiti. Mais aurait-elle seulement pu s'y opposer sans compromettre l'avenir de sa fille dans cette nouvelle société ?

Pourtant, elle aime beaucoup Ankhsenamon qui a souvent partagé leur modeste repas composé de poisson du Nil et de courges ou de concombres, parfois de bouillie et de dattes ! Elle lui a appris, en même temps qu'à sa propre fille Nofret, à cuisiner les galettes de gruau et le pain aux noix mais aussi à préparer la bière, boisson des rois et des dieux, des vivants et des morts, produite en enterrant des pots d'orge pour favoriser la germination, la pâte de malt fermentant grâce à des levures sauvages.

---

[4] Cobra dressé sur le front ou sur la couronne du pharaon.

[5] La fête Sed se déroulait en principe au cours de la trentième année du règne de pharaon vieillissant pour lui donner un regain de puissance, de force physique et spirituelle.

Héria lui a transmis son savoir comme le lui avait transmis sa mère, en lui narrant la légende selon laquelle c'est Isis, déesse de l'agriculture, qui enseigna aux Hommes l'art du brassage. Elle lui a montré comment corser le breuvage avec des herbes et du sucre de datte pour en augmenter la saveur et le degré d'alcool.

Pourtant, combien elle aurait préféré qu'Hamosis s'éprenne d'une jeune fille de son milieu, comme Nofret dont le choix sentimental remplit de joie son cœur de mère !

L'insouciance de la jeunesse emplit Héria de crainte. Elle a vu se développer les sentiments de son fils pour l'héritière du grand vizir. Devenu un grand et beau garçon musclé par les travaux manuels, mais ayant conservé son regard doux, il ne parle que d'elle, ne voit qu'elle et ne fréquente aucune autre fille. Héria ne peut oublier les paroles étranges et troublantes de Nebkeb, entendues au détour d'une conversation, concernant Ankhsenamon.

Cette enfant est promise à un grand destin au service d'Aton. Elle a le pouvoir d'ouvrir les portes de l'au-delà, de porter son regard jusqu'aux limites de la terre et de parcourir le chemin de la lumière de sa naissance à sa renaissance.

Qu'en serait-il si elle savait qu'Hamosis a sculpté, dans un morceau d'olivier, une statuette de la déesse Hathor qu'il a fait consacrer à Thèbes par un prêtre d'Amon et qu'il a l'intention de la remettre ce jour même à Ankhsenamon en lui déclarant sa flamme.

* * *

Il a choisi de la retrouver au bord du Nil, là où ils s'étaient vus pour la première fois. Il sait par sa sœur qu'elle s'y rend de plus en plus souvent seule lors de ses absences. C'était pour lui le signe évident qu'Ankhsenamon partageait ses sentiments. Aussi, a-t-il décidé de lui ouvrir son cœur aujourd'hui en lui offrant le cadeau qu'il a réalisé de ses mains pour elle. Il l'aime et ne peut plus garder ce secret pour lui. Il s'immobilise soudain, envoûté par le spectacle qu'elle lui offre.

Se croyant à l'abri des regards et protégée par l'épaisseur des bosquets de papyrus et des haies de roseaux, pour se baigner Ankhsenamon a ôté son pagne qui gît sur la rive. Hypnotisé en la voyant évoluer gracieusement dans l'eau, ses longs cheveux sombres comme la nuit ondulant au rythme de ses mouvements, Hamosis sent le désir s'emparer de lui. Il est incapable de manifester sa présence et demeure caché. Elle est si belle à contempler... Il ne veut pas rompre le charme de cet instant.

Après un long moment, sans la quitter des yeux, il se déshabille et franchit la barrière naturelle pour plonger dans l'eau transparente. Surprise par le bruit du plongeon, Ankhsenamon se retourne, sur ses gardes. Quand elle voit Hamosis nager vers elle, elle sent son cœur s'emplir de bonheur et un large sourire illumine son visage. Lorsqu'il est tout près d'elle, leurs regards où réside le secret d'un amour au-delà de la passion se soudent l'un à l'autre dans un silence que seuls le battement d'ailes des ibis sacrés et le clapotis de l'eau viennent troubler.

Le cœur gonflé d'amour, elle espère qu'il va lui déclarer ses sentiments et l'embrasser dans ce décor magique qui leur appartient tout entier en cet instant. Elle a tant rêvé de ce premier baiser que sa déception est grande qu'il lui enjoigne de regagner la berge. Silencieusement, elle s'exécute, enfile son pagne court sans voir le regard d'Hamosis fixé sur sa peau mouillée de gouttelettes que les rayons du soleil font scintiller. Etant donné l'attitude du jeune homme, comment pourrait-elle supposer qu'il partage ses sentiments ? Son inexpérience ne peut lui laisser imaginer ses tourments à la savoir si près de lui, son envie de toucher sa peau qui enflamme ses sens, d'embrasser sa bouche sensuelle et innocente ! Tout en elle est une invite silencieuse à l'amour et Hamosis se fait violence pour ne pas y répondre sur-le-champ. Il s'est promis d'attendre. Il a parfaitement notion qu'il n'est pas le meilleur parti que Knoumhotep pourrait souhaiter pour Ankhsenamon. Aussi veut-il au moins gagner son estime pour ne pas compromettre ses faibles chances d'obtenir son consentement à leur union qu'il envisage de solliciter dès qu'elle aura atteint ses seize ans, c'est-à-dire dans deux lunes. Il lui prend donc simplement la main pour poser au creux de sa paume l'objet finement travaillé.

- Hathor représente l'amour et la beauté, je te l'offre avec mon cœur parce que je t'aime. Je t'aime depuis le premier jour où je t'ai vu, ici même, et je veux casser une cruche avec toi[6].

Un sourire radieux aux lèvres, Ankhsenamon le fixe les yeux brillants, en pressant contre son sein l'effigie à cornes de vache. Leurs regards ne peuvent se détacher l'un de l'autre.

- Je t'aime aussi, murmure-t-elle émue en caressant son crâne parfaitement rasé. Je garderai toujours ce symbole de notre amour.

Enhardi par son geste de tendresse, Hamosis ne peut résister, se penche lentement vers elle et pose délicatement ses lèvres sur les siennes. Elles étaient douces et fraîches comme il se l'était imaginé. A ce contact, un frisson la parcourt mais elle demeure figée, incapable de réagir, son cœur battant violemment dans sa poitrine. Bien que saisie d'un léger vertige, elle se laisse rapidement emporter par sa spontanéité. Emerveillée et enivrée par les sensations inconnues qu'elle ressent, Ankhsenamon lui passe les bras autour du cou et se plaque contre sa poitrine, inconsciente de l'effet que peut produire sur Hamosis le contact de sa peau nue.

Hamosis lui enserre tendrement la taille puis, soulevant son menton, plonge son regard dans le sien et l'embrasse à nouveau. Ce baiser, plus intense, porte en lui tous les serments d'amour, toutes les promesses de félicité. Ce moment, dont elle a tant rêvé, transporte Ankhsenamon de bonheur. Par ce baiser, elle appartient désormais corps et âme à Hamosis. Il n'y a plus que lui. Lui seul, qu'elle aime de tout son être.

---

[6] Se marier.

Pour l'un et l'autre, le reste du monde n'existe plus en dehors du cercle magique de leurs bras.

Cette nuit-là, la lune ronde et pleine trône en reine absolue sur les ténèbres, déployant majestueusement ses rayons d'argent qui nimbent la pièce d'une clarté surnaturelle.

« Il m'aime » pense Ankhsenamon toujours sous le charme de l'après-midi qu'elle vient de passer avec Hamosis.

- Il m'aime ! Il m'aime !

Transportée de bonheur, elle virevolte pieds nus en répétant tout haut ces mots chers à son cœur gonflé d'amour pour lui et ne prête pas attention au vent chargé d'ombres mystérieuses, invisibles à ses yeux, qui se glisse dans sa chambre.

Elle ne voit pas davantage le scorpion qui se faufile derrière la tenture, entre subrepticement par la fenêtre et soudain…

- Aïe ! s'exclame Ankhsenamon stoppée brutalement dans son allégresse.

La tête lui tourne, elle se sent prise de vertiges. Elle a l'impression d'être attirée dans un gouffre noir et silencieux. Elle veut se débattre mais ne peut faire aucun mouvement. Elle est paralysée par une commotion si forte, un choc si étrange qu'elle ne parvient pas à sortir un son de ses lèvres malgré sa tentative pour crier. Elle respire avec difficulté et s'évanouit.

Quand elle se réveille, toute étourdie, il fait encore nuit.

Que fait-elle par terre ? Que s'est-il passé ? Combien de temps est-elle restée inconsciente ? Les questions se bousculent dans sa tête tandis qu'elle porte instinctivement son regard sur sa cheville douloureuse.

Ses yeux s'écarquillent d'étonnement…

4.

L'avenir se présente sous les meilleurs auspices aux yeux d'Ankhsenamon rêveuse en songeant à Hamosis, à leur premier baiser échangé sur les bords du Nil, aux merveilleuses sensations qui parcouraient son corps dès qu'elle se trouvait auprès de lui. Allongée à plat ventre sur le dallage, elle regarde sans les voir les lotus et autres fleurs du jardin dont le parfum embaume l'air chaud de cette journée ensoleillée. Elle pense à sa mère. Aujourd'hui, elle lui parle comme elle le fait quand vient le soir en regardant le ciel et les étoiles, âmes des défunts ressuscités dans l'au-delà pour l'éternité. Elle lui répète une fois de plus qu'elle lui manque même si elle ne l'a pas connue, qu'elle aurait aimé la connaître et, surtout, lui présenter l'homme qu'elle aime. Elle est impatiente de partager sa vie avec lui. Demain, oui demain, il parlerait à son père avant de partir pour Thèbes.

Elle frémit au souvenir de ses doigts posés sur elle, glissant sur sa peau !

Lascivement elle se lève, se déshabille sans hâte, prenant soin de cacher sa cheville, et se met à nager dans le bassin. Elle est plus belle que les lotus, songe Hamosis qui l'a rejointe alors qu'elle se laisse flotter sur l'eau, ses seins ronds et plutôt petits émergeant comme des fleurs. Sous l'eau son flanc frôle le sien, faisant battre le sang dans ses veines. Il n'est pas invité à la fête organisée le soir même par son père pour ses seize ans mais Ankhsenamon l'a voulu auprès d'elle en cette belle journée. Ayant découvert son intérêt pour les pierres en discutant avec sa sœur, sur les conseils de Djersis, Hamosis lui en a choisi trois pour leurs vertus thérapeutiques. Il savait toujours comment lui faire plaisir.

Quant à elle, elle avait choisi cette occasion particulière pour lui offrir un bijou venant de sa mère, un scarabée en or et lapis-lazuli portant au revers le nom de Mout, signifiant dame des cieux. Déesse vautour, épouse d'Amon et mère de Khonsou, Mout forme avec eux la triade[7] de la ville de Thèbes, car les Egyptiens accordant une valeur importante au nombre trois associent leurs divinités par ce pluriel, deux étant le chiffre du duel.

- Je te le donne comme talisman pour qu'il te porte chance, lui avait-elle déclaré avec beaucoup de sérieux, sans savoir que le scarabée est l'insecte assimilé au dieu Khépri, le soleil naissant du matin.

---

[7] La divine famille était Osiris Isis et Horus. Quant à Akhenaton, il a formé sa triade avec Néfertiti et leur fille Méritaton.

Les banquets représentant des moments privilégiés où sont célébrés le bonheur et la joie de l'éphémère existence terrestre, Téti s'affaire depuis le matin avec les domestiques pour s'assurer que rien ne manque, qu'aucun détail n'a été négligé, que toutes les pièces ont été fleuries et parfumées. Elle confie Ankhsenamon aux mains habiles d'une servante pour lui enduire les cheveux d'huile de ricin, l'épiler et lui appliquer un emplâtre végétal à base de cire, d'huile de moringa, de gomme de térébinthe et d'herbes de chypre destiné à purifier son corps.

Ankhsenamon se mire dans son miroir au manche en forme de lotus, se farde avec soin les yeux de khôl dilué à l'eau qu'elle applique à l'aide d'un bâtonnet spécialement prévu à cet effet, rougit ses lèvres et se vêt avant de poser sur sa chevelure une perruque bouclée surmontée d'un cône de parfum de myrrhe. Sa longue robe-fourreau transparente maintenue sous la poitrine par deux bretelles qui laisse deviner ses formes, cache à son grand soulagement la marque apparue l'autre nuit sur sa cheville : un scorpion. Que signifie cette empreinte dans sa chair ? Elle est incapable d'émettre la moindre supposition mais, en la regardant, un long frisson la parcourt sans qu'elle puisse en identifier la cause. Pourquoi n'en a-t-elle pas parlé à Téti. Téti qui, loin d'imaginer le cours de ses pensées qu'elle dissimule sous un masque souriant, la contemple, ne pouvant retenir quelques larmes, émue par sa ressemblance avec Néphérouré qui, au même âge, resplendissait de beauté et de fraîcheur.

Impatiente, elle rabroue sa nourrice.

- Pourquoi pleures-tu ? Je suis si heureuse !

- Si tu savais combien tu ressembles à ta maman !

Emue par cet aveu, Ankhsenamon embrasse affectueusement Téti sur la joue et, après un dernier regard à sa silhouette, se dirige d'un pas allègre vers le banquet dont elle perçoit les échos. Son seul regret ce soir est l'absence de Nofret et celle toute particulière d'Hamosis. Malgré l'insistance de sa requête, son père n'avait pas cédé.

Avant de franchir la porte monumentale, les invités richement parés pour l'occasion enfilent leurs sandales tenues à la main durant le trajet pour les ménager. Ils prennent le temps de mettre la lanière d'attache entre le premier et le second orteil et de la réunir sur le cou de pied à d'autres liens formant étrier, noués ensuite derrière le talon. Accueillis ensuite par le portier, ils empruntent la petite allée bordée d'arbres éclairée par des torches, passent et se recueillent devant le sanctuaire familial abritant la représentation du soleil divin, traversent les jardins et pénètrent par la cour intérieure dans l'imposante villa où brûlent d'innombrables lampes à huile. Les dames à la démarche gracieuse se voient offrir des fleurs de lotus, symbole d'éternité, et des cônes de graisse parfumée qui, en fondant, vont répandre des odeurs suaves.

Certains se trouvent déjà dans la salle centrale au plafond bleu ciel soutaché d'une frise représentant des feuilles de sycomore que soutiennent quatre piliers peints en rouge. Les petites fenêtres hautes perchées laissent apercevoir la nuit étoilée. Assis sur une chaise en bois incrustée d'ivoire placée sur une estrade, Knoumhotep souhaite la bienvenue à ses hôtes qui vont ensuite prendre place aux tables et guéridons répartis dans la pièce sur lesquels sont disposés des paniers remplis de fruits dressés en pyramide, des gâteaux et des sucreries. Par les fenêtres grillagées pénètre l'air frais de la nuit.

Lorsqu'elle l'aperçoit, la tête haute, le dos droit, Ankhsenamon se dirige droit vers son père. Les années n'ont pas altéré sa taille élancée demeurée svelte et distinguée qui lui permet de porter avec la même élégance ce vêtement à pan frangé s'apercevant dans l'échancrure de la jupe qui, passant par-dessus, devient progressivement un devanteau triangulaire plissé très à la mode. A ses côtés se trouve un homme plus petit et plus corpulent qui, dès le premier abord, lui déplaît. Son sourire disparaît lorsque Knoumhotep lui présente le haut fonctionnaire Sinoufer, chargé de l'intendance des armées, et qu'il lui confie le soin de lui tenir compagnie.

Indifférente aux mets parfumés servis par de jeunes servantes qui ont également pour tache de rincer les doigts souillés des convives prenant à pleines mains cailles grillées ou pigeons rôtis, la jeune fille grignote du bout des lèvres un morceau de ragoût sentant pourtant bon le poireau et l'oignon. Son voisin quant à lui trempe son pain avec plaisir dans la sauce odorante et, comme tous ceux qui l'entourent, mange de bon appétit. La bière, le vin du Delta et la liqueur de palme accompagnent le repas mais également les danseuses qui se lancent dans une sarabande au son de la harpe, de la flûte et des crotales maniés avec adresse par les musiciennes portant, elles, des robes de mousseline.

Cette fête, qui devait être magnifique, se transforme en une corvée qu'Ankhsenamon souhaiterait voir se terminer au plus vite, Sinoufer ne la quittant pas d'un pouce de toute la soirée même s'il lorgne sans discrétion les mouvements harmonieux des danseuses ayant pour seule parure une ceinture de perles de cornaline la taille. Autour d'elle, les uns et les autres s'amusent mais semblent l'ignorer, la laissant comme isolée avec cet homme qu'elle ne parvient à supporter que grâce à sa bonne éducation.

Cette soirée pèse d'autant plus à Ankhsenamon qu'elle ne se sent pas bien depuis que son père lui a présenté Sinoufer. Indépendamment du malaise qu'elle éprouve en sa présence, des nausées et des vertiges l'incommodent, accompagnées d'une douleur lancinante et grandissante qui s'est emparée de sa cheville comme si le scorpion marquant désormais sa chair y était prisonnier et la torturait pour en sortir. Souffrante et tourmentée par des ombres qu'elle sent rôder autour d'elle, Ankhsenamon s'excuse finalement auprès de Sinoufer, indifférent à son départ, et rejoint avec empressement l'intimité de sa chambre. A peine la lourde porte refermée derrière elle, Ankhsenamon réalise avec stupéfaction que sa douleur a disparu. Demeure toutefois ancrée au plus profond d'elle-même une sensation désagréable qu'elle ne sait comment interpréter.

* * *

Ankhsenamon, dans l'attente de l'entrevue d'Hamosis avec son père et n'ayant entendu ni aperçu aucun visiteur, se rend le lendemain à la convocation de Knoumhotep la mine interrogative. L'attitude détendue et le sourire arboré lorsqu'il l'accueille laisse augurer une entrevue agréable. La prenant par la main, il la conduit face au miroir et lui passe autour du cou un collier en or où l'éclat d'une émeraude incrustée en son centre qui capte les reflets du regard vert émerveillé de l'adolescente.

- J'ai offert ce bijou à ta maman le jour de notre union. Le fermoir est une fleur de lotus, une fleur dont elle affectionnait particulièrement le parfum.

- J'ai l'impression que nous sommes tous les trois réunis aujourd'hui, murmure la jeune fille à l'oreille de son père qu'elle étreint avec force. Persuadée qu'il va lui faire part de la visite d'Hamosis, elle attend le cœur battant les mots qui vont engager son destin.

Repoussant doucement Ankhsenamon, Knoumhotep lui demande de s'asseoir à ses côtés et d'écouter ce qu'il a à lui dire.

Mais quand, sans ménagement, il l'informe que Sinoufer veut l'épouser et qu'il va donner son accord, elle pâlit et vacille sous le choc.

- Père, vous ne parlez pas sérieusement ! Cet homme est affreux !

- Je sais que tu n'es légalement pas obligée de m'obéir, mais il faut que tu acceptes, lui répond-il d'un air sombre.

- Je vous en supplie, demandez-moi ce que vous voulez mais pas cela, mon cœur est déjà pris et...

Devinant ce que sa fille allait dire, Knoumhotep l'interrompt volontairement.

- Il y a déjà plusieurs lunes que j'ai pris cet engagement vis-à-vis de Pharaon qui souhaite cette union. Sinoufer a toute sa confiance. Ton refus nous mettrait tous les deux dans une situation très délicate et compromettrait notre avenir à la cour. Téti m'a dit qu'à présent tu étais devenue une femme, rien ne s'oppose donc à ce que tu rejoignes dès à présent le domicile de ton mari. Tu emporteras la dot que j'ai préparée pour toi.

Ne voulant plus rien entendre, Ankhsenamon s'enfuit en courant, les yeux brouillés de larmes.

La mort dans l'âme, son père ne cherche pas à la retenir. Il sait qu'il a brisé tous ses espoirs. Comment n'aurait-il pas saisi que sa fille chérie aimait son ami d'enfance qui s'était présenté ce matin même et qu'il n'avait pas eu le courage de recevoir, prétextant une affaire urgente ? Fait-il vraiment son devoir de père en lui imposant un homme qui lui déplaît ? Mais comment ne pas comprendre qu'un vœu exprimé par Akhenaton est à interpréter comme un ordre ? En tant que grand vizir de Pharaon, il était chargé de mettre en œuvre sa volonté et ce même à contrecœur.

Ankhsenamon a reçu la nouvelle comme un coup de poignard dans le cœur. Non, ce n'est pas possible. Non, elle ne peut croire ce que son père vient de lui annoncer. Comment pouvait-il être aussi insensible ? Pourquoi Hamosis n'était-il pas encore venu ? Comment la vie pouvait-elle être aussi injuste !

Parvenue dans sa chambre, elle se jette sur son lit de bois finement sculpté recouvert de linge fin. La tête enfouie entre ses bras croisés, elle donne libre cours à son chagrin. La souffrance qui s'est emparée d'elle est insupportable. Elle résonne dans tout son corps qui se convulse au rythme de ses sanglots. Plus jamais, elle ne sentirait les bras d'Hamosis l'enlacer amoureusement. Plus jamais, elle ne sentirait ses lèvres tendrement ou passionnément sur les siennes ! Il lui faut aujourd'hui enfouir son amour au plus profond de son cœur et l'y enfermer. Il n'a désormais plus le droit de s'exprimer librement. Ainsi en a décidé son père ! Pourquoi, se demande-t-elle tourmentée ? Pourquoi ? Voici le seul mot qui demeure quand tous les autres se meurent.

Combien de temps a-t-elle pleuré ? Elle ne le sait pas mais elle se sent vidée, épuisée. Soudain, mue d'une énergie nouvelle, elle se lève d'un bond. Il lui faut aller au temple.

Aujourd'hui, Ankhsenamon ne s'arrête pas, comme elle se plaît à le faire habituellement, au bord du lac sacré ni même devant les statues de Néfertiti auxquelles le peuple adresse des prières afin qu'elle continue à faire verdoyer les Deux Terres. Elle se dirige directement vers la salle principale où flotte encore dans l'air l'odeur de l'encens rituel de la cérémonie du matin. Seule en ce lieu d'amour et d'espérance, elle lève la tête et tend les bras vers le soleil, lui offrant spontanément la supplication de son âme égarée.

O dieu Aton que je vénère,
Source de vie et de lumière,
Comprends-tu l'hommage
De mes yeux posés sur lui
Qui disent sans voix : je t'aime...
N'entends-tu pas le message
De mon cœur meurtri
Qui te dit tout bas : je l'aime...
Toutes étoiles des cieux,
Savent que je l'aime,
Connaissent ma peine...
Et toi Dieu ?

Sa prière se mue soudain en désespoir.

Non tu ne comprends l'hommage
De mes yeux posés sur lui
Qui disent sans voix : je t'aime...
Non tu n'entends pas le message
De mon cœur meurtri
Qui dit : je l'aime.

* * *

Ankhsenamon ne peut savoir ni comprendre que Knoumhotep est contraint d'obéir à l'ordre muet de Pharaon qui a subi l'influence de Méritaton, trop heureuse de jouer un mauvais tour à la fille de ce grand vizir qu'elle déteste.

Pousser son père à proposer à Knoumhotep de donner Ankhsenamon comme épouse à Sinoufer fut pour elle un jeu d'enfant.

- Cette alliance calmera les craintes de ceux qui doutent de l'avenir de la Cité d'Horizon et renforcera la position de Knoumhotep. Tous connaissent les liens d'Ankhsenamon et de la reine, comme ils connaissent les relations de Sinoufer avec le général Horemheb. Elle fera également le bonheur d'Ankhsenamon dont je sais le cœur épris de ce zélé serviteur d'Aton.

Ravi de l'intérêt manifesté par sa fille aînée pour son grand rêve, Akhenaton approuve sans réserve sa suggestion. Pourtant, Akhenaton devrait-il faire confiance au général, véritable maître de l'armée et très respecté par les officiers de la charrerie, qui juge déplorable sa politique extérieure ! Knoumhotep, lui, s'en méfie car il n'est pas certain que celui-ci se soit converti à la religion d'Aton et ne garde pas sa foi envers les dieux de Thèbes dont il est à présent interdit de prononcer les noms dans la cité du Soleil.

Mais, pour Méritaton, avoir Sinoufer comme allié, ridiculiser le grand vizir dont elle avait compris qu'il allait consentir au choix de cœur de sa fille, et écraser ainsi Ankhsenamon en un même jour, amène un sourire de contentement sur le visage de la future reine qui ne s'embarrasse pas de piété filiale. Imaginer la fière beauté dans les bras de ce petit homme aux muscles mous et au regard fuyant l'amuse énormément.

Jalouse et vindicative, Méritaton n'a pas oublié que sa mère Néfertiti avait, avant de se retirer dans son palais parce que devenue aveugle, bien souvent préféré la compagnie d'Ankhsenamon à la sienne lorsqu'elle voulait s'entourer de jolies voix pour l'accompagner dans ses chants à la gloire d'Aton.

La foi sincère et désintéressée d'Ankhsenamon avait impressionné la reine cernée par trop de croyants superficiels ou de courtisans soucieux d'hériter comme leurs pères avant eux de titres et de fonctions royales, suivant attentivement mais sans conviction le culte d'Aton. Sa fille aînée elle-même, dépositaire du sang royal, lui paraissait peu apte à seconder le futur chef spirituel de la religion atonienne car plus sensible aux plaisirs charnels qu'à l'élévation de l'esprit.

- C'est seulement par le cœur que l'on peut comprendre Aton et non par la raison avait- déclaré Ankhsenamon en toute simplicité à la souveraine, le visage rayonnant de pouvoir exprimer ses sentiments auprès de celle qui représentait son idéal.

Combien Néfertiti aurait aimé entendre sa propre fille prononcer ces sages paroles !

Comme elle aurait souhaité lui transmettre la connaissance secrète qui est source de vie pour l'éternité !

Consciente de la non-réceptivité de Méritaton et donc de l'inutilité de ses efforts, la reine avait songé à Ankhsenamon. Sa foi et sa sensibilité faisaient d'elle un disciple à la hauteur de l'exigence d'Aton. En outre, Néfertiti avait décelé chez l'adolescente, prédestinée par son prénom, la faculté de voir au-delà du monde apparent ainsi qu'un potentiel spirituel exceptionnel qui la désignait comme la seule digne de lui succéder.

Déesse et Grande prêtresse du culte d'Aton, la souveraine avait établi de nouveaux rites de résurrection pour accompagner le mort dans sa deuxième vie. Ce savoir privilégié dont elle seule avait la connaissance, elle se devait de le transmettre à l'une de ses filles pour perpétuer la nouvelle puissance pharaonique au service du nouveau dieu. Néfertiti avait donc décidé d'adopter spirituellement Ankhsenamon pour l'initier aux mystères réservés. Fière d'avoir été choisie par la reine, cette dernière étudiait avec ardeur et application le pouvoir et la symbolique des pierres, la quintessence des huiles ainsi que les textes sacrés du rituel d'accompagnement du défunt. Si la théorie lui paraissait simple, elle rencontrait quelques difficultés dans la pratique, ne parvenant pas, malgré sa persévérance, à détacher son esprit de son corps physique pour effectuer un voyage dans le royaume des âmes. Elle s'était débarrassée de ses peurs et se consacrait chaque jour à la méditation qui devait lui permettre de dissocier son ka[8] de son khet[9] comme le lui avait recommandé Néfertiti. Les jours passaient mais elle ne réussissait pas à générer et accumuler suffisamment d'énergie mystique pour projeter son esprit hors de son corps. Elle concentrait pourtant toute sa volonté pour réussir cette expérience spirituelle avec l'espoir d'y rencontrer sa mère. Elle lui manquait tant. Elle l'imaginait parfois la serrant contre son cœur, la consolant de mots aimants et apaisants, comme Héria le faisait avec Nofret. Elle aimait beaucoup Téti, mais Téti n'était pas Néphérouré…

Néfertiti, qui suivait de près l'évolution spirituelle d'Ankhsenamon, avait compris que l'absence de sa maman constituait un blocage important au développement de ses dons. Toutefois, elle était convaincue que celui-ci n'était que temporaire, le décès de la mère s'inscrivant dans la destinée de la fille. Sinon, pourquoi Aton aurait-il imposé pareille épreuve à un cœur si jeune et si pur ! La mort avait marqué l'enfance d'Ankhsenamon pour la rapprocher de l'au-delà, en réveillant ses facultés latentes, et lui permettre d'en prendre pleinement possession le jour venu. Bien qu'inconsciente de sa puissance spirituelle, Ankhsenamon parvenait pourtant à paralyser ses dons, ce que Néfertiti trouvait inquiétant. Plus elle lutterait contre l'inévitable, plus la révélation serait violente. Mais comment dire ces choses à une enfant qui n'aspire qu'aux joies d'une vie simple et insouciante ? Le mieux était sans conteste de laisser le destin s'accomplir, de s'en remettre à Aton qui veillerait sur Ankhsenamon et guiderait son pas.

Fermement décidée à s'imposer, même auprès de son futur époux qu'elle estime de caractère trop faible pour régner, Méritaton, qui se prépare déjà à son futur rôle de reine avec ostentation, veut s'entourer d'hommes à sa dévotion. Sinoufer l'a bien compris qui déploie tout le charme dont il est capable pour lui plaire. Par ses manigances n'a-t-il pas déjà écarté de son chemin un scribe trop pointilleux et quelques messagers gênants !

---

8 Le ka est l'esprit qui anime le ba c'est-à-dire l'âme.

9 Le khet est le corps physique.

Sournois et ambitieux, Sinoufer quant à lui est bien décidé à prendre la place de Knoumhotep auprès de Sémenkh, le successeur de Pharaon et futur époux de Méritaton, pour influer sur la politique et avoir tout pouvoir pour traiter avec les prêtres de Thèbes qui attendent avec impatience un nouveau roi pour restaurer le culte d'Amon. Ses relations secrètes avec eux ne doivent pas encore s'ébruiter. Il sait qu'il lui faut ménager Akhenaton tant que tous ses pions ne seront pas en place. Déjà, l'adultère étant une faute grave sévèrement punie, il fait pression sur Inéni, le chef de la police, qu'il a surpris avec l'épouse de Hounefer, le médecin royal. En effet, si elle était accusée, Nitocris devrait prononcer un serment en présence de son mari et devant témoins, jurant qu'elle n'avait pas eu de rapports sexuels en dehors du mariage et ne connaissait charnellement pas d'autre homme que son époux. Or, donner sa parole est un acte d'une extrême gravité qui engage totalement celle qui le fait et pour peu qu'une personne influente, telle Sinoufer, témoigne que le serment est faux, il s'ensuit une condamnation définitive par le tribunal de l'autre monde et la privation de la vie éternelle, mais aussi la mort immédiate dans celui-ci.

Comment Inéni pourrait-il supposer que Nitocris est également la maîtresse de Sinoufer ? Comment pourrait-il imaginer qu'elle s'est jetée sans difficulté dans ses bras à la demande de celui-ci ? La sensuelle et voluptueuse Nitocris ne s'intéresse pas aux manœuvres ou à la faiblesse des hommes qui partagent sa couche. Vénale, elle aime l'or, les bijoux et les belles toilettes, particulièrement la calasaris, cette robe-tunique de lin très léger transparent et plissé dont les bords sont cousus et comportent des fentes réservées pour la tête et pour les bras, un cordon étroit en guise de ceinture, se portant comme un vêtement extérieur sur un pagne que Sinoufer vient de lui offrir. Comblée, elle obéit sans se poser de question à cet homme qui a compris l'intérêt de l'utiliser pour parvenir à ses fins. En lui passant au cou un superbe collier en électrum rehaussé d'améthyste et de jaspe, il sait qu'il peut solliciter son aide sans qu'elle ne lui pose de questions. S'il passe d'agréables moments avec la belle Nitocris, il n'est pas jaloux, sa seule préoccupation étant qu'elle sache bien manipuler son mari pour qu'il ignore ses frasques extraconjugales.

Il tient également sous sa coupe Nefrou, le scribe du ministère des pays étrangers qui lui communique tous les courriers des provinces, faisant disparaître sur son ordre ceux qui parlent de révolte et de possible invasion des hittites, ne lui permettant de transmettre que les tablettes où les vassaux assurent Pharaon de leur indéfectible amitié.

A présent, il lui faut déstabiliser le grand vizir et, pour cela, le déconsidérer aux yeux de tous. Sa légendaire loyauté risque, à terme, de paralyser ses projets.

En effet, étonné par la contradiction des informations transmises par l'intermédiaire de messagers qui parviennent jusqu'à lui et les tablettes officielles présentées à Pharaon, Knoumhotep ne s'est-il pas décidé à faire part de son inquiétude au général Horemheb qui a fini par se rendre à ses raisons ?

N'a-t-il pas convaincu le général d'envoyer régulièrement des patrouilles de reconnaissance pour avoir des éléments sur les incidents se déroulant aux frontières ?

Bien sûr, Sinoufer profite des absences d'une partie des troupes pour lancer ses opérations personnelles car il cherche à limiter les témoins possibles et attend que la caserne se vide au maximum pour programmer ses livraisons d'armes ! Ces armes, utilisées contre les garnisons de la frontière nubienne dès le retour des soldats au casernement, sont destinées aux hors-la-loi qu'il a engagés pour se dresser contre le pouvoir et fomenter un état permanent de tension.

Mais, avoir réussi à faire suggérer à Pharaon ce mariage par l'intermédiaire de Méritaton le comble d'aise bien davantage. Il se moque que la princesse le prenne pour un balourd, car il sait que son intérêt rejoint le sien propre et, qu'elle aussi, est prête à toutes les compromissions pour atteindre son but. Si elle vise de régner, et de régner seule, lui, Sinoufer, brigue la plus haute fonction et rien ne l'arrêtera pour l'obtenir. Il sait que Knoumhotep ne l'aime pas et le soupçonne de comploter mais, en tant que beau-père, il ne pourra plus lui être hostile sans blesser sa propre fille. Ce soir même, elle deviendra son épouse songe t-il un sourire machiavélique aux lèvres.

Le mariage sera accompli par le simple fait de venir habiter sous le même toit que lui. Aucune formalité, aucune cérémonie religieuse ou civile n'étant nécessaire, il leur suffira de commencer une vie commune pour qu'ils soient mari et femme devant Aton et les hommes.

5.

Pour la première fois de sa jeune vie, Ankhsenamon perçoit la difficulté d'être adulte. Nofret étant souffrante depuis trois jours, elle ne peut se confier à sa seule amie, ni partager avec elle le fardeau qui pèse si lourdement sur son cœur. Ses prières ne l'ont pas apaisée. Malheureuse, elle a pleuré jusqu'à l'épuisement.

Finalement, la révolte l'emporte. Elle ne peut accepter de se plier à un vœu qui engage son existence contre son gré et sans tenir compte de ses sentiments.

Le cœur déchiré d'avoir à entrer en conflit avec son père dont elle ne parvient pas à comprendre la position, elle décide de rejoindre Hamosis pour s'enfuir avec lui. Elle se donne bonne conscience en se disant qu'en vérité elle ne connaît pas son père qui, s'il lui manifeste toujours de l'intérêt, n'a jamais vraiment échangé avec elle ni cherché à la connaître tandis qu'elle connaît le caractère et les sentiments d'Hamosis auquel elle fait une totale confiance.

Prudent, Knoumhotep, qui a peut-être envisagé ses réactions, a placé un garde devant la porte de ses appartements. Cela ne l'arrête point car elle se glisse par la fenêtre et, sans bruit, traverse les jardins dont les acacias, les tamaris, les grenadiers et les palmiers protègent son échappée nocturne, puis longe les bassins remplis de lotus où elle aime tant à s'ébattre. Le soleil a disparu dans la montagne du couchant et la lune éclaire les rues sombres et désertes de la cité qu'emprunte Ankhsenamon qui marche vite pour rejoindre le faubourg populaire. Ce soir, l'adolescente trop agitée ne voit pas les étoiles qui la fascinent habituellement. Parvenue devant la maison en briques sèches des parents d'Hamosis située en contrebas de la taverne du Cobra, elle ne sait comment manifester sa présence sans alerter toute la famille. Suppliant Aton de l'aider, elle voit soudain une ombre se profiler vers la porte. Reconnaissant Nofret dans la silhouette en sarrau de toile écrue agrémenté d'une résille aux perles de couleur, elle bondit, lui saisit le bras et la tire en arrière pour l'amener dans l'ombre protectrice d'un figuier. Surprise, la jeune fille qui rentrait de chez son ami Senmout, apprenti sculpteur à l'atelier de Paser, où son père l'avait envoyée porter un ciseau, l'interroge, inquiète :

- Que fais-tu ici à cette heure tardive ?

- Mon père veut me marier à cet affreux Sinoufer, l'intendant chargé du ravitaillement des armées. Je dois voir Hamosis. Il nous faut partir ensemble pour Thèbes. Tout de suite, car demain il sera trop tard. Pharaon a donné son accord. Jamais mon père n'ira contre sa volonté.

- C'est impossible, Hamosis est parti pour Thèbes ce matin. Il ne pouvait retarder davantage son départ. Il a attendu deux lunes dans l'espoir de voir ton père qui n'a pu le recevoir. A présent, je comprends. De toutes façons, vous seriez recherchés et malheureux d'être en fuite.

Hamosis avait donc tenu sa promesse. Il s'était présenté chez son père qui ne lui en avait même pas parlé réalise, Ankhsenamon accablée.

Entourées d'un silence pesant et d'une chaleur plus oppressante que d'ordinaire, ni l'une ni l'autre ne trouvent les mots qui pourraient la rasséréner. La décision de son père et de Pharaon mettait brutalement fin à la certitude inébranlable d'Ankhsenamon de pouvoir se marier et de vivre heureuse avec Hamosis jusqu'à la fin de ses jours. Pourquoi Aton avait-il choisi de contrarier leur amour en le rendant illégitime ? Et pourquoi alors avait-il laissé leurs cœurs se rencontrer et s'aimer ? C'était inique, mais que pouvaient-ils faire ?

S'enfuir ! Oui, s'enfuir est la seule solution. Elle allait rejoindre Hamosis à Thèbes.

- Pour fuir, il me faut une barque car le fleuve n'est pas surveillé la nuit déclare-t-elle, répondant à la question muette de son amie qui tente de la raisonner.

- Je peux emprunter celle de Khaba, le fils de Paneb le pêcheur.

- Essaie plutôt de convaincre ton père de reporter cette union de quelques jours, le temps qu'Hamosis soit de retour.

Le bon sens de Nofret, effarée de la voir s'aventurer seule vers l'inconnu, l'emporte sur son désir de rejoindre sans tarder celui qu'elle aime.

Tombant dans les bras l'une de l'autre pour se réconforter mutuellement, elles s'embrassent et se quittent sur un dernier signe de la main.

Rebroussant chemin, Ankhsenamon emprunte à nouveau les ruelles obscures et peu fréquentées des faubourgs populaires, traverse la route des artisans, se dirige vers la route du Grand Prêtre qui divise la ville en deux grandes bandes et rejoint l'avenue parallèle, près du Nil, appelée route du Roi, menant aux résidences des hauts dignitaires.

Un peu essoufflée d'avoir couru, Ankhsenamon enjambe la fenêtre de sa chambre et se laisse choir sur le sol. Une voix venant de l'intérieur de la pièce la fait brusquement sursauter. Assis sur le lit, son père la fixe d'un air triste. L'éclairage de la lune donne une dimension irréelle à la scène. Clouée sur place par une certaine crainte, elle n'a pas compris les propos qu'il vient de tenir. Le cœur battant, elle se jette à ses pieds, noue ses bras autour des genoux paternels et incline la tête en signe de soumission.

- Père, accordez-moi quelques jours de répit.

Déchiré d'avoir à se montrer inflexible, celui-ci ne répond pas tout de suite. Mais, lorsqu'il s'exprime, ses propos sont sans appel.

- Me promets-tu de te rendre ensuite chez ton époux ?

Comment promettre sans se parjurer ? Ankhsenamon n'avait pas prévu cette difficulté. Un serment engage la vie de celui ou de celle qui le prononce, elle le sait. Nul ne le prête à la légère.

Son silence est rompu par la voix amère de Knoumhotep.

- Ma fille, je connais tes sentiments pour le jeune Hamosis. Il y a plusieurs lunes, j'ai compris que l'amour, comme moi il y a dix sept ans, conduisait tes pas. Si je t'impose aujourd'hui cette union, c'est que j'y suis contraint, non seulement par Pharaon mais aussi pour assurer ta sécurité.

Un tremblement nerveux agite Ankhsenamon que Knoumhotep, le visage grave, relève tendrement et maintient face à lui un moment.

- Assieds-toi à mes côtés et écoute-moi. Pharaon m'a convoqué car il a besoin de tous les soutiens de ceux qui croient en Aton. Il se sait entouré de courtisans seulement intéressés à conserver les avantages attachés à leur charge et plus préoccupés de leurs dignités que de religion ou de spiritualité. Ainsi, le porteur de sandales royal n'a jamais mis lui-même ses chaussures, l'échanson royal n'a jamais foulé le raisin et le boulanger royal n'a jamais vu pétrir la pâte. Il me fait confiance et je n'ai pas le droit de lui manquer. Aussi, lorsqu'il m'a informé de son désir de te voir épouser Sinoufer, je n'ai pas pu refuser. Akhenaton a bien changé depuis que la reine n'est plus auprès de lui pour le conseiller. Il m'est souvent bien difficile de le guider. Il ne songe qu'à enseigner sa doctrine et ne veut entendre que ceux qui l'encensent. Il m'a ordonné de faire disparaître toute trace d'Amon. Pour cela, je dois faire détruire les statues et faire marteler le nom des autres dieux sur les monuments, les tombeaux, les obélisques et même les statuettes et petits objets pour ne laisser apparaître que la notion d'un dieu unique. Des perquisitions vont être lancées dans toutes les maisons du quartier des artisans où l'on sait trouver amulettes et petits objets de cultes figurant de fausses divinités dont la présence entrave la diffusion de la lumière d'Aton. La famille d'Hamosis compte parmi celles qui seront visitées.

A Thèbes, la nouvelle s'est déjà propagée. La peur s'installe et la colère monte car il est difficile d'abolir les croyances séculaires des Egyptiens, sans parler du haut clergé, des administrateurs, des gérants de terres, des contrôleurs de rentrées d'impôts, qui perdent ainsi nombre de leurs prérogatives. On peut craindre des débordements car les prêtres d'Amon ne s'avouent pas vaincus et rêvent de leur splendeur passée. Sinoufer est bien en cour, il te protègera.

- Mais je ne veux pas de sa protection ! Je ne l'aime pas !

- Tu apprendras à l'aimer en vivant à ses côtés.

Un baiser sur le front, une caresse maladroite et il s'éloigne sans bruit, refermant la porte derrière lui sur la silhouette immobile et prostrée de sa fille qui prend conscience que son enfance est morte et qu'on l'oblige à renoncer à choisir librement son avenir.

Les propos de son père, qui se voulaient rassurants, loin de soulager l'angoisse de la jeune fille, ont aggravé ses craintes que l'annonce d'une perquisition chez la famille d'Hamosis accentue. Il lui faut prévenir Nofret au plus vite, pour qu'elle fasse disparaître l'horrible gnome aux jambes torses qu'elle appelle le dieu Bès, vénéré par toute la famille parce que veillant contre les démons et apportant la joie dans les foyers.

Ankhsenamon, qui a compris que son père se trouvait contraint par allégeance d'accéder au désir formulé par Pharaon, se sent écartelée entre son amour et ses sentiments filiaux car le déshonneur allait retomber sur Knoumhotep. Comment choisir ? Comment être sûre de faire le bon choix ? Ces questions hantent son esprit sans qu'elle leur trouve de réponses satisfaisantes. Si seulement sa mère était là... Elle se sent fatiguée, désemparée, perdue... et s'endort épuisée.

Dans son rêve, elle tend les bras vers une silhouette inconnue dont elle ne discerne pas le visage. Pourtant, elle aspire de tout son être à la rejoindre. Mais plus elle avance vers elle mue par une force mystérieuse, plus celle-ci s'éloigne pour finalement disparaitre dans les ténèbres.

Dans un sursaut, Ankhsenamon se réveille en sueur, la gorge nouée par l'angoisse et le cœur cognant violement dans sa poitrine. Il lui faut un long moment pour se calmer et retrouver une respiration normale avant de sombrer à nouveau dans un sommeil tourmenté par les mêmes images.

* * *

Le lendemain, avant que ne se lève la chaleur matinale, Ankhsenamon se rend à l'extrême limite de la Cité qui, déjà, s'éveillait. D'un pas vif, elle longe les demeures blanches et traverse la petite place animée par des badauds faisant leur marché auprès des vendeurs proposant dans leurs paniers des pains, des gâteaux, des légumes, mais aussi du poisson frais ou séché, de la viande de bœuf et de mouton, des épices ou encore des étoffes et des parfums. Au bas des falaises, au Château Septentrional, se trouve le palais où réside à présent Néfertiti. Persuadée de retrouver ses repères auprès de la souveraine qu'elle admire, elle na pas hésité à entreprendre cette démarche hasardeuse. La reine l'affectionne et, bien que très affaiblie, consent à la recevoir. La jeune fille pénètre lentement dans la pièce laissée dans l'obscurité et s'arrête, hésitante sur la conduite à tenir.

- Approche, Ankhsesenpaton.

S'agenouillant auprès de la couche royale, Ankhsenamon n'ose plus se confier à Néfertiti qui, en l'adoptant et en la rebaptisant ainsi, avait fait d'elle sa fille spirituelle.

- J'attendais ta venue. Laisse parler ton cœur, je t'écoute.

Trouvant difficilement ses mots, l'adolescente dévoile son secret.

- Mon père veut me marier à Sinoufer. J'aime avec ferveur Hamosis dont on veut me séparer mais sans lui je ne pourrai pas vivre, je ne ferai que survivre !

- Je comprends les tourments de ton cœur et sa révolte contre une décision qui contrarie ses aspirations. Sais-tu que Pharaon souhaite cette union ?

- Je le sais.

- Chacun de nous doit suivre la voie qui lui est tracée. Accepte ton destin, même si son poids te paraît lourd parfois, et n'oublie jamais mes enseignements. Tu en auras besoin le jour où tes dons te seront pleinement révélés. Tu devras les accepter et les apprivoiser sans craindre leur puissance.

La reine s'interrompt pour prendre sur la table à son côté, un bijou qu'elle tend à Ankhsenamon.

- Prends cette croix ansée, que j'appelle ankh. Elle te protègera contre les esprits malfaisants. Conserve-la toujours sur toi et tu retrouveras celui que tu aimes dans une autre existence. C'est la clé de l'au-delà, celle qui ouvre le passage vers la vie éternelle après la mort. Aton se lève chaque matin et chaque matin fait renaître la nature comme il fera renaître ton amour. N'oublie jamais que le véritable amour est le fruit d'une longue quête. Tous souhaitent le découvrir, mais peu ont la patience et le courage d'aller au bout de cette recherche de perfection et d'absolu.

La voix de la souveraine, toujours mystérieuse et fascinante, n'est plus qu'un souffle. Fatiguée, elle lui fait signe de la laisser. Quel lourd fardeau pour un cœur si jeune et si pur, songe-t-elle tristement en regardant s'éloigner sa fille tendrement aimée !

- Va vers ta destinée Ankhsesenpaton. Le chemin sera long et hasardeux mais je serai à tes côtés, murmure-t-elle pour elle-même.

Le cœur étreint et des larmes plein les yeux, Ankhsenamon retient ses sanglots. Le courage de sa reine, dont les yeux ne voient plus, lui montre l'exemple. Elle n'a pas le droit de se plaindre mais ne parvient pas à se résoudre pour autant à renoncer à tout espoir.

En quittant sans bruit le chevet de Néfertiti, elle la revoit telle qu'elle lui apparaissait chaque soir lorsque, encore enfant, elle s'échappait pour se dissimuler derrière un gros pylône et admirer la grande prêtresse dirigeant le culte comme le souverain le dirigeait, lui, le matin.

Plus tard, marchant derrière sa mère et maniant un sistre pour écarter les influences nocives, Méritaton avait été de plus en plus présente dans les cérémonies. Considérée comme le troisième terme de la trinité sacrée formée du père, de la mère et de l'enfant, elle avait parfaitement conscience de son importance.

Ankhsenamon ne l'a croisée que très rarement lorsqu'elle se rendait chez la reine et n'a jamais éprouvé d'amitié pour celle qui la regardait avec une animosité qu'elle ne comprenait pas. Elle se souvient avec nostalgie des heures passées dans *la demeure du lotus* auprès de Néfertiti qui se comportait comme une mère avec elle, lui enseignant la magie capable de produire la puissance nécessaire pour vaincre les ténèbres et ouvrir les portes de l'au-delà ainsi que les rituels de régénération du ka, énergie immortelle de l'âme, par le magnétisme et la prière. A sa mémoire, il revient les paroles de la reine la guidant pour concentrer son énergie vitale dans ses paumes avant de poser ses mains sur une personne malade afin de la guérir.

Après avoir reçu tous les honneurs dans le grand palais, Néfertiti se retrouvait seule et isolée du monde, à l'écart de la principale résidence royale construite près du fleuve. Nettement séparée de la cité, entourée de cours aux murs peints de représentations colorées à la gloire de la lumière créatrice, de jardins paradisiaques, d'oiseaux et d'animaux et de pièces d'eau, la demeure de Pharaon si agréable sous l'impulsion de la Reine, connaissait à présent une atmosphère pesante.

Qu'il semble loin à Ankhsenamon le temps où elle interrogeait avidement son père sur celle qui avait l'insigne privilège de se déplacer sur son propre char équipé d'un arc et de flèches comme celui du roi, il la lui décrivait rayonnante aux côtés du monarque, toujours présente aux réceptions des ambassadeurs offrant leurs tributs à Pharaon.

De retour dans sa chambre, Ankhsenamon se tord les mains de désespoir. *Si seulement je pouvais encore l'aimer librement ! Si seulement le droit m'en était accordé !* murmure-t-elle pour elle-même. Elle réalise soudain que tout avait commencé après cette nuit étrange dont elle n'a gardé qu'un vague souvenir. Elle s'interroge. Elle avait entendu parler de cette magie pratiquée par les prêtres d'Amon avant que celle-ci ne fut prohibée par Akhenaton et Néfertiti. Elle savait toutefois que certains réfractaires ignoraient cette interdiction et agissaient en secret. Quelqu'un pouvait-il la détester au point de vouloir son malheur ? Et, si… ? Non, c'était absurde ! Son regard glisse alors vers sa cheville. Ankhsenamon découvre avec étonnement que la couleur du scorpion est passée du noir obscur au marron foncé.

Instinctivement, elle touche la croix ansée que Néfertiti lui a offerte et qu'elle porte déjà autour du cou. Ses doutes ne sont peut-être pas aussi absurdes que cela, se dit-elle angoissée.

Téti s'inquiète de la voir dans cet état de fébrilité. Elle craint de la voir tomber malade car elle refuse toute nourriture et ses yeux rougis attestent de ses nuits sans sommeil. Elle sait ce qui la mine et s'abstient d'aborder le sujet avec elle, préférant lui laisser l'initiative de se confier. Mais les jours passent et se ressemblent sans apporter le moindre signe d'épanchement de la part d'Ankhsenamon qui attend de plus en plus impatiemment le retour d'Hamosis.

Le délai de réflexion qui lui était accordé venant à son terme et Hamosis n'étant pas revenu à Akhetaton, Ankhsenamon doit se résoudre, la mort dans l'âme, à admettre qu'Aton a décidé qu'elle devait se plier à la décision paternelle.

- Obéir à mon père et ne pas décevoir ma souveraine, c'est sacrifier mon amour ! Mais ai-je le choix ? sanglote-t-elle enfin dans les bras de Téti impuissante qui ne parvient pas à calmer son désespoir.

6.

Contrairement à la tradition, Ankhsenamon n'a pas tressé de guirlande, ni apporté de fleurs dans ce qui allait être sa demeure, mais a pris soin d'emporter le contraceptif, à base de plantes médicinales cultivées dans le carré autour du bassin d'eau fraîche et objet de ses soins depuis toujours, qu'elle a préparé sur les indications de Téti qui avait pris conseil auprès de Nekkeb. Elle ne pouvait supporter l'idée de porter l'enfant d'un autre qu'Hamosis. Son père l'a escortée jusqu'à la porte de son nouveau logis mais se refuse à pénétrer chez Sinoufer. Avant de la quitter et de remonter dans sa chaise à porteurs de bois doré, il la serre dans ses bras, sans prononcer un mot. La gorge serrée, elle se retient pour ne pas se précipiter à sa suite et détourne le regard de la haute silhouette qui s'éloigne à grands pas après lui avoir remis le document légal précisant les droits de propriété de chacun des époux. Ce contrat mentionne qu'Ankhsenamon apporte un tiers aux biens du ménage.

Sinoufer, ayant renié ses parents de modeste condition, l'attend seul au seuil de la villa située dans le quartier nord du palais où sont regroupés les bâtiments administratifs abritant les bureaux de la Police, du Trésor et du Service des pays étrangers ainsi que l'Ecole des fonctionnaires.

Comme une somnambule, elle en franchit l'entrée, posant une main tremblante sur le bijou offert par Néfertiti. En or, avec un scarabée gravé au revers, la croix ansée représente son bien le plus précieux. Elle le porte autour du cou, ostensiblement, comme une armure capable de la protéger du mal.

Bureaux de scribes, petits fonctionnaires et commerçants dont les échoppes se trouvent à proximité font régner une animation que la jeune épousée n'a pas perçue. Elle ne remarque pas davantage les belles peintures aux couleurs vives décorant les murs, ni les colonnes sculptées au chapiteau en forme de fleur ouverte. Considérant son nouveau logis comme une prison dorée, Ankhsenamon se sent oppressée. Les mains crispées, le torse raide et les lèvres serrées, elle retient les larmes qui perlent à ses paupières pour conserver une attitude digne de ceux qui l'aiment.

Téti, vêtue pour la circonstance d'une robe à manches longues et collantes ornées de galons suivant les lisières et les coutures, l'a accompagnée jusque dans ses appartements mais s'en retourne le cœur lourd, lui laissant une impression d'abandon, même en sachant que Nofret doit la rejoindre le lendemain pour être à son service.

Alors que le royaume de la nuit recouvre doucement la terre et que le soleil rouge colorant de tons fauves le sommet des montagnes poursuit sa route funèbre vers des rivages inaccessibles, la jeune épouse se livre aux mains de la servante nubienne qui enduit son corps d'huile parfumée au jasmin et coiffe ses cheveux à l'aide du peigne en nacre qu'elle a apporté avec elle.

Lorsqu'elle se retrouve seule, parée d'une simple tenue de lin blanc enroulée plusieurs fois autour du corps, Ankhsenamon fait les cent pas dans la pièce et guette avec appréhension le pas de son mari dans le corridor. En songeant à la nuit qui vient, en imaginant les mains de Sinoufer se poser sur elle, Ankhsenamon se sent nauséeuse.

Silencieux comme un chat, celui-ci surgit sans qu'elle l'ait entendu venir. Avant de la rejoindre, il a fait ses ablutions et posé sur un chevalet sa perruque garnie de franges pour ne pas en déranger l'ordonnancement.

L'air virginal d'Ankhsenamon émoustille Sinoufer. L'évaluant du regard comme si elle était une marchandise, il tourne autour d'elle puis se plante dans son dos, la saisit par les épaules, la fait pirouetter et s'empare de sa bouche avec une brutalité bestiale. Sous l'assaut, Ankhsenamon se sent défaillir puis se débat avec fougue, mais en pure perte. Après quelques minutes de lutte acharnée, elle ne peut que subir cette étreinte qui la répugne. Sa résistance semble avoir exacerbé le désir de Sinoufer qui lui arrache son pagne et la renverse sur le sol pour exercer son droit de mari.

Sa nuit de noces, qu'elle avait imaginée comme un moment magique où le corps se fait l'écho du cœur pour fusionner dans l'amour, s'est transformée en un supplice qu'elle devra vivre nuit après nuit. Mais Sinoufer n'aura jamais que son corps, son cœur et son esprit sont ailleurs.

Meurtrie dans sa chair, humiliée dans son âme, Ankhsenamon ne parvient pas à trouver le sommeil et demeure dans l'obscurité les yeux grands ouverts alors que celui auquel elle est à présent liée pour la vie ronfle lourdement. Elle ne peut détacher ses pensées d'Hamosis et sent les larmes monter en elle comme une lame de fond. Pourtant, elle veut se convaincre qu'elle ne doit plus songer qu'à Sinoufer pour ne pas sombrer dans le désespoir.

Le lendemain, l'apparition de Nofret, envoyée par son père pour la seconder, si elle lui procure une joie infinie, lui rappelle le sacrifice de son amour. Tombant dans les bras l'une de l'autre, leurs larmes se mêlent mais aucune n'ose prononcer le nom d'Hamosis.

Les nuits suivantes, elle ne manifeste plus de réticences sous les caresses de son époux qu'elle subit silencieusement dans un état second grâce à la potion narcotique à base de cannelle qu'elle s'est préparée et boit avant sa venue. Cette acceptation forcée coupe le plaisir de Sinoufer qui aurait préféré une opposition déclarée, plus excitante que cette passivité.

Elle n'aura plus à subir ses assauts amoureux dans l'avenir, car son comportement le ramène à ses préférences, c'est-à-dire aux prostituées aux yeux ourlés de khôl et au corps embaumant les huiles parfumées qui savent exciter et apaiser ses sens. Bien que cette infidélité puisse lui rendre sa liberté par constatation et reconnaissance royales, Ankhsenamon se doute que Pharaon, à l'origine de cette union, refusera de se prononcer officiellement en sa faveur. Elle se sent prise au piège. Au moins, sans cette intimité qui la révulse, sa vie devient-elle plus supportable.

Sa fierté l'aide à tenir son nouveau rang de femme mariée et à diriger seule sa maison. Acheter et préparer la nourriture, veiller à l'hygiène de la maison en la désinfectant et la parfumant régulièrement ainsi que l'entretien des vêtements représentent les taches la femme au foyer.

Très occupé, Sinoufer se montre peu à son domicile, ce dont Ankhsenamon ne se plaint pas. Nofret lui a appris la suppression et la destruction des statuettes et amulettes trouvées chez eux par les soldats lors de la perquisition dont elle n'avait pu informer son amie à temps. Par elle également, elle sait qu'à Thèbes les prêtres ont eux-mêmes conduit soldats et populations affamés à se rebeller contre ce dieu auquel on ne sacrifie ni béliers, ni bœufs qui donnent ensuite de la viande à manger.

- C'est un repaire d'Aton, nettoyons-le par le feu ! criaient-ils.

- Extirpons le mauvais sang de toute l'Egypte pour qu'il n'y ait plus de famine ni de larmes dans le pays ! Amon revenu bénira tous ceux qui croient en lui !

Ankhsenamon a du mal à croire ces nouvelles effrayantes mais juge sage de trouver une cachette pour dissimuler la statuette d'Hathor qui reste son seul lien avec Hamosis. Dans cette maison où elle a beaucoup de mal à se sentir chez elle, la seule idée qui lui vienne à l'esprit c'est de la placer dans un creux de mur de sa chambre devant lequel elle tire son coffre à vêtements décoré d'incrustations en ivoire.

Son père, venue lui rendre visite quelques jours plus tard, en l'absence de son époux, lui confirme que tout ce qui portait figures de divinités anciennes avait été rassemblé au centre de la cité et détruit devant le grand temple d'Aton.

« Aton seul existe et lui seul donne le souffle de vie », a-t-il été déclaré par ordre de Pharaon sur l'estrade entourée de soldats. Depuis, des équipes d'ouvriers sont partis avec mission de supprimer en tous lieux les noms bannis.

La mélancolie a envahi son âme. Du haut des terrasses, Ankhsenamon ne sait plus contempler le ruban argenté du Nil qui, en ce mois d'Akhet[10], commence à enfler et dont les eaux courent plus vivement, se préparant à la crue qui, durant près de quatre mois, va inonder la longue bande agricole concentrée sur les berges du fleuve.

L'air lourd l'oppresse.

Depuis son mariage, elle ne sait plus se diriger chaque matin vers l'astre lumineux en levant vers lui les bras avec allégresse pour le saluer comme elle l'a vu faire par Néfertiti.

---

[10] Saison des inondations. Les autres sont Peret, saison des germinations et Shemou, saison des moissons.

En vain, elle tente de se replonger dans le souvenir de ces heures si puissantes où, cachée derrière un pilier, toujours le même, elle venait chaque jour admirer la Reine dans la splendeur du soleil levant ou du soleil couchant, toujours majestueuse et illuminée par sa communion avec le dieu Aton.

Il n'y a plus de lumière dans le cœur d'Ankhsenamon empli de tristesse.

L'avenir lui apparaît sombre et dépourvu de joie. Elle se souvient de ce soir où, seule dans sa chambre désertée par Sinoufer, elle avait tenté une dernière fois d'élever son âme vers les cieux. Baignée et apprêtée pour le rituel, elle s'était assise en lotus face à l'immensité étoilée, tenant dans sa main droite l'émeraude de sa mère, pierre de la connaissance secrète, et, dans la main gauche, une rhodocrosite pour trouver son chemin dans l'au-delà. Si cette mise en condition avait détendu son corps, en revanche, elle ne parvenait pas à se libérer des préoccupations qui tourmentaient son esprit.

Inutile d'insister, admet-elle résignée. Sa foi en Aton qui n'a pas entendu la force de son amour a trop faibli pour qu'elle se transcende dans une communion divine. Allongée nue près du bassin de son jardin dont les eaux rafraîchissent l'atmosphère, elle regarde sans les voir les lotus épanouis s'offrir aux doux rayons du soleil. Elle pense à Hamosis, le cœur serré. *Sans toi je ne suis plus, je suis perdue. Je ne vois plus Aton briller, ne daigne plus un regard lui porter, n'en ressens plus la chaleur et le subis dans une morne torpeur. Mon amour pour toi fut, est et restera toujours l'unique lumière de mes jours, la seule ombre de mon pas.*

* * *

L'approche de la crue ayant rendu la navigation plus difficile, Hamosis, dont le séjour à Thèbes s'était prolongé plus que prévu, avait largement retardé son retour à Akhetaton.

Après avoir embrassé sa mère et sa sœur occupées à tisser du lin, il ne songe qu'à rejoindre Ankhsenamon. Héria se résout à la pénible mission de lui annoncer qu'il doit renoncer à son projet puisque celle-ci est mariée depuis deux lunes.

Abasourdi, il ne réagit d'abord pas, puis s'emporte violemment.

- C'est impossible ! Elle m'aime et lorsque je l'ai quittée, il y a un mois, nous projetions de nous unir.

- Elle a dû obéir à son père, lui répond sa mère d'un ton fataliste. Pharaon lui-même a choisi ce mari, ajoute-t-elle en s'adressant à son époux et prenant son fils par les épaules pour lui apporter son soutien.

- Elle t'a attendu autant qu'elle a pu, ajoute Nofret pleine de compassion.

Ecrasé par son impuissance face à cette terrible nouvelle, Hamosis sort en trombe pour dissimuler son chagrin et sa rage. Instinctivement, ses pas le mènent vers le bord du Nil. Espère-t-il apercevoir celle qu'il aime ? Les eaux d'ordinaire translucides lui paraissent aujourd'hui si sombres. Sombres comme son cœur qui, à présent, déteste ce dieu qui, pour lui, n'a jamais pris la place d'Amon. En ce lieu familier chargé de souvenirs heureux, Hamosis se revoit offrir à Ankhsenamon la statuette que pour elle il avait sculptée. Que le destin ait si brutalement décidé de condamner son amour le plonge dans le désarroi le plus total ! Brisé par le désespoir, il s'agenouille implorant.

Oh Hathor!
Toi qui veille sur cette attirance mystérieuse qui unit deux amants,
Toi qui répands sur terre la puissance irrésistible de l'amour,
Dis-moi
Comment vivre le cœur brisé, le cœur déchiré ?
Comment vivre et pourquoi si cela est sans elle ?
Comment accepter l'inacceptable ?
Oh Hathor !
Déesse de l'amour
Sans elle je ne peux vivre mais seulement survivre,
Mon amour pour elle je ne peux oublier,
Une autre femme je ne peux aimer !

- Comment pourrais-je entrer en contact avec Hamosis que je n'ai pas revu depuis cette funeste journée qui a décidé de mon sort, songe Ankhsenamon chaque matin en s'éveillant après une nuit entrecoupée de mauvais rêves.

Elle a tant besoin de le revoir. Combien elle regrette de ne pas s'être abandonnée dans ses bras ce jour au bord du Nil où ils s'étaient embrassés ! Au moins aurait-elle connu une fois dans sa vie un moment de bonheur intense qu'elle aurait pu chérir dans sa détresse, un souvenir immuable pour réchauffer son cœur

Un matin, elle se souvient soudain des mots prononcés par la reine Néfertiti.

- Aide-moi ! Guide mon pas vers Hamosis, murmure-t-elle suppliante en caressant la croix ansée.

L'espoir de le croiser au détour d'une rue la pousse à se rendre ce jour-là au temple, déserté à l'heure où le soleil devenu blanc de chaleur frappe hommes et bêtes.

A-t-il entendu l'appel de son cœur ? Peut-être, car lui aussi a eu le courage de surmonter les rayons implacables de Rê. En vérité, depuis son retour de Thèbes, Hamosis rôde autour de la demeure de Sinoufer et aux environs du temple dans l'espoir d'apercevoir Ankhsenamon. Sa constance est aujourd'hui récompensée.

Enveloppée d'un châle de couleur safranée pour se protéger de l'ardeur du soleil, elle avance à petits pas dans sa direction.

- Hamosis ! s'écrie Ankhsenamon en le voyant surgir sur sa route.

Prenant vivement son bras, il entraîne la jeune femme à l'abri de dattiers offrant une ombre propice à leurs retrouvailles.

Instinctivement, elle se presse contre lui qui ne résiste pas au désir de la serrer contre sa poitrine. La gorge nouée par l'émotion, ils restent un long moment silencieux. Hamosis se reprend le premier.

- Mon amour, je t'aime.

Eperdue, des larmes coulant sur ses joues, Ankhsenamon hoquetant ne parvient pas à lui dire qu'elle lui demande pardon.

- Je sais les pressions que tu as subies, mais à présent je suis là.

- J'aurais dû attendre plus longtemps ton retour, répète-t-elle en leitmotiv.

- Nous allons trouver une solution. Je vais aller voir ton père, dit-il en prenant son visage entre ses mains et plongeant son regard dans le sien.

- Il ne t'écoutera pas.

- Il t'aime trop pour ne pas vouloir ton bonheur.

- Il ne peut rien pour nous. Nous devons nous enfuir.

- J'y ai pensé, mais c'est impossible ! Je ne peux faire jeter l'opprobre sur toi et te faire perdre tous tes biens, s'inquiète Hamosis.

- Je préfère cela à une vie sans toi, lui murmure-t-elle dans un sanglot. Je pourrai tout supporter avec toi parce que je t'aime et que tu m'aimes. Je veux vivre à tes côtés et suis prête à te suivre.

- Tu es mon passé, mon présent et mon avenir. Mon cœur t'appartient. Je ne pourrai vivre sans toi.

Leur échange précipité, par crainte d'être surpris, les conduit rapidement au seul dénouement possible, quelles qu'en soient les conséquences.

Bouleversés par la force de leurs sentiments, ils n'ont en effet qu'une solution : quitter l'Egypte, ainsi que l'exprime Hamosis adoptant la suggestion d'Ankhsenamon tout en étant parfaitement conscient des risques encourus.

- Laisse-moi le temps d'organiser notre départ. Ne parlons à personne de notre projet et retrouvons-nous ici quand Aton se sera levé pour la sixième fois.

Un baiser emprunt d'espoir scelle leur promesse.

Ankhsenamon ne peut quitter les bras d'Hamosis qui desserre tendrement son étreinte, lui embrasse la paume des deux mains avant de partir en courant.

Seulement préoccupés d'eux-mêmes et de leur malheur, les jeunes gens n'ont guère prêté attention aux ombres qui se sont profilées autour d'eux…

7.

Les organes majeurs de la vie économique du pays s'élèvent autour du grand temple d'Aton dont deux tours de brique ornent l'entrée ; construit en longueur, il porte le nom de « Demeure de la joie de rencontrer Aton ». Une succession de salles, dont aucune ne comporte de toit, ouvre le bâtiment à l'immensité du ciel et mène au cœur de l'édifice « Aton est trouvé » avec, tout autour, les ateliers nécessaires à la pratique du culte.

La porte monumentale se poursuit par une avenue bordée de sphinx, puis par des rangées d'arbres et une série de petits pylônes ornés de mâts à banderoles. De grandes cours permettent ensuite de parvenir à l'espace le plus sacré, une salle à colonnes où sont dressés trois cent soixante-cinq socles de briques destinés à recevoir des offrandes.

Une grande stèle représente Akhenaton et sa famille faisant acte d'adoration du soleil. Les murs sont couverts de reliefs dont le thème principal est l'offrande à Aton par le couple solaire et de nombreuses statues du roi et de la reine divinisés se tiennent devant les tables d'offrandes.

La représentation des membres de la famille royale n'est guère flatteuse mais Akhenaton a éprouvé le désir de faire évoluer la sculpture vers une nouvelle esthétique et de la laisser traduire les traits humains sans les enjoliver. Il a cherché à enrichir l'art pharaonique et, au-delà de son extase mystique, a permis de voir apparaître des scènes familiales très réalistes jamais exprimées jusqu'à son règne. Allongement du visage, grossissement des traits ou déformations du crâne sont ainsi des caractéristiques spécifiques respectées par les ouvriers de Paser qui ont réalisé plus d'une statue destinée au temple et au palais. Pharaon étant sur terre le représentant d'Aton, père et mère, est un être asexué car ni masculin ni féminin ; il ne peut être perçu autrement que comme un personnage symbolique dont l'aspect physique doit être emprunt de la spiritualité qu'il incarne dans des formes mystérieuses qui échappent à la logique, comme une force surnaturelle hors des normes humaines.

Comme plusieurs de ses compagnons, Senmout ne connaît pas les anciens chefs d'œuvre visibles à Thèbes ou à Memphis, mais son instinct, et surtout le tendre sentiment qui habite son cœur, a guidé sa main et le poinçon pour rendre toute la beauté pure et délicate d'Ankhsenamon. Ce buste qui symbolise son impossible amour, il l'a sauvé de la destruction lors des perquisitions en l'enfouissant dans le sol, protégé par un linge subtilisé à sa mère. Depuis, la tristesse ne le quitte plus. Admirer le visage immortalisé était le seul réconfort de son cœur épris sans espoir.

Depuis le modelage du plâtre qui avait vu ses débuts balbutiants et le maniement du ciseau de cuivre, Senmout, qui a beaucoup progressé, n'a eu qu'une idée en tête : façonner de ses mains le visage d'Ankhsenamon. Aujourd'hui, il est fier de son ouvrage et adresse à la sculpture de calcaire poli, à l'esthétique parfaite à ses yeux, qu'il a laissé pure de toute couleur, les mots rituels que Paser ne tardera pas à lui faire prononcer. Ces mots, qui feront de lui un maître sculpteur appartenant à l'illustre corporation apprivoisant la matière, il a voulu les offrir au reflet de celle qu'il aime : « qu'elle vive ! »

Senmout et Hamosis, dont les maisons sont mitoyennes, se connaissent depuis leurs premiers pas. L'un et l'autre ont suivi les traces de leur père, le premier en sculptant la pierre et en modelant la glaise, le second en travaillant le bois.

Leur amitié ne s'était pas démentie lors de l'apparition d'Ankhsenamon dans le petit groupe qui formait parfois un quatuor sur les rives du Nil. Senmout était tombé amoureux de la jeune fille et s'était très vite rendu compte de la préférence de celle-ci pour son ami. Il avait donc gardé ses sentiments secrets qui ne s'étaient pas altérés avec le temps.

* * *

La stabilité des protectorats égyptiens, tels que Byblos ou l'Amourou, dégradée bien avant le règne d'Akhenaton, se trouve détruite et des troubles éclatent. Hittites et Mitanniens s'entredéchirent, mais Pharaon n'intervient pas car il lui est difficile de faire une analyse pertinente des situations et d'en tirer les conclusions qui s'imposent.

Replié sur lui-même, Akhenaton ne sait pas prendre de décision. Autour de lui dans la salle du grand pilier, les scribes assemblés attendent pour jouer de leur pinceau sur le papyrus et noter les ordres du souverain.

Lorsqu'il s'est retrouvé à la tête de l'Egypte gouvernée par le puissant clergé d'Amon, le jeune roi avait su préparer sa révolution. Au cours de sa sixième année de règne, il avait imposé Aton comme dieu absolu et banni les autres divinités, confisquant les biens des riches temples et dispersant les grands prêtres devenus avec le temps les véritables maîtres de la politique du pays.

La centralisation excessive avait provoqué une régression sensible de l'économie, les bases de l'ancienne religion, elles, n'avaient pas été ébranlées et Akhenaton, aujourd'hui seul et fatigué, se désintéresse de ce qui peut se passer au-delà des stèles limites de sa cité.

Depuis toujours, il s'est opposé à la guerre parce qu'Aton a horreur des effusions de sang. Il affirme que l'Egypte étant le pays le plus riche et le plus puissant du monde, personne n'osera l'attaquer. Impatienté, n'a-t-il pas été jusqu'à déclarer dans le passé au général Horemheb que des pointes de bois suffiraient aux gardes lorsque celui-ci lui avait demandé des chars et des lanciers pour aller secourir la Syrie ! Malheureusement, son désir de paix universelle n'a pas empêché les luttes aux frontières, principalement en Phénicie, ni les Hittites de détruire une à une les principautés des lointains vassaux de l'Egypte.

Paupières mi-closes, le visage empreint d'une légère sueur, les mâchoires serrées, les lèvres gonflées, Akhenaton laisse tomber des mots déjà entendus.

- La guerre, sauf si elle est défensive ou s'il s'agit d'un simple incident frontalier comme c'est le cas à présent, est un pur et simple gaspillage. Je veux que mon peuple vive dans la paix et la sécurité.

Après de longues palabres et des paroles apaisantes, Knoumhotep parvient enfin à lui faire accepter la nécessité de préparer les troupes en vue d'une éventuelle attaque. Vérification des pointes de flèches et des boucliers, distribution de lances, rondes et reconnaissances permettront désormais au commandant en chef des armées de ne pas se laisser surprendre. Furieux d'avoir eu à subir depuis trop longtemps, sans riposter, ou d'avoir vu massacrer les soldats de son corps expéditionnaires par manque de moyens, Horemheb, étonné que le grand dignitaire ait été écouté et entendu par Akhenaton, le remercie d'un signe de tête et s'élance vers ses quartiers.

Aton et Pharaon, son représentant sur terre, dépendent de Maât, la règle universelle, symbole d'équilibre, de justice et de vérité. C'est pourquoi Akhenaton élève le nom d'Aton vers le ciel, offrant Maât à Aton. Knoumhotep, lui, n'oublie pas qu'il porte le collier symbolique dédié à la déesse de l'ordre cosmique et de l'harmonie universelle. Il se souvient de la fierté qu'il avait ressentie lorsque le couple royal était apparu à la grande loggia entourée de colonnes en bois peintes surmontée du disque Solaire Aton. Ouverte dans le passage surélevé menant du palais aux bâtiments officiels, face au peuple assemblé dans la principale cour du palais royal, Akhenaton l'avait honoré de cette faveur ! Sur un geste de Pharaon, il avait reçu la fabuleuse récompense qui l'avait distingué devant tous dans un profond silence avant une explosion de joie générale et spontanée des spectateurs tandis que ses serviteurs l'avaient porté en triomphe jusqu'à sa demeure. Etre digne de ce privilège est une lourde responsabilité qu'il a toujours assumée avec joie et qui pèse aujourd'hui lourdement sur ses épaules.

Certes, Akhenaton a toujours accordé la première place aux préoccupations spirituelles pour asseoir les bases de la foi nouvelle et trop négligé les intrigues nouées par les uns et par les autres, mais lui, Knoumhotep, veillait à assurer l'ordre et l'harmonie en réglant les difficultés. Il n'a malheureusement pu maitriser toutes les situations. Ainsi n'a-t il pas réussi à contrer le manque de fermeté de Pharaon laissant s'installer une agitation d'autant plus pernicieuse que la situation économique du pays est devenue difficile et ternit son image par des promesses non tenues envers ses vassaux. Cette situation a laissé le champ libre aux profiteurs et aux ambitions démesurées, tels des hommes comme Sinoufer.

Chargé du ravitaillement des armées, celui-ci est en contact constant avec le général Horemheb, mais surtout avec ses capitaines car c'est avec eux qu'il trafique. Ces derniers subtilisent une partie des provisions et des munitions déjà importantes des soldats, créant un mécontentement qu'ils entretiennent savamment pour les inciter à se révolter. Les bénéfices sont substantiels pour Sinoufer et ses acolytes car ils revendent leur larcin aux prêtres de Thèbes qui, ainsi, de leur côté, parviennent à acheter le soutien des dignitaires en leur fournissant des denrées en quantité.

Que le peuple maudisse ce dieu, qui ne fertilise pas les champs du limon produit par la crue du Nil parce que le fleuve ne grossit plus depuis plusieurs saisons, satisfait pleinement les comploteurs qui, eux, ne manquent de rien. Ils se moquent que la terre, appauvrie, ne permette plus de belles récoltes de blé ou d'orge, ni de légumes, et que le grain vienne aussi à manquer pour nourrir les volailles, tout comme l'herbe pour les bovins ! Ils attendent patiemment l'heure de la rébellion qui ne saurait tarder.

- De considérables bouleversements vont intervenir au palais. Je le sais. Nous le savons tous.

Ces propos, lancés avec soin par des acolytes de Sinoufer, nourrissent la rumeur qui se répand et tourmente les esprits. Dans la cité de Lumière, l'atmosphère s'est alourdie. Dans ce contexte, Sinoufer évolue avec un plaisir évident tout en conservant une attitude servile envers ceux qu'il trahit. Le général Horembeb étant parti en mission de reconnaissance avec quelques hommes, il a le champ libre pour empoisonner les esprits à la caserne.

8.

Pour se rapprocher de son aimée, Hamosis a sculpté pour lui-même une statuette d'Hathor identique à celle qu'il lui avait offerte alors qu'ils croyaient l'un et l'autre en un avenir heureux. Cachée dans un repli de son pagne, il la porte sur lui jour et nuit. Brutalement bousculé au détour d'une ruelle par l'un des complices de Sinoufer qui cherche à l'éliminer, Hamosis le repousse avec vigueur, mais ce geste provoque la chute de sa précieuse déesse. Son agresseur s'empare immédiatement de l'objet et, triomphant, le montre à bout de bras aux policiers qui surgissent avec opportunité. Aussitôt ceinturé, le jeune homme est emmené sous le regard apeuré de quelques femmes et plein de colère de leurs compagnons. Hamosis est loin d'imaginer que sa conversation avec Ankhsenamon concernant leur fuite a été surprise et rapportée à Sinoufer.

Les liens d'Ankhsenamon avec Hamosis et sa famille n'avaient pas échappé à Sinoufer lors de sa petite enquête sur Knoumhotep. Ses espérances de trouver un moyen de pression sur le grand vizir s'étant évanouies, il ne lui était resté que ce mariage avec sa fille pour s'élever vers Pharaon. Il n'était pas question que ce fils de menuisier viennent faire échouer ses projets en provoquant un scandale qui attirerait l'attention sur lui. Un rictus haineux aux coins des lèvres, il se réjouit de la facilité avec laquelle il a piégé ce gêneur sans que lui-même soit mis en cause.

Prévenir Inéni par l'intermédiaire de Nitocris avait été un jeu d'enfant. L'épouse du chef de la police avait habilement su faire suspecter Hamosis de complot. Suivi pendant plusieurs jours à son insu, il avait été facile de repérer ses habitudes. Qu'il ait en sa possession une amulette prohibée avait apporté un dénouement rapide auquel Sinoufer n'avait pas rêvé.

Convaincu de trahison envers Aton parce qu'ayant transgressé les ordres d'Akhenaton en reproduisant une effigie défendue, Hamosis est arrêté et mené en prison. Les lamentations de sa famille n'y font rien. Lorsqu'elle apprend la nouvelle par Nofret, Ankhsenamon s'effondre. Tourmentée depuis plusieurs jours par sa cheville douloureuse et harcelée par des ombres malfaisantes flottant autour d'elle, toujours les mêmes, elle pressentait l'imminence d'une calamité. Elle comprend bien sûr que leur fuite est compromise, mais aussi que la vie d'Hamosis est en danger. Dans son désarroi, elle confie à sa fidèle amie posséder elle aussi une statuette de la déesse, sans se méfier des oreilles de la jeune nubienne cachée derrière une tenture, une concubine de Sinoufer chargée de l'espionner. Le chantage étant son arme favorite pour parvenir à ses fins, il a en effet placé sans tarder son épouse sous surveillance. Il ne le regrette pas et exploite immédiatement la situation. Il lui est facile de récupérer la figurine d'Hamosis et de se présenter à Ankhsenamon en prétendant avoir trouvé la statuette dans ses appartements. Tombant dans le piège, elle ne nie pas, soulagée même à l'idée de partager le sort de celui qu'elle aime. La fourberie de Sinoufer n'a pas de limites. N'a-t-il pas convoqué Knoumhotep pour qu'il soit témoin de cette confession ! Le père et la fille comprennent qu'ils n'ont plus d'issue et sont livrés au chantage du scélérat. Knoumhotep sait qu'il lui faudra accepter certaines compromissions pour protéger sa fille, comme elle-même sait qu'elle devra obéir pour couvrir son père.

Sans attendre, son gendre lui demande, contre son silence, de lui délivrer un billet autorisant le porteur à être obéi sans poser de question. Et, sans attendre, il utilise ce document pour demander la libération d'Hamosis qui sera transféré à la caserne pour soi-disant aider à réparer la charpente des écuries. En vérité, il a l'intention d'utiliser le jeune homme pour charger et transporter les caisses d'armes qu'il destine aux hors-la-loi travaillant pour lui à déconsidérer la politique extérieure de Pharaon. Méfiant, il ne se sert que de prisonniers qu'il ne conserve à son service que le temps de deux opérations, faisant ensuite tuer les malheureux qu'il a jetés dans l'aventure par son homme de main, le terrible Harkhuf, une brute dépassant d'une tête le commun des mortels, capable d'étrangler ses victimes sans le moindre effort, un rictus figé sur les lèvres.

Sinoufer jubile d'avoir réussi à neutraliser si facilement ce jeune rival qui risquait d'entraver ses projets qu'il sentait proches d'aboutir.

- Je deviendrai haut fonctionnaire, proche conseiller du Pharaon dans l'attente de devenir grand vizir sous le règne de Méritaton.

Cette image envahit ses songes la nuit et lui donne le sourire la journée. Sinoufer ignore qu'une autre personne partage sa jubilation : la perfide Méritaton, elle-même.

* * *

Dans sa cellule ne contenant qu'un peu de paille sur le sol et une si faible ouverture que le jour pénètre à peine, Hamosis tourne en rond, furieux de s'être fait prendre, mais surtout s'inquiétant du sort d'Ankhsenamon. Si Sinoufer l'avait sorti de sa prison pour le placer sous son autorité, c'est qu'il devait avoir découvert leur secret. Sinon, pour quelle autre raison aurait-il agi ainsi ? Que deviendrait Ankhsenamon s'il la croyait adultère ? Son père pourrait-il user de son influence pour la protéger ? Ces interrogations tourmentent Hamosis que l'impuissance ronge. Les bruits de l'extérieur ne lui parviennent qu'atténués et le garde qui lui apporte depuis une semaine une maigre galette de gruau, sa ration quotidienne avec une cruche d'eau, semble avoir l'ordre de ne pas lui adresser la parole.

L'inaction et l'incertitude le rendent chaque jour plus nerveux. Sans nouvelle de l'extérieur, il craint des répercussions sur sa famille qui a déjà fait l'objet d'une perquisition. Mais ses pensées se tournent constamment vers Ankhsenamon. Comment sortir de cette prison pour s'enfuir avec elle ? S'être fait prendre aussi bêtement le rend fou de colère contre lui-même.

Le sommeil qui l'avait fui depuis plusieurs nuits le terrasse soudainement. Des coups de pieds dans les côtes le réveillent brutalement. Tiré, bousculé, poussé par des gardiens qu'il n'avait pas encore vus, il se retrouve dans la cour où attend une demi-douzaine de malheureux.

Enchaînés, ils sont conduits jusqu'à la caserne et enfermés tous ensemble dans une même pièce totalement dépourvue de commodité. Ni planche pour s'allonger, ni paille. Assis à même le sol, les hommes se regardent, se jaugent mais ne se parlent pas. Plus tard dans la soirée, une maigre pitance leur est servie, après quoi des soldats les encadrent et les mènent jusqu'à un entrepôt où il leur est ordonné de charger des urnes sur les ânes qui attendent passivement dans l'enclos tout proche. Le poids est tel qu'il faut deux hommes pour soulever les grandes jarres. L'officier qui surveille l'opération ne dit mot mais les frappe de son gourdin pour qu'ils se pressent davantage.

Il fait nuit noire lorsque la petite colonne s'ébranle, surveillée par l'officier, arborant l'ample tunique calasaris et une sorte de jaquette bizarre faite de cuir, et quelques soldats simplement vêtus d'un pagne rayé aussi muets que leur chef. Le groupe prend la route du désert sans qu'aucun guet ne les arrête. L'entrée de la cité n'est-elle donc pas gardée, s'interroge Hamosis suspicieux.

Après plusieurs heures de marche dans le sable, l'officier fait signe de s'arrêter et de décharger les mules. Déposées au pied de grosses roches formant comme une pyramide, les grandes urnes sont remplacées sur les bêtes par deux plus petites trouvées au même endroit et ramenées à la caserne. Enfermés dès leur retour, les prisonniers s'écroulent de fatigue. Comme ses compagnons, Hamosis s'endort, laissant en suspens la question qu'il retourne dans sa tête : qu'y avait-il dans ces jarres ?

Avoir partagé cette expédition a rapproché les hommes qui, au réveil, osent se dire bonjour. Le voisin d'Hamosis, un homme d'une trentaine d'années grand et corpulent, va même jusqu'à se présenter.

- Je suis Antef, on m'accuse de ne pas avoir crié le nom d'Aton au passage de Pharaon sur l'avenue des béliers. Et toi ?

- Mon nom est Hamosis.

Comprenant qu'il n'en dirait pas plus, Antef n'insiste pas.

Au cours des jours qui suivent, ils font davantage connaissance et une certaine amitié se noue entre eux. Voilà déjà plus d'une semaine qu'ils sont là et semblent avoir été oubliés du monde des vivants.

Alors qu'ils désespéraient de leur sort, l'officier qu'ils connaissent vient les chercher et le processus se répète dans le même silence. Flairant un mauvais coup, Hamosis se demande comment faire pour connaître le contenu des jarres si grosses et pesant si lourd. La chance lui sourit lorsque l'un des prisonniers butte sur un bout de rocher émergeant à peine du sable et s'étale de tout son long, entraînant celui qui faisait équipe avec lui et projetant leur charge à terre où elle se brise contre le même morceau de roche. Eclairés par le halo lunaire, haches-masses et haches de guerre s'étalent sous les yeux ébahis des maladroits qui n'ont pas le temps de réagir et tombent sous les coups de leurs gardes-chiourmes. Se trouvant un peu en retrait, Hamosis et son compagnon comprennent rapidement la situation. Sans se concerter, ils assomment leur gardien avant de détaler à toute vitesse, protégés par la nuit et le nuage qui obscurcit soudain l'astre lunaire.

Dans ce désert sablonneux et sillonné de petites hauteurs rocheuses où les dunes se succèdent, où règnent le scarabée sacré et le dangereux scorpion, Hamosis et son compagnon se sentent perdus et bien impuissants. En découvrant ce qu'ils transportaient, ils avaient immédiatement compris le trafic auquel ils étaient mêlés malgré eux et se demandaient comment prévenir Pharaon de la trahison qu'ils venaient de démasquer.

Après réflexion, l'un et l'autre, victimes de ce dieu adoré par Akhenaton, estiment qu'ils n'ont rien à attendre de ce souverain dont le fanatisme est responsable de leur situation actuelle. Songer à leurs proches, ainsi qu'à eux-mêmes, leur apparaît finalement plus sensé que toute tentative vouée à l'échec car, qui voudra les croire ? Hamosis pense à Ankhsenamon plus inquiet que jamais après avoir découvert le vrai visage de Sinoufer. Il est à présent convaincu que ce scélérat était capable de tout, même d'éliminer sa propre femme. Il devait prévenir au plus vite Knoumhotep du danger.

Conscients du danger à revenir trop rapidement à Akhetaton, sur les pas de leurs gardiens, Hamosis et Antef décident de se cacher le reste de la nuit. Après un repos alterné, l'un surveillant les alentours tandis que l'autre dort un peu, ils prennent le chemin du retour. Marcher la journée est la meilleure solution car avancer sous le soleil qui brûle le sable leur permettra d'éviter de voir surgir soldats et policiers. Il leur faut parvenir à la ville avant le jour déclinant qui amènera les chiens à leurs trousses, les autorités supposant à raison que la faim et la soif les contraindront à rejoindre des lieux civilisés. Pas le moindre souffle de vent ne les aide à supporter la chaleur suffocante qui les écrase. De plus, Antef se déplace avec difficulté car il s'est blessé au pied en marchant sur un éclat de jarre. Déjà affaiblis par le régime carcéral subi sous la poigne de l'armée, il a conscience d'entraver la progression de son compagnon et sait qu'il faudrait cautériser la plaie avec de l'urine mais, desséchés par la touffeur qui les accable, ni l'un ni l'autre ne peuvent produire le remède. Après un temps qui leur a paru interminable, c'est couvert de sueur et de poussière et en titubant qu'ils parviennent aux abords du guet qui les a vus passer le soir précédent. Là encore, aucune sentinelle ne surveille la porte d'enceinte.

* * *

La colère de Sinoufer s'est abattue sur les coupables de l'incident qu'il a fait exécuter par son fidèle Harkhuf. Pour ne pas laisser découvrir son trafic, il s'est empressé d'accuser Hamosis de s'être enfui pour rejoindre les ennemis de l'Egypte en entraînant une vingtaine de prisonniers et en emportant des armes volées à la caserne.

Déclaré traître, un ordre de recherche a aussitôt été lancé contre lui. Policiers et chiens sont chargés de le retrouver mort ou vif, ce que Sinoufer, d'un air doucereux et hypocrite, n'a pas manqué de dire à Ankhsenamon qui pressent que des événements graves se préparent ; trop d'indices se cumulent depuis un certain temps, dont elle ne connaît pas l'exacte signification mais qui, elle en est persuadée, convergent vers une seule finalité : le malheur.

Et comment pourrait-elle ignorer le mauvais présage qu'annonce le réveil de sa douleur à la cheville et les ombres habituelles qui l'accompagnent ? Son père vers lequel elle s'est immédiatement tournée avec espoir est bien impuissant. Il n'a désormais plus les mains libres pour s'opposer à Sinoufer d'une façon ou d'une autre.

De soir en soir, elle retarde le moment de s'endormir pour échapper au cauchemar qui la réveille de plus en plus souvent et la laisse pantelante et angoissée. Ce cauchemar la poursuit même éveillée car elle le revit malgré elle, cherchant à en déceler les arcanes.

En cette fin de journée, n'y tenant plus, Ankhsenamon décide de se rendre à *la demeure du lotus* abandonnée depuis que Néfertiti s'est retirée dans son palais du Nord. En dépit de sa colère contre Aton, qu'elle juge responsable de son destin contraire aux aspirations de son cœur, elle éprouve un besoin irrépressible de se tourner vers lui. En la rebaptisant Ankhsesenpaton, « celle qui vit pour Aton », Néfertiti ne lui a-t-elle pas dit que sa destinée était intimement liée à lui ? Qu'il serait son seul secours dans l'épreuve ? Que sa maîtrise des plus grands mystères de l'écriture lui permettrait le jour venu de canaliser l'énergie des signes et des symboles pour franchir l'invisible frontière ? Une étincelle d'espoir ayant jailli dans son esprit tourmenté, Ankhsenamon avance d'un pas décidé dans les rues en direction du temple tandis que la nuit enveloppe lentement la cité et ses habitants de sa robe sombre.

- Si tu veux que j'accomplisse mon destin conformément à tes desseins, tu dois m'apporter des réponses. Tu ne peux pas me laisser dans les ténèbres et dans l'incompréhension !

Retrouver l'accès secret de *la demeure du lotus* ne pose aucune difficulté à la jeune femme qui s'engouffre dans le couloir menant à la salle de purification puis à la salle réservée au culte que la lumière nocturne habille de reflets surnaturels.

En balayant la pièce du regard, en s'attardant sur l'endroit où elle étudiait à l'écart, elle constate avec émotion que les objets et onguents sacrés sont toujours à leur place et toujours intacts. Revenir en ces lieux réveille en elle tant de souvenirs ! A se remémorer cette époque heureuse, les larmes affleurent à ses paupières. *Comment ma vie a-t-elle pu basculer dans le malheur en si peu de temps ?*

Les paroles de lumière et d'immortalité tant étudiées lors de son initiation aux mystères d'Aton lui reviennent spontanément en mémoire comme les gestes rituels d'accompagnement indispensables pour charger les mots de puissance vitale.

Avec calme et détermination, Ankhsenamon se concentre pour se connecter aux forces invisibles de l'univers et communier avec lui.

- Je t'appelle, Ô toi qui n'a pas de visage, toi qui as créé la terre et les cieux, toi qui as créé la nuit et le jour, toi le créateur de la lumière et des ténèbres. Je suis Ankhsesenpaton, celle qui vit pour toi, celle que la grande prêtresse Néfertiti a choisi pour accueillir les secrets du livre de « la lumière éternelle » dont tu es le seigneur, poursuit-elle en sentant son corps vibrer et ses sens posséder soudain une plus grande acuité. Je t'appelle, Ô toi le maître de la parole sacrée, toi qui détiens la connaissance humaine et divine…

- Je savais que tu viendrais à moi, je t'attendais.

Loin d'être surprise par cette voix étrange venue de nulle part, elle l'écoute, l'âme et le cœur ouverts, en attente de réponses.

- Celui qui est initié aux rites contenus dans le livre de « la lumière éternelle » possède une connaissance des événements futurs, aussi bien que passés, et ni le temps ni la distance ne peuvent limiter l'étendue de son pouvoir. Les énigmes de l'invisible lui sont révélées. Les mystères de la vie et de la mort sont mis à nu devant lui et il peut soulever le voile qui masque les secrets du sort et de la destinée des mortels ordinaires. Tu es initiée, mais pour accéder à ta pleine puissance, tu dois accepter ta destinée avec sérénité.

L'âme aux prises avec l'invisible, elle fait pour la première fois l'expérience de la puissance de la magie, science donnant accès aux lois universelles.

Elle savait, pour l'avoir lu et relu, que la frontière entre la vie et la mort n'était qu'apparente. Toutefois, cette affirmation n'avait eu pour elle, jusqu'à cette nuit, aucune résonnance concrète.

Elle n'a plus aucune notion du temps qui passe.

Epuisée par ce qu'elle vient de vivre, Ankhsenamon se couche à même le sol d'où semble monter une force régénératrice.

* * *

Antef doit se dissimuler à plusieurs reprises pour éviter d'être repéré. D'abord par un cortège de scribes au crâne rasé et à la mine sévère se dirigeant vers le palais , puis par une colonne de policiers prenant la direction du guet déserté qui leur avait permis de pénétrer sans difficulté dans la cité.

Enfin parvenu sans encombre jusqu'à son but, le compagnon d'Hamosis, à la stature facilement reconnaissable, est surpris à son insu sortant de chez son patron. Ce dernier ne voulant pas d'ennui, a refusé de l'héberger. Suivi par un policier à la solde de Sinoufer, ce dont il ne s'aperçoit pas, il mène celui-ci jusqu'à la villa de Knoumhotep aux abords de laquelle il se cache car, pour franchir le mur, il lui faudra attendre la nuit. Informé par le limier, il est facile à Sinoufer de deviner la retraite de celui qu'il fait passer pour un traître. Il ne lui reste plus qu'à prévenir le chef de la police et à attendre un dénouement sans surprise.

De son côté, Hamosis se doute que la maison familiale est surveillée et qu'il n'a d'autre solution que de se rendre chez Knoumhotep. Il sait qu'Antef, quant à lui, doit se rendre chez son patron, le tailleur de pierres, où il sait pouvoir trouver un abri sûr. Tous deux ont prévu de se retrouver le soir même, près de l'embarcadère, munis de provisions. Ils emprunteront une barque pour rejoindre Thèbes où Antef compte un ami qui les hébergera. De son côté, Hamosis essaiera de joindre les amis de son père qui les ont accueillis à chacun de leur séjour dans l'ancienne capitale, mais craint de leur faire courir des risques si la police se renseigne sur ses relations. Il ne sait pas que les détracteurs d'Aton, auxquels il est assimilé depuis son arrestation, sont les bienvenus dans la ville où règne une atmosphère de tension provoquée par la misère. Pour la population, Amon ne protège plus l'Egypte. Les paysans n'œuvrent plus sur la terre fertilisée par la crue car les eaux du fleuve ne couvrent plus les rives. Le Nil regagne son lit sans avoir transformé la sécheresse en une belle et riche terre noire et les animaux cherchent vainement les pâturages.

Knoumhotep ne paraît pas surpris de voir surgir Hamosis à ses côtés tandis qu'il méditait assis au bord du bassin dans l'ombre douce de la nuit en fixant sans les voir les étoiles qui scintillent et se reflètent à la surface de l'eau lisse et calme. Le cœur torturé d'avoir livré l'innocence de son enfant à un vil personnage contre sa volonté, Knoumhotep ne trouve plus la paix de l'esprit.

Le grand vizir ne doute pas de l'honnêteté du jeune homme et n'a pas cru un instant à la forfaiture dont on l'accuse, mais ne lui révèle pas ce qu'il sait, jugeant trop dangereux de lui confier que Sinoufer est un gredin, pire à un traître. En revanche, il lui fait promettre de ne pas chercher à voir Ankhsenamon pour ne pas la mettre en danger et lui propose de le cacher. Hamosis promet d'autant plus facilement qu'il n'a plus rien à lui offrir, si ce n'est l'opprobe de son nom. Après quelque hésitation, il révèle au dignitaire les derniers événements vécus. Si Knoumhotep regrette l'enchaînement de circonstances qui ont mené le jeune homme au bord de l'abîme, il est en un sens soulagé d'avoir confirmation de l'existence du complot qu'il pressentait sans en avoir de preuve. Désormais, il allait pouvoir agir pour sauver l'Egypte et rendre à sa fille le bonheur dont il l'avait privé. Pour parvenir à les confondre, il ne faut pas que Sinoufer et ses complices se doutent de ses soupçons.

Alors que sa villa est investie par des hommes armés, le grand vizir se voit interpellé par le chef de la police lui-même, qui ne l'accuse pas de cacher Hamosis, mais lui demande où il se trouve. Bien décidé à protéger le jeune homme, Knoumhotep ne répond pas à la question et s'étonne de cette visite chez lui, ce qui provoque un petit sourire narquois de la part du haut fonctionnaire qui exprime alors le souhait d'explorer les pièces de la maison. Le maître de céans refuse et s'adresse à Inéni avec autorité, mais n'est aucunement écouté, des ordres fusant déjà pour ordonner une inspection des lieux. Hamosis, témoin de la scène, ne veut pas porter tort à son protecteur et se faufile dans les jardins pour gagner la trouée qui avait si souvent permis à Ankhsenamon de le rejoindre, mais il est aperçu par un policier qui se met à crier pour alerter ses compagnons. Poursuivi, le jeune homme ne peut aller bien loin car Harkhuf veillait et se jette sur lui. Ayant dégainé une courte dague, il enfonce l'arme blanche jusqu'à la garde dans la hanche d'Hamosis qui s'écroule en poussant un cri de douleur. Le tueur ne laisse pas à sa victime le temps de réagir et abat son poignard à plusieurs reprises sur sa poitrine suffocante. Un flot de sang inonde l'étoffe de la tunique déchirée et Hamosis s'affaisse d'un coup. Satisfait d'avoir rempli sa mission, l'homme de main de Sinoufer abandonne le cadavre baignant dans son sang, certain qu'il ne pourra plus rien dévoiler de ce qu'il a surpris.

* * *

Savourant intérieurement sa victoire, Sinoufer se prosterne devant Pharaon pour lui demander la grâce de son beau-père, tout en suggérant hypocritement de le démettre de ses fonctions.

- Les conseillers capables et loyaux ne manquent pas, affirme-t-il calmement.

Pharaon de la XVIIIe dynastie ayant pris le pouvoir en l'an 1364[11] dans la période dite du Nouvel Empire, Akhenaton qui a succédé à de grands rois, ne manifeste pas le même tempérament conquérant et guerrier car davantage tourné vers la spiritualité et la religion. D'ailleurs, contrairement à ses prédécesseurs qui voulaient démontrer leur puissance par la lutte, le saut ou les jeux d'adresse, il ne pratique aucun sport.

Eprouvé par le choc de cette incroyable nouvelle mettant en évidence la tromperie de Knoumhotep qu'il croyait si attaché à sa personne, le souverain n'est pas en mesure de prendre la moindre décision. Majestueux dans son haïk royal, composé d'un grand voile assujetti par un seul nœud à la naissance du cou, s'enroulant sur une épaule puis autour des reins et, enfin, sur l'autre épaule, ce qui donne l'impression d'un costume fait d'un jupon court, d'une tunique à manches évasées et d'un manteau flottant, Akhenaton congédie d'un signe de la main le porteur de mauvaise nouvelle.

Devra-t-il se résoudre à constater qu'il a été trahi par tous !

Avant de conclure à l'innocence ou à la culpabilité d'un homme, Akhenaton veut que l'on cherche les raisons de son acte. Si l'on commet l'injustice en tous lieux, on pratique la justice à la Cité d'Horizon, affirme-t-il. Cette tolérance excessive lui est reprochée même par sa fille aînée qui l'accuse d'avoir édifié un monde illusoire, un monde de faibles.

Trop malin pour risquer de perdre le résultat de ses efforts par une hâte inopportune, Sinoufer n'a pas insisté et s'est retiré, laissant le souverain à son amertume.

---

[11] Avant Jésus-Christ.

Il se sent près du but. Bientôt, comme il l'a prévu et organisé avec le prêtre Merenptah rencontré à Thèbes il y a plusieurs mois, Amon reprendra ses droits, Aton sera rejeté dans les ténèbres et les affaires seront à nouveau florissantes pour les hommes déterminés.

Sinoufer n'avait pas aimé cet adorateur d'Amon au crâne luisant, bien en chair et tout en rondeurs, enveloppé dans son vêtement de lin blanc. Loin de Pharaon, il avait conservé la tunique à manches gaufrées, les deux jupes superposées en tissu également gaufré dont l'une tombait aux chevilles et dont l'autre, drapée autour des reins, montrait l'échancrure du devant, un pan bordé de franges, l'écharpe serrée autour des reins laissant retomber l'un de ses pans du côté droit. Pourtant rôdé aux pires situations, Sinoufer avait senti un frisson lui courir sur l'échine lorsque les petits yeux inquisiteurs de Merenptah l'avaient fouillé jusqu'à l'âme. Aussi avait-il préféré taire son plan d'action et ne pas révéler de noms.

- Pourquoi vouloir connaître les détails de l'opération ? Seul le résultat est important pour toi Merenptah. Pour l'instant, j'ai seulement tenté de connaître les opinions des uns et des autres pour dépister quels sont ceux qui seraient disposés à nous aider. Je ne peux t'en dire plus, avait-il osé lui répondre pour préserver son indépendance.

Avec patience, il avait su tisser le piège qui va se refermer sur Pharaon et lui permettre de devenir grand vizir. Après avoir créé l'inquiétude avec ses bandes organisées aux frontières du pays et aux portes de la cité du soleil en faisant croire au peuple que les Hittites prenaient les armes, à moins que cela ne soit les Nubiens, il écoutait la rumeur courir qui, progressivement, échauffait les esprits contre le pouvoir qui ne se préoccupait pas de la sécurité et restait muet sur les dangers réels encourus.

La santé affaiblie d'Akhenaton et l'absence de Néfertiti, recluse dans son palais de l'île Eléphantine, avaient facilité la tâche de Sinoufer. Privé de la reine, Pharaon ne pouvait désormais plus remplir sa fonction théologique et symbolique qu'exige le culte du soleil divin car la lumière d'Aton s'exprimait par l'intermédiaire du couple royal. Contrebalancer l'influence de Knoumhotep, indispensable pour isoler le roi et parvenir à ses fins, avait été l'entreprise la plus difficile.

L'avenir sourit à ceux qui prennent leur destin en main, se répète Sinoufer confiant. Il aurait pu ajouter qui ne s'encombrent pas de sentiments mièvres tels que l'amour ou la pitié.

Une fois Knoumhotep officiellement renvoyé, il sait que ce sera un jeu d'enfant de persuader Méritaton de prendre sans tarder son cousin Sémenkh pour époux afin d'envisager la succession d'Akhenaton. Une succession qu'il ne laissera pas traîner en longueur grâce aux herbes que lui fournira Nitocris, après les avoir subtilisées dans la pharmacopée de son médecin de mari. Bien en cour, et ayant toute la confiance de Pharaon dont il a soigné la seconde fille si souvent malade, Hounefer ne risque point d'être soupçonné. Plus facile encore d'assurer Méritaton de son complet soutien lorsqu'elle sera la nouvelle reine d'Egypte. Ne sont-ils pas déjà liés par le fait qu'elle l'a soutenu en lui donnant de l'or et des bijoux pour mener une action dont elle ne voulait rien savoir ? Ils ont l'un et l'autre compris que l'avènement de Sémenkh ne le changera pas et qu'il restera l'homme veule et velléitaire qu'il a toujours été. Méritaton gouvernera, et elle seule, car, bien que jeune et inexpérimentée, elle est ambitieuse et Sémenkh malléable et sans volonté. Seule, elle décidera de retourner à Thèbes et abandonnera cette ville construite sur le sable et dont les maisons se fissurent déjà. Les richesses spirituelles lui ont toujours paru moins attrayantes que les honneurs et le bien-être matériel, au contraire d'Ankhsenamon, sa femme, qu'elle déteste ainsi que l'a deviné Sinoufer bien décidé à ne pas s'encombrer d'une épouse susceptible de lui porter tort. Le regard froid et calculateur dardé sur elle par Méritaton ne lui a pas échappé. Il ne s'embarrassera pas d'inutiles scrupules et laissera, le moment venu, la potion miracle déjà utilisée pour Akhenaton faire son œuvre.

De son côté, l'arrogante Méritaton exulte : tout se passe comme prévu.

Sans cet ambitieux Sinoufer, il lui aurait été plus difficile de parvenir à ses fins. L'orgueil et le mépris des femmes ont aveuglé cet homme qu'elle manipule avec délectation. Comme il a été simple de lui laisser croire qu'il menait le jeu et qu'elle lui serait reconnaissante de son soutien ! En revanche, étant donné que son appétit de pouvoir représente un danger pour ses projets, la princesse envisage déjà le moyen de s'en débarrasser. Etre dépositaire du sang royal pour la succession donne à Méritaton une haute opinion d'elle-même. Du fait de cette prérogative, elle croit posséder une supériorité naturelle sur tout individu. Prendre les rênes du pouvoir, et revenir dans le sillage des rois-combattants qui ont fait la gloire de l'Egypte, hante chaque jour un peu plus l'aînée des filles de Pharaon.

Merenptah avait été à la hauteur de ses exigences. Quand elle avait découvert qu'Ankhsenamon et Hamosis s'aimaient, elle avait fait appel à ce prêtre d'Amon que Sinoufer avait évoqué au cours de l'une de leur rencontre. Il était inconcevable qu'un simple menuisier vienne contrarier ses projets. Inoffensif ou non, elle refusait de prendre le moindre risque. Il lui avait été facile de se rendre à Thèbes, rencontrer ce prêtre. Elle avait exprimé un désir empressé de visiter la reine Tiyi toujours en résidence dans l'ancienne capitale. Tout aussi aisément, elle avait obtenu le concours de Merenptah en lui promettant de réhabiliter le culte d'Amon dès sa montée sur le trône. Trop heureux à l'idée de retrouver ses prérogatives, le grand prêtre n'avait pas hésité longtemps à accepter de faire appel aux puissances maléfiques pour jeter le sortilège sollicité par la fille du pharaon hérétique. Ankhsenamon et son menuisier étaient depuis lors sous l'emprise d'une puissante malédiction qui devait les empêcher de se retrouver à jamais. Dans l'ignorance la plus totale, ni l'un ni l'autre ne pourraient trouver le moyen de la lever. Un sourire triomphant aux lèvres, Méritaton est convaincue que le pouvoir lui appartient et à elle seule.

Bien qu'écartés de la haute sagesse égyptienne, mêlant magie et religion, par l'avènement du culte d'Aton qui leur en avait ôté le privilège, les prêtres d'Amon se reconnaissaient le droit d'utiliser leur savoir. Par des formules, des rituels précis, ils gouvernaient et infléchissaient des esprits connus d'eux seuls.

En outre, les dieux n'étaient pas du tout considérés comme infaillibles et pouvaient, comme le commun des mortels, faire l'objet de chantage, être corrompus, menacés et même dominés par toute personne suffisamment sage pour connaître les enchantements nécessaires. Cette magie, bien différente de la religion mais incluse en elle, sollicitait, contraignait ou prenait au piège ces entités spirituelles et divines. Généralement pratiquée dans des buts élevés et altruistes, il arrivait que certains, comme Merenptah, la mette au service d'intérêts bas et égoïstes.

* * *

Considéré comme étant de connivence avec Hamosis, puisque celui-ci se trouvait chez lui, Knoumhotep est consigné dans sa villa, des gardes étant immédiatement postés à sa porte et toute visite lui étant interdite.

Anéanti par l'enchaînement des événements qui se déroulent sans qu'il pût n'en maîtriser aucun, Knoumhotep ne parvient pas à réfléchir et tourne en rond dans sa vaste demeure sous le regard inquiet de ses serviteurs. L'angoisse qui l'étreint en pensant à sa fille et à ce jeune Hamosis, si plein de fougue, lui fait oublier son propre sort. Il se sent si responsable de leur malheur ! Pourquoi n'a-t-il pas su ou voulu détourner Pharaon d'un projet qui allait à l'encontre des désirs profonds des amoureux ? Orgueil ? Crainte pour l'avenir de sa petite Ankhsenamon ? Il ne sait plus. Pourtant, il donnerait sa vie pour son bonheur. Hélas, n'était-il pas trop tard ? Comme Néphérouré lui a manqué pour le conseiller en cette occasion ! Comme elle doit lui en vouloir d'avoir gâché de purs sentiments pour de vaines raisons matérielles ! Même s'il était loin de supposer que Sinoufer comptait parmi les comploteurs, il aurait dû se méfier de lui au vu des circonstances qui l'avaient conduit à briguer cette union.

Il se sentirait encore plus coupable s'il savait que le sang d'Hamosis a été répandu dans son jardin et que le jeune homme a été sauvagement et traîtreusement assassiné.

Rôdant autour de la villa au moment de l'intervention des soldats, Antef n'a aucun doute sur la raison de leur présence chez Knoumhotep. En les voyant repartir hilares, il craint le pire pour son compagnon. La prudence lui commande d'attendre la nuit tombée pour escalader le mur d'enceinte. Le croassement des grenouilles répond seul au bruit provoqué par sa chute de l'autre côté du mur. Sans prêter attention aux quelques égratignures dues aux branchages qui ont gêné son atterrissage, il avance lentement, scrutant le jardin embaumant le parfum des fleurs. Une masse inerte gît près du bassin. D'un bond, il est auprès d'Hamosis et s'agenouille pour soulever doucement sa tête. De multiples plaies ont rougi le corps recroquevillé sur lui-même. Comment peut-il encore respirer, ne peut s'empêcher de songer Antef qui, les larmes aux yeux, pose un baiser sur le front de cet homme courageux qu'il n'a pas eu le temps de bien connaître mais qu'il apprécie à sa juste valeur.

- Ankhse… Ankhse…

- Par Isis, s'exclame Antef.

- Ankhse… Ankhse…

Tel un leitmotiv, il murmure le prénom chéri.

Comment le sortir de ces lieux dans l'état de gravité où il se trouve ?

Mais Hamosis est intransportable, il le sait et s'agrippe au bras d'Antef, répétant toujours le nom de son aimée. Comprenant le message du mourant, il promet de transmettre sa dernière pensée à Ankhsenamon. Comme apaisé, Hamosis laisse retomber sa main et exhale son dernier souffle.

Chagrin et fureur se mêlent dans le cœur d'Antef qui reprend ses esprits, conscient qu'il doit agir vite pour ne pas se faire surprendre. Il se rappelle que son compagnon lui avait parlé d'une trouée dans le mur, mais comment la trouver dans la nuit ? Emmener le corps martyr pour éviter qu'il ne soit jeté aux chiens, ce qui le condamnerait à ne pas revivre dans l'autre monde lui impose de réussir. Implorant l'aide d'Isis, à laquelle il voue une adoration particulière, Antef furète et soudain remarque le fameux buisson décrit lors de leur nuit dans le désert.

Avec d'infinies précautions, comme s'il voulait lui éviter de souffrir, il prend Hamosis dans ses bras et l'emporte hors de ces lieux maudits, sans savoir encore où diriger ses pas.

9.

Informée de la disgrâce de son père par Téti qui s'est vue interdire l'accès de la villa et inquiète pour Hamosis recherché par la police, Ankhsenamon, folle de douleur et furieuse d'être enfermée dans ses appartements, tourne en rond comme un animal en cage. Sinoufer n'avait pas le droit de l'empêcher d'aller et venir à sa guise, surtout en pareil moment. Le réveil du scorpion qui habite sa chair et l'intensité inégalée des souffrances qu'il lui a causées la nuit précédente soufflent à l'esprit d'Ankhsenamon que le malheur plane comme un vautour à l'affût, prêt à fondre d'un instant à l'autre sur sa proie vulnérable et désarmée. Pour se rassurer, elle souhaiterait aller aux nouvelles mais, surveillée par une vieille femme revêche qui la scrute constamment de ses petits yeux fouineurs, elle ne peut sortir. Elle regrette la Nubienne qui l'a précédée, discrète et silencieuse au point qu'elle ne l'entendait pas arriver. Celle-ci a disparu de son entourage sans qu'elle ait été prévenue. La vérité sur le sort de cette femme dont elle ne savait même pas le nom provoquerait son effroi. Venant apporter à son seigneur et maître l'amulette d'Hathor facilement subtilisée à Ankhsenamon qui, ne s'attendant pas à la trouver à sa place et avait alors compris combien elle avait été manipulée, l'avait imprudemment sortie de sa cache et contemplée avec amour en ignorant qu'elle était épiée à chaque instant, la servante avait surpris les ordres donnés par Sinoufer pour punir les imbéciles qui avaient compromis ses projets. Arpentant la pièce à grandes enjambées, il avait marqué un arrêt en la découvrant dans l'embrasure de la porte. Bien qu'apparemment imperturbable, le léger tremblement de sa lèvre avait fait comprendre à Sinoufer qu'elle avait entendu ses propos. D'un claquement de doigts, il l'avait désignée à Harkhuf qui s'était déplacé tel un félin pour se trouver derrière elle et l'étrangler sans qu'elle pousse un cri.

- Fais disparaître le corps.
- Les crocodiles ? interroge Harkhuf.
- Débrouille-toi, je ne veux pas le savoir.

* * *

Téti, qui a remplacé Nofret renvoyée parce que sœur d'un traître, n'hésite pas à mettre quelques gouttes de belladone dans la boisson de celle qui a succédé à cette espionne qui, elle aussi, tyrannise sa petite. Cette initiative permet à Ankhsenamon de se rendre chez les parents d'Hamosis auprès desquels elle espère avoir des nouvelles et apaiser ses inquiétudes. Depuis la nuit où elle est retournée à *la demeure du lotus*, cette nuit où *il* s'est révélé à elle, sa sensibilité se développe chaque jour un peu plus, ses dons gagnent en puissance malgré elle, tandis que son intuition lui murmure qu'elle ne peut rien faire pour sauver Hamosis, que la destinée doit s'accomplir, ce que sa raison refuse d'entendre et plus encore d'admettre. Ankhsenamon ne veut pas voir les images qui cherchent à s'imposer à son esprit ; elle les refoule vigoureusement, jour après jour. Sinoufer ayant été mandé au palais pour y recevoir la récompense pour ce que Pharaon croit être des services rendus, elle sait pouvoir s'échapper sans crainte de le voir surgir. Etre nommé porteur du sceau royal étant pour lui une élévation sociale, elle sait qu'il fêtera dignement l'événement en dehors de chez lui.

C'est une famille en deuil qui accueille Ankhsenamon.

Etendu sur une natte de papyrus recouverte d'un linge de lin grossier, le corps d'Hamosis repose, figé dans la mort.

- Il a rejoint la salle du jugement d'Osiris, dit son père d'une voix étranglée.

- Non, s'écrie Ankhsenamon en saisissant une main inerte alors qu'une effroyable douleur lui transperce la poitrine.

Elle ne peut supporter l'idée qu'elle ne verra plus jamais le sourire d'Hamosis, que sa voix s'est éteinte pour toujours. Comment était-ce possible ? Que s'était-il passé ?

Dans un élan de profonde détresse, elle couvre de baisers le visage pas encore froid de celui qu'elle a envie de suivre dans l'autre vie. Ankhsenamon est anéantie. Les larmes qu'elle ne peut retenir inondent son visage ravagé par le chagrin.

Dans son esprit en déroute, l'image de Néfertiti apparaît et, avec elle, le souvenir de ses enseignements magiques.

La jeune femme supplie alors Héria et Ramosé de la laisser seule préparer celui qu'elle aime toujours pour son voyage dans l'au-delà. Peu imprégnés de la nouvelle religion et n'ayant pas la possibilité d'offrir à leur fils unique qu'ils aimaient profondément une momification, mais seulement un ensevelissement dans le sable du cimetière réservé au peuple, ils cèdent à ses supplications. Ils connaissent le drame de leur amour contrarié, tout comme ils savent par leur fille la relation privilégiée qu'elle eut avec la grande prêtresse Néfertiti, et comprennent son désespoir qu'ils partagent.

Recouvrant ses esprits, Ankhsenamon, déterminée, se tourne vers Nofret et lui demande d'aller à la demeure du lotus se procurer pour elle les objets rituels ainsi que les huiles et pierres sacrées qui lui sont indispensables pour l'accomplissement du rite funéraire qui ouvrira à Hamosis les portes de l'éternité.

Une fois seule dans la pièce dépouillée de mobilier en dehors d'un coffre sculpté, elle retourne près du corps martyrisé auprès duquel elle s'agenouille après avoir déchiré son pagne de lin pour confectionner des bandelettes improvisées.

- La nuit qui vient ce soir, lui souffle-elle, est celle de ton voyage dans l'au-delà. Entend mon âme souffler à ton âme les mots de mon cœur. C'est un amour sans fin qui coule dans mes veines. Cet amour vit en moi au rythme des lunaisons. Je n'en connais pas la raison mais garde en lui ma foi. Alors prends avec toi mon cœur amoureux, je garde pour moi les larmes de mes yeux. Pars mon amour, pars et sois serein.

Dès le retour de son amie, Ankhsenamon, transfigurée par la mission sacrée qu'elle s'est imposée, s'active autour d'Hamosis dont elle lave le corps avant de l'oindre avec amour et délicatesse d'un onguent mystérieux à base d'huile de ricin soigneusement préparé par elle-même, tout en récitant des formules sacrées incompréhensibles pour des oreilles profanes. Le temps s'écoule mais, concentrée sur son cérémonial mortuaire, elle en a perdu la notion. Elle n'entend pas Nofret s'éclipser discrètement après l'avoir aidée dans ses préparatifs et disposé des offrandes, aliments spirituels devant accompagner le Ba[12] d'Hamosis dans son ultime voyage. Impressionnée par ce qu'elle comprend difficilement et ne pouvant rien faire sinon observer, elle a préféré s'effacer. Elle avait confiance en son amie et ses parents dans le chagrin avaient besoin de tout son soutien pour surmonter cette douloureuse épreuve.

Imperturbable, Ankhsenamon dispose dans un premier temps une clé de vie aux quatre coins de la natte de papyrus puis, dans un second temps, les pierres rituelles dans les mains bandées et dans la bouche ouverte du défunt comme le lui avait enseigné Néfertiti, accompagnant chacun de ses gestes des mots magiques correspondants.

- Prends cette tourmaline noire dans ta main gauche pour protéger ton âme des esprits malfaisants que tu pourrais rencontrer au cours de ton voyage... Prends ce zircon afin que l'éternité t'ouvre sa porte... avale cette aragonite pour t'assurer la résurrection...

Ankhsenamon s'enduit les tempes et le plexus solaire d'huile de lotus, utilisée pour permettre à l'esprit d'accéder aux plans supérieurs de conscience, s'allonge alors près d'Hamosis, et ferme les yeux, une chrysocolle dans une main, sa clé de vie fermement serrée dans l'autre.

- Je t'ai aimé dès le premier jour et t'aimerai jusqu'à mon dernier souffle, lui murmure-t-elle à l'oreille.

Concentrant toutes ses pensées pour élever son esprit vers lui, pour le revoir et l'entendre une dernière fois, Ankhsenamon visualise son souhait, et uniquement son souhait, pour s'en imprégner totalement. Elle s'abandonne entièrement à la douce langueur qui gagne progressivement ses muscles et anesthésie ses membres les uns après les autres. Le corps en sommeil, elle perçoit une énergie puissante envahir son esprit et le libérer.

Une sensation étrange de flottement s'empare d'elle tandis qu'elle s'aperçoit en contrebas étendue sur la natte de papyrus près de son amour. Son cœur, affranchi de toute douleur, lui paraît aussi léger que son âme envahie d'un immense sentiment de plénitude. A cet instant, elle se souvient des propos de

---

[12] L'âme, la conscience de soi même.

Néfertiti lui narrant ses impressions lorsque son ka se libérait de son khet[13]. Ainsi, elle a réussi.

- Je t'attendais Ankhsenamon. Je savais que tu viendrais, entend-elle.

Etonnée par la certitude qu'elle perçoit dans cette voix familière, elle cherche le visage aimé mais ne le voit pas. Pourtant, elle sent sa présence à ses côtés. Doucement, elle apprivoise ses nouveaux yeux, ceux de son esprit, et parvient petit à petit à discerner Hamosis qu'elle interroge.

- Comment pouvais-tu savoir que je viendrais ?

- Je t'ai vu, penchée sur ma dépouille… je t'ai entendu prier et me parler et j'ai su que je devais t'attendre.

- J'ai prié pour te transmettre la connaissance des différentes épreuves qui t'attendent au cours de ton grand voyage vers le royaume des âmes et je suis venue t'accompagner vers la porte de l'au-delà… parce que je t'aime… murmure Ankhsenamon la voix tremblante.

- Je l'ai toujours su et je n'ai jamais cessé de t'aimer, lui répond-t-il ému.

Les yeux dans les yeux, ils se regardent silencieux, conscients de l'intensité émotionnelle de cet instant où plus rien ne les sépare.

Soudain, ils se sentent tous deux propulsés dans un tunnel sombre au bout duquel ils aperçoivent une lueur qui les attire malgré eux. Main dans la main, ils se laissent emporter par ce tourbillon qui les conduit vers l'éblouissante lumière qui s'intensifie au fur et à mesure qu'ils s'en approchent.

Ankhsenamon devine que la fameuse porte est là, derrière, celle-là même que Néfertiti lui a indiqué comme ne devant être franchie que par le seul défunt. Elle doit lui dire adieu ici. Elle voudrait tant l'accompagner plus loin encore, mais cette corde d'argent qui la suit comme son ombre rend son ka prisonnier de son corps physique et elle ne sait pas comment la rompre. Et… et si elle essayait malgré tout …

- Tu ne peux pas aller plus loin. Il te faut à présent rejoindre ta vie. Je pars en paix rejoindre l'au-delà, grâce à toi, grâce à ton amour, lui dit-il, devinant ses pensées.

- Je ne veux pas te perdre une nouvelle fois ! s'écrit-t-elle dans un élan désespéré qu'il accueille avec sérénité.

- Nous nous retrouverons, la rassure-t-il. Nous nous retrouverons parce que notre amour n'a pas de frontière, parce que nos âmes sont désormais liées pour l'éternité.

Elle ne le retient plus et le regarde s'éloigner vers sa nouvelle demeure.

- Je t'attendrai, lui lance-t-il avant de disparaître dans la lumière.

Gonflée d'un nouvel espoir, Ankhsenamon laisse couler une larme venue de nulle part.

Elle sait qu'elle le rejoindra un jour.

[13] Corps physique.

ROYAUME DE FRANCE

Entre 1643 et 1682

Sous le règne du roi Louis XIV…

10.

La chambre de Clémence de Beaumont ressemble à une bonbonnière. Deux fauteuils tapissés de velours bleu roi encadrent une coiffeuse habillée d'une marqueterie raffinée. Dans un miroir se reflètent les flacons ciselés et dorés posés sur le plateau de la table situé en dessous contenant huiles essentielles et parfums. Au mur, une tapisserie évoque la douceur pastorale tandis qu'un tapis moelleux revêt le parquet.

Confortablement installée dans le vaste lit dont les courtines sont relevées, mains reposant sur l'édredon de plumes recouvert d'un tissu bleu ciel, Clémence relit avec attention la lettre reçue la veille. Sa cadette d'une année a pris l'habitude de lui écrire à chacun de ses anniversaires et elle aurait été déçue de ne pas avoir eu de ses nouvelles.

De sa petite écriture pointue, Clotilde lui conte la vie de son île, l'arrivée du nouveau gouverneur et la réception qu'il a donnée pour l'occasion, la chaleur qu'elle supporte toujours très difficilement et la peine d'être correctement servie par ces « noirs si paresseux ». Au fil du temps, ses missives se sont allongées, de même que ses récriminations contre sa cuisinière et sa femme de chambre.

La Martinique, île lointaine qui faisait rêver la petite Charlotte quand elle entendait sa mère l'évoquer au moins une fois l'an, est progressivement devenue moins magique sous la plume agressive de sa tante.

De toute évidence, Clotilde s'aigrit dans une vie qui ne lui convient pas. Clémence remarque d'ailleurs qu'elle ne mentionne son mari qu'à propos de ses difficultés à s'imposer parce qu'il ne fait pas partie du cercle des colons propriétaires d'une Habitation sucrière, considérés comme l'élite aristocratique de la communauté martiniquaise.

Tout cela n'a guère de sens pour Clémence amoureuse de son cher Charles-Alexandre si beau, si galant, si bien en Cour.

En revanche, elle remarque que Clotilde se montre intarissable sur les qualités de sa fille Amélie, au point même d'en oublier de s'enquérir de sa nièce dont elle ne parle pas du tout.

Blessée dans son cœur de mère, Clémence décide de lui répondre sans tarder pour lui donner des nouvelles de Charlotte qui vient justement de participer à son premier bal au château de Dampierre, chez Charles-Honoré d'Albert de Luynes, duc de Chevreuse et gendre de Colbert.

Aussi est-ce avec force détails qu'elle lui décrit l'événement.

Le Marais, dernier jour de mai de l'an 1678

Ma chère sœur,

Vous imaginez combien je suis ravie lorsque pointe ma date anniversaire synonyme d'un échange épistolaire attendu avec impatience.

Nous reverrons-nous un jour ? Je ne sais. Mais je garde au fond de ma mémoire et de mon cœur l'image de la jeune fille aux boucles châtaines, ravissante dans sa jolie robe de fiancée au bras de ce fier baron de Roquefeuille. D'après votre description, Amélie vous ressemble beaucoup.

Quel bonheur pour une mère de se retrouver en sa fille ! Je vous comprends Ô combien puisque je ressens la même fierté en contemplant la fine silhouette de Charlotte. Elle était éblouissante de beauté et de fraîcheur dans sa toilette de soie ivoire agrémentée de dentelle d'Alençon aux manches mettant en valeur la finesse de ses bras à la peau légèrement mate. Ses yeux brillaient comme des émeraudes et scintillaient davantage que les diamants piqués dans sa brune chevelure. Dès notre arrivée dans le grand salon illuminé des mille feux de ses lustres de cristal, les regards convergèrent vers nous et les chevaliers servants sollicitèrent l'honneur de lui être présenté. Ce fut pour nous tous une soirée exceptionnelle.

Mais je suis certaine que ma nièce Amélie remporte des succès aussi merveilleux lors des réceptions de votre gouverneur.

Clémence répond ensuite aux questions habituelles de santé avant d'abandonner sa correspondance. Elle a tant de choses à raconter sur la vie à Versailles, sans oublier les derniers potins de la Cour et les projets d'avenir formulés par son époux à propos de leur fille, qu'il lui faudra plusieurs jours pour terminer sa missive.

Elle sort du lit, enfile une robe d'intérieur, noue sa belle chevelure blonde et se dirige vers la chambre de Charlotte où doit l'attendre sa couturière.

Mariée très jeune à Charles-Alexandre de Beaumont, comte de Pertuisot, Clémence avait quitté le foyer familial pour suivre celui que son père lui avait choisi. A compter de ce jour, ses relations avec Clotilde s'étaient espacées, sa vie se partageant dorénavant au gré des obligations de son époux entre l'hôtel parisien l'hiver et la propriété bourguignonne l'été.

Clémence adore leur logement du Marais reçu en dot dans sa corbeille de mariée. Cet hôtel construit sous le règne du précédent roi, ses parents ne l'avaient guère habité, lui préférant leur propriété de Viserny où elle avait grandi. Proche des châteaux de Bourbilly et de Bussy-Rabutin, elle avait côtoyé dès son jeune âge Marie de Rabutin-Chantal qui, du haut de ses dix ans d'aînesse, l'avait tout de suite prise sous son aile, jusqu'en 1644, année de son mariage avec le marquis de Sévigné.

Mais Clémence apprécie également beaucoup le castel des Beaumont situé sur les hauteurs de la ville de Semur, proche de sa ville natale, également dans la vallée de l'Armançon à quelques lieux de là. Une belle résidence que ce château de la Chaume Pertuisot, demeure esthétique composée d'un corps de bâtiments avec un étage percé de nombreuses fenêtres et de combles. Une tour en agrémente la façade sur la droite tandis qu'un pigeonnier s'élève à l'opposé. De hautes cheminées se dressent sur la toiture de tuiles rouges et de la vigne vierge tapisse le mur est de la propriété.

Dans les jardins fleuris et arborés, une allée mène à la métairie et aux dépendances où logent la main d'œuvre s'occupant des bêtes d'élevage et de la basse-cour ainsi que la domesticité préposée à l'entretien de la maison et des plantations d'agrément comme des vignes produisant ce vin des coteaux de l'Auxerrois fierté de son mari.

Un étang s'étale dans le fond de la propriété d'où monte, les soirs d'été, le coassement des grenouilles.

Ses parents, n'aimant guère se déplacer, n'étaient venus qu'une seule fois rendre visite aux jeunes mariés dans leur domaine. Clotilde les accompagnait. Comment ne pas se souvenir de ce jour qui marquait un tournant dans leur vie à toutes les deux ! L'annonce du prochain mariage de sa sœur deux ans après ses propres noces correspondait avec sa certitude d'attendre un enfant. Ce bébé, Clotilde ne l'a jamais vu car deux mois plus tard était célébrée son union avec Antoine-Emile de Roquefeuille et le couple embarquait pour la Martinique. Le jeune marié avait accepté de représenter les intérêts de Monsieur Descazaux du Hallay, grand négociant nantais commerçant avec les Antilles.

Depuis, le lien qui les unissait s'était difficilement maintenu. Leurs échanges épistolaires s'étaient fait de plus en plus épisodiques pour ne devenir aujourd'hui qu'exceptionnels.

Seize ans ! Seize longues années ont passé depuis leur séparation !

Dans les pages reçues cette fois-ci, Clémence perçoit combien sa sœur a changé et ressent un malaise. Où est passée la pétulante adolescente toujours prête à rire et à chanter ? Ce ton impersonnel ne lui ressemble pas. *Clotilde n'est pas heureuse, cela explique tout,* se dit-elle. Ce constat la peine car le bonheur emplit son existence et elle culpabilise un peu tout en sachant pertinemment qu'elle n'est en rien responsable de cette situation.

Pour chasser cette impression désagréable, Clémence décide de se laisser envahir par l'effervescence parisienne et la perspective des réceptions royales. Elle attendra quelques jours avant de poursuivre sa lettre.

Piaffant d'impatience dans sa chambre parisienne, Charlotte guette le pas de sa mère qui lui a promis une nouvelle garde-robe pour se rendre à Versailles. Chaque année, au mois de février, elle voyait partir ses parents vers des festivités qu'elle imaginait au travers de leurs conversations. Enfin, elle sera de la fête. Ils sont revenus la chercher car ils lui avaient toujours promis qu'elle ferait son entrée dans le monde pour ses seize ans.

A l'instar de sa mère, Charlotte est tombée sous le charme de la maison située en plein centre ville. Elle avait admiré les consoles, coffres armoires et tables en bois précieux, somptueusement sculptés, tournés ou marquetés, de même que les vases de porcelaines s'ornant de motifs charmants, subtilement rehaussés à la feuille d'or jouxtant une multitude de bougeoirs en argent.

Certes, à Semur l'hiver elle aimait à s'installer près de la cheminée pour rêver et, aux beaux jours, s'asseoir sur le banc de bois sous le cerisier d'où elle avait une vue plongeante sur la ville, ses tours et ses remparts mais, bien souvent, elle levait le nez de sa lecture pour contempler ce panorama dont elle ne se lassait pas pour s'inventer un avenir à la Cour du Roi.

Berthe, sa gouvernante, la gourmandait et lui conseillait de travailler son latin plutôt que de rêvasser.

- Tu n'es jamais satisfaite, lui rétorquait l'impétueuse enfant qui revenait souvent échevelée et essoufflée de ses courses à cheval dans la campagne pour tenter d'être à l'heure dans la bibliothèque où officiait le calme et rigoureux père Anselme chargé de son instruction.

Ce précepteur patient lui dispensait un savoir habituellement réservé aux garçons mais le comte de Pertuisot avait tenu à ce que sa fille reçoive la meilleure éducation.

Si elle était intéressée par la géographie, elle se passionnait plus encore pour la pratique de l'épée. Posture correcte, poignet bien placé, elle se mettait en garde, prouvant à son maître qu'elle avait bien suivi ses leçons. Celui-ci mesurait ses réflexes en cherchant les ouvertures qu'elle laissait et devait reconnaître qu'elle brettait avec une grande maîtrise.

Aujourd'hui, tout cela lui semble bien lointain, comme le tourbillon étourdissant de ces dernières semaines. Avant d'être présentée à la Cour, Charlotte avait dû reprendre des cours de maintien, de danse et, surtout, retenir les règles fastidieuses de l'étiquette. Plus plaisant avait été d'apprendre l'art de la révérence qui consiste à fléchir le genou tout en écartant gracieusement la traîne de sa robe.

Pour la préparer à affronter ce monde superficiel si différent de ce qu'elle peut imaginer, ses parents avaient souhaité lui faire faire ses premiers pas chez des amis, dans une soirée tout aussi maniérée mais moins conventionnelle.

Quand elle ferme les yeux, elle revoit la somptuosité des toilettes et l'abondance de lumière et de dorure qui lui avaient donné un sentiment d'irréel accentué par la musique semblant venir de tous côtés. Son premier bal l'a plongée dans la béatitude et sa rêverie lui fait imaginer des splendeurs encore plus merveilleuses à Versailles.

Avec un plaisir non dissimulé, elle caresse les tissus soyeux aux couleurs chatoyantes et ne sait quel ruban choisir parmi la multitude étalée sous ses yeux. Sa mère la surprend avec une étoffe de couleur bleue dans une main, rose dans l'autre. Clémence sait ce qui conviendra à sa fille et, sans se préoccuper davantage des hésitations de l'adolescente, en discute avec l'accorte Ninon qui jauge d'un regard expert la juvénile silhouette svelte et élancée.

L'une près de l'autre, qui pourrait dire qu'il s'agit de la mère et la fille, se dit la cousette. Longilignes et la taille fine, certes, mais Charlotte aux cheveux couleur d'ébène, à la peau mate et aux yeux de chat ressemble davantage à son père qu'à sa maman au teint de porcelaine et au regard bleu pervenche.

11.

Conquérant audacieux et politique machiavélique, Louis XIV aime à faire savoir au-delà des frontières que la Cour de Versailles et son monarque rayonnent également par le faste de leurs fêtes. Roi-Soleil, il veut éblouir les autres souverains par les spectacles, festins, illuminations, feux d'artifice et féérie des jets d'eau donnant vie à son magnifique palais et à son parc.

La modeste maison de quelques pièces utilisée jusqu'en 1661 par son père Louis XIII quand il allait chasser, transformée et embellie par des architectes et un maître-jardinier, s'est agrandie de trois côtés par les constructions de Le Vau avec les grands appartements du Roi vers le nord, les grands appartements de la Reine au sud et, entre les deux, face aux jardins, une vaste terrasse dont les marches mènent vers les parterres fleuris de Le Nôtre. Les travaux s'y poursuivaient pour faire de cette résidence déjà appelée par tous « le palais du Soleil », un lieu unique et fastueusement sublime.

Dans cet état dans l'Etat gravitent les courtisans à l'affût d'une invitation pour assister au Grand Coucher ou participer à une soirée d'Appartement. Pour réaliser ce rêve d'être convié dans l'antichambre du Grand Couvert et assister au souper de Sa Majesté, dames et gentilshommes acceptent de mener une existence confinée dans une pièce étroite et mal chauffée, sous les combles, pour ne pas quitter Versailles. L'espoir d'avoir un jour l'insigne privilège de se voir attribuer sur la porte le « pour » devant leur nom, signe distinctif qui fait toute la différence entre la foule des anonymes et ceux que le Roi a remarqués et appréciés, semble être l'unique objectif de beaucoup. Pourtant, suivre le rythme royal risque de mener à la ruine. Il faut de très bons revenus pour paraître et essayer d'être vu dans les meilleures conditions !

Né en 1632, à la fin du règne de Louis XIII, Monsieur de Beaumont a vu la monarchie évoluer et le jeune roi imposer sa loi en toutes choses. Plaire à Louis XIV est aussi facile que lui déplaire. La favorite en titre, Athénaïs de Montespan, qui a su se faire aimer de lui, participe à l'éclat du monarque tant par son charme et sa beauté que par son intelligence et son goût des plaisirs.

Charles-Alexandre n'a pas voulu de cette vie superficielle et a repris la charge de son père comme conseiller au département de l'administration de

Paris et des provinces. Cette fonction le retient souvent auprès de Colbert, ministre de la Marine et des colonies mais également secrétaire d'Etat de la Maison du Roi. Se méfiant de la noblesse courtisane et soumise, Louis XIV a préféré accorder le pouvoir politique à des bourgeois dont Monsieur de Colbert est le meilleur exemple. Cet homme froid et distant, leur amie la marquise de Sévigné l'a surnommé avec humour « Le Nord ».

Ces rapports privilégiés lui valent d'être très sollicité par des courtisans souhaitant une charge pour eux-mêmes ou un parent. Ils lui permettent en revanche d'être invité à toutes les fêtes mais surtout de se trouver au cœur du pouvoir, un atout pour mener la gestion de ses affaires, d'autant que le ministre a l'oreille du Roi comme partie prenante de l'organisation de ses divertissements. N'est-il pas le surintendant des bâtiments et, de ce fait, chargé de présider à l'organisation des festivités ?

Monsieur de Beaumont connaît les pièges de cette vie factice et s'inquiète un peu d'y entraîner sa chère fille, si volontaire, si spontanée. Il se rassure en songeant que, promise à Benoît de Grandpréau le fils de son fidèle ami le marquis de Vaucresson, elle bénéficiera d'une certaine protection.

Loin de ces préoccupations paternelles, Charlotte ne tient plus en place d'excitation et se prépare pour son grand soir, d'autant qu'il correspond à son jour anniversaire. Sous le regard attentif de Berthe, Rosine, la chambrière de sa mère, virevolte autour d'elle pour l'aider à enfiler la robe arachnéenne rebrodée de pierreries qui dévoile pudiquement la naissance de ses seins. Le bleu turquoise glacé de la toilette fait ressortir l'éclat de son regard aussi scintillant que la profusion de diamants jetant des reflets irisés sur la lourde jupe de brocart. Chaussée de fragiles escarpins, elle descend avec précaution les marches menant au vestibule. Son apparition amène un sourire de fierté sur les lèvres de son père tandis que sa mère, trop émue, ne peut émettre son avis.

- Tu es absolument merveilleuse ! N'est-ce pas qu'elle est merveilleuse, répète-t-il en se tournant vers son épouse, elle-même très en beauté dans sa robe à traîne dont les côtés sont retenus par de gros nœuds de ruban.

Et d'ajouter :

- Elle vous fait honneur, ma chère amie.

Tout en parlant, le comte s'est avancé vers sa fille, ouvrant un superbe coffret de velours rouge qu'il dissimulait derrière son dos. Saisissant le bijou qui s'y trouvait, il confie l'écrin à son épouse et accroche au cou de Charlotte une magnifique émeraude suspendue à une chaîne en or.

- Je te réservais depuis toujours ce pendentif qui a appartenu à ma grand-mère. Il te convient parfaitement car il a la couleur de tes yeux comme il avait, paraît-il la couleur des siens.

- C'est un cadeau exceptionnel. Il ne me quittera jamais, l'assure l'adolescente qui embrasse tour à tour ses parents avec effusion.

* * *

Des gardes suisses se tenant à l'aplomb des grilles de bronze doré restent imperturbables devant les carrosses pénétrant sur la place d'Armes, l'entrée royale du château.

- Versailles ! Je suis à Versailles ! exulte Charlotte le regard brillant.

Assise auprès de sa mère se tenant bien droite dans sa robe de velours rouge écarlate rebrodée d'or et garnie de diamants du Temple[1], elle fixe son père, s'étonnant du calme olympien dont il fait preuve alors qu'elle-même éprouve une telle exaltation. Son cœur déborde d'amour pour ses parents qu'elle admire autant qu'elle les aime. Inconsciemment, bien que physiquement très différente de la blonde comtesse, elle cherche à ressembler à sa mère pour devenir une adulte accomplie. En revanche, elle se dit au fond de son cœur qu'aucun homme ne supplantera son père dans son affection. Il représente pour elle l'idéal. Rien ne pourrait la convaincre du contraire, surtout ce soir où il porte avec son élégance habituelle un superbe pourpoint de velours gris perle surbrodé de fils d'argent duquel jaillissent un jabot et des manchettes de dentelle. Sa canne d'ornement au pommeau serti d'un rubis tenue bien droite entre ses jambes prises dans des bas de soie à partir du genou, il affiche un sourire heureux en regardant les deux êtres qu'il aime le plus au monde.

Parvenus au terme de leur équipée, ils ne s'attardent pas et descendent rapidement du carrosse marqué aux armes des comtes de Pertuisot, d'autres carrosses se présentant et réclamant la place pour déposer leurs passagers. Ils remontent ensuite lentement la grande allée menant au château en devisant, salués par quelques-uns des personnages empruntant la même direction.

Charlotte ne dit mot, trop attentive à observer tout ce qui l'entoure.

Alors qu'ils parviennent en vue de la grande entrée, le roi et la reine, suivis à distance par la Cour, descendent à pied à travers les gazons et se dirigent sur la droite du château vers la Fontaine du Dragon dont Louis XIV aime à faire admirer la beauté et les ingénieuses combinaisons.

Petite, boulotte et enfantine, la souveraine sourit béatement, guidée par la main royale.

Poursuivant leur promenade, le couple emmène derrière lui le troupeau de courtisans jusqu'au concert des eaux cascadantes et ruisselantes sortant de la gueule entrouverte de tritons argentés cernés de monstres marins entourant la statue de dieux grecs tels que Neptune ou Apollon, particulièrement prisés.

Une fois que tout le monde s'est extasié, le Roi reprend sa marche et, lentement, remonte les allées menant vers le bassin de Latone tandis que le ciel s'empourpre des derniers rayons du soleil. Lorsque les souverains sont emmenés dans des chaises à porteurs pour remonter l'avenue des Tilleuls, le cortège des flatteurs se précipite pour rester sous le regard du Roi-Soleil.

[1] Cristaux colorés imitant les pierres précieuses qui eurent un succès tout particulier dès 1665.

La journée avait été particulièrement belle et la chaleur n'avait pas diminué avec la nuit tombante. Une espèce de brume voilait la clarté des étoiles.

Ne se mêlant pas à la foule des courtisans pour ce retour vers le palais, la famille de Beaumont passe près du labyrinthe et de statues plus belles les unes que les autres de l'avis de Charlotte s'appliquant à ne rien manquer de cette nuit magique. Une odeur de chèvrefeuille et de roses grimpantes flotte dans l'air, l'enivrant de leur doux parfum sous le ciel envahi par le crépuscule que percent les lampions fixés dans les bosquets pour éclairer les promeneurs.

Ne pouvant accéder au théâtre de verdure où le génie de Molière déclenche les rires de la cohue agglutinée, ils se rendent sans attendre vers les tables dressées sous un dais pour le souper où se tiennent déjà de nombreux valets tenant en main des flambeaux pour éclairer les dîneurs et prolonger l'enchantement.

De sa place, au cours du repas, Charlotte peut tout à loisir observer celui qui tient les destinées de la France entre ses mains, ne s'intéressant guère à ceux qui s'enorgueillissent d'être à la table royale, ne connaissant encore aucun des visages réjouis qui toisent les autres.

La douce musique qui s'élève depuis la grande galerie parvient aux oreilles de l'assemblée qui se dirige par petits groupes à l'intérieur après que Louis XIV ait quitté le banquet.

Le bal ne pouvant commencer qu'avec la présence du Roi, chacun se tient à la place que son rang lui assigne et espère se faire remarquer lorsque Louis remontera vers le siège doré d'où il aura une vue générale sur l'assistance.

Grand et mince, le comte de Pertuisot a conservé une belle silhouette. Il a fière allure avec l'épée au côté et le couvre-chef garni de plumes à la main pour s'incliner au passage du Roi tandis qu'à sa droite la comtesse plonge dans une profonde révérence. Hypnotisée par Louis XIV qu'elle voit enfin de près, somptueusement vêtu comme à son habitude, Charlotte esquisse maladroitement et avec retard une vague génuflexion. Rougissant sous le regard perçant du souverain, elle baisse les yeux en maudissant sa stupidité. Elle avait si souvent songé à cet instant, si souvent répété sa révérence… Les larmes aux bords des cils, elle se mord la lèvre de dépit.

A la Cour, un bal est plus une cérémonie qu'un divertissement. Après avoir toisé l'assistance, le Roi se lève et se place à côté de l'orchestre, les danseurs se mettant derrière lui en cortège pour la Bransle après une solennelle révérence de chacun à son danseur. A la fin du premier couplet, le Roi et la Reine passent de la première à la dernière place. A la fin du deuxième couplet c'est au tour du couple suivant et ainsi de suite jusqu'à ce que le couple royal soit revenu en tête.

La salle de bal résonne d'un brouhaha assourdissant qui décontenance Charlotte déjà désorientée. Se tenant près de ses parents retenus par une conversation avec une personne dont elle n'a pas mémorisé le nom, elle laisse son regard errer sur les dames et les gentilshommes déployant le luxe de leurs tenues chamarrées en s'exhibant dans des danses qui lui semblent difficiles. La lenteur hiératique des figures complexes où tout semble basé dans la pose du pied et les gestes étudiés des mains lui donne l'impression d'une chorégraphie d'automates vivants.

Lorsqu'un buste s'incline respectueusement devant elle, Charlotte, d'abord surprise, est ensuite ravie en reconnaissant Benoît de Grandpréau qui la complimente sur sa toilette. Après quelques banalités sur la fête et commentaires sur ceux qui s'y pressent, il l'invite à danser. Elle le trouve très distingué et se sent flattée de l'avoir pour cavalier. Elle serait moins heureuse si elle avait connaissance de l'échange s'effectuant entre le Roi et l'intrigant marquis de Lauzun.

- Qui est cette jeune beauté auprès de Pertuisot ?

- Sa fille, Sire.

- Faites porter une invitation au comte pour la soirée d'Appartement de demain, en le priant de venir avec sa femme et sa fille.

Toujours sur le qui-vive pour conserver sa position de favorite royale, Madame de Montespan qui a entendu ce cours échange n'apprécie guère le frais minois de Charlotte. Le goût du monarque pour la nouveauté l'inquiète toujours car elle sait que nombreux sont ceux qui souhaiteraient la voir supplanter dans le cœur du Roi par une gourgandine plus jeune et plus manœuvrable qu'elle.

Sans le savoir, en attirant l'attention du Roi, Charlotte vient de se faire une ennemie à la Cour, d'autant que celui-ci la suit des yeux lorsqu'elle évolue au cours d'une gavotte, une danse plutôt gaie à deux temps particulièrement gracieuse qui clôt la première partie du bal réservée aux danses d'ensemble, la seconde partie étant destinée aux danses à deux pour lesquelles le Roi a désigné lui-même les couples selon une hiérarchie réglée avant la fête avec une extrême rigueur.

Lorsqu'elle quitte la fête avec ses parents, encore sous le charme des compliments flatteurs de ses cavaliers et de la douce pression des mains de son fiancé retenant un instant ses doigts lorsque la danse les faisait se croiser, l'avenir semble merveilleux à Charlotte.

L'adolescente est aux anges. Le Roi l'invite avec ses parents.

En attendant l'arrivée de leur voiture, elle lève son regard vers les étoiles brillant au firmament et aspire profondément la douceur de cette nuit qui, elle en est sûre, marque un tournant dans sa jeune existence.

Son père manifeste moins d'enthousiasme car l'invitation du Roi ne lui laisse pas augurer une agréable soirée. Pour complaire à Sa Majesté, combien de courtisans y perdent-ils des fortunes ? De plus, l'insistance sur la présence de Charlotte lui cause un malaise qu'il préfère ne pas évoquer devant son épouse.

Berthe, qui a attendu leur retour avec anxiété pour savoir comment sa petite avait survécu dans ce monde de perdition que représente à ses yeux la Cour du roi de France, ne parvient pas à calmer l'exubérance de Charlotte qui se sent incapable de dormir et lui décrit par le menu les fastes de cette merveilleuse fête tandis qu'elle l'aide à se déshabiller et à se mettre au lit.

* * *

Le jour suivant se passe en conciliabules avec sa mère pour préparer sa toilette, revoir sa révérence, répéter des formules qu'elle a entendues la veille, le tout dans une agitation qui fait tourner la tête à toute la maisonnée.

Enfin, à sept heures du soir, le carrosse les dépose dans la cour royale du château de Versailles, devant l'entrée du Grand escalier des Ambassadeurs. Le jeudi, le Roi reçoit et beaucoup de monde se presse pour voir passer les heureux privilégiés.

Charlotte, pas encore blasée de tout ce faste qui l'entoure, observe avidement les hommes arborant fièrement des tenues d'apparat où l'or et la soie se mélangent harmonieusement rehaussé de rubans sur les manches de vestes et, pour nombre d'entre eux, à la poignée de leur épée. Les femmes aux riches toilettes de couleur carmin ou indigo, exhibent à leur décolleté des colliers scintillants de mille feux et manient avec dextérité leur éventail pour dissimuler les œillades qu'elles lancent alentour.

Dans le vestibule, d'innombrables flambeaux éclairent des serviteurs muets et hiératiques dans leur livrée.

- Ne regarde pas tout ainsi et fais attention aux marches, la réprimande gentiment son père.

Sous la lumière des candélabres, le marbre blanc cendré de rouge d'une sculpture représentant Apollon étincelle, retenant son intérêt malgré elle.

Pour accéder à l'étage des Appartements, il faut escalader une seconde volée de marches. Au passage, Charlotte note la beauté des peintures et des tapisseries racontant les conquêtes et les mérites du Roi évoqués en différentes scènes.

Se tenant à la rampe dorée, elle lève son regard vers le plafond peint de scènes antiques et, dans une niche taillée dans le marbre face aux fenêtres, remarque la statue du roi en soldat.

Enfin parvenus dans le salon de Vénus où des buffets sont dressés, elle préfère regarder les chérubins couverts d'or fin tenant en main des guirlandes de fleurs et de feuillages dorés situés à chaque angle de la vaste pièce plutôt que de s'attarder sur l'abondance des fruits et des friandises offerte à la foule bruyante des courtisans.

- Tout ici, lui explique son père en les entraînant jusqu'au salon de Diane réservé au jeu, raconte la gloire et les succès de Louis XIV.

Autour des tables de trictrac s'affairent d'ailleurs deux joueurs au verbe haut, tandis qu'à celle des joueurs de whist commence une partie dans le plus grand calme.

Considérant que la soirée serait plus agréable pour Charlotte et sa mère dans le salon de Mars où règne la danse, Charles-Alexandre les dirige lentement vers cette pièce. Sentant les regards curieux posés sur sa personne, Charlotte relève le menton, évoluant avec cette grâce innée dont elle n'a pas conscience.

A peine accèdent-ils sur les lieux que le grand chambellan qui se tient à l'entrée se met à hurler :

- Le Roi !

Cette annonce fait immédiatement taire l'orchestre et provoque un silence respectueux de l'assemblée.

Suivi de *Monsieur* son frère, de la marquise de Montespan et, à quelques pas derrière, de Madame de Maintenon entourée de Mademoiselle de Blois et du comte de Toulouse les enfants de la favorite, le monarque accepte avec indifférence les marques de soumission de ceux qu'il tient en son pouvoir.

Lorsqu'il parvient à sa hauteur, cette fois-ci Charlotte exécute sa révérence comme si elle en avait une grande habitude. Elle sait qu'elle ne peut se relever qu'une fois le monarque passé. A sa grande surprise, il s'arrête devant elle, lui prend la main et lui adresse la parole.

- La beauté ne doit pas s'incliner si longtemps devant le pouvoir.

Rougissant sous le compliment et surtout sous le regard appuyé qu'il porte sur sa gorge découverte, elle ne sait que dire et se contente d'une légère génuflexion.

Un sourire discret au coin des lèvres, avant de s'éloigner, Louis lui lance sur un ton plus bas.

- Grandissez et revenez-nous.

12.

Prudemment, à compter de ce jour, Charles-Alexandre limite leur présence à Versailles, juste pour ne pas paraître incorrect et ne pas s'attirer les foudres de Louis XIV dont il a perçu le regard du chasseur à la vue de son enfant. Il n'est pas le seul à avoir compris l'intérêt porté par Louis à Charlotte et à avoir noté l'agacement de Madame de Montespan. Les courtisans présents s'empressent soudain autour d'eux, prévoyant l'avenir. Un avenir qui ne semble plus être dans le sillage de la Montespan dont le firmament ne brille plus autant.

Les Beaumont accepteront encore deux ou trois invitations privées puis retourneront dans leur province, au grand dam de Charlotte qui se met à bouder ostensiblement, mais au grand bonheur de Berthe qui ne supportait pas cette existence superficielle, ni tout le bruit et les mauvaises odeurs de la capitale.

La sagesse du comte, et surtout son expérience de la nature humaine, l'incite à écarter Charlotte de la dangereuse jalousie de la marquise capable d'intriguer contre celle qui, comme sa charmante fille, menacerait sa position déjà fragilisée. Il est persuadé qu'une jeune vie sans méfiance est facile à sacrifier sur l'autel des ambitions d'une ribaude[2] du genre de la favorite royale. Il se rappelle le temps où Louise de La Vallière était aimée de Louis et des intrigues d'Athénaïs de Montespan pour la supplanter dans le lit du Roi.

Son fallacieux prétexte voulant faire croire que l'été sera plus agréable à vivre dans leur campagne que dans les salons est un argument difficile à accepter pour Clémence et sa fille.

Après avoir connu l'apparat de la Cour, Charlotte se languit de la vie tourbillonnante de Versailles. Sa vitalité ne se complaît guère à jouer les demoiselles douces et dociles servant le thé et les gâteaux secs. Son père, ayant peut-être reporté sur elle l'enseignement qu'il aurait donné à un fils, lui avait permis d'apprendre à monter à cheval et à tirer au pistolet avant même qu'elle ne sut coudre. Aussi, chaque matin, s'élançait-elle à travers la campagne suivie de Léon, le jeune palefrenier à peine plus âgé qu'elle,

---

[2] Prostituée.

chargé de la protéger. Le voisinage était habitué à la voir passer au galop sur *Princesse*, la jument offerte par le comte le jour de ses dix ans.

Pour être à nouveau admise dans l'entourage royal, Charlotte qui n'a pas oublié les paroles flatteuses du roi à son intention espère son mariage prochain avec son promis demeurant à Versailles, au château même. Elle ne peut imaginer les conditions dans lesquelles il végète. Elle ne sait pas non plus que pour maintenir un train de vie d'oisiveté et de joueur, il ruine ses parents dont l'élégant manoir sis à Montigny-en-Morvan dans le Nivernais ne peut être entretenu faute d'envoyer presque tous leurs revenus à ce fils qu'ils ne voient pratiquement plus.

Une ou deux fois, Charlotte a accompagné ses parents leur rendant une visite de courtoisie. Une demi-journée de voiture séparant les deux familles, ils avaient accepté leur hospitalité et constaté avec surprise la dégradation des lieux. Avec tact, Charles-Alexandre s'était enquis des difficultés de ses hôtes. Les céréales et le fourrage se vendent bien, lui avait expliqué son ami. Leur embarras n'était que provisoire, le temps que leur fils reçoive une charge royale, avait-il précisé avec fierté. Mais pour obtenir les faveurs du Roi, il faut paraître et cela coûte cher.

En effet, il faut être fortuné pour vivre à Versailles et rester dans le sillage du Soleil. Lorsque l'on a eu la chance d'être convié au divertissement organisé trois fois par semaine par le Roi, il n'est pas question de se montrer étriqué. Aussi lorsque après le concert ou quelquefois la pièce de théâtre, tout le monde suit immanquablement Louis vers les tables de jeux pour des parties de cartes ou de billard, de Grandpréau joue gros comme tous ceux qui l'entourent.

Madame de Montespan elle-même n'a-t-elle pas perdu et gagné 150 000 pistoles en un soir ! Mais le Roi aime jouer et plus encore gagner, chacun le sait.

Vivre à la campagne… Quelle horreur, songe Benoît de Grandpréau. Mais, lorsqu'en février il reçoit une invitation du comte de Pertuisot déjà déclinée une fois, il ne peut plus se permettre de refuser. Il lui faut ménager ses futurs beaux-parents et courtiser avec empressement la dot de sa fiancée, son avenir en dépend.

* * *

L'arrivée de Benoît de Grandpréau ne passe pas inaperçue. Lorsque le carrosse lourdement chargé s'arrête devant *La Chaume*, une petite pluie fine tombe sur Semur. Emergeant de l'habitacle, il pose un pied sur le marchepied mais, lorsque le second atteint le sol, sa jolie chaussure à boucle glisse sur l'herbe humide et le gentilhomme se retrouve à terre. Fulminant et la perruque de travers, il se remet sur ses pieds et ramasse son couvre-chef qui a chuté en même temps que lui. L'habit souillé, il mande sèchement au majordome lui tenant la porte qu'on lui monte un baquet d'eau dans sa chambre, sans prendre la peine de saluer le comte et la comtesse debout dans le hall d'entrée pour l'accueillir. Dissimulée derrière une tenture de velours, Charlotte étouffe difficilement un fou-rire.

Conduit à ses appartements, il reparaît deux heures plus tard. Pendant ce temps, son valet a fait porter ses malles.

- Il s'installe pour combien de mois, s'est exclamée Rosine en voyant le nombre de bagages.

Ne laissant paraître aucun signe d'agacement, Charles-Alexandre convie son hôte à s'asseoir dans le salon où la comtesse fait porter des consommations et engage la conversation. Il préfère ne pas remarquer l'attitude prétentieuse et la tenue sophistiquée incongrue en sa Maison et lui demande des nouvelles de ses parents.

- Oh ! Ils vont très bien, merci.

Constatant qu'il ne s'inquiète guère de ceux-ci et devant le mutisme de son interlocuteur à leur sujet, Charles-Alexandre lui suggère de rejoindre les dames à la salle à manger.

En le voyant apparaître, Charlotte qui lui avait trouvé si belle prestance à Versailles se demande s'il s'agit du même homme.

Sous le vernis imposé par l'Etiquette et le ridicule d'une tenue peu appropriée aux circonstances, Benoît de Grandpréau porte davantage que ses vingt deux ans. Où est le prince charmant imaginé dans les rêves de Charlotte ? Profondément déçue, la jeune fille veut cependant se convaincre que sous l'apparence se cache certainement un homme de cœur.

Pour apprendre à mieux le connaître, elle demande à ses parents l'autorisation de lui faire découvrir leur ville.

Permission étant accordée, escortée de l'irremplaçable Berthe qui leur emboîte le pas, Charlotte commence par lui raconter la légende qui veut que Semur ait été bâtie par Hercule lors de son retour d'Espagne, ajoutant que c'est en 606, dans la charte de fondation de l'Abbaye de Flavigny que l'on trouve la première trace écrite de Semur, nommée alors *sene muros*, c'est-à-dire vieilles murailles, soulignant ainsi son caractère défensif et ancestral.

Agacé par ce bavardage qui l'étourdit, de Grandpréau finit par accepter de la suivre pour visiter la cité médiévale qui, lui dit-il sans ambages, ne présente aucun intérêt pour lui.

Retenant les commentaires qui lui viennent spontanément à l'esprit pour lui signaler le joyau du gothique flamboyant bourguignon qu'est la Collégiale bâtie en 1225, elle contemple pour son plaisir la diversité des façades renaissantes et les maisons à pan de bois entourant la place Notre-Dame. Peu habitué à marcher si longtemps, comme tous les courtisans qui piétinent dans les salons, Benoît de Grandpréau suit difficilement son cicérone qui prend un malin plaisir à lui dévoiler tous les sites de la ville érigée sur un rocher de granit rose.

Epuisé et s'épongeant le front, il monte lourdement dans la voiture qui les attendait près de la porte de Sauvigny.

En longeant les berges de l'Armançon, Charlotte ne résiste pas à le taquiner.

- Aimez-vous pêcher ? La rivière est très poissonneuse ! Si vous voulez…

Le regard noir de son compagnon ne l'incite pas à poursuivre.

Au cours des jours qui suivent, leurs relations ne s'améliorent pas. Loin de se faire apprécier par sa fiancée, Benoît l'énerve de plus en plus. Plus attaché à sa toilette qu'une coquette, ne se levant que pour déjeuner et ne dissimulant pas son ennui, il houspille la domesticité pour se faire servir sans lever le petit doigt et remplit ses devoirs de futur gendre avec une nonchalance qui se veut flatteuse mais se révèle plutôt prétentieuse. Il se montre sous un aspect si déplaisant que Charlotte s'interroge, *Versailles vaut-il le sacrifice de s'unir à ce garçon qui n'est que fatuité ?* Hors du contexte de la Cour et de l'illusion de représenter un personnage de l'entourage du Roi, il ne laisse plus apparaître que son esprit mesquin et son manque de conversation.

Elle n'ose pas en parler à ses parents, d'autant que la date de leur union est à présent fixée pour l'année de ses dix-huit ans, soit en 1780, autrement dit l'an prochain.

Prétextant des obligations, et au grand soulagement de tous, de Grandpréau prend congé au bout de huit jours.

Cet épisode vite oublié par les habitants de la Chaume Pertuisot, la vie reprend son rythme.

* * *

Chaque jour, la comtesse prie dans la pièce aménagée en chapelle et, le dimanche, en l'absence de son époux, accompagnée de sa fille et de Berthe, se rend à la messe à la collégiale Notre-Dame. Bien que croyante, Charlotte, sans qu'elle sache pourquoi, ne se sent pas à l'aise dans une église où l'atmosphère lui semble étouffante.

A la fin du service, et après avoir salué Monsieur le curé, les de Beaumont traversent la place où se tiennent quelques paysans proposant des légumes aux beaux jours, des pommes de terre et du fromage en hiver. Faisant signe à Berthe d'acheter quelques victuailles à ceux que le curé traite de mécréants parce que préférant faire du commerce plutôt que d'aller à la messe, Madame de Beaumont, suivie de Charlotte, rejoint le carrosse pour remonter sur les hauteurs de la Chaume.

Au cours des mois qui suivent le séjour écourté de son fiancé, Charlotte n'aura des nouvelles de celui-ci que par son père à ses retours de Paris et de la Cour où il continue de se rendre régulièrement pour ses affaires.

Comme chaque année, il est de retour pour la fête de la Bague, la plus ancienne course à cheval de France qui avait pour prix, à ses débuts, une écharpe de taffetas blanc donnée en place publique au premier cavalier et une paire de gants pour le second. Depuis l'an 1652, les prix ont évolués : une bague en or, qui a donné son nom à la course, une écharpe et des gants. Sans raison apparente, les festivités qui se déroulaient traditionnellement le lendemain de la Pentecôte ont été reportées quelques années plus tard au 31 mai.

Ce jour-là, la ville de Semur se pare de couleurs médiévales.

Charlotte aime cette ambiance et n'hésite pas à s'inscrire à la Course des damoiselles après avoir applaudi les participants de la Course des chausses ou à la timbale.

Elle n'est pas peu fière lorsque son père remporte le premier prix de la célèbre Course de la Bague ou lorsque ses grands-parents Saint-Elme, venus de Viserny pour l'occasion, ont vu gagner leur bête à la Course de chevaux de traits de l'Auxois.

Lorsque Charles-Alexandre retrouve l'ambiance feutrée de Semur, il aime à fumer sa pipe dans le grand fauteuil du salon où Clémence et Charlotte le rejoignent après le souper. Dans cette atmosphère de bonheur tranquille, il oublie les tracas de sa charge et la veulerie des courtisans. Pourtant, depuis quelques mois, il lui est plus difficile de reléguer tout cela car Charlotte le presse de questions à chacun de ses retours. Il lui répond sans enthousiasme, mais comprend que la jeunesse a besoin de se nourrir d'exaltation et de lyrisme. Ainsi lui décrit-il le Lever du Roi auquel il a eu l'honneur d'assister à plusieurs reprises puis, un autre soir, le Grand Souper.

Louis a grand appétit, précise-t-il avant d'assouvir la curiosité de Charlotte tout ouïe, immobile et assise en lotus aux pieds de son père.

- D'abord, le grand chambellan, Monsieur de Bouillon, ouvre la salle à ceux qui sont admis à assister au repas de Sa Majesté, préalablement rangés dans un ordre fixé d'avance. Le Roi apparaît ensuite dans l'encadrement de la porte, s'arrête et s'incline pour répondre à la révérence des personnes présentes. Dès que le Roi prend place à table, *Monsieur*, son frère, se précipite et s'incline très bas pour lui donner « la serviette ». Monsieur de Bouillon, lui, se tient debout derrière le souverain.

Un garde en grande tenue précède les serviteurs portant sur leurs épaules une énorme châsse couverte d'une étoffe brodée d'or et d'argent dans laquelle se trouve le repas du Roi. Derrière, viennent le maître d'hôtel muni de son bâton de commandement, l'huissier de table, le gentilhomme panetier, des officiers, des clercs et des valets d'office.

Sont également autorisés à défiler devant la table du souverain les gens du petit peuple, silencieux et respectueux, ce qui ne distrait pas le roi de son dîner.

Par l'intermédiaire de Madame de Sévigné qu'elle n'a pas revu au cours de l'année écoulée, et grâce aux liens d'amitié qui les unit, Clémence est régulièrement tenue informée des petites histoires de la Cour. Ainsi est-elle au courant de l'évolution du climat régnant à Versailles depuis la mise à jour de l'utilisation des poudres de succession. L'ennui gagne la Cour. Finies les grandes fêtes. Louis commence à censurer son entourage et à surveiller les bonnes mœurs de tous. Des espions traînent dans les couloirs. Il y en a même parmi les domestiques.

Madame de Montespan ayant été citée dans cette affaire, de même que de grands noms de la Cour, deux clans s'affrontent : celui qui soutien encore la favorite en titre et celui qui parie sur l'avenir et se rapproche de Madame de Maintenon.

La prison, la mort même, guette dans l'ombre. La Voisin, qui n'a pas impliqué Athénaïs de Montespan, a été brûlée vive pour sorcellerie, avortements, infanticides, messes noires et empoisonnements.

Clémence éprouve le besoin de s'épancher sur ces sujets si graves et prend la plume pour écrire à sa sœur.

Semur, le troisième jour de novembre 1679

Les rapports de Monsieur de La Reynie ont fait éclater une abominable affaire de poisons à laquelle serait mêlé un nombre de personnes important, dont de grands noms de la Cour. Celui de la maîtresse royale court car l'on raconte que la Voisin elle-même lui avait fourni, non seulement des poudres d'amour, mais aussi une paire de gants empoisonnés pour sa rivale, mademoiselle de Fontanges.

Cette affaire éclaboussant les marches du trône, le Roi a ordonné que les interrogatoires du Lieutenant général de police fussent tenus secrets et qu'ils lui soient rapportés personnellement par le seul Louvois.

L'art de la danse et de la conversation si prisé par le Roi n'est plus guère pratiqué et Madame de Montespan, inquiète pour son pouvoir parce qu'impliquée dans ce scandale, voit nombre de courtisans se détourner d'elle.

Savez-vous, ma sœur, que la rumeur va jusqu'à l'accuser de messes noires ! Et, plus grave encore, d'avoir invoqué la magie pour séduire le Roi. La formule de cette pratique occulte est largement évoquée dans les couloirs de Versailles : Le sacrifice de trois colombes, reconnus comme oiseaux consacrés à Vénus, aurait permis à la marquise de gagner les faveurs de Louis.

Je suis effarée et indignée d'entendre chaque jour plus d'horreurs à ce sujet.

Je suis bien aise de pouvoir me retirer en Bourgogne, loin de cette laideur.

Ah ! Ma chère Clotilde, vous êtes bien heureuse dans le calme de votre île !

Avec mes bons sentiments à votre époux et à votre fille Amélie,
Votre Clémence qui pense bien souvent à vous.

Ces événements occupent tous les esprits pendant des mois, reléguant les projets d'avenir pour surveiller le quotidien.

Lorsque les rapports parvenant au Roi par l'intermédiaire de Colbert citent sa maîtresse, Louis met un terme à la mission de la Chambre ardente et l'affaire est étouffée. Cependant, la position de la favorite est ébranlée. Même si elle demeure à Versailles, son influence sur le Roi n'existe plus. Sa disgrâce laisse le champ libre à Madame de Maintenon soutenue par l'Eglise.

13.

L'anniversaire de Charlotte approche et, avec son dix-huitième printemps, son union avec Benoît de Grandpréau. Pour cette occasion, en ce mois de juin 1680, la famille de Beaumont se rend enfin à Paris après plus d'un an de retrait. La vie y semble bien différente car le malaise provoqué par l'affaire des poisons n'a pas laissé les Parisiens indifférents. Les échos en parviennent aux de Beaumont installés dans leur hôtel du Marais.

Le malheur rôde, pense Charlotte en frissonnant. Sous le coup d'une agitation intérieure soudaine, elle respire profondément pour chasser cette impression d'ombres sournoises qu'elle sent planer autour d'elle. Cette oppressante sensation, loin de disparaître, s'accentue.

Heureusement, un après-midi passé auprès de l'épistolière qu'est Madame de Sévigné, toute heureuse de les revoir et de leur donner les dernières nouvelles, va lui changer les idées.

La marquise avait conservé un visage d'une surprenante jeunesse. Sa société était toujours la plus célèbre et la plus recherchée de Paris. Nul n'ignorait que parmi les fidèles de son salon se comptaient Madame de la Sablière, Madame de La Fayette, Mademoiselle Ninon de Lenclos et même la duchesse de Bouillon.

En quittant l'hôtel Carnavalet, Charlotte devise avec sa mère sur les potins de la Cour qu'elles ne doivent pas ignorer avant de s'y rendre sous quelques jours et ne prête guère attention à ce qui l'entoure. Des nausées et des vertiges la contraignent à ralentir le pas, d'autant qu'une douleur lancinante et grandissante s'empare brutalement de sa cheville à l'endroit de sa marque de naissance, comme si le scorpion qui marque sa chair se mettait à vivre et la torturait pour sortir de sa prison.

Soudain, débouchant de la rue Couture Sainte-Catherine, une voiture fond sur elles. Bien que littéralement soulevé par les rênes, le cocher, gêné par l'étroitesse de la voie, ne semble pas pouvoir maîtriser les chevaux emballés. Suivant à distance, Charles-Alexandre prend immédiatement conscience du danger tandis que les deux femmes ne semblent pas voir le risque encouru. Se précipitant, il s'élance sur Charlotte qu'il pousse avec force dans l'embrasure d'une porte cochère mais n'a pas le temps de saisir le bras de Clémence pour l'attirer avec lui vers le même repli. Brutalement projetés à terre par les bêtes folles, tous deux roulent ensemble dans la poussière de la chaussée.

Le drame a été si rapide que Charlotte ne réalise pas ce qui est arrivé. Hébétée, elle se relève et, d'un pas mal assuré, avance vers les deux corps inertes à demi couverts par la grande cape de Charles-Alexandre. Si sa cheville ne la fait plus souffrir, si les ombres qui la tourmentaient ont disparu, son cœur saigne.

- Maman ! Papa ! Son appel désespéré lui reste dans la gorge.

Autour d'elle, les curieux s'agitent et commentent l'accident mais elle ne comprend pas ce qu'ils disent, ne les entend même pas, son regard égaré fixant le couple comme enlacé.

Unis dans la vie, son père et sa mère sont désormais unis dans la mort.

La douleur qui la transperce l'étouffe littéralement et la fait chanceler. Ses jambes ne la portent plus tandis qu'un brouillard noir obscurcit sa vue. Telle une fleur coupée, elle glisse à terre, évanouie.

Attiré par le mouvement de foule, dès qu'il saisit la situation, le cocher qui les attendait une rue plus loin se précipite chez Madame de Sévigné. Franchissant le porche enchâssé dans un mur à l'épaisseur protectrice des bruits de la rue, puis traversant la cour, il gagne le corps du logis principal dont le mur présente une scène de sculptures au-dessus et entre les hautes fenêtres de l'étage qu'il ne prend pas le temps de regarder, pressé de prévenir l'occupante des lieux. Anéantie par la nouvelle de ce drame imprévisible, la marquise prend cependant les décisions qui s'imposent.

Ayant elle-même perdu très jeune ses parents, elle sait le désespoir qui va habiter la jeune fille. Aussi, se refusant à laisser Charlotte seule à l'hôtel du Marais, elle décide de l'accueillir chez elle avec Berthe.

Les traits ravagés par le chagrin, Charlotte s'abat en pleurant sur la poitrine de sa gouvernante qui fut également sa nourrice.

Prévenu du malheur qui endeuille sa fiancée, Benoît de Grandpréau lui fait parvenir ses condoléances mais ne se présente pas aux obsèques qui se déroulent à Semur, Charlotte ayant absolument tenu à ce que ses parents reposent dans leur terre pour leur repos éternel. La cérémonie achevée, elle reste seule au cimetière pour se recueillir.

Elle ne peut supporter l'idée qu'elle ne les reverra plus jamais, qu'ils se sont éteints pour toujours et s'effondre sur la terre humide alors qu'une effroyable douleur lui déchire le cœur Les larmes, qu'elle a difficilement retenues pendant l'office, inondent son visage ravagé par le chagrin.

Anéantie, elle ne songe qu'à les rejoindre dans l'autre vie.

Dans son esprit en déroute, il lui semble soudainement sentir leur présence à ses côtés.

- Maman ! Papa ! Vous êtes là ? interroge-t-elle, la voix tremblante et remplie d'espoir.

Très loin dans son esprit, elle perçoit une voix familière, celle de sa mère, lui murmurant tout bas *Ne sois pas malheureuse ma fille. Nous nous retrouverons un jour parce que notre amour est plus fort que la mort. En attendant, va vers ta destinée.*

Comment était-ce possible ? La douleur lui faisait-elle perdre la raison ?

* * *

Quelques jours plus tard, alors qu'elle aurait dû fêter ses dix-huit ans dans la joie, elle se trouve auprès de la grande amie de sa mère, qui s'est instituée sa protectrice, pour recevoir son futur époux qui s'est fait annoncer par un bristol déposé le matin même.

Toujours aussi suffisant, il s'incline pour baiser avec affectation la main de son hôtesse mais ne daigne pas jeter un seul regard en direction de Charlotte médusée par son attitude.

Acceptant l'invitation à s'asseoir, il se cale, bien droit, dans le siège faisant face à Madame de Sévigné à laquelle il déclare sans ambages que le décès de Monsieur de Beaumont, comte de Pertuisot, remettait en question les accords pris quant à son union avec sa fille. A peine surprise par cette déclaration, Madame de Sévigné lui répond qu'elle n'est pas la tutrice de la jeune fille et qu'il se doit de s'adresser directement à elle.

Comme à regret, il tourne la tête dans la direction de Charlotte restée debout près du canapé. Il n'a pas le temps de prendre la parole car la jeune fille l'interpelle, outrée. Furieuse et consciente de la vive rougeur de ses joues, elle lui dit avec moins de hauteur qu'elle ne l'eût souhaité.

- Même si vous deviez me supplier à genoux, je refuserais de vous épouser. Vous n'êtes qu'un pantin égocentrique infatué de lui-même. Vous n'avez pas de cœur et n'êtes qu'un sot. Je ne vous déteste pas, je vous méprise. Adieu, Monsieur, conclut-elle en se dirigeant la tête haute vers la porte.

Ecarlate et bégayant de stupeur sous l'assaut imprévu, de Grandpréau se lève d'un bond, renversant dans sa précipitation le siège sur lequel il était assis.

- Vous… vous n'êtes qu'une harpie. Mais votre insolence ne durera pas. C'est le couvent qui vous attend, glapit-il l'air mauvais en franchissant le seuil du salon sans saluer Madame de Sévigné indignée par ses façons.

Seules, face à face, les deux femmes se regardent un moment sans parler. Les vêtements noirs font ressortir la pâleur des joues amaigries de Charlotte qui éclate en sanglots convulsifs. Maternelle, Madame de Sévigné tente de la consoler mais son esprit est préoccupé par l'avenir de cette enfant qui n'a plus de famille. Elle sait que de Grandpréau a raison en parlant de couvent. C'est le sort qui attend celles qui n'ont pas de fortune, donc pas de dot. Or, elle a bien compris que les biens des de Beaumont ne revenant pas à Charlotte mais à un successeur mâle, peut être un petit cousin du comte, elle ne pouvait guère avoir l'espérance de faire un beau mariage. Ah ! Tout aurait été plus simple si elle avait été l'épouse de ce Benoît qu'elle exècre. Ce dernier aurait tout simplement hérité pour elle.

Il est difficile pour une femme seule d'affronter la vie. Jeune veuve après seulement sept ans de mariage à la suite du décès du marquis de Sévigné tué en duel en 1651, la laissant seule avec deux enfants en bas âge, elle en a personnellement fait la triste expérience.

Remettant à plus tard une discussion forcément pénible, elle envoie Charlotte se reposer qui, se retrouvant seule dans sa chambre, s'agenouille en posture de prière et porte son âme vers le ciel.

Oh Seigneur !
Entend mon cœur, entend ma voix s'élever vers toi !
En cette nuit solitaire
Je t'implore Oh mon Père!
Entend ma prière
Que je retrouve mes repères !
Accorde-moi ta force contre ma détresse,
Guide mon pas perdu,
Ressuscite en moi l'espoir
La force de vivre sans eux !
Oh mon Père!
Entend ma prière
Rend moi au jour
Au nom de l'amour !

Berthe, qui n'a pas ses oreilles dans sa poche a entendu la conversation. Elle demande à Madame de Sévigné de la recevoir dans son bureau.

- Madame Clémence a une sœur qui vit dans les îles !

- En effet, comment n'y ai-je pas songé moi-même, s'étonne la marquise qui décide de lui écrire dès le lendemain pour lui expliquer la situation de cette pauvre enfant.

Le soir même, incapable de s'endormir avant d'avoir fait ce qu'elle considère comme un devoir, Madame de Sévigné quitte son lit, enfile une robe de chambre et ses mules doublées de cygne puis s'assied à sa table de travail.

Aussitôt trempée dans l'encre, sa plume court sur le papier.

Paris, Hôtel Carnavalet, le premier du mois de juillet 1680

Chère Madame de Roquefeuille,

Comment annoncer brutalement par la sécheresse d'un courrier la perte d'un être cher ?

Votre sœur Clémence, mon amie, a été victime avec son mari d'un accident provoqué par un attelage fou. Tués sur le coup, ils ont été portés en leur terre de Bourgogne le mois dernier.

J'ai recueilli sous mon toit Charlotte, leur fille tendrement aimée, victime aujourd'hui de ne pas avoir pris mari pour hériter de ses biens.

Si jolie, si tendre, si intelligente, comment concevoir de laisser ces qualités s'enfermer dans un couvent.

Mon cœur se réchaufferait de la savoir dans sa famille. Auprès de vous, elle retrouverait la chaleur d'un foyer et, dans vos îles, l'avenir pourrait peut-être lui sourire agréablement !

Je place tous mes espoirs en vous car il ne m'est pas possible de lui assurer un lendemain sûr étant donné la révolution de palais intervenue à la Cour et les bouleversements qui s'ensuivent.

De plus, le temps vole et m'emporte malgré moi ; j'ai beau vouloir le retenir, c'est lui qui m'entraîne.

Votre dévouée Marie de Rabutin-Chantal, marquise de Sévigné, qui fait confiance à votre générosité de sentiments.

* * *

Quatre mois plus tard, une lettre en provenance de Saint-Pierre de la Martinique est posée sur la table de la marquise qui prend bientôt connaissance des termes suivants.

Madame,

J'ai été très affectée par la triste nouvelle que vous m'avez annoncée.

Je vous remercie du soin que vous avez pris en apportant votre soutien aux affaires de ma nièce, trop jeune pour en assumer la responsabilité.

Mon mari et moi-même ne pouvons refuser notre aide à cette orpheline et nous mettrons tout en œuvre pour l'accueillir si elle prend le bateau pour venir jusqu'en Martinique.

Ayant nous-mêmes une fille à marier, des affaires qui ne sont plus aussi florissantes que par le passé, nous ne pouvons malheureusement lui envoyer l'argent de son passage depuis la France.

Je vous laisse le soin de juger de la meilleure opportunité pour celle que vous affectionnez.

Je vous prie...

- Il n'y a pas de façon plus élégante de formuler un refus, s'exclame Madame de Sévigné scandalisée par les lignes froides et impersonnelles qu'elle ne lit pas jusqu'au dernier mot.

Quand, un moment plus tard, Charlotte la surprend la lettre à la main, elle ne se sent pas le courage de lui en livrer le contenu.

- Ma tante a écrit, s'exclame-t-elle la mine réjouie.
- Je l'ai prévenu de ta situation à la suite du décès de tes parents et
- Et elle m'invite, l'interrompt la jeune fille.

- Pas d'emballement, la Martinique se trouve à l'autre bout du monde.

- C'est la seule famille qui me reste après votre tendre affection et je serais heureuse de faire sa connaissance. Maman m'a quelquefois parlé de sa sœur et combien elle regrettait de ne plus la voir.

- Il est peut-être prématuré de partir sans savoir si un beau mariage ne s'offrirait pas à toi, tente de suggérer Madame de Sévigné.

- Pas de mariage. Plus de mariage. Je n'ai pas envie de dépendre d'un homme qui ne saurait que compter mon or ou me reprocher une dot insuffisante !

Consciente qu'elle ne la fera pas changer d'avis et estimant que chacun doit lui-même choisir sa voie, la marquise acquiesce d'un signe de tête. Elle lui paiera le voyage. Après tout, l'aventure n'est-elle pas préférable au couvent pour un tempérament comme celui de Charlotte !

Elle se rappelle qu'à la mort de ses parents, ce sont ses oncles Philippe et Christophe de Coulanges qui se sont chargés de son éducation. La réaction de Charlotte est tout à fait naturelle pense la marquise en espérant que sa personnalité si spontanée, si confiante et surtout si pleine d'amour, fera fondre le cœur de sa nouvelle famille.

Berthe, bien que tétanisée à l'idée de traverser les océans, refuse de laisser partir sa petite seule et sans protection.

Les jours suivants passent rapidement, tous occupés aux préparatifs de bagages. Epris d'aventures, Léon, le jeune palefrenier à peine plus âgé que Charlotte, a décidé de se joindre aux deux femmes que sa présence mâle rassure un peu. De son côté, Madame de Sévigné prend contact avec ses relations pour organiser le parcours en diligence et trouver une cabine à bord d'un navire marchand. Ses relations sont précieuses et fortement utiles car, grâce à elles, Charlotte et ses deux compagnons de voyage seront attendus à Nantes par le capitaine Merville dont le *Neptune* doit rejoindre Saint-Domingue en passant par Saint-Pierre de la Martinique puis par la Guadeloupe.

Pour calmer les inquiétudes de la pauvre Berthe, la marquise l'a envoyée chez l'un de ses amis, droguier du Roy. D'abord impressionnée par l'étalage des bocaux où se lisent des noms savants comme lapis-nephretium, cerusa, auripigmentum, ambra et autres cornalium ou malachite, Berthe quitte le magasin du sieur Déobat rassurée, celui-ci lui ayant remis un remède destiné à calmer angoisses et mal de mer.

14.

Au moment de quitter sa bienfaitrice, Charlotte sent une boule l'étouffer lorsque pressée contre son cœur et bombardée de recommandations, elle ne parvient pas à lui exprimer sa reconnaissance. Quant à Berthe, elle cache son émotion sous une attitude bourrue tout en surveillant le chargement des malles.

Emue aux larmes, la marquise écourte les adieux.

Le lourd carrosse de route s'ébranle dans un bruit effrayant. Penchée à la portière, Charlotte agite la main mais très vite la voiture tourne à l'angle de la rue et fait disparaître de sa vue son dernier lien affectif avec la capitale.

Si le temps se maintient au beau et si aucun accident ne vient perturber le voyage jusqu'à Nantes, celui-ci ne devrait durer qu'une dizaine de jours.

Entrecoupé d'étapes dans des auberges plus ou moins confortables, il paraît cependant long et fatigant à Berthe. Brinquebalée de droite et de gauche, elle prie le Seigneur de les protéger des malandrins et autres coupe-jarrets rançonnant les voyageurs. Durant le trajet, Charlotte parle peu. Les yeux fixés sur le paysage qui défile, elle ne voit rien, plongée dans ses souvenirs d'enfant.

Elle revoit la cuisine, pour elle depuis toujours la plus belle pièce de la maison. Le feu y brûlait en permanence et la lueur des flammes se reflétait dans les fonds rouges des casseroles et des bassines de cuivre accrochées aux murs.

Par moment, les paupières closes pour laisser croire qu'elle s'est assoupie et masquer ainsi sa détresse, Charlotte s'abandonne à la nostalgie de ses pensées. *Adieu mon pays, berceau de mon enfance, terre de mes alliances ; je te laisse tant de souvenirs, tant de rires et tant de pleurs. Je t'abandonne mon cœur de petite fille mais aussi mon cœur de femme. Adieu pays aimé !*

Assise en face d'elle, Berthe l'observe, le cœur étreint de pitié. Ni l'une ni l'autre ne se laissent distraire par le bavardage des trois autres passagers. Léon, lui, a préféré prendre place auprès du cocher. Malgré leurs tentatives pour engager la conversation, les deux commères et leur compagnon regagnant également Nantes en sont pour leur frais.

Berthe devine les réflexions tournant dans la tête de sa petite. Elle-même a le cœur gros de quitter son pays pour toujours. D'autant que Madame de Sévigné, qui n'a pas voulu alerter Charlotte sur les réactions de sa tante, lui a lu le contenu de la courte page.

Il est fort heureux que la jeune fille n'ait pas connaissance des sentiments très réservés de sa tante car elle se rattache à ce lien de sang, un peu de sa maman, avec la ferveur du désespoir. Malgré sa volonté de se tourner vers l'avenir, ses pensées la ramènent inexorablement vers le visage heureux de ses parents. Le doux sourire de sa mère qui ne se mettait jamais en colère, même lorsqu'elle la réprimandait pour son comportement trop volontaire ou le sourcil froncé de son père qui lui indiquait ainsi son mécontentement quand elle intervenait dans leur conversation d'adulte.

Comme elle voudrait encore qu'ils la grondent !

Les heurts de la route secouent durement les passagers et les haltes aux auberges pour dîner et changer les chevaux sont les bienvenues pour tous. La pauvre Berthe a les reins moulus. Charlotte admet, en son for intérieur, que la présence de sa nourrice lui a donné le courage de partir vers un destin inconnu. Elle lui en est d'autant plus reconnaissante qu'à la cinquantaine passée, elle ressent plus vivement la fatigue du voyage.

Après une journée ballotée dans l'habitacle étroit, elles n'ont qu'une idée en tête, s'allonger et dormir.

Parvenues à quelques lieues seulement du port de Nantes, elles ne s'avouent pas l'une à l'autre leur appréhension. Demain... leur dernière étape et leur dernière journée sur le sol de France.

Madame de Sévigné a bien fait les choses. Elles sont attendues par Monsieur de Roquelaure qui a envoyé son valet à leur descente de diligence pour les accompagner à leur logis et les conduire une heure plus tard jusqu'au domicile de l'intendant général.

Cette dernière soirée, qu'elles auraient souhaité vivre dans la tranquillité, leur parut longue et fastidieuse. Leur hôtesse avait sorti sa plus belle porcelaine et son argenterie. La succession de plats, certainement succulents, passait sous le regard vide des deux femmes trop fatiguées pour en apprécier la qualité et la quantité comme les autres convives.

- Depuis 1640, des navires marchands nantais effectuent des traversées régulières vers la Guadeloupe et la Martinique, pérore l'intendant général trônant en bout de table.

- Dès 1675, leur nombre s'est intensifié car Nantes a investi dans les Habitations produisant du tabac et du sucre et implanté des réseaux commerciaux dans ces deux îles d'Amérique occupées toutes deux par des Français, poursuit-il persuadé de son importance.

La conversation languissant autour des mérites du commerce avec le nouveau monde, Charlotte s'en désintéresse N'aspirant qu'à la tranquillité et espérant la fin du repas proche, elle s'isole dans ses pensées. Cette tentative de retrait est vite troublée par la grande bécasse qui lui fait face. La fille de ses hôtes minaude en la plaignant de toute son âme, relayée par son frère qui regrette de ne pas être suffisamment âgé pour s'instaurer le preux chevalier qui la sauverait des sauvages. Lasse et exaspérée, seule sa bonne éducation l'empêche de hurler *fichez-moi la paix !*

De retour à l'auberge, la tête bourdonnant encore de la voix aiguë de Madame de Roquelaure, Charlotte s'écroule sur sa couche.

Au matin, fraîche et reposée Charlotte, impatiente à présent de partir vers une autre vie, rejoint le quai où se trouve le bâtiment qui doit les emmener jusqu'en Martinique.

En revanche, Berthe n'a pas fermé l'œil de la nuit, obsédée par le souvenir du regard effrayé posé sur Charlotte, alors âgée de sept ans, de celle qu'à Semur tous surnommaient « la vieille fée » mais surtout par les paroles qu'elle avait prononcées. *Malheur ! Maléfice ! Les épreuves et la mort planent sur cette enfant. Elle est maudite !* Comment pouvait-on dire de manière si abrupte à une enfant qu'elle était maudite ? Heureusement, Charlotte semblait avoir occulté cet incident.

Plusieurs navires se trouvent à quai. Partout on avitaille ou décharge des cargaisons sous l'œil attentif des capitaines.

La vue du *Neptune* et de l'activité déployée sur le quai dissipe difficilement le malaise qui habite encore Berthe.

Deux matelots se précipitent pour aider Léon à s'occuper des bagages alors que, très courtois, le capitaine Merville vient à la rencontre de Charlotte et de son chaperon pour leur souhaiter la bienvenue à son bord.

* * *

Conduites sous le château arrière, Charlotte et Berthe découvrent l'étroite cabine mise à leur disposition à l'intérieur de laquelle la lumière entre par une petite fenêtre. Sommairement meublée de deux couchettes, d'une armoire caisson en bois d'acajou, d'une lampe à pétrole et d'un baquet de toilettes, elle paraît confortable à la jeune fille tandis que Berthe s'exclame d'un air effaré.

- Seigneur, Jésus, Marie, Joseph !

- Qu'y-a-t-il ?

- Nous allons devoir passer des semaines et des semaines dans ce mouchoir de poche ! Oh Seigneur, Jésus, Marie, Joseph ! Nous allons étouffer !

Berthe continuant à récriminer en gesticulant dans tous les sens, Charlotte estime préférable de monter sur le pont avant.

Sur le quai, marins et ouvriers ont achevé le chargement des barils de poudre, des victuailles, de l'eau potable et des diverses marchandises nécessaires à la traversée durant laquelle aucune escale d'avitaillement ne sera possible.

Avant d'appareiller, le capitaine demande à son second si tout est en ordre. Sur sa réponse affirmative, les manœuvres pour quitter le port sont ordonnées. L'ancre qui vient d'être hissée est suspendue toute ruisselante à l'avant du navire.

Très intéressée, Charlotte respirant à pleins poumons l'air marin ne regrette pas d'avoir laissé Berthe à ses lamentations pour assister au départ.

- Larguez les amarres ! Hissez la grand voile ! crie le capitaine Merville debout sur le gaillard arrière, jambes écartées et mains dans le dos.

La proue fièrement dressée vers le large, le *Neptune* s'éloigne lentement de Nantes sous un ciel matinal brumeux et gris. Filant douze nœuds, il est poussé par un bon frais de force six, son étrave fendant les crêtes d'écume immaculée.

Appuyée au bastingage, Charlotte jette un dernier coup d'œil à la terre qui l'a vu naître, cette terre qui lui a arraché le cœur en lui prenant ses parents mais qu'elle quitte aujourd'hui avec beaucoup de peine. Jamais plus elle n'entendrait son père lui conter la vie à Versailles, jamais plus elle ne sentirait la douceur des bras maternels l'étreignant avec amour. Pourquoi la mort avait-elle emporté prématurément les deux êtres qui comptaient le plus pour elle ? Pourquoi n'avait-elle pas été tuée avec eux en ce jour funeste ? Des souvenirs nostalgiques envahissent ses pensées, lui nouent la gorge, tandis qu'une larme perle à ses paupières. Elle ne cherche pas à l'essuyer, la laisse courir sur sa joue puis mourir sur ses lèvres tremblantes en voyant le doux visage de sa mère flotter devant ses yeux.

Sans lui prêter attention, l'équipage court dans tous les sens, enroulant des cordages, hissant des voiles sur les ordres du capitaine et de son second. Le *Neptune* prend le large, la terre va bientôt disparaître dans la brume matinale. Il l'emmène vers sa destinée, loin de tout ce qui avait été sa vie, mais jamais elle n'oublierait son passé.

Un interminable voyage commence.

A la Martinique, de l'autre côté de l'Atlantique où son oncle et sa tante l'attendent, elle va commencer une autre vie. Elle ne les connaît pas bien mais sa mère lui en parlait chaque fois qu'elle recevait une lettre de sa sœur. Découvrir cette famille était préférable au couvent et elle aurait une amie de son âge avec Amélie.

Charlotte se tourne vers l'horizon où le soleil s'élève doucement, triomphant des nuages et éclairant de ses rayons la proue du navire, une sirène aux longs cheveux destinée à protéger le bateau et son équipage de ses consœurs qui hantent les océans. Elle a retenu des propos fastidieux de Monsieur de Roquelaure que, d'après une légende existant depuis la nuit des temps et toujours bien vivante dans l'esprit des marins, la sirène d'une beauté extraordinaire malgré sa queue de poisson attire les hommes par son chant envoûtant qui les fait plonger et se noyer.

Avant de rejoindre Berthe dans la cabine, Charlotte fait le serment de ne jamais plus aimer. Elle ne veut plus souffrir pour quelqu'un ce qu'elle a souffert au décès de ses parents, ce qu'elle souffre aujourd'hui et souffrira encore demain. *Je ne veux pas mourir d'amour, le cœur déchiré, le cœur brisé.* Elle scelle symboliquement sa promesse en jetant par-dessus bord la miniature représentant *La Chaume* qui la rattachait à tout ce qu'elle avait perdu.

Aimer n'est plus pour elle !

15.

En mer depuis de longues semaines, ils avaient eu la chance d'éviter la tempête et n'avaient essuyé qu'un grain. Le *Neptune* poursuivait imperturbablement sa route vers Saint-Pierre qu'il devrait atteindre d'ici une semaine, deux, tout au plus. Charlotte supportait bien le tangage du navire pour une première traversée à la différence de Berthe qui, malade malgré les drogues avalées selon le conseil du sieur Déobat, était alitée nuit et jour dans la cabine qui leur avait été assignée.

- Je savais que mon cœur ne survivrait pas à ce balancement incessant, murmure-t-elle entre deux hoquets.

La laissant reposer, Charlotte occupe ses journées à l'extérieur, assise sur un banc de fortune. Elle lit avec plaisir l'ouvrage que lui a offert la marquise de Sévigné avant leur séparation, observe les marins en manœuvre, ceux brossant le pont, l'homme juché au sommet du grand mât ou le capitaine scrutant l'horizon de sa longue vue.

Le reste du temps, appuyée triste et pensive au bastingage, elle se revoit à Versailles avec ses parents, dans sa somptueuse robe turquoise, entourée de soupirants tous plus attentionnés les uns que les autres. Des heures durant, elle plonge son regard dans les eaux marines, presque noires, de l'océan. L'immense étendue l'apaise et lui procure une sensation grisante de liberté. Parfois, une gerbe d'embruns déferle par-dessus le parapet, ce qui ne la perturbe pas dans sa contemplation. Elle se plait également à saluer le lever et le coucher du soleil vers lequel elle tend les bras, paumes ouvertes comme pour capter l'énergie vitale de ses rayons.

Ce soir-là, un marin ne peut s'empêcher de ricaner en la désignant du menton.

- Elle croit peut-être qu'elle va attraper le soleil !

S'il n'a pas osé s'adresser directement à elle, son voisin lui n'hésite pas et l'interpelle de sa voix rocailleuse.

- Mille tonnerres ! Arrêtez de faire ces choses bizarres ! Vous allez faire venir les pirates ! Cela ne vous suffit pas de ne nous porter la guigne !

Surprise, Charlotte sursaute mais interroge intriguée.

- Les pirates ?

- Ouais ! Les pirates. Et ils sont partout ces maudits bandits. Mieux vaut ne pas tomber entre leurs mains. Surtout une femme… encore plus si elle a le sang bleu… Charlotte comprend parfaitement qu'il la désigne sans la nommer mais demeure silencieuse, ne sachant s'il dit vrai ou s'il veut lui faire peur. Elle n'a pas entendu parler de pirates, mais elle n'a jamais connu de marins dans l'entourage de ses parents.

- On raconte qu'ils torturent, qu'ils brûlent les navires avec les hommes enchaînés à bord, qu'ils vendent les femmes après les avoir…

- Pasquin ! Arrêtez d'effrayer Mademoiselle de Beaumont avec vos histoires et retournez à votre tâche, intervient le capitaine avec autorité. Le marin se signe en bougonnant. Merville se retourne vers Charlotte, qu'un frisson d'horreur a parcouru, et reprend d'un ton qui se veut rassurant.

- N'ayez aucune crainte Mademoiselle. Pasquin exagère. De toute façon, le *Neptune* est bien pourvu en canons et nous sommes armés pour parer à toute rencontre de ce genre. Jusqu'à ce jour, cela ne s'est d'ailleurs jamais produit. Vous devriez aller prendre quelque repos dans votre cabine avant le dîner.

Monsieur de Merville, grand de taille et de forte stature, avait une personnalité imposante dans son uniforme de capitaine. Elle avait envie de rester sur le pont mais elle ne souhaitait pas le contrarier sachant qu'elle n'était pas très appréciée sur le *Neptune*. Elle avait surpris les regards inamicaux que lui lançait une partie de l'équipage tandis que l'autre l'ignorait lorsque Rémi, le second, l'avait informée que selon les superstitions des marins, une femme à bord portait malheur. Elle lui avait alors demandé pourquoi la proue était une sirène. Etant femme et portant malheur, elle éloigne les mauvais esprits de la mer, lui avait-il répondu comme s'il s'agissait d'une évidence.

* * *

Avant de rejoindre le capitaine et son second pour dîner dans la cabine aménagée en salle à manger et réservée aux officiers sous le château arrière, Charlotte qui avait tenté avec succès de faire avaler un peu de nourriture à Berthe, décide d'aller sur le pont avant éclairé de lanternes aux flammes vacillantes. Respirer l'air chargé d'embruns que portait la brise nocturne lui était nécessaire avant d'aller s'enfermer dans quelques mètres carrés.

La nuit est anormalement calme et sombre, songe-t-elle. Pas un rayon de lune, pas une étoile dans la voûte céleste. Seul un brouillard surnaturel enveloppe le bateau comme une chape de plomb. Cette atmosphère inhabituelle l'étouffe. Vêtue d'une longue robe grise avec ses longs cheveux noirs flottant sur ses épaules, elle se confond avec la pénombre.

Dissimulée derrière une voile qui bat dans le vent, elle demeure figée par la douleur fulgurante qui saisit brutalement sa cheville accompagnée des mêmes symptômes que le jour du décès de ses parents. Comment ignorer que ce réveil du scorpion annonce un mauvais présage ? Elle est certaine que quelque chose de grave va se produire.

Fixant la proue et parvenant progressivement à la distinguer dans l'épaisseur ouatée qui s'éclaircit légèrement, Charlotte voit se profiler une masse sombre dans les ténèbres mouvantes de la mer qu'elle ne parvient pas à identifier immédiatement. Emergeant de la brume, un navire se dirige droit sur eux et vire de bord.

- Navire à bâbord ! Navire à bâbord !

Les cris de la vigie percent la nuit tandis que tous les membres de l'équipage alertés se ruent à leur poste, prêts à exécuter les ordres du capitaine qui se précipite sur le pont supérieur avant pour évaluer la situation.

- Le drapeau noir ! s'écrie Pasquin en voyant hissé au grand mât le pavillon arborant un crâne et des tibias entrecroisés à la lueur douteuse des fanaux ennemis qui viennent s'être allumés.

Au même instant, des coups de feu claquent. S'étant positionné parallèlement au *Neptune*, les sabords soulevés laissant pointer la gueule menaçante des canons, les deux navires se rapprochent et ne sont plus qu'à quelques encablures l'un de l'autre.

Dans un bruit assourdissant, les canons tirent des boulets qui, s'ils ne percent pas la coque, provoquent de graves avaries au navire marchand. Sous le choc des impacts, Charlotte est violement projetée à terre, tandis que le grand mât, décapité par le feu roulant ennemi, s'effondre sur quelques marins. Une pluie de morceaux de bois déchiquetés s'abat sur le pont. Les coques entrent en collision, ramenées l'une contre l'autre par le mouvement puissant des marins aux cordages.

Sur l'autre bord, les commandements fusent.

- Tous à vos grappins ! Préparez-vous à l'abordage !

Les pirates en équilibre sur les échelles de corde et les drisses n'attendaient que cet ordre.

Toujours plaquée au sol, Charlotte voit surgir de tous côtés une horde sanguinaire armée jusqu'aux dents, brandissant sabres et pistolets, déferlant sur le pont du *Neptune* avec une rapidité démoniaque. L'équipage, pris par surprise, n'est pas de taille à affronter l'assaut qui vient d'être lancé. L'adversaire a l'avantage et compte le conserver en tuant tous ceux qui tentent de s'opposer à lui.

Paralysée par la peur qui la tenaille et le cœur battant à tout rompre, Charlotte se redresse pour tenter de se rendre auprès de Berthe qui doit être terrorisée. Dans un état de torpeur terrifiée, elle s'immobilise aussitôt devant l'horreur du spectacle qui s'offre à elle. Des hommes qu'elle a côtoyés depuis des jours tombent sous les coups meurtriers. Leurs corps gisent sur le sol rougi par le sang. Des balles sifflent à ses oreilles qui résonnent du gémissement et des plaintes des blessés, des agonisants, tandis qu'elle voit les voiles s'enflammer. Battant en retraite, elle rampe entre les corps pour tenter d'atteindre la cabine. Un pirate aux traits grossiers et couvert de tatouages la regarde, le visage déformé par un rictus féroce. Alors qu'il vient droit sur elle, le petit Léon qui s'était fait enrôler par le capitaine lui sauve la vie en lançant son poignard dans le dos de l'homme qui tombe face à terre à ses côtés et semble la fixer de ses yeux encore ouverts. Pétrifiée, elle met quelques secondes avant de se lever pour courir se réfugier dans sa cabine et s'y enfermer. Des débris de vitres jonchent le parquet et les meubles sont renversés. Berthe n'est pas là. Où est-elle, s'affole-t-elle ?

- Enfoncez cette porte ! crie une voix tonitruante.

Sous les coups d'épaules vigoureux, le battant commence à trembler. Charlotte sait que la porte va rapidement céder. Elle se terre précipitamment dans le petit recoin de l'armoire caisson encore debout et, recroquevillée, retient son souffle.

- Ton parfum te trahit chérie, plaisante l'homme tout en humant l'odeur pour en suivre la trace.

Frémissant de peur, elle n'a pas le temps de comprendre ce qui se passe. En levant les yeux, elle se trouve nez à nez avec un visage grimaçant qui lui offre un large sourire découvrant des chicots gâtés.

- Je te tiens, s'exclame-t-il d'un air triomphant en pointant son pistolet sur elle.

* * *

Le capitaine Merville ayant été tué, le combat avait cessé. Une balle dans la poitrine, il gisait auprès de Rémi qui avait eu la gorge tranchée d'un coup de sabre. Le pont était jonché de morts et de blessés agonisants dont certains avaient un membre arraché. La plupart des matelots avaient été tués dès les premiers engagements. Les rescapés, contraints de se rendre à l'ennemi, se regroupent à présent sous la menace des mousquets.

Le corps sans vie de Berthe était étendu dans une flaque de sang. Détournant son regard pour ne pas éclater en sanglots, Charlotte serre les poings pour maîtriser son tremblement. Elle n'a guère le temps de s'appesantir sur sa douleur, tirée par son agresseur très fier de sa prise. Autour d'eux s'empressent des pirates vêtus d'habits disparates enlevés à leurs malheureuses victimes, tandis que d'autres se sont dispersés pour fouiller le navire, espérant y découvrir de l'or ou des bijoux.

Faisant partie du butin, Charlotte est transbordée avec les survivants qui sont rassemblés sur l'entrepont tandis que son tortionnaire la tient si fort qu'elle ne sent plus son sang circuler dans son bras endolori. Elle veut desserrer l'étau qui la brise mais son geste ne fait qu'accentuer la pression de son bourreau.

- Lâchez-moi, s'écrie Charlotte avec la vigueur du désespoir.

- On veut résister poupée ! Rien de tel pour m'exciter, lui siffle-t-il en approchant son visage si prêt du sien, comme pour l'embrasser, qu'elle a un mouvement de recul brutal qui faillit lui faire perdre l'équilibre.

- Eh Renard ! Elle est à nous tous ! lance un dénommé la Buse approuvé par les exclamations de ses compagnons.

Tous ces hommes à la peau tannée par le soleil, ces brutes sanguinaires, n'ont soudain d'yeux que pour elle. La façon dont ils la dévisagent avec convoitise la terrorise littéralement.

- Cela suffit ! Lâche-la, Renard ! gronde une voix tandis qu'une main lui saisit d'un geste vif le poignet.

Charlotte éprouve un vif soulagement de sentir son bras libéré mais n'est pas pour autant rassurée. Elle ne bouge pas. L'homme à la barbe noire, grand et basané qui est intervenu, porte une culotte de couleur rouge passée serrant ses hanches étroites et une chemise blanche ouverte jusqu'à la taille révélant un torse puissamment musclé sous une toison brune. Avec son baudrier lui barrant la poitrine, son chapeau défraîchi et son air diabolique, il ne lui inspire pas confiance. Il avance vers elle et l'enveloppe d'un regard appréciateur. L'homme fait lentement le tour de Charlotte clouée sur place. Il ne la touche pas, se contentant de l'examiner de ses yeux perçants, évaluant la moindre courbe de son corps. Charlotte se sent comme nue dans sa robe mais conserve son calme sans baisser la tête. Les pirates murmurent entre eux.

- Mon nom est Arturo Alvarez dit Barracuda.

Son salut plein de grâce pour un homme d'une telle carrure s'avère aussi insolent qu'un soufflet en plein visage.

- Je suis le capitaine de ce navire. Bienvenue à bord de l'*Esmeralda* Mademoiselle… ?

Malgré la peur qui la tenaille, Charlotte se souvient des propos de Pasquin à bord du *Neptune* et a le réflexe de se présenter sous l'identité de Clémence Lamoiseau, ayant un sanglot dans la voix en prononçant le nom de sa défunte nourrice associé au prénom de sa mère dont elle s'est instinctivement emparée.

- Morgan ! Regarde le trésor que cachait le *Neptune* ! Regarde cette silhouette parfaite, cette chevelure étonnante, lance à son second Barracuda satisfait de cette capture. Nous en tirerons une petite fortune en la vendant à Tortuga.

L'équipage poussait des vivats, s'imaginant déjà en train de profiter du fruit de la vente.

- Et les autres, on en fait quoi ? interroge Tatoo d'une voix forte pour se faire entendre. Ce ne sont pas des pirates !

Se sentant l'âme clémente, Barracuda suggère d'intégrer à l'équipage ceux qui le souhaitent.

- Ouais ! Quelques paires de bras en plus ne seront pas de trop ! rétorque Renard bruyamment approuvé par ses compagnons.

Contrairement aux marins de la marine marchande, le jeune Léon n'a pas d'états d'âme. Il a suivi sa maîtresse pour la protéger et vivre des aventures dans son sillage, il était de son devoir de ne pas la quitter. Faisant un pas en avant, il se déclare prêt à rejoindre les rangs du capitaine victorieux.

Deux autres marins font le pas en avant déterminant leur décision.

- Détachez les grappins et laissez sombrer ce navire ! aboie Barracuda d'une voix de stentor.

Les mâts brisés, les voiles déchirées et en flammes, la coque éventrée, le bateau coulait déjà doucement.

- Qu'est ce que vous attendez ? Tout le monde à son poste ! hurle le capitaine en second qui sort de la pénombre pour s'approcher de Charlotte submergée par une peur mêlée de haine. Dans l'action, elle n'avait pas remarqué que son corsage déchiré offrait aux regards pleins de convoitise son pendentif en émeraude qui scintillait de mille feux sous les rayons argentés de la lune enfin parvenue à vaincre le brouillard.

Obéissants, les hommes regagnent leur poste tandis que Charlotte est conduite vers ce qui semble servir de cuisine et attachée sur une chaise. Surmontant les craintes qui l'habitent, elle a observé à la lueur des lanternes accrochées sur le navire de la poupe à la proue, alimentée d'huile de baleine, que plusieurs portaient des foulards sur la tête et des boucles d'oreilles en anneau d'or luisant à la lumière des ténèbres. Bien déchirés, sales et décolorés par le sel, certains avaient même des gilets de soie et des capes de brocart, sans doute pillés sur un infortuné navire qui pourrissait au fond des eaux sombres. Finir au fond de l'océan était d'ailleurs, elle venait de l'entendre, le sort réservé au *Neptune* maintenant que la cargaison avait été récupérée.

Quant aux marins ayant refusé la proposition de se joindre aux pirates, ils sont tout simplement embarqués dans une chaloupe mise à l'eau et laissés au jugement du destin, selon la loi de la mer et le code des pirates.

- Si les requins ne vous mangent pas, vous avez peut-être une chance de revoir la terre, raille Barracuda dont les hommes s'esclaffent et se tapent sur les cuisses en rigolant.

16.

Les pirates, hommes issus de classes sociales très pauvres, opprimés du clergé, esclaves noirs en fuite ou marginaux au banc de la société, étaient avides de richesse mais également de liberté, d'égalité et de fraternité garanties par des règles écrites et généralement rigoureusement appliquées. Les hommes s'embarquaient après avoir passé un contrat avec le capitaine qui leur octroyait en outre le droit de pacotille, c'est-à-dire le droit à une part égale du butin qui variait selon l'importance de celui-ci. Si les officiers recevaient un nombre plus élevé de parts, c'est qu'ils prenaient plus de risques ou possédaient des compétences particulières. Le capitaine et son second n'étaient pas seulement des chefs donnant des ordres à distance mais des combattants se battant aux côtés de leurs hommes. Morgan, capitaine en second, responsable de l'équipage, devait faire régner l'ordre jour après jour, sauf pendant les batailles où c'était le capitaine Barracuda qui avait le privilège du commandement. N'ayant rien à perdre, capable de s'adapter à toutes les situations, à l'aise aussi bien sur terre que sur mer, les pirates étaient particulièrement redoutables au combat.

S'enrichir n'était toutefois pas leur seule et unique motivation. Individus en rupture avec la société, ils s'élevaient contre les injustices, celles-là mêmes qui les avaient conduits à s'enrôler dans la flibuste. Ainsi, il arrivait souvent qu'ils libèrent des esclaves trouvés dans les navires capturés, en les incorporant à leur équipage ou en les déposant à terre. Bien que cette vie soit dangereuse et rude, au moins étaient-ils libres et égaux, membres d'un équipage à l'organisation démocratique qui élisait son capitaine et pouvait voter son remplacement.

L'*Esmeralda* progressait lentement sur une mer toujours plongée dans l'obscurité. Enfin conduite dans une cabine sous le pont arrière, Charlotte, dans un état second, regarde à travers la petite lucarne les flammes ravager le *Neptune* qui n'est plus qu'une épave fumante prête à rejoindre les abîmes de l'océan. Quand le spectacle rougeoyant disparaît de sa vue dans l'écume du sillage, elle demeure prostrée et désemparée dans un coin du réduit obscur, appuyant son front sur ses jambes repliées. Dans sa tête tournent des images plus affreuses les unes que les autres. Quel sort funeste l'attend ? Que va-t-elle affronter ? Allait-elle être vendue ? Quelle idée avait-elle eu d'entraîner Berthe, sa chère Berthe, dans une aventure si hasardeuse ! Imaginer la dépouille de sa nourrice au fond des eaux noires la bouleverse affreusement. Un flot de larmes brûlantes inonde son visage.

Cette nuit-là, elle pleure silencieusement en étouffant ses sanglots jusqu'à ce que la fatigue la fasse sombrer dans un sommeil peuplé de cauchemars. De son côté, Morgan, le second, ne parvient pas à s'endormir. Des souvenirs douloureux lui reviennent en mémoire. Cette situation lui fait penser à *« elle »*, toujours avec le même déchirement.

- Celui qui osera toucher la fille s'attirera les foudres de l'enfer, avait lancé Morgan en désignant l'entrée de la cabine attribuée à Clémence. Il savait trop comment se comportent des hommes privés de femmes depuis des mois.

Il s'en était fallu de peu que cette bande de pourceaux, oubliant sa valeur marchande, ne viole cette pauvre innocente. Poussé par l'urgence de la situation, il avait raconté à l'ensemble de l'équipage que la sorcière vaudou de Tortuga lui avait prédit qu'il rencontrerait un jour une jeune fille aux yeux verts, à la chevelure noire, portant un pendentif en émeraude et qu'il ne devrait pas lui faire de mal au risque d'être maudit. En ajoutant qu'il l'avait reconnu et craignait une malédiction, il avait réussi à éloigner d'elle, au moins pour quelques heures, le spectre du viol collectif. Le monde de la mer était un réservoir inépuisable de superstitions et de croyances diverses, dont il venait de tirer profit. Le capitaine et l'équipage, dans le doute, avaient préféré laisser la jeune fille tranquille pour la nuit. En outre, ils avaient remarqué son émeraude autour du cou, pierre rare et respectée dans le monde de la piraterie. Symbole d'espérance, de jeunesse et de vitalité, elle avait le pouvoir d'écarter les tempêtes et les dangers.

Anneau d'or à l'oreille, tatouage, amulettes vaudous, chaque membre de l'équipage avait son propre talisman choisi selon sa plus grande peur. Barracuda, quant à lui, portait au petit doigt un gros rubis serti en bague afin de le protéger de la noyade.

Dans l'échancrure de la chemise entrouverte de Morgan, Charlotte avait laissé s'attarder son regard sur la longue cicatrice lui barrant la poitrine et aperçu la petite clé en or suspendue à son cou, se demandant s'il s'agissait d'un porte-bonheur.

Moi aussi, j'ai mon gri-gri, se convainc-t-elle, en prenant son émeraude dans la main.

* * *

Le soleil est déjà haut quand elle s'éveille le lendemain, le cœur lourd et les yeux gonflés. La chaleur commence à devenir étouffante dans sa cabine. Découvrant que la porte n'est pas fermée à clef comme elle l'a cru la veille, elle se glisse à l'extérieur et monte sur le gaillard arrière, à la recherche d'espace et de fraîcheur. La mer devenue grosse après l'arraisonnement du *Neptune* s'est apaisée et le vaisseau pirate fend allègrement les flots grâce au léger grain qui s'est levé en même temps qu'apparaissait un magnifique arc-en-ciel. Le regard perdu dans les eaux vertes, Charlotte offre à la brise son visage marqué par la douleur et écoute le bruissement du vent dans les cordages, le claquement des voiles et le choc sourd des vagues contre le bois de la coque. Elle se sent abattue par le poids du destin qui s'acharne contre elle et, surtout, éprouve un sentiment de grande solitude. Le visage grave, elle contemple l'horizon de l'océan comme si elle voyait au-delà des mers et des terres. Soudain, un bel oiseau, dont elle ignore le nom, vient se poser sur son épaule comme pour contredire ses pensées.

- Sacrebleu ! jure Barracuda fixant la scène qui se déroule sous ses yeux stupéfaits. Pourtant, j'en ai vu dans ma vie de pirate ! Tous les regards des matelots qui ont entendu le juron convergent vers elle.

Morgan lui-même n'en croit pas ses yeux et demeure silencieux, soucieux de masquer sa surprise. Sans le savoir, Charlotte et l'oiseau de mer ainsi réunis confirment son mensonge. *Qui est cette femme,* se demande-t-il intrigué ?

- Tu avais raison Morgan. Cette fille est une sorcière ! Elle parle avec les morts et fait apparaître des arcs-en-ciel !

Comme tous à bord, le capitaine respecte les croyances et superstitions des pirates. Or, pour eux, l'arc-en-ciel représente une porte ouverte sur le monde des morts qu'il ne faut surtout pas montrer du doigt au risque d'encourir les foudres des esprits tandis que le goéland porte en lui l'âme de marins noyés.

Morgan saute sur cette perche tendue par la nature elle-même.

- Nous ne devons pas lui faire de mal et la débarquer saine et sauve. Après, advienne que pourra, ce ne sera plus notre affaire. En son for intérieur, il s'interroge. *Qu'allait-il faire d'elle à Tortuga ? Il ne pourrait pas la laisser seule, livrée à elle-même sur cette île de débauche où se donnaient rendez-vous tous les vagabonds, trafiquants et aventuriers des Caraïbes ! Elle ne survivrait pas.* Il la regarde soucieusement, un pli songeur entre ses sourcils noirs.

- Je te laisse t'en occuper. Je ne veux plus rien avoir à faire avec cette fille, reprend Barracuda qui, la mine sombre, étouffe un nouveau juron et le plante sans autre façon.

Charlotte, aux prises avec les tourments de son âme, n'a pas vu que les deux hommes avaient les yeux rivés sur elle. Ils n'ont pas été les seuls d'ailleurs. D'autres matelots ont assisté à la scène, éberlués.

Comment aurait-elle pu se douter qu'elle était le centre d'attraction ? Suivant des yeux l'oiseau qui vient de s'envoler, elle n'entend pas Morgan s'approcher d'elle et sursaute lorsqu'il s'adresse à elle de sa voix grave.

- Vous avez de la chance, vous ne serez pas vendue. Nous vous débarquerons à terre et vous serez libre de vos mouvements. En attendant, pour votre sécurité à bord, je vous conseille de ne pas trop vous éloigner de votre cabine et de vous enfermer lorsque vous êtes à l'intérieur.

La stupéfaction la plus parfaite se peint sur le visage de Charlotte. Elle demeure immobile, le menton relevé pour afficher une assurance qu'elle est loin de ressentir, ne sachant si elle doit le remercier pour ce qu'il vient de lui annoncer ou le maudire pour le massacre auquel elle avait assisté. Elle trouve plus sage de se taire.

Les deux jeunes gens se dévisagent, incapables de prononcer un seul mot. Il devine sa vulnérabilité et admire sa maîtrise d'elle-même. Il aurait aimé la rassurer sur son sort mais que peut-il lui dire de plus pour l'heure ? Un pirate ne fait pas dans les sentiments et toute attitude d'attendrissement éveillerait les soupçons de l'équipage et de Barracuda. En outre, il ne la connaît pas et ne peut prendre le risque de lui faire confiance.

A la lumière du jour, il l'a découverte plus jeune et plus belle encore qu'il ne l'avait imaginé la veille au soir. Ses prunelles, aussi flamboyantes que la pierre qu'elle porte autour du cou, ont une expression étrange et changeante qu'il n'est pas parvenu à déchiffrer et qui contraste avec la fragilité apparente de sa silhouette.

Qu'avait-elle vécu ?

Le soleil allait franchir la ligne d'horizon. Dans sa cabine, allongée sur sa couchette la tête posée sur un coussin, Charlotte repense à Morgan. La façon dont il l'avait dévisagée l'avait troublée. Ne supportant plus son regard de braise, elle s'était pratiquement enfuie. Elle ne comprenait pas que cet homme, qu'elle devrait détester de tout son être pour ce qu'il était et faisait, puisse éveiller en elle autre chose que de la haine et du mépris.

Morgan était resté sur place le cœur serré. Elle faisait ressurgir en lui un passé auquel il préférait ne pas trop penser. Plongé dans ses souvenirs, son regard s'était perdu dans les eaux tranquilles et transparentes où se reflétait un ciel d'une limpidité parfaite.

Dès lors, Charlotte passe beaucoup de temps dans sa cabine et ne monte que rarement sur le pont. Chaque fois qu'elle succombe à la tentation de prendre l'air, elle cherche malgré elle où se trouve la haute silhouette du pirate. Sentant son regard peser sur lui, il la surprend chaque fois en se retournant brusquement sans jamais abandonner ses occupations pour venir vers elle. Leurs yeux se croisent, s'attirent mais, finalement, se détournent.

* * *

Cette nuit-là, Charlotte ressent le besoin pressant d'aller respirer l'air du large. Enfermée le jour pour l'éviter, il ne lui reste que la nuit pour s'aérer.

Un beau ciel étoilé rend inutile les fanaux qui n'ont d'ailleurs pas été allumés. La nuit enveloppe le pont dans un silence presque total. Elle entend le ronflement lointain des hommes installés sur l'entrepont dans leur hamac tandis que l'homme de quart fait sa ronde.

Le vent qui fouette son visage a le pouvoir d'apaiser ses tourments comme un coup de baguette magique. Elle respire à pleins poumons l'air à la fois tiède et vivifiant qui souffle sur la mer des Caraïbes aux reflets argentés sous les rayons de lune. Fixer la voûte céleste lui fait monter les larmes aux yeux. Les paroles de son père lui reviennent douloureusement en mémoire.

Les cimetières ne servent à rien, sinon à enterrer l'âme plus vite dans l'oubli des cœurs. Pour accompagner mon éternité, quand l'heure viendra, désigne plutôt une étoile dans le ciel, ainsi, où que je sois, je veillerai toujours sur toi.

Soudain, une main forte se refermant sur son poignet l'épouvante, tandis qu'une autre la bâillonne pour l'empêcher de crier. Levant les yeux, elle reconnaît les prunelles énigmatiques et son cœur se met à battre de façon désordonnée. Se tenant dans un rayon de lune qui lui donne un air fragile, Charlotte n'a pas notion du charme qui émane d'elle.

- Saperlotte ! Vous êtes inconsciente ! Vous devriez être dans votre cabine à cette heure. C'est dangereux. Ne vous ai-je pas demandé de ne pas en sortir tant que nous ne serons pas arrivés, grommelle-t-il d'une voix étouffée mais autoritaire en libérant sa bouche.

- Je ne supportais plus d'être enfermée dans cette cabine. J'avais besoin de respirer…

- Vous préférez venir ici en pleine nuit, l'interrompt Morgan sarcastique. Etes-vous si innocente pour ne pas avoir compris les risques que vous encourrez ? N'avez-vous pas remarqué tous ces hommes qui vous convoitent du regard ? Retournez dans votre cabine et restez-y, cela évitera bien des ennuis à tous.

- Je vous défends de me malmener ainsi. Vous êtes un homme grossier, un vulgaire pirate.

Elle jette cette dernière injure en y rassemblant tout ce qu'elle peut de mépris, sachant pertinemment qu'il a raison. Bien qu'il lui tienne maintenant les deux poignets, elle a renoncé à se dégager, ses mains chaudes et son regard brûlant la faisant frissonner malgré elle.

Rompant le silence que l'un et l'autre avaient laissé s'instaurer, Morgan dit avec colère.

- Vous me défendez… vous m'insultez… vous semblez oublier que j'ai tous les droits sur vous. Je peux vous faire pendre, vous jeter à la mer ou vous livrer aux mains de ces hommes qui n'attendent que cela. Si je le veux, je peux même finalement vous vendre au marché aux esclaves en arrivant à l'île de la Tortue.

Il accompagne ses paroles d'un geste de possession qui ne laisse aucun doute quant à la véracité de ses propos. L'attirant contre lui, il la serre à la briser. Dos à la rambarde de bois, elle ne peut pas reculer et fait un effort considérable sur elle-même pour ne pas bouger, ce qui inévitablement ferait se resserrer cette étreinte qui la trouble. Le regard noir et brillant a pris le sien en otage. Ne parvenant pas à se défendre contre la puissance attractive de celui-ci, elle reste, pendant quelques instants, incapable de s'en libérer comme l'oiseau fasciné par le serpent. Malgré sa volonté de demeurer impassible, le contact de ce corps puissant contre le sien la fait trembler de tous ses membres et son cœur bat la chamade au point qu'elle a l'impression qu'il peut, lui aussi, l'entendre. Furieuse contre elle-même et contre cet homme qui d'une façon naturelle domine les autres, Charlotte arrache brusquement ses bras à la tenaille qui s'était faite plus douce. Nerveuse, elle détourne les yeux.

Morgan lui inspirait des sentiments étranges de confiance et de méfiance, d'attirance et de répulsion. Son instinct la pousse vers lui tandis que sa raison lui enjoint de le fuir. Charlotte se sent déchirée par la contradiction qui l'habite.

- Je vous raccompagne à votre cabine, profère-t-il d'un ton sec qui n'admet aucune réplique.

Trop pressée de le fuir, elle se laisse guider docilement.

* * *

La journée est déjà bien avancée. Dans le ciel bleu sans nuage, un soleil blanc, sans rayon mais brûlant, écrase les hommes qui exécutent leur tâche au ralenti.

Etouffant dans sa cabine, Charlotte était montée sur le pont et s'était accoudée au bastingage, comme toujours les yeux perdus vers l'horizon. Soudain, la douleur devenue familière la sort de sa rêverie et lui fait porter le regard sur sa gauche. A quelques encablures, elle distingue un vaisseau aux voiles blanches se détachant dans la lumière éblouissante.

L'impression de revivre la scène précédant l'abordage du *Neptune* l'envahit. Mue par un élan de peur incontrôlée, sans un mot elle indique d'un doigt tremblant le navire qui se dirige vers eux. L'alerte aussitôt donnée, Renard escalade le gréement pour se poster sur son perchoir tandis que Barracuda pointe sa longue vue vers l'horizon.

- Le *Star Revenge* ! hurle Renard.

Morgan a rejoint Barracuda près du beaupré.

- Pourquoi le Squale se dirige-t-il vers nous ? A ton avis, que veut-il ? l'interroge le capitaine.

- Je parierais qu'il a retourné sa veste !

- Corsaire ?

- Je voudrais me tromper, mais il ne serait pas le premier. Lourd du ventre avec une double rangée de canons, il ne peut être très rapide mais il serait prudent d'être sur nos gardes.

- Tous à vos postes ! Parez au combat ! s'époumone Barracuda devant les regards ahuris de l'équipage qui ne se réjouit pas à l'idée de se mesurer au pirate dont le nom seul fait trembler les plus courageux. En effet, le Squale était réputé pour abandonner ses victimes sur une île déserte en ayant pris soin au préalable de leur mutiler le nez et les oreilles, quand il ne décidait pas de brûler le navire avec les hommes enchaînés à bord, après avoir tranché les quatre membres de leur capitaine.

- Allez matelots ! Préparez-vous à l'abordage ! Attrapez vos grappins ! leur crie Morgan d'un ton ferme qui envoie chacun à son poste pour faire face à un éventuel branle bas de combat.

- Que se passe-t-il ? demande Charlotte inquiète à Morgan qui a quitté le pont arrière pour la rejoindre sur le pont avant.

- Il y a de grandes chances pour que nous devions nous battre ! Ce n'est pas un spectacle pour une jeune fille ! Allez vous enfermer dans votre cabine, lui ordonne-t-il en tournant aussitôt les talons pensant que le sujet était clos.

- Parce que d'après vous le massacre du *Neptune* en était peut-être un ! ne peut-elle s'empêcher de lui répondre d'un ton acerbe.

Le regard douloureux que lui lance Morgan en se retournant laisse Charlotte interdite. Sans ajouter un mot, il s'éloigne. L'heure n'est pas à la discussion. Le *Star Revenge* approche dangereusement.

De son côté, elle reconnaît qu'il est plus prudent d'obéir et obtempère dès qu'il commence à donner ses ordres.

Assise sur sa couche, Charlotte ne peut faire abstraction des bruits de combats qui lui parviennent. Anxieuse, elle tourne en rond dans son étroite cabine comme un animal en cage. Que se passera-t-il si l'équipage de l'*Esmeralda* est battu ? Cette attente, cette incertitude lui sont insupportables. Pour s'occuper, elle fouille dans le coffre de la cabine et y trouve des vêtements d'homme dont elle n'hésite pas à s'affubler et sort sur l'entrepont après avoir tordu ses cheveux sous un morceau de chiffon.

Se cachant derrière une caisse de bois, elle suit avec angoisse le déroulement de l'assaut. Les sabres s'entrechoquent, des hommes bondissent de partout, d'autres tombent à l'eau, celui-ci s'écrase de tout son long tandis que celui-là l'étrangle avec les cordages. Son regard cherche Morgan. Enfin, elle le voit. Près de la barre, il se bat contre deux hommes à la fois. Priant pour qu'il ait le dessus, elle ne le quitte pas des yeux. Soudain, elle aperçoit un pirate du *Star Revenge* qui s'approche de lui par derrière, brandissant un poignard. La jeune femme se mord la lèvre. Son regard va de l'arme à terre à ses pieds à l'homme qui va tuer, de l'homme à l'arme et, sans réfléchir davantage, elle se jette sur le pistolet et tire à bout portant sur celui qui s'apprêtait à assassiner lâchement dans le dos. Au même moment, ayant occis ses deux adversaires, Morgan faisant volte-face voit le lâche s'effondrer.

Charlotte se tenait debout, le pistolet encore fumant à la main.

- A terre ! lui crie Morgan en saisissant lui-même son arme à la ceinture.

Mais sous le choc de son geste, elle demeure immobile et sans réaction, étrangère à tout ce qui l'entoure. Elle venait de tuer un homme !

Empoignée par un bras puissant qui cherche à l'étrangler, elle reprend ses esprits. Morgan, à son tour, lui sauve la vie en abattant son agresseur. Sa peur est bien plus grande lorsque le Squale bondit à son tour sur Morgan et qu'un duel les oppose. Une épée dans la main droite, une dague dans la gauche, les deux hommes ont la même souplesse, la même agilité et une grande expérience des combats.

- Mon Dieu ! Je vous en prie, protégez Morgan, répète à plusieurs reprises Charlotte qui ne les quitte pas des yeux, indifférente à ce qui l'entoure et ne prenant pas la précaution de se dissimuler, trop agitée pour songer à son propre sort.

Après un temps qui lui parait une éternité, elle ne peut retenir un hurlement de soulagement en voyant Morgan porter une estocade mortelle à son adversaire qui en lâche son épée pour porter sa main à hauteur du cœur.

Quand un peu plus tard, l'équipage de l'*Esmeralda* pousse des cris de victoire, Charlotte se sent soulagée et un peu fière de partager leur joie. Le *Star*

Revenge coulé et ses rescapés jetés par-dessus bord avaient rejoint leur cruel capitaine en enfer. Son comportement courageux n'étant pas passé inaperçu, Charlotte se voit acclamée par l'équipage qui la regarde avec une admiration non feinte.

- Tu as sauvé la vie d'un pirate ! s'écrie l'un d'eux.

- Tu es des nôtres maintenant ! enchaîne un autre avec un certain respect.

Charlotte ne sait comment réagir et dit simplement merci. Morgan la regarde au milieu de cette foule dépenaillée. Il n'en revenait pas.

- Cette jeune personne a vraiment le don de surprendre, murmure-t-il pour lui-même, se retenant de tendre la main pour remettre les mèches rebelles s'évadant du couvre-chef improvisé.

Les hommes avaient investit le *Star Revenge* pour récupérer sa cargaison. Le butin s'avérait particulièrement intéressant. Le navire était chargé d'or, de pierres précieuses et autres richesses enfermées dans des coffres dérobés à des galions espagnols, mais aussi d'une centaine de barriques de vin des Canaries. L'euphorie de l'équipage ne faisait aucun doute. Il pouvait désormais faire escale à Tortuga et profiter pleinement de la joyeuse compagnie que cette île offre. Il trouve également, enchaînés dans la cale, quelques esclaves qu'il libère sans attendre et intègre en leur sein. Arrivés à La Tortue, le choix leur sera donné de s'enrôler officiellement ou de rester à terre.

Barracuda arpentait le pont de fort belle humeur.

- Allez moussaillons ! Tous à vos postes ! Cap à l'ouest ! Direction Tortuga ! commande-t-il à pleins poumons sous les hourras.

Plus tard, ce soir là, tandis qu'elle contemple la mer et les étoiles se reflétant dans l'eau, les questions se bousculent dans la tête de Charlotte.

Qui sont ces hommes ? Un jour ils tuent et pillent, un autre ils délivrent des esclaves ! Un jour ils veulent la vendre, un autre ils la libèrent ! Un jour ils l'ignorent, un autre ils l'acclament !

Elle ne sait plus quoi penser de ces pirates, ni d'elle-même… N'a-t-elle pas commis le pire péché ! Tuer un homme ! Elle avait tué un homme.

Lorsqu'elle entend le plancher du pont craquer derrière elle, Charlotte se retourne. Morgan était là et la regardait intensément.

- Merci.

- Ne me remerciez pas, je n'étais pas moi-même ! dit-elle froidement en le quittant précipitamment.

* * *

Après plusieurs jours de navigation, la vigie annonçait enfin la terre.

Tortuga, le repaire de pirates situé au nord de la Jamaïque était en vue. Egalement appelée l'île de la Tortue, ce bastion pirate reconnu comme tel en raison de son caractère particulièrement inhospitalier fut tour à tour sous influence espagnole, anglaise et à présent française. Grâce aux écumeurs des mers se réclamant de lui, le Royaume de France avait, dès 1659 sous l'autorité de Bernard d'Orgeron, installé à Tortuga ainsi qu'à Hispaniola un gouvernement de fait sur des terres officiellement espagnoles. Les falaises inaccessibles et accidentées de la côte nord, qui lui avait valu le surnom de « côte de fer », contrastaient avec sa côte sud aux plages exceptionnelles parsemées de récifs où se nichait le port dans une rade abritée. Pirates et flibustiers y venaient déposer leurs captures, prendre du bon temps dans les tripots et se ravitailler en poudre, munitions, rhum et vivres avant de reprendre la mer pour de nouvelles aventures. Esclaves africains en fuite, voleurs, assassins et exclus en tout genre composaient la population hétéroclite de cette petite île turbulente, réservoir inépuisable de talents pour la piraterie.

Le navire se rapprochait des côtes qu'inspectait Morgan à l'aide de sa longue vue. Elles offraient un spectacle de rochers meurtriers à fleur d'eau sur lesquels les vagues se heurtaient avec violence sur un arrière plan de montagnes couvertes d'une végétation dense et verdoyante. L'endroit semblait sauvage.

Barracuda, imperturbable, manœuvrait habilement la barre pour éviter à l'*Esmeralda* de se laisser emporter dans les dangereux courants croisés et de s'échouer sur l'un des nombreux récifs qui entouraient l'île.

Les hommes étaient quant à eux rassemblés à la proue, confiants en leur capitaine et impatients de voir apparaître Port Royal à l'horizon.

Charlotte était sortie de sa cabine dès qu'elle avait entendu la Buse crier « terre en vue». Elle regardait sans voir, trop préoccupée par ce qui l'attendait. Elle ignorait ce qu'elle allait devenir sur ce rocher perdu au milieu de l'océan. Elle pourrait au moins retrouver ses esprits loin de ce pirate, se répète-t-elle pour se rassurer. Pourtant, à la pensée que peut-être elle ne le verrait plus, elle éprouve un sentiment de vide mais s'oblige à ignorer ce pincement au cœur inopportun.

- Quand nous débarquerons, je veux que vous m'attendiez. Je vous conduirai dans un endroit sûr, la prévient Morgan silencieusement surgi auprès d'elle.

- Je vous remercie mais je peux me débrouiller seule, lui répond-elle fièrement en tournant les talons.

Ne lui laissant pas le temps de s'éloigner, il la rattrape par le bras. Dans ses yeux, en dépit des efforts qu'elle fournit pour masquer ses doutes, il lit une inquiétude qu'il aurait voulu apaiser.

- Vous devez me faire confiance, lui assure-t-il.

- Et pourquoi le devrais-je ? dit-elle d'un air de défi, refusant de se laisser prendre à cette attention qu'elle interprète comme de la pitié.

- Tout simplement parce que vous n'avez pas le choix.

La fureur lui serre la gorge. Il était sûr de lui et avait tout préparé, tout décidé. Et qu'avait-elle à dire ? A la première occasion, elle s'échapperait. A cette seule pensée, elle reprend un peu de courage. Sa chance arriverait tôt ou tard et elle n'hésiterait pas à la saisir.

17.

Le navire qui se balance de façon légère et saccadée se trouve maintenant au mouillage parmi d'autres embarcations face au petit village portuaire à flanc de montagnes, cerné de cocotiers, dominé et protégé par le fort de la Roche où demeure l'actuel gouverneur. La rue du front de mer bordée de petites maisons en bois d'un côté et d'une fine bande de sable blanc de l'autre sur laquelle sont échouées les barques des pêcheurs, grouille de monde. Des hommes transportant caisses, coffres et tonneaux s'affairent bruyamment dans tous les sens ; d'autres vendent le fruit de leur pêche quotidienne offert au regard sur des étales constituées d'une simple planche de bois soutenue par deux fûts. Enfin, il y a les badauds qui se promènent à la recherche d'on ne sait quoi.

L'équipage ayant fini de charger les caisses et les coffres, fruits de leurs rapines de plusieurs mois, à bord des chaloupes lourdement remplies, les hommes rament avec vigueur pour débarquer leur butin et l'emmener dans leur repaire où seraient décidées les modalités du partage. Ensuite, enfin ils pourront commencer à profiter de leur richesse et prendre du bon temps.

Charlotte, qui a gardé ses vêtements de garçon, essaie de se faufiler parmi les membres d'équipage pour quitter l'*Esmeralda*. Mais Morgan a anticipé son stratagème. Nonchalamment posté près de la chaloupe, il n'en a pas bougé jusqu'au départ de la dernière embarcation. N'ayant pas pu s'échapper, elle l'attend comme il le lui avait ordonné. Elle trouverait une autre occasion pour prendre la poudre d'escampette.

Seuls à bord du navire à présent déserté, Morgan et Barracuda discutent de Charlotte car il est important que le capitaine déclare clairement à l'équipage le statut particulier de la jeune fille. Celle-ci serait ainsi intouchable et sous la protection de son second.

Lorsqu'il apparaît enfin, Charlotte l'observe à la dérobée. Le col blanc de sa chemise ouverte sur sa poitrine et les manches retroussées sur ses bras velus mettent en valeur ses muscles saillants et sa peau brune. Ses bottes hautes qui lui montent jusqu'aux genoux se fondent avec son pantalon noir serré aux hanches. Un pistolet et une épée pendent de chaque côté de son ceinturon. Avec ses cheveux d'ébène qu'aucun bandeau ne cache, son nez fin et droit et ses yeux de braises, elle doit admettre qu'elle le trouve beau. Son regard énigmatique, qu'elle ne parvient pas à déchiffrer, la fascine. Cet homme n'a vraiment rien à voir avec Benoît de Grandpréau. Il est si différent du courtisan ramolli et obséquieux que la comparaison s'avère vraiment impossible. En pensant à celui qui aurait dû devenir son époux, elle ne peut s'empêcher de s'avouer que la vie aurait été bien fade auprès d'un tel personnage. L'imaginer à sa place, livré aux hasards des événements, amène un sourire sur ses lèvres. Mais penser à lui réveille d'autres souvenirs qui l'effacent rapidement.

Ils traversent maintenant la ville poussiéreuse et animée, croisant sur leur route des personnages débraillés et sales, aux visages mal rasés marbrés de cicatrices, certains accompagnés de mulâtresses libérées de l'esclavage qu'ils ont épousées. De ruelle en ruelle, Charlotte observe attentivement les constructions de bois ou de feuilles de palmier tressées, repérant ici un entrepôt, là l'église construire en pierre, afin de retrouver le chemin et retourner sur le port au cas où l'opportunité de s'échapper se présenterait.

Parvenu devant l'enseigne de *La Lanterne Rouge,* Morgan s'arrête un instant puis l'entraîne à sa suite. En pénétrant à l'intérieur, elle découvre un monde cosmopolite et surprenant. Dans la taverne, le bruit est assourdissant. Des femmes dévoilant généreusement leurs appâts rient à gorge déployée en servant à boire aux clients de cette auberge devenue le rendez-vous des écumeurs des mers. Celle qui semble être la tenancière veille à ce que les gobelets soient régulièrement remplis. Corset lacé noir sur une jupe rouge avec un jupon vert tombant sur des bas rouges s'arrêtant aux genoux et un chemisier blanc très décolleté, la brune hôtesse ne peut passer inaperçue. Dans la pièce enfumée, des hommes attrapent les serveuses dont les charmes plantureux sont généreusement offerts à leur concupiscence et les asseyent sur leurs genoux, d'autres boivent du rhum directement au goulot des cruches en riant aux éclats. Les gobelets d'étain se remplissent et se vident aussi vite, certains préférant prendre leur rasade directement à la bouteille avant d'embrasser la fille qu'ils ont attrapée au passage.

Dans un coin, un petit singe pousse des piaillements assourdissants. Rapide comme l'éclair, il bondit sur l'épaule de Charlotte. Surprise, elle étouffe un cri de frayeur. L'animal jugeant ce perchoir instable s'en retourne d'un bond sur celle de son maître, une espèce de géant manchot, qui lance une œillade indécente en direction de la jeune fille.

- Morgan chéri ! Tu es enfin de retour !

Charlotte se retourne brusquement. Une femme à l'opulente chevelure blonde et à la poitrine généreuse se jette littéralement au cou de Morgan et l'embrasse sans pudeur à pleine bouche sans qu'il ne cherche à la repousser. Cette attitude indécente et vulgaire lui fait détourner le regard. D'instinct, elle comprend que cette femme provocante est sa maîtresse. Son cœur se serre et elle a la désagréable impression d'être de trop.

- Je te retrouve plus tard Filiz. J'ai des affaires à régler avant.

- Je t'attendrai mon beau pirate ! dit-elle en lui prenant la main d'un geste possessif pour la porter sur son cœur, tout en regardant de travers Charlotte qui n'est pas dupe. Elle a connu Versailles.

Morgan se détache lentement de l'étreinte de Filiz et entraîne Charlotte vers une porte arrière. Tout l'équipage de l'*Esmeralda* se trouve réuni dans la grande pièce. On a peine à s'entendre. Des coffres de bois lourdement cerclé de cuivre ferronné ont été ouverts, débordant de pierres précieuses, de perles et d'objets de valeur scintillant de mille feux. Des coffrets en or sertis de diamants, des bagues, bracelets, broches aux joyaux flamboyants, des rubis, saphirs et émeraudes de toutes tailles, des cascades de soieries chatoyantes et de splendides brocarts, des pièces, ducats, souverains et écus d'or, de la vaisselle d'or et d'argent. Tout cela confirme la légende de l'île soupçonnée de cacher des trésors.

Charlotte profite de ce que Morgan lui tourne le dos et que l'ensemble de l'équipage couvent des yeux les richesses qui s'étalent devant eux pour se glisser hors de la pièce par la porte restée entre-ouverte. Elle doit faire vite avant que Morgan ne s'aperçoive de sa disparition et ne se lance à sa poursuite. Dans la taverne, une bagarre a éclaté. Les hommes se battent, faisant voler chaises et tabourets en bois à travers la pièce.

Parfait, se dit-elle ! Elle passera inaperçue. Evaluant la situation d'un regard, elle s'élance, le cœur cognant fort dans sa poitrine. Parvenue jusqu'aux barriques occupant tout un angle de la pièce, elle se glisse subrepticement derrière et attrape le poignard opportunément planté dans le mur contre lequel elle s'appuie pour s'assurer que personne n'a remarqué sa manœuvre avant de se faufiler d'un pas alerte et déterminé jusqu'à la sortie. Ainsi armée, Charlotte se sent rassurée. Les lanternes accrochées aux façades des maisons sont allumées. Pourtant, le crépuscule annonce une nuit claire. Elle lance des coups d'œil furtifs autour d'elle. Personne en vue. Animée d'une détermination farouche, elle s'engage dans les ruelles lugubres bordées de maisons de torchis collées les unes aux autres et se dirige vers le port. Là-bas, elle espère trouver un endroit où se cacher pour la nuit et réfléchir au moyen de fuir cette île.

Lorsqu'elle aperçoit deux silhouettes qui viennent dans sa direction, elle se fond dans l'ombre contre le renfoncement du mur d'un baraquement et attend, retenant son souffle. Mais, à son grand soulagement, les hommes sont ivres et passent devant elle sans s'arrêter, puis s'éloignent. Elle reste immobile quelques instants, le cœur battant à tout rompre, les doigts crispés sur l'arme blanche qu'elle tient nerveusement dans la main puis, peu à peu se calme.

- Alors chérie, tu nous quittes ! On n'aime pas les pirates !

En une seconde, Charlotte fait volte-face et brandit son arme face à celui qui l'a apostrophée, l'homme au singe qui l'avait déjà observée quand elle était entrée dans la taverne. Il l'avait certainement vu sortir seule et l'avait suivie.

- Eh ! Tout doux ma belle ! Je ne te veux que du bien ! lui souffle-t-il, la voix avinée et le regard trouble.

- Va cuver ta gnole ailleurs, bougre d'ivrogne !

Cette voix aux accents autoritaires qui lui est familière vire aux reproches lorsqu'elle s'adresse à Charlotte.

- Comment voulez-vous que je vous protège si vous me faussez toujours compagnie ?

- Qu'est-ce qui vous fait croire que j'ai besoin d'être protégée, s'écrie Charlotte avec arrogance en se retournant pour lui faire face, poignard en main.

- Lâchez cette arme. Vous allez vous blesser !

- Qui vous dit que je ne sais pas m'en servir ?

- Vraiment ! s'exclame Morgan un grand sourire aux lèvres dévoilant des dents d'une blancheur qui contraste avec le hâle de sa peau. Cela n'a rien à voir avec un pistolet.

Il se moquait d'elle et cela l'agaçait profondément. Quelle suffisance !

- Figurez-vous que mon père m'a enseigné le maniement des armes. Alors à votre place je ne serais pas si sûr de moi ! dit-elle fièrement. L'afflux de souvenirs nostalgiques s'empare soudainement d'elle à cette évocation. Profitant du trouble passager de Charlotte, d'un geste rapide comme l'éclair, il la désarme et lui maintient fermement le poignet.

- Je vous crois ! Au fait, où comptiez vous aller ?

Cela ne vous regarde pas, répond-elle furieuse contre lui et plus encore contre elle-même, cherchant à se libérer.

- Très bien mademoiselle. Laissez-moi vous expliquer où nous sommes, articule-t-il lentement en se plantant devant elle et en plongeant son regard dans le sien. Tortuga a la réputation d'être un véritable coupe gorge où règnent la débauche, la beuverie et la prostitution. Ici, le vice ne s'embarrasse pas des apparences de la vertu. Alors, si vous ne voulez pas vous perdre dans ce lieu de perdition, je vous conseille de m'écouter et de ne plus chercher à fuir sottement. Maintenant suivez-moi.

Sans lui laisser le temps de répliquer, il entraîne Charlotte vexée à travers les ruelles sombres éclairées par le clair de lune.

* * *

- Je vous attendais, affirme Xelha d'une voix douce sans relever la tête.

Assise à sa table, dans l'ombre, elle observe le dessin que forment des pinces de crabes disposées devant elle. Vêtue d'une longue robe noire agrémentée d'une demi-douzaine de colliers de différentes couleurs autour du cou, ses longs cheveux noirs croulant sur ses épaules, la femme qui vient de parler donne à Charlotte l'impression d'avoir en face d'elle l'un des personnages mystérieux décrits par Berthe dans les histoires qu'elle lui racontait dans son enfance. Avec une souplesse de félin, elle se lève et s'approche de Morgan qu'elle prend dans ses bras et embrasse affectueusement.

- Je suis heureuse de te revoir Morgan.

- Moi aussi cela me fait très plaisir. Tu es toujours aussi rayonnante. Je te présente Clémence, enchaîne-t-il en désignant la jeune fille.

Comme ses yeux s'accoutument à la pénombre de l'endroit, Charlotte distingue peu à peu, à la lumière d'une multitude de petites bougies qui parsèment la pièce, d'étranges objets partout disséminés. Des bocaux de verre remplis de liquide trouble sur les étagères, des colliers colorés fixés par un clou sur tout un pan de mur, mais aussi des poupées faites de paille et de bout de laine traînant sur une table, un balai, une balance, des statuettes de bois pêle-mêle sur le sol et, dans un angle, un coffre en forme de cercueil. Non elle ne rêve pas ! Il s'agit vraiment un cercueil. Elle remarque qu'il est trop petit pour contenir un corps. Alors, à quoi peut-il bien servir ! se demande-t-elle intriguée. Cette découverte lui fait froid dans le dos. Pourtant, chose étonnante, l'atmosphère silencieuse et feutrée lui paraît plutôt rassurante.

Suivant son regard, la femme sans âge répond à sa muette interrogation.

- C'est une boîte dans laquelle je range mes objets sacrés !

Puis, se dirigeant vers Charlotte, elle se campe devant elle. Ses yeux d'agate brillent dans l'obscurité et scrutent ceux de la jeune fille qui frémit sous le regard inquisiteur, regard qui la paralyse et l'attire tout à la fois, comme si une force invisible l'empêchait de s'arracher à l'éclat des prunelles de Xelha.

- Tu portes le sceau du destin sur toi jeune Charlotte…

Entendre son véritable prénom déconcerte la jeune fille. Heureusement, Xelha a prononcé son dernier mot si bas que Morgan n'a pu l'entendre.

- Tu es loin de chez toi, poursuit-elle.

- Oui. Je viens du royaume de France.

- Tu viens de bien plus loin et ta route est encore longue, murmure-t-elle d'un ton mystérieux.

- Peux-tu prendre soin d'elle quelques temps ? intervient Morgan.

- Ne t'inquiète pas. Je prendrai soin d'elle aussi longtemps qu'il sera nécessaire lui répond-elle sans qu'il ait besoin de s'expliquer.

- Je te remercie Xelha, je te dois déjà tant.

- Tu ne me dois rien ! C'était écrit !

- Vous serez en sécurité ici. Je reviendrai dans quelques jours, reprend Morgan à l'adresse de Charlotte.

- Ne vous croyez pas obligé de revenir. Je n'ai pas particulièrement envie de vous revoir dit-elle en lui tournant le dos, sachant qu'il allait rejoindre Filiz. Elle était jalouse, oui jalouse. Oh seigneur Jésus Marie Joseph comme disait Berthe ! Aurait-elle perdu la tête ? Qu'il s'en aille et qu'elle n'entende plus parler de lui, se dit-elle, et elle retrouverait ses esprits.

Comme à regret, Morgan quitte la cabane nichée au cœur de la forêt tropicale. Protégée par de hautes roches montagneuses où elle semble blottie et surveillant l'océan qu'elle domine, à l'écart du village, elle offre un refuge sûr.

Il peut rejoindre Filiz qui doit l'attendre et s'impatienter. Il va certainement avoir droit à une scène mais peu importe, il connaît ses faiblesses et sait comment la calmer. C'est une femme facile à satisfaire au fond, contrairement à Clémence dont il ne parvient pas à cerner la personnalité.

Charlotte, qui s'est postée à la petite fenêtre près de l'entrée, le regarde s'éloigner jusqu'à ce que sa silhouette s'évanouisse dans le clair-obscur de la nuit.

La tension de leurs rapports n'a pas échappé à Xelha qui s'est pourtant discrètement éloignée pendant leur échange. Les jeunes gens n'avaient pas remarqué qu'elle les avait observés et qu'elle souriait. *Ils ignorent encore qu'ils sont faits l'un pour l'autre en dépit des nombreux obstacles qui se dressent devant eux,* songe-t-elle. Soudain, une ombre passe sur son visage et son sourire s'éteint.

- Pauvres enfants, soupire-t-elle tristement.

* * *

Comme il l'avait prévu, Filiz est hors d'elle. Ses yeux bleus, couleur de l'océan, lancent des éclairs.

- Qui est-ce ? Qui est cette petite dinde aux yeux de chat dont tu te préoccupes tellement ?

- Une pauvre fille à qui je devais trouver un lieu pour dormir, c'est tout ! Allez viens par-là !

Peu convaincue de la faiblesse de la « pauvre fille », Filiz le fixe sans bouger.

- Je suis là maintenant, non ? En vérité, tu fais la moue pour te faire désirer, se moque-t-il.

- Tu me jures qu'il n'y à rien entre elle et toi ? insiste-t-elle.

- Oui, je te le jure ! Tu n'as pas à être jalouse !

Satisfaite, Filiz retrouve son sourire enjôleur. Aguicheuse et sensuelle, elle s'approche lentement de lui tout en se déshabillant lentement, chacun de ses gestes étant minutieusement étudiés. Elle s'était composé une personnalité de séductrice à laquelle tous les hommes se laissaient prendre. Il le savait et n'y attachait aucune importance. Jouant d'un battement de cils et de paupières, la bouche arrondie, elle l'enlace, noue ses bras autour de son cou et commence à promener sa langue dans son cou, à mordiller le lobe de son oreille pour exciter ses sens tout en se frottant contre lui pour attiser son désir.

- Il n'y a que moi qui puisse te donner autant de plaisir, n'est-ce pas ! murmure-t-elle contre sa joue.

Sans répondre, il prend possession de sa bouche pulpeuse tout en la renversant sur le lit.

Morgan ne l'aime pas d'amour, car l'amour ne fait plus partie de son vocabulaire depuis de nombreuses années, mais il éprouve de l'affection pour elle. Il n'oublie pas qu'il doit rester sur ses gardes et préserver son cœur comme son esprit de tout sentiment pour conserver son entière lucidité. De toute façon, Filiz ne cherche pas que le plaisir charnel. Cette relation sans implication sentimentale qui dure depuis plusieurs années lui convient parfaitement. Dans ses bras, il oublie l'espace d'une nuit la vision des atrocités devenues son lot quotidien et les souvenirs douloureux qui broient son cœur. Puis il repart en mer, la retrouve, repart en mer, la retrouve...

Etendue nue à ses côtés, Filiz, comblée et sereine, s'est endormie. Lui ne trouve pas le sommeil et regarde la lune brillant d'un éclat surnaturel. Un grand poids lui oppresse la poitrine. Ses pensées le ramènent à Clémence qu'il revoit sur le gaillard avant auréolée par l'astre de la nuit. Combien il comprend sa souffrance d'avoir été arrachée brutalement à sa vie, à ceux qu'elle aimait ! Ce soir, quand il lui a annoncé son départ, en la voyant si vulnérable, il aurait voulu la prendre dans ses bras et lui dire que tout irait bien, ce dont il n'était pas vraiment convaincu.

Bien qu'elle ne lui ressemble pas à proprement parler, Clémence lui fait penser à *« elle »*. Si seulement il avait pu la protéger, la sauver … les souvenirs affluent comme autant de coups de poignards. Son cœur saigne toujours autant à l'évocation d'un passé douloureux encore proche.

Puisqu'il ne dort pas, autant s'occuper l'esprit. Soudain, il se lève et s'habille. Il se rend à *La Lanterne Rouge* ouverte toute la nuit, car ce dont il a besoin c'est de quelques verres de rhum, remède ultime pour soulager cette douleur qui l'habite sans répit et le ronge. Malgré l'heure tardive, la taverne est pleine à craquer de pirates qui étanchent leur soif en vidant des chopes de bière ou jouent aux cartes, pariant de l'argent après en avoir été privés à bord car c'est interdit. De temps à autre éclate une bagarre d'ivrognes. C'est ainsi que les pirates oublient un peu la dureté de leur vie. Il y a aussi des éclats de voix au sujet de marchandages entre capitaines et trafiquants qui se concluent à grand renfort de brandy et de rhum. Les pirates sortent toujours perdants de ces négociations avec ces marchands dont ils dépendent pour écouler leurs prises. C'est la raison pour laquelle Morgan avait suggéré à Barracuda de vendre directement leurs marchandises à Saint-Domingue.

Charlotte est allongée sur le lit de fortune installé dans un petit réduit accolé à la pièce principale où Xelha l'a accueillie. Les yeux grands ouverts, ses larmes coulent sans qu'elle cherche à les retenir. Berthe, sa chère Berthe !

Très proche de Berthe, qui devinait et devine toujours tant de choses, au point de sentir venir les événements, Charlotte se revoit enfant, lorsqu'il lui semblait communiquer par l'esprit avec sa nourrice. Cette sensation la ramène au temps où elle la suivait dans ses promenades et, qu'à son exemple, elle cueillait des fleurs et des racines, les faisait sécher, bouillir, les écrasait, les enfermait en sachets dans le secret de sa retraite sous les combles où seul Guillaume, le vieux jardinier, savait la trouver ! Plus grande, elle avait expérimenté une autre technique utilisée par Berthe en faisant macérer les plantes dans de l'huile ou de l'alcool. Bien qu'intéressée par cette activité un peu particulière, Charlotte avait décidé de l'abandonner. Peut-être était-ce absurde, mais elle avait l'impression de commettre un péché.

Comme elle aurait voulu l'avoir auprès d'elle à cet instant ! *Elle ne voulait pas faire ce voyage, c'est pour moi qu'elle a accepté de tout quitter,* sanglote Charlotte avec un grand sentiment de culpabilité en serrant fort dans sa main le pendentif que ses parents lui avaient offert pour ses seize ans. Ils ne seraient pas fiers d'elle. Cette pensée fait redoubler ses pleurs. Ils lui manquent tant, eux aussi ! Elle se sent si seule et si malheureuse sans leur amour pour la protéger ! Pour eux, elle n'a pas le droit de se laisser abattre. Elle se redresse sur sa couche à demi-étouffée par ses larmes et le chagrin, s'obligeant à respirer calmement et ouvre son cœur à l'Eternel.

Seigneur
Aide-moi !
Je n'ai plus la force ni le courage
Pour affronter d'autres tempêtes, d'autres orages ;
Je ne sais plus ni quoi faire, ni où aller ;
Seigneur
J'ai besoin de toi
Pour me conseiller, pour me guider
Pour m'insuffler l'énergie qui me fait défaut.

Epuisée, elle finit par s'assoupir mais, dans un sursaut, se réveille en sueur. Toujours ce rêve qui la hante depuis qu'elle est petite fille. Elle tend les bras vers une silhouette inconnue dont elle ne discerne pas le visage. Pourtant, elle aspire de tout son être à la rejoindre. Mais, plus elle avance vers elle mue par une force mystérieuse, plus celle-ci s'éloigne pour finalement disparaître dans les ténèbres.

Elle respire l'air frais qui entre par la petite fenêtre, cherchant à calmer les battements désordonnés de son cœur. Mais l'air lourd de cette nuit d'orage, chargé des senteurs exacerbées de la forêt tropicale ne la soulage pas.

18.

Les jours ont passé, un rythme de vie s'est installé. Léon a pris l'habitude de venir voir Charlotte dont il se sent l'ange gardien dans ce milieu si peu fait pour la fille de ses anciens maîtres. A son grand regret, il l'a fait pleurer en lui racontant la mort de Berthe, tuée sur le coup lorsque le mât de misaine s'était brisé et lui était lourdement tombé dessus.

Depuis son installation chez Xelha, Charlotte n'a pas revu Morgan. Comme chaque matin, sortie de bonne heure pour voir le soleil se lever sur la mer, elle contemple la vue panoramique qui s'offre à elle depuis le promontoire dominant l'océan. En contrebas, l'écume du large vient, dans un tourbillon incessant, se jeter sur les récifs et les falaises encadrant une crique de sable blanc inaccessible par la terre. Un peu plus loin, sur sa gauche, Charlotte aperçoit l'anse où se dresse le village. Après une nuit tourmentée, elle apprécie ce havre de tranquillité à l'écart de l'effervescence de Tortuga que même le strident chant nocturne des grenouilles ne parvient pas à troubler.

Que peut bien faire Morgan, se tourmente-t-elle. Il lui avait dit qu'il reviendrait rapidement et une semaine s'est déjà écoulée depuis leur débarquement sur l'île. En dépit de ce qu'elle avait prétendu, elle avait envie de le revoir. Etait-il retourné en mer ou bien trop occupé dans les bras de sa maîtresse pour venir jusqu'à elle ?

Elle ne voit pas Xelha s'approcher d'elle d'un pas léger mais ne semble pas surprise d'entendre sa voix chaude.

- C'est magnifique, n'est-ce-pas !

- D'ici, on a l'impression de pouvoir toucher Dieu ! s'exclame-t-elle le regard lumineux.

- Tiens Charlotte ! lui dit-elle le regard bienveillant en lui tendant une petite fiole. C'est un remède qui apaisera tes tourments. Je sais que tu pleures tous les soirs.

- Merci Xelha, répond Charlotte reconnaissante et émue par sa discrète compassion.

- Allez viens avec moi à présent, l'exhorte Xelha en lui prenant la main pour l'entraîner sur le chemin de terre humide aux racines aériennes.

Assise en face de l'étrange femme qui lui inspire des sentiments contradictoires, Charlotte la regarde avec intérêt et curiosité. Une étrange et indéfinissable sensation l'habite mais elle reste attentive et silencieuse pour ne pas perturber Xelha concentrée sur la configuration de ses pinces de crabes disposées sur la table. Son visage impassible ne laisse rien deviner de ce qu'elle voit.

- Une ombre maléfique plane autour de toi, affirme-t-elle tout à trac.

Soudain nauséeuse et prise de vertiges, Charlotte ressent comme une violente décharge qui résonne en écho dans son corps et dans son âme pour finalement se concentrer tout entière dans sa cheville. Les images de son rêve traumatisant affluent comme autant de vagues prêtes à l'engloutir dans les abîmes de l'océan. La respiration coupée, elle tente de se maîtriser tandis que Xelha a toujours les yeux rivés sur la table.

Un silence lourd pèse dans la pièce, brisé au bout d'un long moment par la voix devenue rauque.

- Mais, en même temps, une puissante protection divine t'entoure.

Elle avait vu juste. Cette enfant porte le sceau du destin sur elle ! *Il ne m'est pas possible d'en dire plus,* se raisonne Xelha. *En effet, comment lui dire qu'une puissante malédiction pèse sur son cœur ?*

Les yeux emplis d'angoisse, la jeune fille tremble de tous ses membres. Secouée par ce qu'elle vient d'entendre, mais plus encore par ce qu'elle ressent, Charlotte quitte l'atmosphère devenue étouffante de la cabane et s'élance vers la forêt toute proche dont les grands arbres lui semblent protecteurs.

Dépitée d'être délaissée par celui qui occupe toutes ses pensées, Charlotte décide de se rendre au village, revêtue de vêtements masculins. A force de persuasion, elle est parvenue à convaincre Léon de la conduire dans ce qu'il considère un lieu de perdition. Certaine de passer inaperçue dans sa tenue de pirate, elle suit son guide à travers les rues et ruelles où les immondices s'accumulent par endroit. Nerveux, le poil ras poivre et sel, un petit bonhomme avec une jambe de bois menace un grand type, une force de la nature au crâne rasé et à la barbe courte qui pourrait le terrasser d'un seul coup de poing mais ne ricane pas pour autant face à l'assaut. Chez les pirates, on ne se moque pas de l'infirmité car elle est souvent signe de courage. La ville grouille d'une vie qu'elle ne pouvait soupçonner depuis son havre de paix chez Xelha. Charlotte reconnaît le bien-fondé des recommandations de Morgan car, si elle pensait ne pas avoir à craindre les hommes de l'*Esmeralda*, il n'en serait pas forcément de même des individus aux mines patibulaires qu'elle croise, dont plus d'un titube au bras d'une fille. Une femme à la poitrine à moitié dénudée cherchant à l'attirer, Léon, peu impressionné par la bordée de jurons qu'elle lui lance d'une voix aiguë intervient pour l'écarter.

Cet incident n'a pas échappé à Morgan sortant de la taverne avec Filiz à son bras. Si le cœur de Charlotte s'arrête de battre, elle ne veut rien en montrer et entraîne vivement Léon dans la direction opposée. Malgré la rapidité de sa réaction, Morgan a eu le temps de la reconnaître sous le déguisement qu'il lui avait lui-même fourni. Furieux, mais ne pouvant se précipiter pour la démasquer, il se promet d'aller la voir sans tarder.

Il a pourtant bien d'autres préoccupations. S'il n'a pas encore eu le temps de retourner chez Xelha, c'est qu'il s'affairait dans Port Royal pour préparer la prochaine navigation de l'*Esmeralda*.

Il avait assisté à une réunion organisée par le gouverneur français Jacques Nepreu de Pouancey dont il venait de rendre compte à ses compagnons. Pirates et corsaires étaient tous sollicités pour attaquer ensemble les Espagnols et piller leur or entreposé à Maracaibo. Tous avaient exultés à l'idée de tant de richesses à se partager. Barracuda y voyait également une excellente occasion pour régler ses comptes avec sa patrie de naissance. Il n'avait pas oublié qu'il était devenu pirate pour échapper à la potence parce qu'il avait osé courtiser la fille du comte Amarillo, grand d'Espagne méprisant la roture. Mais, avant de se lancer dans cette expédition lointaine d'envergure, Morgan devait impérativement finir d'organiser leur voyage vers Saint-Domingue, à une journée de navigation, où ils avaient décidé de vendre la part du butin de l'*Esmeralda* non directement monnayable à Tortuga. D'un commun accord avec l'équipage, et sur sa proposition non désintéressée, il avait été convenu de ne pas recourir aux marchands intermédiaires qui les escroquaient sans vergogne. Il s'était ainsi acquis la reconnaissance de tous les pirates de l'*Esmeralda* et celle de Barracuda qui avait, depuis lors, une confiance quasi aveugle en son jugement. La perspective de gains plus lucratifs avait emporté l'adhésion de tous qui profiteraient en plus de cette expédition pour écouler également la viande et le cuir fabriqués par les boucaniers en prélevant au passage une commission.

Pour Morgan, l'intérêt était autre et plus personnel. Bien sûr, il ne négligerait pas ces fructueuses négociations, mais surtout il irait à la recherche de l'information qu'il n'avait toujours pas trouvée depuis plusieurs années malgré sa détermination et sa ténacité. Il commençait à perdre espoir d'y parvenir quand, l'autre soir, assailli par le passé, il était descendu à la *Lanterne Rouge*. A l'improviste, la chance lui avait souri car il y avait rencontré un matelot dont l'abus de rhum avait délié la langue. Une piste sérieuse s'ouvrait enfin à lui. Il comptait donc beaucoup sur ce voyage.

Les Boucaniers, originaires de l'île d'Hispaniola, y chassaient les bœufs sauvages et préparaient la viande à la manière indigène en la faisant sécher et fumer sur une sorte de grille en bois appelée le boucan. Cette viande de longue conservation permettait de faire du trafic avec des navires de passage ou des colonies isolées.

Après avoir été chassés par les Espagnols de l'île d'Hispaniola, ils avaient trouvé refuge sur l'île de Tortuga, à l'époque possession française, où ils s'étaient implantés vers 1630 pour y poursuivre leurs activités en toute légalité. Ils y avaient fondé la communauté des « frères de la côte » dont le lien suprême est celui de la solidarité. Ces marchands abandonnaient parfois momentanément leur profession pour donner un coup de main à leurs amis pirates ou le devenaient eux-mêmes. Connaissant mieux que personne le chapelet d'îlots entourant Tortuga et les îles alentours, il n'était d'ailleurs pas rare qu'ils soient sollicités.

En apercevant Léon, que tous ont surnommé la Fouine, faire un signe d'adieu à Clémence qui lui sourit en lui envoyant un baiser du bout des doigts rend Morgan furieux.

Charlotte a vu Morgan avancer à grandes enjambées vers la maison de Xelha et n'a pas résisté au plaisir de le défier en lui montrant qu'elle ne passait pas son temps à l'attendre.

- Je dois reprendre la mer demain, lui annonce-t-il froidement dès qu'il se tient devant elle.

- Et où allez-vous ?

- Je pars à Saint-Domingue pour régler certaines affaires puis à Maracaibo au sud. Je serai absent plusieurs semaines.

- Bien. Et en quoi cela me concerne-t-il ?

Interloqué, Morgan ne sait quoi répondre et le petit muscle de sa mâchoire se met à palpiter. Il s'attendait à tout mais pas à cela. Il ne pouvait malheureusement pas lui avouer ses véritables motivations. Son secret n'appartenait qu'à lui. De toute façon, il serait beaucoup trop dangereux pour elle et pour lui qu'elle en sache davantage à son sujet. Charlotte le fixait droit dans les yeux, provocante, le regard animé d'une flamme plus ardente que jamais.

- Vous n'avez pas de compte à me rendre. Vous n'êtes ni mon père, ni mon mari. Je vous remercie de m'avoir conduite ici en sécurité. Maintenant, ne vous sentez pas obligé de vous inquiéter de mon sort. Je suis assez grande pour en décider moi-même. Bon voyage et à jamais monsieur le pirate au grand cœur ! lâche-t-elle avant de le planter là.

Amusé, Morgan éclate d'un rire sonore.

Il avait remarqué que Clémence prenait la fuite aussitôt après avoir craché son venin. La prochaine fois, il ne la laisserait pas s'en sortir ainsi, se promet-il. Il n'avait jamais été discourtois avec elle, même s'il avait été un peu dur parfois, circonstances obligeant. Il verrait cela à son retour. Pour l'heure, le principal était qu'elle soit en sécurité. Même si Xelha avait une intuition stupéfiante des êtres et de leur comportement, il lui fallait toutefois la prévenir que Clémence était capable de tout. Même de tenter de s'échapper, ce qui, inévitablement, la mettrait en danger. Tortuga n'était pas un lieu fait d'innocents et honnêtes habitants.

* * *

Les premiers temps, Charlotte avait eu l'idée de s'enfuir mais, après réflexion, elle avait dû se rendre à l'évidence. C'était une folie toute seule. Finalement, elle s'était habituée à cette vie aux côtés de Xelha avec qui elle s'entend très bien. Elle éprouve même une grande affection pour elle. L'espace d'un instant, elle avait même eu l'impression de la connaître, ce qui était absurde. Aujourd'hui, elle a oublié tout projet de fuite et s'est installée dans ce quotidien étrange mais confortable. Elle sent chez Xelha une force indomptable, une liberté et une joie de vivre qu'elle envie et qui, c'est ce qu'elle croit, lui font défaut depuis la mort de ses parents.

Xelha ne lui a jamais posé de questions sur son passé, comme si elle avait compris qu'il s'agissait d'un jardin secret qu'elle ne voulait partager avec personne. Toutefois, à force de la côtoyer, Charlotte devine qu'elle en sait plus qu'elle ne veut bien le laisser croire. Rien n'échappe à sa sagacité.

De son côté, Xelha intrigue Charlotte qui n'ose pas lui poser de questions sur ses activités ni même sur la signification de ce qu'elle lui a révélé : *je vois une ombre maléfique autour de toi... et en même temps une puissante protection divine t'entoure.* Cette phrase énigmatique, qui a pourtant une résonnance familière dans sa chair, tourne dans la tête de Charlotte sans qu'elle parvienne à l'en chasser.

Jour après jour, elle voit Xelha préparer des potions bizarres comme celle qu'elle lui a donnée pour apaiser ses tourments et qui, elle doit l'admettre, a eu un effet remarquable. A l'arrière de la pièce à vivre où elle reçoit ses visiteurs, un débarras aménagé en espèce de cabinet avec une table couverte d'un assemblage confus de flacons, de bols en porcelaine et de filtres compose un univers à part. Ces alambics prêtant à l'ensemble un aspect de sorcellerie moyenâgeuse troublent légèrement Charlotte et davantage encore la cornue contenant un liquide doré avec une sorte de boue noire dans le fond trônant au centre. Ces confections de mixtures d'herbes, enfermées dans de petits sachets en cuir, ou ces objets étranges manipulés avec accompagnement de gestes et de mots qu'elle ne comprend pas, subjuguent Charlotte autant qu'elles l'inquiètent. Certains jours, des gens viennent vers Xelha, implorant son aide. Un après-midi, Charlotte ose engager la conversation en se livrant un peu.

- Quand j'étais enfant, moi aussi j'ai cueilli des herbes. Nous les séchions pour faire des tisanes ou les faisions macérer pour préparer des onguents.

Cet aveu ne paraît pas impressionner son interlocutrice qui laisse un long moment planer le silence avant de déclarer.

- Je suis la seule prêtresse vaudou de Tortuga. Tout le monde me respecte par crainte que je ne jette un sort ou que je transforme les morts en zombie. Mais je suis une mambo. Je ne fais pas partie des bokors qui s'adonnent à la magie noire.

Charlotte comprend enfin pourquoi Morgan l'a conduite ici, chez Xelha, et, plus curieuse qu'effrayée s'enquiert :

- Qu'est-ce exactement que le vaudou ?

- Le vaudou signifie « culte des esprits ». Nous vénérons les morts pour les protéger et être protégés par eux en retour. Nous célébrons les Loas qui sont les esprits intermédiaires entre nous et le grand Maître.

- Le grand maître ?

- L'esprit suprême qui est à l'origine de tout ce qui existe en ce bas monde… le grand architecte de l'univers.

- Tu ne dois pas craindre le vaudou Charlotte, toi moins que quiconque. Il y a en toi, un pouvoir latent que tu ignores et dont tu n'imagines pas l'étendue.

- De quoi parlez-vous ?

- De cette énergie puissante qui se dégage de ton aura. Elle peut te permettre d'entrer en contact avec le monde invisible. Je le sais, je le sens, car une mambo est également voyante, sorcière et guérisseuse, lui déclare-t-elle tout naturellement.

Depuis ce jour-là, Charlotte n'hésite plus à poser toutes les questions qui lui viennent à l'esprit. Xelha semble ravie de cet intérêt et lui répond toujours avec précision, allant même jusqu'à lui permettre de participer à la fabrication de talismans, objets chargés d'une vertu surnaturelle pour protéger la demande de la personne qui le sollicite ainsi qu'à des séances de désenvoûtement à l'occasion desquelles Xelha psalmodie des incantations et des formules magiques. Ensemble, elles cueillent plantes et fleurs pour préparer poudres et potions, ramassent calebasses et fruits à pain pour manger. Elle lui explique également qu'une sorcière est bonne ou mauvaise selon qu'elle met son énergie personnelle et l'intensité de sa volonté au service du bien ou du mal, qu'il s'agit d'un choix déterminé au moment de l'initiation aux mystères lorsque l'apprentie doit trouver son esprit guide. Cette orientation est par conséquent irrémédiable, sauf rares exceptions. Elle lui apprend enfin à distinguer le vaudou noir de celui qu'elle-même pratique. Charlotte est fascinée par ce monde nouveau où il lui semble sentir la présence de ses parents défunts.

Parfois, éprouvant un besoin de solitude, elle s'aventure seule dans la forêt, cet écrin de verdure où la faune sauvage côtoie une flore verdoyante et fleurie. Elle marche à pas feutrés pour ne pas effrayer les iguanes qu'elle aime surprendre et s'arrête de temps à autre pour écouter le bruit de l'eau ruisselant doucement entre racines et cailloux. Charlotte prête également l'oreille au bourdonnement des insectes et au cri des oiseaux cachés dans les feuillages et les branchages. Elle admire les massifs de bambous géants et les balisiers, ces fleurs tropicales rouge et jaune en forme d'épis qui se dressent avec noblesse au milieu des fougères arborescentes.

Quel calme ! Quelle sérénité ! Son âme trouve une certaine paix dans ces lieux isolés.

Son cœur, en revanche, est aux prises avec des sentiments contradictoires. Le soir, elle ne peut s'empêcher de penser à Morgan. *J'avoue nourrir pour lui un sentiment non défini qui m'envahit malgré moi. J'avoue ressentir pour lui une attirance grandissante que je ne comprends pas et qui m'alarme. Est-ce cela l'amour, cet émoi que je me suis interdite d'éprouver pour protéger mon cœur et mon âme de la souffrance ?*

Ses yeux tournés vers les étoiles qui scintillent de mille feux dans le grand ciel limpide et miroitent sur les eaux tièdes de la mer des Caraïbes cherchent-ils une réponse dans la voie lactée ? Est-ce son sentiment de solitude qui enflamme son imagination ? Non, ce qu'elle ressent est à la fois joie et tristesse. Sa raison lui répète que c'est tout simplement impossible. Elle ne veut plus aimer. Et surtout pas un pirate sanguinaire !

L'obscurité ne va pas tarder à envelopper l'île de son voile de mystère. Le moment est venu de partir. Gagnée par une curiosité croissante, Charlotte vibre d'impatiente. Xelha lui a proposé d'assister à une cérémonie vaudou destinée à capter la force des Loas pour se préserver contre les sortilèges et attirer la chance. Toute la journée, elle l'a aidée dans les préparatifs, transportant toute une quantité d'objets de la cabane à la clairière où doit se dérouler la célébration à la nuit tombée. Elles ont installé des feuilles de palmier royal à la lisière de la forêt pour chasser les mauvais esprits ainsi qu'un autel de fortune sur lequel elles ont disposé des vases, des bouteilles, des colliers, des bougies, des pierres sacrées et des poupées de chiffon. *Ces wangas sont destinés à capter les esprits invoqués*, lui a précisé Xelha tout en s'activant sans relâche pour que tout soit prêt en temps et en heure.

Un peu à l'écart, Charlotte est abasourdie face au spectacle qui s'offre à ses yeux et dépasse tout ce qu'elle aurait pu imaginer. Un grand feu illumine la nuit. Autour, au son des tambours accompagnés de chants, de danses, de prières destinés à mettre en contact les humains et les esprits qui accourent plus volontiers lorsqu'on chante et danse pour eux, hommes et femmes sont réunis. Au milieu de ses fidèles, Xelha qui officie se tient debout dans une longue robe bleu roi, transcendée devant les flammes qui nimbent sa silhouette d'une aura surnaturelle. Elle invoque solennellement Papa Legba, le maître des carrefours, le Loa qui ouvre les portes de la communication avec tous les autres. Versatile, parfois colérique, il peut être tour à tour protecteur ou maléfique. Pour s'assurer ses bonnes intentions, elle lui présente bras tendus vers les cieux du riz et des bananes qu'elle dépose ensuite à ses pieds sur un tissu rouge accompagnant ses gestes de paroles rituelles reprises par ses fidèles. Comme une chorale psalmodiant dans une langue qui est inconnue à Charlotte, l'incantation s'accélère et devient lancinante.

L'excitation collective monte progressivement jusqu'à atteindre un tel niveau d'intensité que des individus tombent en transes, possédés par des esprits. Tout à coup, l'une des femmes saute sur un petit rocher plat et, les mains sur les hanches, se démène au rythme des tambours hurlant et chantant à tue-tête, exhortant ses compagnons à l'imiter. Pendant ce temps, Xelha, qui a achevé son invocation à Papa Legba, fait le tour des présents avec une calebasse pleine d'une poudre mystérieuse dont elle distribue une pincée à chacun. Toute sa personne rayonne d'une exaltation passionnée, dégageant une aura fascinante. Charlotte est hypnotisée, incapable d'échapper au charme, à la magie de ce spectacle envoûtant.

Les chants et les danses redoublent de puissance et se poursuivent au cœur de la nuit étoilée. La femme s'agite encore et, soudain, s'écroule lourdement sur le sol. L'esprit qui l'avait possédée l'a brutalement abandonnée. D'autres danseurs connaissent le même sort. Une autre femme commence à se rouler par terre en proie à de violentes convulsions. Arrachant la partie supérieure de sa robe sous les yeux ahuris de Charlotte, elle se lance dans une danse frénétique. Au son des tambours, les possédés se meuvent avec beaucoup d'agilité.

Charlotte, le souffle coupé, les voit se rapprocher du feu et sauter au milieu des flammes.

Soudain, au rythme frénétique qui résonne dans la nuit, elle sent son cœur défaillir et ses jambes fléchir sous l'effet de tremblements incontrôlables. Une sensation inconnue l'envahit de la tête aux pieds, celle d'être sur le point de quitter son corps, de s'élever dans les airs comme pour entrer en contact avec le monde invisible. D'un élan intérieur violent, elle échappe à ce vertige et se laisse choir à même le sol.

Le vaudou est, en cette seconde moitié du XVIIème siècle, une religion nouvelle en plein développement dans l'ensemble des Caraïbes. Il est apparu avec la déportation à Saint-Domingue, proche de l'île de la Tortue, des premiers esclaves en provenance de différentes régions d'Afrique, en particulier du Dahomey et du Nigéria. Une fois déportés, ces hommes sont entrés en contact avec le catholicisme pratiqué par leurs maîtres. Très vite, les réunions secrètes se sont multipliées dans les champs de cannes, les forêts et les grottes. Ces esclaves ont alors élaboré une religion originale, mêlant les traditions africaines qu'ils ont emportées et les traditions chrétiennes qui leur sont imposées. Il n'est pas rare depuis lors d'entendre s'élever à la nuit tombée d'étranges psalmodies chantées au rythme des tambours. C'est ainsi qu'est né le vaudou. Imprégnée de valeurs mystiques et empreint de superstitions, il se base sur des prières, des rituels, des chants et des danses destinés à provoquer l'extase pour entrer en contact avec le divin.

* * *

Encore imprégnée de l'étrange spectacle auquel elle a assisté la veille, Charlotte se fraye un chemin à travers l'épaisse couverture végétale de l'île pour rejoindre le lieu enchanteur qu'elle a découvert avec ravissement lors de l'une de ses escapades solitaires : une cascade qui plonge dans un bassin peu profond aux eaux transparentes. *Quel bonheur*, se dit-elle avec enthousiasme en songeant au bain rafraîchissant qu'elle va y prendre. *Cela me remettra les idées en place et me ramènera sur terre.*

Allongée sur un rocher épargné par la mousse, une main plongée dans l'eau, elle se prélasse ignorant le temps qui s'écoule, rêvant malgré elle à Morgan, ce pirate mystérieux qui envahit ses pensées chaque jour un peu plus tandis que les doux rayons du soleil qui parviennent à percer l'ombre de la forêt tropicale caressent sa peau déjà hâlée. Ce lieu magique et silencieux n'exhale que calme et sérénité.

Quelques gouttes de pluie la sortent de sa rêverie. Le ciel a changé et l'air est devenu lourd et moite. Une ondée tropicale s'annonce. Sans empressement, elle se lève et se rhabille à contrecœur. Elle se sent si bien sans vêtement, libre de toute entrave, avec cette chaleur étouffante.

L'ondée se transforme très vite en orage et les gouttes d'eau en de véritables trombes. Les arbres ploient sous la force des éléments qui se déchaînent. Elle prend le parti de s'abriter dans la grotte ouverte, seulement protégée par les eaux cristallines de la cascade. Elle ne peut qu'attendre patiemment une accalmie avant de songer à s'élancer vers la cabane. *Xelha ne s'inquiétera pas*, se rassure-t-elle.

Morgan, lui, s'agite.

Mais où donc peut bien être Clémence ?

Quand il était arrivé chez Xelha, l'orage venait de commencer. Par un temps pareil, il pensait la trouver sagement installée dans la cabane comme toute personne saine d'esprit. Mais voilà, encore une fois, cette demoiselle n'en a fait qu'à sa tête. Les propos rassurants de Xelha n'ayant pas apaisé son inquiétude, il s'était immédiatement lancé à sa recherche sur les indications qu'elle lui avait fournies. Morgan est furieux contre Clémence mais plus encore contre lui-même. Bien qu'il se fasse un devoir de la protéger, il ne comprend pas pourquoi l'idée qu'il puisse lui arriver quelque chose le bouleverse à ce point. Se pourrait-il qu'elle ait touché son cœur ? *Non* se morigène-t-il ! C'était tout simplement impossible.

Parvenu devant la cascade que lui a indiquée Xelha, il se précipite vers la grotte qu'il devine sous la chute d'eau, espérant que Clémence aura eu l'à propos de s'y réfugier.

Il la découvre tranquillement assise à même le sol en train de chanter. Dès que Charlotte l'aperçoit, son cœur bondit dans sa poitrine et elle se lève précipitamment. Spontanément, elle lui adresse un sourire resplendissant, heureuse de le voir surgir de nulle part.

- Clémence, enfin je vous trouve. Vous ne devriez pas être là ! s'exclame Morgan fâché mais soulagé de la trouver saine et sauve.

Mécontent de lui avoir manifesté son inquiétude, il lui demande sous forme de plaisanterie.

- Vous me permettez de vous appeler Clémence ?

- Vous n'avez nul besoin de me le demander, répond-elle avec vivacité. Nous nous sommes rencontrés dans des conditions tellement inattendues et si peu protocolaires !

- Je vous ai sauvé la vie et je n'aimerais pas que vous la mettiez stupidement en danger en mon absence.

- Comment s'est passé votre voyage ? l'interroge-t-elle en ignorant volontairement sa remarque.

- Très bien. Mais cela ne change pas le fait que vous ne devriez pas être là. L'orage est dangereux dans ces contrées.

- Le temps a vite tourné et je me suis laissée surprendre. Je m'étais assoupie, lui ment-elle pour ne pas avouer qu'elle rêvait de lui.

Il la trouve changée. Est-ce cette apparence de sauvageonne avec ses longs cheveux cascadant librement sur ses épaules ? Non, il y a autre chose… elle a l'air plus posée, plus femme… Ses yeux émeraude brillent d'un éclat nouveau, presque insoutenable. Ou bien est-ce cette chemise humide qui lui colle à la peau et révèle des seins petits et ronds ? Elle est d'une beauté ensorcelante.

Il a pensé tous les jours à elle depuis la dernière fois qu'il l'a vue. Il trouve cela tout à fait normal car il a associé Clémence à *« elle »,* celle qui le hante depuis des années et dont il ne veut plus prononcer le prénom jusqu'à ce qu'il soit parvenu à ses fins. C'est vrai qu'il souhaite la protéger, mais aujourd'hui, il réalise qu'il la regarde depuis le premier jour comme une femme désirable qui l'attire irrésistiblement à son corps défendant. Le muscle de sa joue se contracte tandis qu'il la regarde avec une telle intensité qu'elle se sent hypnotisée.

- Pourquoi avez-vous choisi cette vie ? l'interroge-t-elle pour échapper à cette emprise.

- C'est une longue histoire… lui répond-il sans pouvoir réprimer un frisson tandis qu'une ombre furtive passe sur son visage, reflétant une souffrance et une détresse jamais révélées… jamais avouées…

Charlotte, qui a surpris l'expression douloureuse de ses yeux, n'insiste pas et lui demande à brûle pourpoint.

- Et comment va votre amie Filiz ? A peine a-t-elle prononcé ce prénom que Charlotte se mord la lèvre inférieure et se morigène intérieurement. *Idiote, idiote… il va te deviner si tu abordes ce sujet… Idiote, idiote…*

- Elle va bien, mais pourquoi cette question ?

- Oh ! Comme ça. Je me demandais, c'est tout.

- Seriez-vous jalouse ?

- Pas le moins du monde, ment-elle le menton relevé, en rejetant ses cheveux en arrière pour dégager ses épaules. Ce mouvement sensuel n'échappe pas à Morgan.

- Vous mentez…

- Je… Elle n'a pas le temps de terminer sa phrase. Il l'attire contre lui et l'embrasse passionnément comme si sa bouche était la seule source capable d'éteindre le feu qui le consumait. Charlotte ne s'attendait pas au tourbillon de sensations qui déferle tout à coup dans son corps. Elle comprend soudain que l'on peut se perdre à jamais dans un baiser et ne cherche pas à résister. Bien au contraire, elle y répond avec une ardeur qu'elle ne se connaissait pas et s'abandonne à cette étreinte qu'elle a secrètement espéré toutes ces nuits sans vouloir se l'avouer… Ce n'était pas convenable mais c'était plus fort qu'elle.

Morgan met brusquement fin à leur baiser passionné et son regard de braise se fait d'acier.

- Profitons de l'accalmie pour rejoindre la cabane avant que la pluie tombe à nouveau.

Pourquoi avait-il brisé la magie de cet instant, se demande-t-elle. Serait-il possible qu'il pense à Filiz et soit pris de remords ! Son cœur se serre et les larmes lui brûlent les paupières. Mais elle les retient de toutes ses forces. Elle ne pleurerait pas devant lui.

- Dépêchons-nous ! sont les seuls mots qui franchissent sa bouche tremblante de frustration et de colère contenue.

- Je ne veux pas partir ! s'emporte Charlotte furieuse.

- Mais votre vie n'est pas ici. Elle ne l'a jamais été et elle ne le sera jamais ! lui rétorque Morgan hors de lui.

Dès qu'ils étaient revenus à la cabane de Xelha, il lui avait annoncé l'objet de sa visite et elle avait réagi avec véhémence. Il tentait désespérément de la convaincre depuis un moment qu'une jeune fille comme elle ne pouvait demeurer à Tortuga, mais rien n'y faisait. Elle refusait d'entendre raison. Pourtant, elle devait rejoindre les siens et aller là où *le Neptune* l'emmenait avant l'abordage.

- Je viendrai vous chercher demain à l'aube et vous me suivrez de gré ou de force. J'ai déposé des vêtements pour vous. Soyez prête ! fulmine Morgan en tournant les talons, si courroucé qu'il en oublie de saluer son amie.

Devant Xelha, Charlotte ravale les paroles acerbes qu'elle voudrait cracher au visage de cet homme qui croit pouvoir décider de ce qui est bon pour elle.

Celui-ci aurait peut-être dû lui expliquer comment il envisageait de lui faire gagner sa destination initiale au lieu de lui imposer sans autre forme de partir du jour au lendemain.

Xelha, elle, n'avait pas voulu intervenir, préférant lui parler sans témoin pour ne pas la blesser.

- Morgan a raison, tu dois partir ! C'est écrit !

- Est-il écrit qu'il me faut toujours être séparée de ceux que j'aime ?

Cette spontanéité amène une grande émotion chez Xelha peu habituée à recevoir des marques d'affection.

Charlotte, qui pense à ses parents, à Berthe et à Madame de Sévigné, s'éclipse silencieusement de la pièce, envahie par une profonde tristesse. Le regard vide, elle marche sans but, droit devant elle, sous la petite pluie fine qui la sort de la léthargie dans laquelle l'a plongée l'idée de quitter Xelha et ce lieu de paix.

Un peu plus tard, dans la pièce qui lui fait office de chambre, cette femme qui a eu pour elle des élans maternels l'attend.

- Je suis heureuse que tu aies trouvé la paix dans ma demeure. Je veux que tu saches que j'ai été profondément touchée que tu veuilles rester auprès de moi. Mais ton destin t'attend ailleurs et tu dois aller à sa rencontre. Tu ne seras pas seule sur ta route. Ne l'oublie jamais.

19.

Une dernière fois, elle est venue guetter l'aube debout face l'océan. Depuis son promontoire, elle peut voir les toits du village surgir peu à peu d'une brume montant de la mer un peu avant les premières lueurs du jour. Mais ce brouillard se dissipe déjà sous l'effet du soleil levant. Cette vue magnifique et paisible qui l'enchantait d'ordinaire, importe peu à Charlotte ce matin-là dont l'esprit s'embrouille de sentiments impossibles à démêler. Elle a revêtu les vêtements masculins que Morgan lui a apportés la veille et l'attend. Une sensation indéfinissable l'habite.

Tortuga s'éveille et s'anime tandis que la chaloupe dans laquelle ils ont embarqué glisse sur les eaux calmes du port. Les pirates rament vigoureusement vers l'énorme coque sombre de l'*Esmeralda* dont la proue finement sculptée représente une femme au visage raviné par les embruns qui tient une épée au côté droit. Ce navire n'a rien d'un lourd galion marchand ou d'un bâtiment militaire fortement pourvu en canons. Il s'agit d'une frégate, une embarcation légère, rapide et manœuvrable dont l'atout majeur réside en ses matelots afin de mener des attaques éclair efficaces. Les pirates, qui sont souvent d'anciens marins, sont aguerris et possèdent une grande compétence dans l'art de manœuvrer un navire. Ils peuvent approcher leur proie en plein jour en feignant d'être des marchands en péril pour endormir la méfiance de l'équipage visé et se préserver du feu de leurs canons ou, encore, profiter de l'obscurité comme ce fut le cas pour l'attaque du *Neptune*.

De retour sur l'*Esmeralda,* fraîchement repeint en rouge et noir, après des mois passés à terre chez Xelha, Charlotte retrouve les mêmes mines patibulaires qui s'illuminent d'un sourire en la voyant embarquer. Après s'être éclairci la voix, Barracuda s'adresse à l'ensemble de son équipage regroupé sur l'entrepont.

- Prêts pour de nouvelles aventures matelots !

Un tonnerre d'acclamations lui répond. Les pirates aspirent à reprendre la mer. Ayant provisoirement épuisé les divertissements offerts par la terre, ils éprouvent un désir forcené de se remplir les poches pour les vider à nouveau lors de leur prochaine escale à Tortuga, l'île de tous les plaisirs.

- Parez à la manœuvre ! Larguez les amarres ! Hissez les voiles ! hurle Barracuda tandis que Morgan inspecte déjà le gréement.

Tout l'équipage vaque à ses occupations.

- Hé, le Merle, chante-nous en une ! s'écrie un des hommes.

- Le vieux refrain, reprend un autre.

- D'accord camarades, réplique le Merle. Aussitôt, il entonne l'air que tous connaissent si bien.

Ils étaient quinze sur le coffre du mort...

Puis tous les hommes enchaînent le refrain en chœur, poussant avec entrain les barres du cabestan placées devant eux en prononçant *oh hisse !*.

Oh hisse ! Et une bouteille de rhum !
La boisson et le diable avaient réglé leur compte aux autres...
Oh hisse ! Et une bouteille de rhum !
Sur les soixante-quinze qu'avaient embarqué,
Il en restait qu'un de vivant.
Oh hisse ! Et une bouteille de rhum !

La Buse, dont le regard perçant lui a valu ce surnom, gravit pieds nus avec agilité l'échelle de cordes qui monte dans la mâture pour se jucher au sommet du grand mât. De sa position, il aperçoit sur le quai une petite fille montrant du doigt l'*Esmeralda* en partance. Horrifié, il crache pour conjurer le mauvais sort, pour invalider la condamnation au naufrage que ce geste représente. Il se jure de retrouver ce maudit petit bout de femme dès son retour et de lui apprendre les bonnes manières. A peine redescendu de son perchoir, la Buse entend siffler et se tourne vers le coupable, le regard mauvais.

- Par l'enfer ! Tais-toi bougre d'imbécile ! Tu vas faire lever les vents et attirer le diable. Ce voyage s'annonce mal, murmure-t-il pour lui-même.

Quel lourd fardeau pour un cœur si pur, songe Xelha qui, inquiète depuis le départ de Charlotte, s'est lancée dans un rituel long et fastidieux, espérant ainsi limiter les dangers auxquels sa jeune protégée va être confrontée. Ses pouvoirs sont certes étendus mais, hélas, pas assez pour contrer la toute puissance d'une malédiction qui, d'après ses visions, semble remonter très loin dans le labyrinthe du temps.

* * *

Bien que la présence de Charlotte à bord ait été acceptée par l'ensemble des pirates qui n'a pas oublié sa conduite lors de l'attaque du *Star Revenge*, Morgan l'a installée dans une cabine à part, la même que celle qu'elle avait occupée la première fois.

Heureux de reprendre la mer, les hommes ne rechignent pas à la besogne. Parmi eux Léon, fier d'avoir été surnommé la Fouine parce qu'on le retrouve partout, même là où on ne le cherche pas, fier aussi d'avoir été accepté comme l'un des leurs. Pour tous, le temps s'écoule au rythme des travaux journaliers. Chaque homme exécute la tâche qui lui est assignée sous l'autorité de Morgan : contrôle des armes, de la voilure, de la mâture, gestion des provisions d'eau, de viande séchée, de rhum et de biscuits … Les calfats inspectent régulièrement la coque pour endiguer le plus rapidement possible les voies d'eau qui se déclareraient. Barracuda, quant à lui, partage son temps entre le pont où il discute avec Morgan et sa table de travail où sont étalés cartes et outils de navigation.

Charlotte elle-même exécute les menues tâches qui lui sont confiées, comme de pointer les réserves de victuailles, lorsqu'elle ne discute pas ou ne plaisante pas avec certains matelots heureux de trouver en elle une oreille attentive et complaisante.

Ce jour-là, alors qu'elle mange le biscuit qui tient lieu de déjeuner quotidien, Tatoo, le pirate aux dix tatouages, s'approche et s'assied à ses côtés. Intrigué par le sien qu'il a remarqué à sa cheville, il lui en demande la signification. Charlotte le voit se décomposer sous ses yeux quand elle lui avoue que ce scorpion de couleur brune est dans sa chair depuis sa naissance et qu'il se manifeste chaque fois qu'un danger la menace. Sous le choc, Tatoo la regarde comme s'il voyait un fantôme quand soudain, retrouvant son air jovial, il s'exclame, satisfait de sa conclusion avant de la laisser seule et déconcertée, *tu es bien une sorcière et tu es là pour nous protéger !*

Le soir, allongée sur sa couche, tandis que les marins se défoulent en dansant au son du tambour, Charlotte garde les yeux ouverts, rêvant de l'homme qui peuple ses pensées en dépit de la promesse qu'elle s'était faite sur le *Neptune*. Le bercement du navire l'entraîne et la plonge dans une douce torpeur. Elle s'endort au rythme des vagues qui clapotent et chuchotent.

- Morgan… Morgan…, tandis que sur le pont un marin entonne une chanson d'amour en espagnol, une mélopée assez triste dont elle ne comprend pas les paroles.

Morgan, de son côté, se débat dans un conflit intérieur. A la barre, il a tout le temps de penser, d'autant que, lorsqu'il ne la voit pas, il entend sa voix cristalline. Ses exercices quotidiens, devenus trop familiers, ne parviennent pas non plus à le distraire, toutes ses pensées étant tournées vers une seule et unique personne. Il a beau essayer d'arracher le souvenir de Clémence de son cœur, la jeune fille semble en avoir pris possession. Le soir, il ne trouve le sommeil qu'au prix de l'épuisement, après avoir bu quelques rasades de rhum pour alourdir son esprit.

Ce soir, comme les précédents, ignorant le grincement des câbles et la tiédeur de la brise, il se promène d'un pont à l'autre en passant par l'entrepont où des membres d'équipage sont endormis dans leur hamac, ivres morts sur le sol ou affalés sur des cordages. Indifférent à l'humeur ombrageuse de Morgan, Renard déambule titubant, une bouteille de rhum à la main. La nuit teinte de noir les eaux saphir de la mer des Caraïbes que la clarté lunaire constelle de myriades de diamants. Il repense à ce baiser si passionné… il revoit ce corps alangui dans ses bras… Il maudit cette attirance qui tourmente sa chair et l'affecte dangereusement. A ce stade de ces réflexions, rejetant la tête en arrière, il reprend une lampée de ce bon rhum, denrée de première nécessité pour un pirate.

* * *

Soudain, Charlotte s'éveille en sursaut, haletante. Redressée sur sa couche, elle pose la main sur sa poitrine pour comprimer les battements de son cœur, bouleversée par ce rêve, ce maudit rêve qui revient régulièrement. Qui était cette silhouette inconnue dont elle ne discernait pas le visage et vers laquelle elle tendait les bras, aspirant de tout son être à la rejoindre ? Pourquoi, plus elle avançait vers elle mue par une force mystérieuse, plus celle-ci s'éloignait pour finalement disparaître dans les ténèbres et la laisser seule, malheureuse et désemparée ?

Le navire tangue violemment. Le tonnerre gronde dehors, un orage qui semble présager une tempête comme elle n'en a jamais connu jusqu'alors lui fait éprouver un sentiment de peur.

La voix de Barracuda lui parvient entre deux rafales de pluie.

- Il faut réduire la voilure ! Je crains pour le gréement, il ne va pas tenir. Un deuxième homme à la barre !

- Il tiendra, lance Morgan à la cantonade.

La flamme de sa lampe vacille et s'éteint. La pièce est plongée dans l'obscurité tandis que les craquements sinistres des bois au-dessus de sa tête lui donnent l'impression que le plafond va s'effondrer. Le roulis est si fort qu'elle est projetée à terre. Accroupie au sol, résistant de toutes ses forces au balancement infernal du navire, elle tâtonne en pataugeant dans l'eau qui est entrée, cherchant la sortie. Elle doit faire un effort prodigieux pour atteindre la porte et s'appuyer sur le chambranle. Se glissant difficilement sur l'entrepont, elle se met à ramper vers l'escalier menant au pont supérieur, luttant contre les bourrasques humides.

- La tempête redouble ! hurle un homme ruisselant pour couvrir le grondement des vagues et du tonnerre auquel s'ajoute le fracas du mât de misaine qui se brise.

D'énormes vagues déferlent sur les hommes qui peinent à manœuvrer tandis qu'une pluie incessante tombe en rafales. L'orage prend de l'ampleur. La lueur des éclairs qui déchirent le ciel découvre des silhouettes allant et venant, s'évertuant à réparer au fur et à mesure les dégâts mortels causés par l'assaut des lames qui se succèdent.

Soudain, Charlotte aperçoit Morgan qui se dirige vers elle. A peine parvient-il auprès d'elle qu'une vague puissante s'abat sur eux. Il lui semble que l'averse torrentielle qui les inonde ne cessera jamais. La seule réalité qui lui soit perceptible, c'est ce bras de fer autour d'elle, son bras à lui qui la tient dans cette obscurité surnaturelle. La fureur de l'océan fait rage dans une nouvelle lueur fulgurante.

- Tout va bien, la rassure Morgan pourtant inquiet de la violence exceptionnelle de l'océan balayant le navire par creux de huit mètres. Encore un peu de patience, c'est bientôt la fin.

Une nouvelle vague les submerge.

D'un bras d'acier, il la serre contre lui formant avec son corps un bouclier pour la protéger. De l'autre, il se lie au mât d'artimon. La masse brutale les plaque au sol.

Elle ne s'est pas évanouie mais la violence des chocs reçus la laisse dans une sorte d'hébétude, tremblante de tous ses membres. Elle ne se rend pas compte que Morgan la conduit jusqu'à la cabine. Il l'allonge sur le lit et lui ôte ses vêtements mouillés pour la sécher avec douceur à l'aide d'une serviette épaisse. Elle était glacée. Son cerveau engourdi recommençait à fonctionner.

Ouvrant les yeux, elle le voit. Torse nu, il se frotte énergétiquement les épaules avec un linge. *Qu'il est beau,* pense-t-elle ! Quand il s'aperçoit qu'elle l'observe, il jette le linge et s'approche du lit. Charlotte se sent gênée d'avoir été surprise. Il la contemple à la lueur d'un éclair tandis que la tempête se calme. Le navire continue à être secoué mais le plus dur était passé. Il avait eu si peur de la perdre tout à l'heure. Elle n'était pas à sa place sur ce bateau. Il commençait à regretter de ne pas l'avoir laissée chez Xelha où finalement elle était en sécurité. S'il lui arrivait quoique ce soit, il ne se le pardonnerait pas.

- Tout va bien maintenant, lui dit-il rassurant en posant délicatement sa main sur sa joue.

- Merci, fut tout ce qu'elle fut capable de dire tant elle était troublée par son contact et sa semi-nudité.

Oubliant les éléments déchaînés, ils se regardent sans bouger. Les yeux verts ourlés de longs cils et de fins sourcils noirs retenaient Morgan prisonnier. Charlotte, quant à elle, n'avait qu'une seule envie à cet instant : un baiser. Comme s'il avait entendu son appel muet, il se penche vers elle et l'embrasse passionnément, la privant de toute pensée rationnelle. Ses lèvres chaudes courant sur son visage et sur sa poitrine alanguissant son corps qui s'embrase, elle noue les bras autour de la nuque de Morgan qui, soudain s'écarte vivement, la mine rembrunie, la laissant tremblante et insatisfaite.

- Vous devriez vous reposer à présent. Je dois aller inspecter les dégâts sur le pont.

Enfilant prestement une chemise prise dans le coffre, il sort précipitamment de la cabine, un juron entre les dents. Décidément, il jurait souvent depuis quelque temps !

Charlotte, elle, se sent désemparée. Elle aurait tant voulu qu'il reste auprès d'elle ce soir. Regrettait-il de l'avoir embrassée ? Pourquoi cette attitude tout à tour distante et passionnée ? Toutes ces questions tournent dans sa tête, l'empêchant de trouver le sommeil, d'autant que l'inquiétude s'ajoute à ses tourments sentimentaux. Sa cheville la fait souffrir plus que d'habitude et de sinistres ombres noires tournoient autour de sa couchette.

Morgan avait besoin d'air et d'action. Il ne pouvait pas rester plus longtemps auprès d'elle sinon il ne parviendrait plus à se maîtriser. Le feu que Clémence a allumé en lui le consume tout entier, au point de lui faire oublier ses devoirs. En dépit de la passion dont elle fait preuve, il la devine innocente. Il la désire comme il n'a jamais désiré une autre femme et en souffre dans sa chair. Comment était-ce possible ? Il en avait connu des femmes tout au long de ces années d'aventures. Pourquoi donc « elle » dont il ne sait rien ? Serait-il tombé amoureux ? C'est ridicule ! Lui, aimer ! Il se l'est interdit bien des années auparavant lorsqu'*elle* est morte.

L'heure n'était pas aux états d'âme. A peine sur le pont, ses responsabilités l'occupent totalement.

Au matin, épuisés, tous les hommes bénissent leur chance. C'est un miracle, aucune perte humaine n'est à déplorer et les dégâts matériels s'avèrent faciles à colmater sans avoir à rejoindre un abri.

* * *

Des dizaines de cadavres flottent sur l'eau au milieu de débris de coque et de tonneaux enflammés qui achèvent de se consumer sous les yeux effarés de Charlotte qui s'était précipitée au bastingage dès que l'alerte avait été donnée, tandis que la Buse avec qui elle discutait s'était empressé de monter dans la mâture.

Depuis la tempête qu'ils avaient essuyée, l'*Esmeralda* voguait fièrement toutes voiles dehors et n'avait rencontré aucun navire jusqu'à aujourd'hui. Et quel navire ! Une épave qui présageait la présence d'un vaisseau pirate dans les parages.

- Par l'enfer ! C'est le *Black Shadow !* s'écrie la Buse toujours perché dans le grand mât qui ne peut se tromper sur l'identité du bâtiment en vue très reconnaissable avec son squelette sculpté à la proue.

- Quel mauvais vent l'amène ! poursuit Tatoo.

- S'il nous attrape, c'est la corde ! s'exclame Renard les traits angoissés.

Tout l'équipage, inquiet, se tourne vers le capitaine et son lieutenant qui déjà s'entretiennent à la barre sur la stratégie à adopter. Aucun n'ignore l'affiliation de Shark avec la couronne britannique ni même les liens de celle-ci avec le royaume d'Espagne depuis la signature du traité de Madrid. Le succès de leur expédition à Maracaibo avait dû échauffer le sang des Espagnols qui n'avaient pas hésité à solliciter l'aide des corsaires anglais !

- Avec ce vent de proue, nous n'arriverons jamais à les distancer, maugrée Barracuda.

- Nous devons les affronter ! conclut Morgan qui sent l'heure de sa vengeance sonner. Cette haine qu'il nourrit depuis des années allait enfin pouvoir trouver satisfaction. Barracuda, qui a toute confiance en son second, s'en remet à son jugement.

- Préparez-vous au combat ! hurle le capitaine à l'ensemble de l'équipage.

- Canonniers ! A vos pièces ! Parés à faire feu ! renchérit Morgan qui s'empresse de rejoindre Charlotte toujours appuyée au bastingage.

- Faites en sorte de cacher vos cheveux et… que votre poitrine ne soit pas si… révélatrice. Il ne faut pas que l'on sache que vous êtes une femme, lui ordonne-t-il. L'inquiétude perçait dans sa voix.

- Que se passe-t-il ? ne peut-elle s'empêcher de demander.

- Nous allons livrer bataille et l'issue est incertaine. Si nous sommes faits prisonniers, votre déguisement peut vous sauver la vie. Vous devrez baisser la tête pour cacher vos yeux et rester muette.

Le seul fait de prononcer le nom du capitaine du *Black Shadow* faisait trembler tous ceux qui le connaissaient de réputation. Clarence Sullivan, dit Shark, qui avait élu domicile sur l'île de New Providence était l'un des pirates les plus sanguinaires hantant les mers caribéennes. Il faisait partie de ces capitaines qui, pour se faire respecter et conserver leur notoriété absolue, était capable de cruautés incroyables et exerçait des châtiments sadiques par seul plaisir. On racontait qu'il cousait les lèvres de ses prisonniers avec une aiguille et du fil à voile avant de les attacher au cabestan pour être lynchés à coup de tessons de bouteilles. On prétendait même qu'il aurait fait courir les prisonniers du *Morning Star* sur le pont de manière à ce que son propre équipage ait le plaisir de les larder de coup de couteau. Une légende vivante qu'il valait mieux ne pas croiser.

- Hissez nos couleurs ! hurle Barracuda.

L'équipage de l'*Esmeralda* est déjà sur le pied de guerre, prêt à affronter celui du *Black Shadow* quand Charlotte sort de sa cabine, méconnaissable dans son déguisement. La poitrine bandée, elle avait caché ses longs cheveux sous un bandeau noir maintenu avec un cache œil de borgne et avait pris soin de dissimuler son émeraude sous ses dessous de fortune. Elle reconnaît sans difficulté le capitaine ennemi, debout à la barre de son navire, prêt à donner l'assaut. Un sourire mauvais aux lèvres, le bandeau qu'il porte sur la tête semble plus relever de l'accessoire que de l'indispensable car ses cheveux blonds mi-longs cascadent sur ses larges épaules. Son regard bleu et dur comme l'acier jette des éclairs augurant un affrontement au corps à corps sanglant. Les autres visages tannés et balafrés qui se tiennent derrière lui et dans les haubans ne lui inspirent qu'horreur et crainte. Dans un cauchemar pourtant bien réel, elle assiste à l'assaut lancé de part et d'autre. Eperon contre flanc, les deux bâtiments sont prêts au combat. Lançant les crochets de fer et les passerelles de bois, les hommes se ruent de toutes parts sur leurs adversaires en poussant des hurlements à réveiller les morts.

- A l'abordage !

- A l'abordage !

Les lames s'entrechoquent et fendent l'air dans un enchainement d'engagements, de retraits, de feintes et d'esquives. Pas un homme qui ne croise le fer avec un autre.

Fumée… flammes… explosions…

Il fallait qu'elle se batte. Elle ne pouvait pas se laisser prendre sans avoir lutté elle aussi. Charlotte se raidit. Elle se met soudain à transpirer abondamment et son cœur cogne dans ses tempes. Prenant son courage à deux mains et armée d'une épée ramassée sur le pont, l'arme qu'elle manie le mieux, elle se jette dans la bataille mue par son instinct de survie. L'homme qui l'attaque à ce moment-là ne lui fait pas peur. Elle se défend avec énergie et parvient à faire reculer l'ennemi qui fait un pas de trop en arrière et tombe à l'eau.

Le capitaine Shark, véritable force de la nature, ne manque jamais de matelots en dépit de sa légendaire barbarie. Les hommes de l'*Esmeralda* se battent avec courage et vaillance mais les assaillants sont si nombreux qu'ils perdent du terrain. Les adversaires surgissent de partout et leurs forces s'épuisent jusqu'à ce qu'ils soient, un à un, morts ou désarmés.

Le combat cesse.

L'*Esmeralda* se retrouve entièrement sous le contrôle des hommes de Shark qui grouillent sur le pont.

Shark fait trembler les vaincus avec son sourire satisfait qui ressemble à cet instant précis plus à un rictus. Arpentant le pont pour inspecter sa rangée de prisonniers, dépouillés de leurs armes et enchaînés, il est impossible de déterminer les tourments qu'il est en train de mijoter à leur intention.

Charlotte remarque que la chemise de Morgan est maculée de sang. *Est-ce le sien ? Est-il blessé ?* s'inquiète-t-elle le cœur en panique. Elle se sent complètement démunie et a de plus en plus de mal à maîtriser sa frayeur. Son regard croise incidemment celui de Morgan qui lutte contre la douleur. Il semble vouloir lui rappeler les instructions qu'il lui a données juste avant l'affrontement. Comprenant le message, elle se souvient *vous devrez baisser la tête pour cacher vos yeux et rester muette.*

- Tous les survivants sont là ! annonce le maître d'équipage du *Black Shadow* à son capitaine.

- Alors ! s'exclame Shark en éclatant d'un rire de triomphe à l'attention de ces prisonniers. Prêts à aller à la potence, bande de rats de cale !

Puis, à ses hommes d'une voix tonitruante.

- Enfermez cette vermine dans les soutes ! Arrimez l'*Esmeralda* !

- Et plus vite que ça tas de chien galeux ! braille-t-il.

Les hommes s'animent et courent à leurs postes sous le regard scrutateur de leur capitaine qui ne cesse de lancer ses ordres.

- Hissez les voiles ! Cap vers Port Royal !

Tous les membres d'équipage de l'*Esmeralda,* sauf Charlotte, connaissent le sort qui les attend.

Shark était un pirate, mais un jour il avait jugé opportun d'accepter une lettre de course, c'est-à-dire un mandat délivré officiellement par un Etat ou un roi pour permettre à un capitaine et à son équipage de pourchasser les navires ennemis, qu'ils soient de guerre ou de commerce. Depuis, il écumait les mers pour le compte de l'Angleterre avec pour mission de traquer les pirates pour ensuite les éliminer. Cette lettre de course, véritable licence couvrant tous les forfaits, faisait de lui un corsaire, autrement dit un pirate officiel au service des Anglais. En échange, le corsaire gardait pour lui une partie des cargaisons capturées. L'Angleterre n'était pas la seule puissance maritime à faire usage de cette pratique, il y avait également la France et la Hollande.

La découverte de l'Amérique par Christophe Colomb en 1492 avait placé le royaume d'Espagne dans une position d'hégémonie dans la mer des Caraïbes et lui avait procuré d'immenses richesses qui ne tardèrent pas à exciter la jalousie et la convoitise de ses voisins. Les lettres de courses avaient été inventées par ces Nations envieuses de contrecarrer cette puissance, de prendre pied dans ces contrées lointaines et de prélever au passage une part sur le pillage de l'Amérique. Les pirates-corsaires étaient devenus des instruments économiques pour les royaumes de France, d'Angleterre et de Hollande. Ils harcelaient à leur place les navires de l'ennemi en attaquant et pillant les galions espagnols. En outre, dès que les pirates s'établissaient en un lieu comme la Jamaïque ou Tortuga, ces îles se trouvaient cédées à la puissance dont ils se réclamaient. Ainsi, la piraterie était-elle à l'origine de nombreuses colonies anglaises et françaises dans les Caraïbes.

Mais, désormais, la situation qui a donné naissance à la course n'est plus et ces puissances découvrent à leur tour les effets pervers de la piraterie. L'Angleterre est devenue dominante dans cette région avec des colonies reconnues depuis la signature avec l'Espagne, en 1670, du traité de Madrid qui a légitimé leurs possessions respectives dans les Caraïbes. Elles ont corrélativement décidé d'un commun accord de mettre fin à la piraterie qui gêne leur commerce transatlantique.

La Jamaïque, qui est officiellement devenue une colonie britannique, devient l'emplacement stratégique pour mener efficacement cette traque des anciens alliés. Une escadre navale vient tout juste d'être envoyé en stationnement à Port royal pour débarrasser ses eaux des pirates qui n'obéissent qu'à leurs propres lois, appuyé par les corsaires ayant adhéré à cette chasse ouverte.

20.

Shark ne les avait ni torturés ni tués, non par un élan de repentir ou d'humanité, mais parce que la couronne britannique voulait des procès et des pendaisons de pirates pour donner l'exemple. Ils allaient donc être emprisonnés à Port Royal, en Jamaïque, avant d'être envoyés à la potence.

Recroquevillée dans sa cellule sans air et sans lumière, Charlotte est complètement ankylosée et nauséeuse. Elle semble être la seule à ne pas supporter l'odeur nauséabonde de la sentine, cette eau puante qui stagne dans le fond du bateau. Cela faisait des jours et des jours qu'ils étaient enfermés dans la cale du *Black Shadow*, dans un silence de mort, toujours enchaînés comme des animaux. Elle meurt de peur, même si elle n'en laisse rien paraître. A force de tourner et retourner mille pensées dans sa tête, épuisée, elle finit par s'assoupir sur l'épaule de Morgan fiévreux et affaibli par sa blessure au flanc. En découvrant la profonde entaille dans sa chair et craignant le pire dans ce lieu insalubre, Charlotte avait instinctivement posé son émeraude dessus en la maintenant de sa paume. Elle s'était ensuite concentrée pour lui influer l'énergie nécessaire à la guérison. Les soins de fortune qu'elle lui avait prodigués semblaient avoir eu quelques effets bénéfiques. La plaie ne saignait plus et il n'y avait aucune infection visible.

Le bruit de la clef tournant dans le verrou de la lourde porte la réveille en sursaut.

La rade de Port Royal, étincelante sous le soleil, où sont amarrés navires de guerre et navires marchands, est gardée par les canons de Fort Charles qui se dresse sur les falaises face à la mer. Derrière, la coquette petite ville britannique nichée à flanc de montagnes est un lieu de perdition et de débauche comme Tortuga, sous la protection officieuse de son gouverneur qui n'est autre depuis 1673 qu'un ancien pirate-corsaire au service de l'Angleterre : Henry Morgan.

Avant d'occuper ces fonctions officielles, il protégeait la Jamaïque, peuplée de riches négociants, que les Espagnols avaient quittée en 1655 mais qu'ils tentèrent inlassablement de récupérer jusqu'à la signature du Traité de Madrid en 1670. Homme violent, cruel et sans scrupules, il avait mené une existence de bandit, volant et tuant sans compter jusqu'à ce qu'il décide de s'engager dans la voie de la respectabilité.

La forteresse, dans laquelle ils allaient être emprisonnés avant d'être jugés et condamnés à la potence pour piraterie, se dressait sur la falaise abrupte et dominait la ville, assise sur une base en pierre, aux maisons de bois agrémentées pour la plupart de balcons donnant sur l'artère du front de mer. Cette prison avait une réputation à faire frémir les plus téméraires écumeurs des mers. Quiconque avait le malheur d'y entrer n'en ressortait que les pieds devant.

Les prisonniers du *Black Shadow*, débarqués et rassemblés sur le ponton du port envahit par les badauds, sont immédiatement encadrés par des soldats de la Marine Royale britannique. L'officier, en uniforme de couleur bleu roi garni de manchettes et de galons d'or assorti d'un tricorne épinglé de cocarde et autres insignes de décoration, lance un ordre à ses subalternes de rouge vêtus et la colonne s'ébranle. Charlotte ne prête qu'une attention distraite aux hommes et aux femmes que la curiosité arrête sur leur passage pour dévisager ces pirates dont elle fait aujourd'hui partie par un funeste hasard. Elle ne remarque pas non plus les vastes demeures érigées en hauteur, à flanc de colline, ni les berlines circulant parmi la foule des petites gens.

Les prisonniers qui ont été arbitrairement répartis dans plusieurs cellules, toutes aussi lugubres les unes que les autres, n'ont aucune illusion quant à l'issue du procès qui va s'ouvrir pour les juger. Simple formalité visant à satisfaire aux exigences administratives britanniques, leur sort est déjà scellé. Ils le savent et affichent tous le visage du condamné. Fatalistes, ils attendent l'exécution du verdict dans un silence de mort qu'aucun n'ose rompre.

Charlotte, assise à même le sol, s'interroge sur le cours des pensées de Morgan qui semble reprendre quelques forces malgré la fièvre qui persiste sans toutefois lui faire perdre conscience. Souffre-t-il à l'idée de ne plus voir des personnes qui lui sont chères ou méprise-t-il la vie au point de ne pas craindre la mort ? Elle ne parvient pas à sonder ce regard devenu dur et froid qui se pose sur elle de temps à autre.

Que la vie peut être ironique et cynique parfois ! se dit Charlotte en regardant Morgan assis à ses côtés. Elle avait tant regretté de ne pas avoir partagé le même sort que ses parents, tant souhaité les rejoindre… et aujourd'hui, alors qu'elle s'apprête à mourir, elle se découvre une envie désespérée de vivre et… d'aimer. Elle l'aimait. La peur de le perdre lui en avait fait prendre douloureusement conscience. L'amour était né dans son cœur sans qu'elle s'en rende compte puis s'était épanoui sans qu'elle puisse y opposer son veto. Cet amour qu'elle savait condamné sans appel, elle l'avait refoulé et rejeté pour ne pas en souffrir. Mais aujourd'hui, tout cela n'avait plus aucun sens. Tout était fini.

- Morgan ! chuchote Charlotte pour n'être entendu que de lui. Je voudrais vous dire que… euh… je ne m'appelle pas Clémence, mais Charlotte.

- Charlotte… Cela vous va beaucoup mieux… Un subtil mélange de douceur et d'espièglerie qui correspond mieux à votre personnalité… complexe.

- Je voudrais vous dire aussi que…

- Les nègres marrons attaquent ! hurle un soldat entré en trombe dans la prison aux gardes tandis que des coups de feu se font entendre et se rapprochent de plus en plus.

- Ils sont descendus jusqu'à Port Royal cette fois ! L'amiral vous demande en renfort ! Dépêchez-vous !

Les prisonniers étaient désormais seuls dans la forteresse sans toutefois pouvoir en profiter. Les barreaux d'acier étaient si rapprochés que seule une main pouvait s'y glisser. La seule possibilité d'évasion imposait d'avoir la clé pendue au poste de garde abandonné pour l'heure. La frustration est si grande parmi les hommes de l'*Esmeralda* qu'ils sortent de leur léthargie. Soudain, trois hommes noirs apparaissent sous leurs yeux stupéfaits. Charlotte reconnaît le plus grand d'entre eux, celui qui semble être le chef. L'équipage de l'*Esmeralda* l'avait délivré des cales du *Star Revenge* et déposé à Tortuga. Il n'avait pas souhaité s'enrôler préférant rejoindre ses frères, les nègres marrons. A Tortuga, il avait rencontré un boucanier qui l'avait conduit en Jamaïque en échange de quelques travaux. Moko avait reconnu ses sauveurs sur le port lors de leur débarquement et, par gratitude, avait estimé normal de leur porter secours à son tour.

- Nous sommes venus vous libérer ! Dépêchez-vous de sortir avant que les soldats ne comprennent notre stratagème ! explique Moko tout en ouvrant les portes des cellules desquelles sortent avec empressement ses occupants.

- Prenez des armes au passage, ordonne Barracuda qui reprend subitement vie dans l'action.

Stimulé par son instinct de survie, Morgan oublie sa blessure et attrape prestement Charlotte par le bras pour l'entraîner à sa suite dans les couloirs de la prison en direction de la sortie.

- Allez un effort ! Nous serons bientôt en sécurité !

- La voie est libre ! Allons-y !

A mesure que les dernières lueurs du jour diminuent, puis disparaissent, une obscurité dense enveloppe l'île. Dans les ruelles de Port Royal, nègres marrons et soldats anglais s'affrontent dans un combat sanglant. Les coups de feu claquent, des cris déchirent la nuit qui protège de son voile sombre la fuite du petit groupe qui disparaît rapidement sans avoir été vu et s'enfonce dans la forêt. Ne pouvant allumer de torches au risque d'être repérés, ils avancent lentement et prudemment dans cette jungle inhospitalière. Epuisée, Charlotte ne tient encore debout que grâce à la main de Morgan qui serre fermement la sienne et l'entraîne.

Après des heures de marche, au cours desquelles ils ont emprunté des sentiers sinueux et escarpés au cœur d'une végétation étouffante que filtre à peine la lumière lunaire, ils parviennent enfin au refuge de leurs sauveurs que l'accès difficile protège de leurs traqueurs. De petites cabanes de bois très rudimentaires entourent un foyer autour duquel sont rassemblées des femmes attendant inquiètes le retour des leurs. Elles savent que tous ne reviendront pas. Lorsqu'enfin, ils arrivent par petits groupes, elles les accueillent avec chaleur et soignent immédiatement les blessés.

Les jours suivants se passent dans l'effervescence. Barracuda et ses hommes réfléchissent et établissent une stratégie pour récupérer leur bateau ancré dans le port et s'enfuir avec le concours et le soutien des nègres marrons qui s'engagent une nouvelle fois à faire diversion. L'entreprise présente de très grands risques mais les pirates veulent reprendre la mer au plus vite, même si cela doit leur coûter la vie. Ils ne sont pas faits pour vivre cachés dans les montagnes. Ils ont besoin de retrouver leur élément.

Morgan, dont la blessure n'est pas totalement guérie, est confié aux soins du hougan, alter ego masculin de la mambo. Celui-ci ne manque pas de lui faire remarquer son étonnement. Il n'y a pas d'infection et la fièvre n'a pas provoqué de perte de conscience mortelle. Il en conclut tout naturellement que les Dieux le protègent et l'assure qu'il s'en remettra vite. Morgan sait, quant à lui, à qui il doit cette chance. *Clémence... non, Charlotte, est vraiment une femme hors du commun,* pense-t-il admiratif. Il fallait qu'il trouve un moyen de la mettre en sécurité. Il ne pouvait l'entraîner dans la dangereuse aventure qu'ils allaient entreprendre mais ne pouvait pas non plus la laisser ici.

Tenue à l'écart des débats masculins, Charlotte s'est rapprochée des femmes qui lavent le linge à la cascade près du camp. L'une d'entre elles, en deuil depuis la veille, lui fait le récit de leur combat comme pour honorer la mémoire de son défunt mari.

Avant de quitter l'île de la Jamaïque en 1655, dont les côtes fourmillent de pirates, les Espagnols avaient libéré tous les esclaves, main d'œuvre servile importée d'Afrique par les navires négriers. Recouvrant leur liberté, ces derniers avaient refusé de se soumettre au joug des nouveaux esclavagistes britanniques qui développaient les plantations dans les collines, et engageaient contre eux une âpre et longue résistance. 1673 fut le théâtre de la première grande révolte au cours de laquelle trois cents esclaves massacrèrent treize propriétaires dans la province de Sainte-Anne. Aujourd'hui plus que jamais, les nègres marrons, rejoints par des esclaves en fuite de l'ensemble de la Caraïbe, poursuivent leur lutte contre l'oppresseur en organisant des raids éclairs dans les plantations, symbole par excellence de l'asservissement, pour piller et saccager. Retranchés dans le cœur montagneux de l'île dans les hauteurs de Blue Mountains au nord-est et sur le plateau de Cockpit County au nord-ouest, ils se sont organisés en véritable communauté autour de leurs traditions d'origine. A leur tête, Nanny et le général Cudjoe dirigent la rébellion. Les planteurs, qui vivent dans la crainte permanente d'une incursion persécutrice, ont demandé à l'Angleterre des troupes de renfort pour les protéger et mettre un terme à cette situation.

- Voici des vêtements qui devraient vous donner l'apparence d'une femme de la haute société explique Morgan à Charlotte qu'il a prise à part.

- Pourquoi voulez-vous que je porte cela ? l'interroge-t-elle surprise. Et où avez-vous trouvé cette robe ?

- Je me suis arrangé avec Moko qui l'a récupérée dans une plantation en même temps que ce rubis qui paiera votre traversée. Je ne veux pas que vous vous défassiez de votre émeraude, lui ajoute-t-il d'un air entendu. Il y a un navire marchand dans le port qui doit partir vers l'Angleterre très prochainement. Vous allez embarquer.

- Mais je ne veux pas aller en Angleterre, proteste-t-elle avec véhémence.

Le visage aux traits aquilins se rembrunit.

- Je vous en prie Charlotte, soyez raisonnable. Votre place n'est pas ici, ni même avec des pirates qui risquent leurs vies à chaque instant. Un homme va vous conduire aux abords de la ville et après vous devrez vous débrouiller seule.

Elle sait qu'il a raison et que l'amour qu'elle ressent pour lui ne doit pas fausser son jugement, d'autant qu'elle ignore s'il les partage. Mais son cœur souffre. Charlotte serre les lèvres, émue jusqu'aux larmes et détourne le regard pour cacher sa soudaine émotion. Il lui attrape le menton ramenant son visage vers lui et Charlotte constate qu'il lui sourit tendrement pour la première fois.

- Je vous aime, lui souffle-t-elle les yeux brillants d'espoir.

- Je vous aime aussi et c'est la raison pour laquelle je vous demande de prendre ce navire, lui rétorque-t-il en se penchant sur elle pour prendre ses lèvres. Tout d'abord tendre et retenu, leur baiser se fait l'expression de tout l'amour qu'ils se portent et de la douleur qu'ils ressentent à devoir se quitter.

* * *

Le *Southampton* s'apprête à rejoindre Liverpool, son port d'attache, d'où il repartira ensuite vers l'Afrique de l'Ouest sur les côtes de Guinée pour charger de l'or noir en échange de fusils et autres marchandises pour le livrer dans les Caraïbes contre des produits locaux. Ensuite, il recommencera le même circuit encore et encore.

Le navire marchand britannique qui appartient à la Royal African Company appareille avec à son bord toute une cargaison de rhum et de sucre destinée à approvisionner le marché anglais friand de ces produits exotiques. Toutefois, la révolte des Nègres Marrons ayant détruit les réserves de nombreuses plantations, le capitaine n'a pas chargé autant de marchandises qu'il l'espérait pour amortir une si longue traversée à destination de Liverpool. Il décide donc de modifier l'escale prévue pour le ravitaillement. Il s'arrêtera en Guadeloupe où il pourra en plus s'approvisionner en coton, en tabac et en cacao pour compléter le chargement de ses soutes.

Cela ne pouvait pas mieux tomber ! se dit Charlotte. La Guadeloupe, également appelée l'île aux belles eaux, est une colonie du royaume de France dépendante de la Martinique depuis l'Edit royal de 1674 qui l'a officiellement rattachée au pouvoir royal. De là, elle pourrait plus aisément rejoindre Saint-Pierre, sa destination initiale.

Alors que le *Southampton* s'éloigne, Charlotte contemple une dernière fois le village de Port Royal, niché à flanc de montagnes dont la vue devient de plus en plus lointaine. Soudain, le visage de Morgan, ce pirate mystérieux et fascinant, se matérialise dans son esprit. Une larme roule sur sa joue. Leurs destins ne pouvaient se rencontrer, c'était ainsi. Qu'y pouvait-elle ?

21.

Grâce au capitaine du *Southampton* qui s'était occupé de lui trouver un passage à bord d'une goélette dont il connaissait le commandant, Charlotte voit enfin se profiler les côtes de Martinique après avoir longé celles de la Dominique.

Partie depuis fin octobre 1680 de Nantes, elle attend avec impatience de se jeter dans les bras de sa tante en ce début juin 1681 alors qu'elle vient d'avoir ses dix-neuf ans. Un océan la sépare de son pays natal.

Le reverrait-elle un jour ?

A la joie de faire connaissance avec sa lointaine famille, se mêle une grande émotion. Les images de son père, de sa mère, de Berthe et de Morgan envahissent son esprit et résonnent dans son cœur meurtri.

Les ordres fusent autour d'elle pour les manœuvres d'amarrage.

- Baissez la voile !
- Jetez l'ancre !

Depuis le bastingage, Charlotte regarde l'effervescence régnant sur le quai encombré de charrettes guidées par des esclaves, les marins déchargeant les ballots de marchandises et les barils de vin des cales de la *Confiance*, comme elle l'a déjà vu faire à Port Royal ainsi qu'à Tortuga. La rade de Saint-Pierre offrait de nombreux mouillages pour les bateaux venus de toute la région et des installations de plans inclinés surélevés et pavés permettaient aux navires de décharger leurs cargaisons dans les meilleures conditions. Depuis 1660, l'activité maritime et portuaire ayant connu un essor important, elle avait pris le pas sur la fonction militaire du port.

Charlotte a accepté avec reconnaissance la proposition du capitaine Louvier d'envoyer un matelot prévenir sa famille de son arrivée pour qu'une voiture vienne la chercher. Observer les messieurs en costume blanc donnant des ordres aux hommes noirs transportant sur leur tête ou sur leur dos les lourdes charges ne distrait pas longtemps la jeune fille prête à retourner dans sa cabine pour fuir momentanément la touffeur de l'air et ce triste spectacle. A ce moment, elle remarque l'homme bedonnant qui descend d'un attelage en s'épongeant le front tout en envoyant son cocher vers le bateau. Elle comprend qu'il s'agit de son oncle Antoine. Elle en a rapidement confirmation lorsque le serviteur s'adresse au capitaine et que celui-ci se dirige vers elle.

- Me permettez-vous de vous conduire jusqu'à Monsieur de Roquefeuille !

La gorge serrée, elle pose sa main sur le bras offert et le suit jusqu'à la coupée.

Transpirant abondamment, son oncle la salue à peine et remercie le capitaine en le conviant à venir dîner le soir même.

- J'enverrai prendre les bagages de ma nièce, ajoute-t-il.

L'amabilité déployée envers l'officier disparaît dès que l'attelage se met au petit trot dans les rues escarpées où elle entend le murmure bruyant de l'eau qui coule dans les profonds caniveaux[3] creusés entre la chaussée pavée et les absurdes petits trottoirs bordés de maisons en bois côtoyant des maisons en pierre. L'observant de ses petits yeux bleus inquisiteurs, il rompt enfin le silence.

- Vous ne ressemblez guère à votre mère.

Le ton froid fait comprendre à Charlotte qu'il ne s'agit pas d'un compliment mais tout juste d'un constat. Cette attitude ne l'engage pas à lui avouer qu'elle n'a en fait aucun bagage et, ne voulant pas se laisser impressionner par cet accueil peu chaleureux, elle concentre son intérêt sur la magnifique végétation naturelle, particulièrement séduite par les hibiscus rouges ou jaunes. Son oncle ne lui faisant pas l'honneur de la conversation, elle se replie sur elle-même, imaginant Morgan à ses côtés pour lui faire découvrir ce nouveau pays.

Elle n'a guère le loisir d'admirer longtemps la ville, capitale économique et culturelle de l'île, car en raison des besoins professionnels du chef de famille, la maison des Roquefeuille se trouve au sud dans le quartier du Mouillage, proche du port. Près de l'église et du couvent des pères dominicains, on y accède après avoir traversé le pont en pierre enduit de chaux et de sable qui franchit la rivière Roxelane.

La demeure en pierre où s'engouffre son oncle qu'elle suit à l'intérieur, comporte deux étages.

Jetant chapeau et canne d'apparat au serviteur en livrée qui s'est précipité pour attraper le tout, le baron Antoine-Emile de Roquefeuille pénètre ensuite dans le salon laissé dans la semi-obscurité où se devinent des meubles de couleur claire. Une dame assise dans un fauteuil-crapaud se lève et vient à elle, très raide, s'éventant de son mouchoir blanc.

- Vous voilà enfin ! Nous vous attendions beaucoup plus tôt ma chère ! Je ne vous demande pas si vous avez fait bon voyage, j'ai moi-même fait une fois cette traversée et je sais que c'est abominable. Aglaé ! Aglaé ! répète-t-elle avec impatience. Que fait encore cette fainéante ! Aglaé ! Montre sa chambre à Mademoiselle et monte-lui de l'eau pour se rafraîchir. Nous nous retrouverons au dîner, précise-t-elle en se tournant vers Charlotte médusée par cet accueil.

Blonde comme l'était sa sœur mais dotée d'un embonpoint précoce, Clotilde n'a guère de points communs avec la disparue. Ses traits figés et ses manières théâtrales reflètent une personnalité narcissique indifférente aux effusions sentimentales.

---

[3] Appelés ruisseaux à l'époque.

Sa tante retournant s'asseoir sous le ventilateur tournant au plafond et son oncle ayant disparu, il ne lui reste plus qu'à suivre la jeune noire au regard déluré qui l'observe avec curiosité mais gentillesse.

- Vous êtes Mam'zelle Charlotte ! Pauv'e Mam'zelle ! T'ès jolie ! T'ès, t'ès jolie ! Vous aime'ez la Ma'tinique.

Le babil d'Aglaé réconforte un peu la jeune fille désorientée et dans une totale confusion d'esprit.

Au premier étage, une pièce au bout du couloir donnant sur l'arrière de la maison a été aménagée à son intention. Petite mais agréable et très claire, elle comporte un lit avec moustiquaire, un fauteuil à bascule en bois face à la fenêtre ouverte sur l'imposant volcan de la Montagne Pelée dominant la ville, une table surmontée d'un miroir pour la toilette avec un dessus en marbre, assortie d'une cuvette et un broc de faïence. Les murs tendus de cretonne sont nus à part un christ en croix au-dessus du lit, une armoire et une commode accolées occupant tout un pan.

Heureuse de se retrouver seule, Charlotte se laisse tomber sur la courte pointe fleurie assortie aux rideaux et écrase ses poings sur ses yeux clos pour ne pas pleurer.

Sa déception est si forte !

Un coup à la porte la fait se redresser vivement. C'est Aglaé qui lui apporte de l'eau. La jeune domestique ne s'attarde pas, certainement appelée à d'autres tâches et craignant la colère de sa maîtresse.

Quittant la robe en coton fleurie que lui avait procuré Morgan pour son voyage, elle se lave soigneusement le visage, les épaules et les mains, puis s'allonge en jupons sur le lit pour réfléchir à ce que sera sa nouvelle vie. La fatigue la submerge et le sommeil la prend.

Réveillée par une main qui la secoue, Charlotte sursaute, ne sachant plus où elle se trouve.

- C'est l'heu'e de dîner !

Confuse, elle enfile rapidement, quoique défraîchie, la seule robe en sa possession et descend aussitôt. Le majordome l'attend au bas des marches et la conduit jusqu'à la salle à manger où des lampes diffusent une lumière douce et tamisée qui composent un cadre agréable. Là se tiennent déjà Antoine-Emile et Clotilde de Roquefeuille, une jeune fille brune, petite, joliment potelée, aux traits délicats et aux grands yeux bleus dépourvus d'expression qui doit être Amélie et le capitaine Louvier.

Sa tante interrompt sa conversation et s'avance vers elle les bras tendus.

- Ma chère petite. Nous vous avons laissé reposer autant que possible, mais nous souhaitions avoir le plaisir de votre compagnie à table. Le capitaine Louvier nous a conté les graves dangers que vous avez affrontés. Mon Dieu ! Quelle horreur ! Comment n'êtes-vous pas morte de peur ! Jamais je n'aurais pu survivre à de telles aventures !

Sous le feu roulant des propos décousus, Charlotte ne sait quelle attitude adopter.

- Prenons place. Capitaine ! minaude Madame de Roquefeuille en lui indiquant le siège situé en face de son époux tandis qu'elle demande aux jeunes filles de s'asseoir en face d'elle.

Après quelques questions de politesse sur les dangers de la mer, Monsieur de Roquefeuille se concentre sur le contenu de son assiette et laisse son épouse jouer auprès de leur invité les maîtresses de maison confrontées aux soucis d'un personnel incompétent. Entre les deux, Amélie se tient à l'écart, comme absente. Charlotte, mal à l'aise, se force à avaler quelques bouchées et retient un soupir de soulagement lorsque le capitaine prie ses hôtes de l'excuser.

- Je dois regagner mon bord, la *Confiance* reprend la mer demain matin.

La porte s'est à peine refermée que Clotilde de Roquefeuille, faisant face à Charlotte, lui lance d'une voix dure et grinçante qu'elle ne lui avait pas encore entendue :

- Ainsi vous avez passé plusieurs mois en compagnie de ces criminels qui ne méritent que la corde pour les pendre !

- Cela est très fâcheux, l'interrompt son mari marchant de long en large près de la table, les mains derrière le dos. Très fâcheux. Toute la société va en faire des gorges chaudes et nous allons être la risée des familles de colons comme des esclaves.

- Comment expliquer que nous avons accueilli une parente pour l'héberger par charité et qu'elle nous a bernés sur sa qualité morale ! J'entends d'ici les médisances qui vont porter tort à l'établissement d'Amélie, se lamente Clotilde de Roquefeuille.

- Est-ce que… je veux dire… tous ces hommes sur le bateau, et toi toute seule… commence Amélie aussitôt coupée par sa mère.

- Mon Dieu ! Monte immédiatement dans ta chambre, ce ne sont pas des propos pour des oreilles de jeune fille !

- Il aurait été préférable qu'elle se soit noyée, explose l'oncle Antoine !

- Suis-je censée avoir été violée ? éclate soudain Charlotte révoltée par tant de bassesse et ne pouvant se contenir devant le concert d'insanités proférées à son encontre sans se soucier de sa présence, chacun ayant seulement à l'esprit les répercussions possibles sur sa petite vie.

L'expression horrifiée de sa tante et de son oncle, que sa réaction laisse bouche-bée, ne la calme pas.

- Et si cela avait été le cas, n'aurais-je pas dû avoir toute votre pitié à défaut de votre compréhension ?

- Mais tout le monde va penser…

- Sachez ma tante que ma qualité morale, comme vous dites, est aussi irréprochable que celle d'Amélie et que je peux porter la tête haute.

Sa voix se fêle sous l'effet de la colère.

- Que je sache, si vous ne provoquez pas vous-même les ragots, comment les désagréments de mon voyage pourraient-ils être le sujet des conversations de salon ?

- Nous y verrons plus clair demain, affirme l'oncle qui commence à envisager la situation.

Une fois seule dans sa chambre, Charlotte ne parvient pas à s'apaiser.

Alors qu'elle croyait trouver un foyer et une tendre affection, elle est rejetée et mise au ban par une famille de bourgeois mesquins uniquement préoccupée de sa position sociale et sans le moindre sentiment.

Comment deux sœurs peuvent-elles être si dissemblables, songe-t-elle. Sa mère était si douce, si compréhensive, si attentive au bonheur de chacun autour d'elle alors que la mégère qui lui a offert un toit n'est qu'égoïsme et méchanceté ! Jamais elle ne pourra accepter de vivre l'aumône de parents qui ne l'aiment pas.

Me voilà seule désormais sur mon chemin, seule face à ma vie, seule face à mon destin sans personne pour me donner la main, sans personne pour consoler mes chagrins.

Cette idée obsédante la tient longtemps éveillée et, lorsque le sommeil l'emporte, elle s'endort sur ce triste constat.

* * *

Toujours dans l'incertitude de son lendemain, après une nuit agitée de cauchemars, Charlotte se rend à la cuisine où chantonne une imposante femme à la poitrine généreuse, vêtue d'une longue robe jaune et rouge faisant ressortir sa peau sombre et d'un madras noué autour du front. Celle-ci lui fait signe de s'asseoir et lui tend en souriant un bol de lait fumant. Elle est persuadée que le personnel a entendu les éclats de voix de la veille au soir et elle ne sait comment se comporter.

Comme si elle avait lu dans ses pensées, la cuisinière lui dit gentiment.

- Ne vous faites pas de souci ma ti doudou, vot'e aveni' n'est pas dans cette maison. Et tant que vous y se'ez, vous pouvez toujou's veni' voi' mama Loula.

Mise en confiance par les premiers mots gentils qui lui sont adressés depuis son arrivée, Charlotte ose lui poser quelques questions sur sa famille.

- Cœur-là tout sec : y pas ni l'agent. Fo nou mayé Mam'zelle Amélie é pi un rich béké. Aïe mon dié ! Pas ni dot… Et qu'elle est pas toute douce. Chyen pa ka fè chatte[4]. Mais pensez pas tout ça mon ti chat. Pensez vous. Et 'appelez-vous que ce qui dét'uit pas 'enfo'ce.

Esclave domestique, mama Loula bénéficie d'une certaine autonomie dans la cuisine ainsi que d'une tenue vestimentaire décente même si, comme n'importe quel esclave d'atelier ou des champs, elle peut être punie ou vendue à tout instant. Elle sait que jamais le maître, et surtout la maîtresse, ne l'affranchira et elle ne cherche pas à envier ces « libres de couleur » qui deviennent barbiers, commissionnaires ou porteurs d'eau, de pain ou de lait.

Les mulâtres issues d'une union entre un blanc et une esclave noire ont plus de chance de se voir un jour affranchir et de manifester à leur tour un certain mépris pour les esclaves, adoptant ainsi l'attitude des Blancs.

[4] Les chiens ne font pas des chats, un dicton qui signifie : Qui s'assemble se ressemble.

Prévenue de se rendre dans le bureau de son oncle, Charlotte est persuadée qu'il va la mettre dehors. Finalement, sur un ton componctueux, il lui annonce qu'en ce qui les concerne, ils prétendront ne pas avoir eu connaissance de ses mésaventures si elles venaient à s'ébruiter. Ils sont venus la chercher au bateau qui l'amenait de France, un point c'est tout.

- Vous pourrez remercier votre tante qui a insisté pour…

- Je vous en prie mon ami, je n'ai fait que mon devoir de chrétienne, est-il clamé dans le dos de Charlotte qui se retourne et voit sa tante embarrassée de deux robes.

- Je pense que vous pourrez les ajuster à votre taille ! Vous savez coudre ! Dans ce cas, vous pourrez vous rendre utile à la lingerie.

Sans attendre une quelconque réponse, elle tourne les talons après avoir jeté les toilettes dans les bras de la jeune fille.

Laissée à elle-même, Charlotte se lance sans attendre dans les travaux d'aiguille afin de changer de toilette au plus tôt. A l'heure du repas, alors qu'elle se prépare à descendre, elle a la surprise de voir Aglaé lui porter un plateau. Dans l'après-midi, elle ne tient plus. Etre enfermée ne lui convient pas. Puisque personne n'a songé à lui faire l'honneur des lieux, elle se dirige vers le jardin. La nature a toujours apaisé ses angoisses et la luxuriance des anthuriums est un plaisir des yeux qui la rassérène.

Assise à l'abri d'un flamboyant aux fleurs écarlates, elle se sent cependant écrasée de solitude. Elle souffre de l'absence de Morgan car, au plus profond d'elle-même, elle sait qu'aucune autre présence ne pourra combler son cœur des mêmes espérances. Consciente qu'elle ne le reverrait plus jamais, un étau qui la fait respirer avec difficulté lui enserre la poitrine. Elle ne peut s'empêcher de penser qu'elle était finalement plus heureuse au milieu de ces hommes rejetés par la société, féroces mais capables de sentiments, qu'au sein de sa propre famille qui la traite en étrangère. Madame de Roquefeuille n'a pas eu un mot pour sa maman. Madame de Roquefeuille. Oui, elle ne peut l'appeler qu'ainsi, car elle ne lui reconnaît pas le nom de tante.

Les jours suivants n'apportent pas de changement. L'ennui accompagné de tristesse et de nostalgie la gagne chaque jour un peu plus car elle ne voit personne en dehors d'Aglaé qui lui porte ses repas, tous l'évitant comme une pestiférée.

Ne pouvant supporter cette situation plus longtemps, elle prend son plateau et descend à la salle à manger. En la voyant paraître, les conversations s'interrompent et un silence embarrassé plane sur les dîneurs.

Charlotte ne s'attendait pas à trouver des invités autour de la table et ne sait quelle attitude adopter. Sous ses yeux, elle a la preuve tangible de son exclusion.

- Chère enfant, comme nous sommes heureux que votre malaise ait disparu ! Aglaé, hurle Madame de Roquefeuille, prenez le plateau.

- Notre nièce a été très incommodée par la traversée, enchaîne Monsieur de Roquefeuille en se tournant vers la dame assise à sa droite.

Les messieurs s'étaient levés pour la saluer. Le plus jeune ne dissimule pas son admiration. Large d'épaules mais portant bien son habit de satin vert et ne dissimulant pas sa brune chevelure sous une perruque, il lui adresse un merveilleux sourire.

- Monsieur, Madame de Saint-Véran et leur fils Philippe nous ont fait l'honneur d'être ce soir des nôtres.

Les mots de bienvenue des convives vont droit au cœur de Charlotte qui se sent d'un coup plus vivante.

Ajouter un couvert provoque un peu de confusion. Se serrant un peu, Monsieur de Saint-Véran et son fils désignent galamment une place entre eux.

Les yeux bleus de sa tante lancent des éclairs. Son oncle tente de relancer le sujet abandonné lors de son apparition et Amélie glousse en direction de Philippe, plus intéressé à s'enquérir des dernières nouvelles de France et surtout de Versailles auprès de sa voisine.

- Mon deuil m'a écartée de la Cour, répond-elle pour couper court à toute autre question.

- Pardonnez-moi, je ne suis qu'un maladroit.

- Pauvre enfant. Il faut à présent vous tourner vers l'avenir. Je serais heureuse que vous acceptiez d'être notre invitée avec Monsieur, Madame de Roquefeuille et leur charmante Amélie. Nous donnons une petite fête dans quelques jours et vous ferez ainsi connaissance avec notre communauté, suggère Madame de Saint-Véran.

- C'est très aimable à vous, répond avant elle Madame de Roquefeuille tout sourire.

Touchant à peine à ce qui se trouve dans son assiette, Charlotte se demande comment va réagir sa parenté après le départ de ses invités.

A sa grande surprise, un simple bonsoir envoie tout le monde vers sa chambre.

Elle aurait été autrement fixée si elle avait entendu son oncle fulminer dès la porte fermée.

- Il faut nous débarrasser d'elle, sinon elle va faire échouer nos plans. Philippe n'avait d'yeux que pour elle ce soir et ne regardait plus du tout Amélie.

- Tu as raison. La meilleure solution serait de la marier sans attendre. Mais à qui ?

Monsieur de Roquefeuille a déjà trouvé le prétendant idéal.

- Honoré de Croix-Valmer sera parfait.

- Quelle magnifique idée !

Un sourire complice les unit.

- Dès demain, je me rendrai à l'*Habitation Laurence*. Veillez à ce que Charlotte soit à son avantage, ce sera tout de même un atout lorsque nous la lui présenterons à la soirée des Saint-Véran.

* * *

Tandis qu'Antoine-Emile de Roquefeuille enfourche son cheval et prend la route de Sainte-Marie, son épouse propose à Charlotte de choisir une toilette dans la garde-robe d'Amélie pour la réception prochaine. Non informée du projet qui se trame dans son dos, elle remercie chaleureusement sa tante alors que sa cousine pousse des hauts cris quand il lui faut ouvrir son armoire. Un peu embarrassée, elle s'exécute sans oser regarder Amélie. Elle porte son choix sur une ravissante robe de mousseline de couleur vert pâle qui ira très bien à son teint, se demandant comment Amélie pouvait porter cette toilette avec ses yeux bleus. Une paire de souliers et un réticule venant compléter la tenue de fête, Charlotte devient un peu suspicieuse et se demande ce que cache cette soudaine amabilité. Cette générosité, même ! Elle se pose encore la question en se promenant dans le jardin, son lieu de prédilection pour s'isoler puisque personne ne semble s'y rendre.

Lorsqu'elle rentre un long moment plus tard, Amélie, dûment chapitrée par sa mère, se montre à son tour tout sourire et lui demande de l'accompagner au piano pour répéter quelques chants. Croire que leurs sentiments à son égard ont changé serait utopique pense Charlotte qui, cependant, entre dans leur jeu tout en s'inquiétant de cette attitude hypocrite.

Deux journées se passent ainsi de la façon la plus agréable jusqu'au retour de Monsieur de Roquefeuille, lui-même très souriant et très courtois envers sa nièce qu'il embrasse sur le front de la même façon que sa fille.

Le lendemain, toutes les conversations se concentrent sur la fête prévue pour le jour suivant.

Charlotte s'estime satisfaite des modifications apportées à la robe de sa cousine. Se souvenant de la mode à Versailles, elle a supprimé le volant en bas de la jupe et l'a utilisé pour faire de gros nœuds disposés de manière à relever le voile en forme arrondie sur l'avant et l'arrière. Un nœud plus petit agrémente également le corsage au creux du décolleté.

Le miroir mural lui renvoie l'image d'une jeune fille au visage triste dont le regard s'embrume en se fixant sur l'émeraude ornant son cou. Ce bijou, seul lien avec son passé heureux, elle a réussi à le cacher et à la conserver au cours de ses péripéties. Ce n'est pas sans raison qu'elle avait choisi une robe aux douces teintes de jade pour la mettre en valeur !

Dans le hall, Antoine-Emile de Roquefeuille attend, élégamment vêtu d'un pourpoint violet et d'une culotte blanche.

Amélie et sa mère paraissent ensemble en haut de l'escalier que Charlotte vient de descendre. La robe rose fait paraître la jeune fille plus enfantine. Quant à Clotilde de Roquefeuille, elle s'est parée de tous ses bijoux.

Le temps est clair et l'air parfumé.

L'attelage emprunte la rue menant vers le port dont il longe le quai pour remonter à l'autre bout de la ville vers une voie conduisant au Carbet à quelques lieues de distance. Longeant les eaux bleu turquoise et ses plages de sable noir volcanique plantées de cocotiers d'un côté et de cases en bois multicolores de l'autre, le véhicule tiré par deux chevaux bai s'élance allègrement sous le fouet du jeune Sylver. Charlotte savoure ce moment qui lui fait découvrir des environs encore non explorés. Ce sentiment d'indépendance qui l'habite lui fait prendre conscience que, si depuis la mort de ses parents sa liberté de mouvements a été entravée par une succession d'événements, depuis son installation chez les Roquefeuille elle étouffe littéralement.

Comme chaque fois que sa pensée se tourne vers le passé, elle doit contenir son émotion. Plongée dans ses réflexions, elle n'écoute pas le bavardage de ses voisins.

Un chemin bordé d'agaves conduit à une allée au bout de laquelle surgit la maison de maître, tout en bois sombre, élégante avec une véranda ombragée entourant le premier étage ornée de frises peintes en blanc. Un très beau jardin tropical et une fontaine au chant délicat s'offrent à la vue des convives. Il y a déjà beaucoup d'agitation devant le bâtiment, des cavaliers mettant pied à terre, des voitures déchargeant leurs occupants. Plusieurs dames en atours soyeux et messieurs l'épée aux côtés se pressent déjà pour saluer Monsieur et Madame de Saint-Véran accueillant leurs invités sur le seuil de la véranda.

Entraînant époux, fille et nièce à sa suite, Clotilde de Roquefeuille pénètre dans le spacieux salon dont les portes-fenêtres ouvertes permettent d'admirer la merveilleuse symphonie florale et l'étrange beauté des grosses fleurs d'hibiscus. Sous le regard curieux de certains, elle se dirige tout droit vers un jeune homme debout près de l'une de ces ouvertures.

- Cher vicomte ! Vous connaissez ma fille Amélie, susurre Madame de Roquefeuille, mais pas ma nièce Charlotte qui nous vient de France.

- Je serais heureux si vous acceptiez de me parler de Versailles... si Madame votre tante le permet, ajoute-t-il après un court silence.

- Mais certainement, Monsieur de Croix-Valmer !

Peu intéressé semble-t-il par ces mondanités, Monsieur de Roquefeuille s'est esquivé pour rejoindre un groupe de messieurs discutant avec animation, indifférents au buffet chargé de plats plus appétissants les uns que les autres, autour desquels gravitent déjà deux ou trois couples. Crabes farcis, acras de morue, colombo de poulet, daube, fricassée de lambis, écrevisses, chatrou, sauté de gombos, blanc-manger, panier de fruits s'offrent à l'appétit des convives.

Laissée par sa tante auprès de cet homme qui lui inspire instinctivement un sentiment de malaise, Charlotte essaie de ne pas montrer son antipathie et, quoi que polie, ne fait aucun effort d'amabilité. Avec empressement, Clotilde de Roquefeuille conduit sa fille vers le jeune Philippe qui s'avançait déjà en direction de Charlotte. Brisé dans son élan, il ne peut faire autrement que d'offrir son bras à Amélie dont les joues deviennent aussi roses que sa robe. Se détournant avec regret, il se promet intérieurement de se tenir à l'écart des pièges de cette famille abusive dont il sent les filets de la rouerie féminine prêts à s'abattre sur lui. De son côté, malgré les efforts fournis par son interlocuteur, Charlotte ne parvient pas à surmonter son aversion. Ses manières précieuses, sa voix ampoulée, sa façon de la regarder entre ses paupières mi-closes, tout en ce personnage lui déplaît.

Jetant des regards autour d'elle, Charlotte cherche le moyen de le quitter sans être incorrecte. Mais elle ne connaît personne !

- Bonsoir Monsieur de Croix-Valmer, entend-elle dans son dos, la voix mélodieuse ajoutant.

- Bonsoir Mademoiselle de Beaumont, je serais heureuse de faire plus ample connaissance avec vous. J'aimerais aussi vous entendre parler de la France ! Vous voulez bien nous excuser mon cher vicomte !

S'inclinant la main sur le cœur, l'interpellé ne peut qu'approuver.

Lui prenant délicatement le bras, l'élégante inconnue la mène vers la terrasse où elle lui désigne un banc. D'instinct cette femme, pourtant si brune de peau et de cheveux, lui rappelle sa chère maman et elle se sent pour la première fois depuis bien longtemps en sécurité à ses côtés.

- Je suis Madame de Savenay, marquise de Savigny. Je vous ai vue en détresse et me suis sentie le devoir de vous apporter secours. Me suis-je trompée ? dit-elle avec un doux sourire.

- Non Madame, je vous remercie. Je m'appelle Charlotte.

- Je sais qui vous êtes. Les nouvelles circulent vite ici. Vous plaisez-vous dans notre île fleurie ?

Son hésitation à répondre n'échappe pas à Madame de Savenay qui l'invite à venir la voir.

- Pour aimer Madinina, il faut connaître son histoire. Venez me rendre visite, je me ferai un grand plaisir de vous la faire apprécier. Ce soir, il vous faut aller danser, c'est de votre âge.

- Je préfère de beaucoup votre compagnie et j'espère obtenir l'autorisation de ma tante pour répondre à votre invitation.

Pour ne pas effaroucher la jeune fille qu'elle devine peu encline à parler d'elle, Madame de Savenay change de sujet et lui nomme les personnes présentes. D'abord le gouverneur et lieutenant général des îles françaises de l'Amérique depuis 1677, le comte Charles Courbon-Blénac, et son épouse accompagnés de leur fils, l'évêque de Fort-Royal, le colonel Xavier de Létang commandant le fort Saint-Louis, le juge Prudhon veuf depuis l'an dernier…

Charlotte apprécie de pouvoir placer un nom sur les visages en toute discrétion. Au milieu de cette assemblée, elle voit se détacher et se rapprocher son oncle accompagné d'un homme de forte corpulence, le front dégarni mais la moustache arrogante, formant avec lui un duo déplaisant qui, sans raison apparente, la fait frissonner malgré la température devenue agréable avec la nuit.

Comme cherchant à se protéger, elle tourne son regard vers la lune magnifique éclairant à présent la véranda où elles avaient trouvé refuge.

- Mon cher Ernest-Hippolyte, voici justement ma nièce qui tient compagnie à Madame la marquise, s'exclame avec toute sa suffisance de mâle Antoine-Emile de Roquefeuille sorti pour fumer le cigare avec l'homme qui la fixe étrangement.

- Bienvenue sur notre île. Vous avez déjà conquis le cœur de mon fils jeune demoiselle. Nous serons heureux de vous accueillir à l'*Habitation Laurence* et de vous faire découvrir une nature très différente de la côte Ouest, poursuit la voix mielleuse de Croix-Valmer père qui l'agace autant que l'individu lui-même.

Décidément, se dit Charlotte, *je deviens une vraie sauvage.*

- J'ai invité votre nièce. Etant proches voisins, nous pourrions venir vous visiter sans déroger aux convenances, n'est-ce pas Monsieur de Roquefeuille ?

- Quelle excellente idée ! répliquent ensemble les deux compères.

L'attitude débonnaire des deux acolytes, qu'elle ne savait pas en aussi bons termes, attise la curiosité de Madame de Savenay. Le marquis de Savigny, son époux, survenant à propos, interrompt un échange parvenu à épuisement. Le nouveau venu, grand, mince, le teint hâlé de ceux qui vivent au grand air, provoque un choc chez Charlotte. Cet homme aux tempes grisonnantes, elle ne l'a jamais vu et pourtant elle a l'impression de l'avoir déjà rencontré !

* * *

La semaine qui suit voit s'instaurer un rythme de vie monotone mais tranquille. L'oncle Antoine-Emile s'enferme le matin dans son bureau, seul ou avec des visiteurs, la tante Clotilde va de pièce en pièce pour houspiller Aglaé chargée du ménage et de l'entretien du linge ou surveiller mama Loula pour qu'elle n'utilise pas trop d'épices pour le repas de midi. Amélie, quant à elle, ne se lève qu'après un petit déjeuner pris au lit alors que le soleil est déjà haut dans le ciel. Livrée à elle-même, Charlotte a pris l'habitude de boire son bol de lait à la cuisine. Elle aime à regarder préparer ces plats créoles différents des mets bourguignons. Mama Loula se fait d'ailleurs un plaisir de lui en expliquer les recettes. Ainsi a-t-elle déjà appris comment confectionner le colombo de cabri avec des ignames, cristophines, choux chine, piment rouge et autres épices d'origine indienne mais aussi le flan au coco dont elle s'était régalée le premier soir.

L'après-midi, elle lit des ouvrages empruntés à la bibliothèque de son oncle et joue les répétitrices auprès de sa cousine décidée à charmer Philippe de Saint-Véran par sa voix cristalline.

Enfant gâtée habituée à ce qu'on lui cède comme si tout lui était dû, Amélie se comporte en petite peste avec naturel, dans la langueur créole qu'elle cultive comme un art de vivre.

- Les hommes n'aiment pas les bas bleus, ta mère ne te l'a jamais dit !

- Celui qui m'aimera partagera les mêmes goûts que moi, y compris la lecture, rétorque Charlotte agacée.

Ce jour-là, leur duo est interrompu par l'irruption de Monsieur de Croix-Valmer père venu présenter ses devoirs et demander audience au maître de céans.

Un grand sourire illumine le visage des deux hommes lorsqu'ils se quittent un peu plus tard.

Le soir, au cours du dîner, l'ambiance semble différente à Charlotte. Elle n'a pas tort, son oncle et sa tante jubilent mais attendent le moment du dessert pour annoncer triomphalement qu'Ernest-Hippolyte de Croix-Valmer a sollicité pour son fils l'autorisation de faire sa cour à leur nièce.

La jeune fille manque s'étouffer en apprenant que son avenir pourrait se limiter à cet homme portant plus que ses vingt-huit ans. L'image de Morgan s'impose aussitôt à elle, si différent de l'être indolent et plein d'affectation au regard sournois sous le sourcil blond-roux. Elle comprend que sa parenté souhaite se débarrasser d'elle au plus vite et choisit d'être diplomate. La fuite, oui la fuite pour réfléchir à sa situation, voilà la solution.

- Je suis très flattée, mais tout va si vite ! Ne pourrais-je accepter l'invitation de Madame de Savenay ?

Trop heureux de voir leur projet se concrétiser, car la proximité du domaine de *La Cherry* avec celui de l'*Habitation Laurence* facilitera grandement les rencontres, ils donnent leur bénédiction sans réserve à sa requête.

22.

Son léger bagage vite prêt porté dans l'attelage, Charlotte reçoit les dernières recommandations.

- Soyez aimable envers Monsieur Honoré, il vous porte grand intérêt, lui rappelle sa tante.

- Nous viendrons vous rechercher, lui dit son oncle.

En effet, Charlotte part seule avec le carrosse car, pour se rendre au domaine de *La Cherry*, il faut une journée de voiture. Sylver, le cocher, rentrera dès qu'il l'aura menée à destination.

Charlotte vit ce voyage en solitaire comme un vrai bonheur. Enfin, elle peut se laisser aller sans peur d'être surveillée par un regard scrutateur ou curieux. L'impression d'être épiée l'empêchait d'être elle-même depuis le soir de la fête.

Pour gagner la demeure des de Savenay, il faut rejoindre l'autre côté de l'île, Sainte-Marie se trouvant à l'opposé de Saint-Pierre, sur la côte est. Les chemins caillouteux secouent un peu la voiture mais Charlotte n'en tient guère compte, son intérêt étant concentré sur le paysage mystérieux de l'arrière pays. Contournant pratiquement le volcan, la voie tracée par l'homme dans la terre rouge volcanique traverse une forêt d'arbres poussant dans la mousse d'où pendent des lianes torsadées. Des fougères arborescentes y masquent la lumière du jour et rendent l'atmosphère étouffante. Les eaux de source qui nourrissent toute cette végétation verdoyante rafraîchissent heureusement l'air. Lorsque ce qui était devenu un sentier difficilement praticable débouche sur l'horizon bleu de l'océan et une voie plus carrossable, Charlotte respire à pleins poumons l'air marin porté par le vent. Sur sa droite, s'étendent à perte de vue les champs de cannes à sucre doucement bercées par les alizés.

Supportant bien le climat insulaire chaud et humide de la saison des pluies, elle ne languit pas d'arriver. Partie depuis le matin à la fraîche, elle atteint le domaine en fin d'après-midi. Madame de Savenay s'avance vers elle, les bras tendus, souriante et chaleureuse, son époux un pas derrière elle se montrant tout aussi affable.

L'allée plantée d'arbres du voyageur, dont ses hôtes lui expliqueront qu'ils doivent leur nom au fait qu'ils récoltent l'eau de pluie dans leurs branches creuses, mène jusqu'à un terre-plein entouré d'une flore aux multiples couleurs. Construite en longueur, la maison en bois clair comporte un étage avec, comme au rez-de-chaussée, une galerie soutenue par des colonnades. Le soubassement en pierre surélève la maison, ce qui se traduit par trois marches à monter pour accéder à la terrasse. L'ajoupa[5] se trouve séparée du corps de bâtiment.

Embrassée comme si elle était une amie de longue date, Charlotte se sent heureuse et en paix. Madame de Savenay lui fait ensuite les honneurs de l'Habitation et la conduit elle-même jusqu'à sa chambre toute de couleur ivoire, un lit à baldaquin y trônant majestueusement, une coiffeuse et une très belle commode en marqueterie complétant l'ensemble.

Charlotte ne retient pas le cri d'admiration qui lui vient spontanément à la vue de la pièce mise à sa disposition.

La maîtresse de maison sourit tristement.

- Je suis ravie qu'elle vous plaise. Elle a été la chambre de ma fille.

- Vous avez une fille !

- J'avais une fille, répond-elle d'une voix que l'émotion rend rauque.

- Je ne voulais pas être indiscrète, s'excuse Charlotte.

- Vous ne l'êtes pas. Cela me fera du bien de parler d'elle avec vous. Pour l'heure, faites un brin de toilette et descendez nous rejoindre.

Pour Charlotte commence une vie qui lui rappelle son existence d'antan en Bourgogne auprès de ses parents.

Elle aime à se promener solitaire tôt le matin, s'émerveillant d'entendre chanter les pipiris et les tourterelles et de voir voler dans un ciel pur les perdrix rouges au-dessus des prés. A son retour, elle s'arrête toujours pour observer la danse des colibris aux plumages chatoyants se désaltérant en une ronde incessante dans les récipients accrochés sous la terrasse.

En fin de journée, tandis que le soleil se couche, de longues conversations avec le marquis, qui lui a ouvert sa bibliothèque et manifeste sa joie de partager ses vues avec un jeune esprit curieux, lui font revivre ses soirées au coin du feu assise aux pieds de son père.

Si, en même temps, le coassement des grenouilles lui rappelle *La Chaume*, très vite ses pensées se tournent vers d'autres souvenirs. Elle se revoit auprès de Morgan dont l'image hante ses nuits.

Avec Hortense de Savenay, elle se rend auprès des enfants d'esclaves et admire sa patience pour leur enseigner des chansons mais aussi la lecture et l'écriture. Avec la même gentillesse, elle la voit conseiller les mamans pour l'hygiène, apporter ses soins quand il le faut et accepter les petits objets de vannerie confectionnés pour la remercier. Dans la société esclavagiste qui régit l'île de la Martinique, ce comportement n'est guère apprécié par les autres propriétaires considérant les Noirs comme du bétail et jugeant ce mauvais exemple nuisible à leur propre autorité.

Charlotte admet mal la pratique de l'esclavage et ne le cache pas. Hortense lui explique la nécessité d'employer cette main-d'œuvre pour désherber et

[5] Un abri, une cabane, par extension la cuisine construite indépendamment de la maison de maître.

fertiliser les champs et surtout pour la coupe des cannes qui se pratique à la main afin de conserver toutes ses propriétés.

- Le mot d'esclave en lui-même me révolte.

- La manière de se comporter envers eux me semble plus importante, reprend doucement Hortense.

- Ils travaillent du matin au soir comme des bêtes de somme !

- Il est vrai que la canne requiert beaucoup de labeur. Une fois récoltée, elle est acheminée vers les moulins pour y être broyée. Ce sont les femmes qui, généralement, présentent les tiges dans les rouleaux destinés à les compresser pour les réduire en jus. Cette action est dangereuse, je le reconnais. Ce suc conduit vers les sucreries pour y être cuit se transforme en sirop. Purgé puis stocké dans les formes à sucre pour y être blanchi, il peut enfin être commercialisé. Mais, comme nos parents avant nous, nous traitons nos esclaves de façon humaine. Pour nous, ils font partie intégrante de la vie du domaine.

C'est pour développer l'économie florissante, grâce à la culture de la canne à sucre devenue une monnaie d'échange dans le commerce international, que Louis XIII a autorisé la « Traite des Noirs ».

Les pirates apparaissent immanquablement plus humains à Charlotte en dépit de la violence qui préside leur existence. N'ont-ils pas rendu leur liberté aux esclaves trouvés dans la cale du *Star Revenge* ?

Comprenant qu'elle ne convaincrait pas Charlotte, Madame de Savenay, qui lui demande de l'appeler plus simplement par son prénom, entreprend de lui raconter l'histoire de la Martinique.

Confortablement installées à l'abri des claires-voies filtrant lumière et chaleur en ce milieu d'après-midi, le souffle des alizés pénétrant doucement par le haut des caillebotis séparant le haut des cloisons intérieures, elles ont l'impression d'être isolées du monde à l'intérieur du salon, à l'abri des regards et éloignées du bruit.

Fermant à demi les paupières, Hortense laisse vagabonder sa mémoire.

- Peuplée par les pacifiques Arawaks vivant de pêche, cueillette, chasse et agriculture, l'île fut ensuite investie par les Caraïbes, agriculteurs et belliqueux guerriers qui exterminèrent les premiers habitants. Eux-mêmes furent anéantis en 1658 par l'arrivée des colons…

Pierre Belain d'Esnambuc accosta en 1635 au Carbet et entreprit la colonisation de l'île, construisant le port et le fortin avec ses hommes. Mon père, Monsieur de Valandry, ainsi que le père de mon mari en étaient. Ils ont ensuite défriché des arpents de terre pour s'y construire une nouvelle vie. Travaux de labour, élevage de bestiaux, culture de tabac et d'indigo, très vite remplacés par la plantation de cannes à sucre plus lucrative. Ensuite, construction d'une habitation sucrerie avec la maison de maître, office, magasins, purgerie, étuve et, à une distance raisonnable à cause du bruit, la sucrerie proprement dite et le moulin.

Les premiers colons à s'installer ont choisi un terrain ayant une rivière en lisière, de préférence tout en longueur depuis la mer jusqu'à une hauteur minimum de trois cents pas, réservant une partie en jardin potager et une autre en jardin d'agrément autour de la maison.

- Mon père aurait pu être l'un de ces colons, assure Charlotte. C'était un homme courageux et entreprenant qui dirigeait fermement le domaine de *La Chaume*. Jean-Baptiste Colbert l'appréciait pour son esprit d'entreprise et sa clairvoyance. Je me souviens qu'il m'avait parlé de Christophe Colomb. Mes oncle et tante représentant à mes yeux l'exotisme du bout du monde, j'ai retenu une phrase qu'il m'avait dite avoir été écrite par l'explorateur. « C'est la meilleure, la plus fertile, la plus douce, la plus charmante contrée qu'il y ait au monde ».

Hortense de Savenay poursuit son récit, heureuse de constater l'intérêt de son interlocutrice.

- Lors de sa quatrième expédition en 1502, Colomb débarquait en Martinique et en prenait possession au nom du roi d'Espagne. Progressivement, les Habitations s'y sont installées et, depuis 1669, la ville de Fort-Royal se développe avec ses fortifications à la Vauban que nous devons à Jacques Dyel du Parquet, neveu de d'Esnambuc, gouverneur de 1637 à 1658, véritable organisateur de la colonisation. Mais l'île, c'est aussi une végétation luxuriante avec ses cocotiers, ses ficus, ses gommiers blancs, ses palétuviers, ses goyaviers, ses vanilliers, ses poivriers, l'arbre à pain… les épices comme la noix de muscade, la cannelle, le roucou, des cultures de bananes, de patates douces, de papayes, de giraumon[6]… des fleurs exotiques telles les orchidées, les haliconias, les alpinias, les superbes roses de porcelaine, les balisiers ou les fleurs médicinales endémiques de la Caraïbe… ses plages avec de petites anses de sable fin, ses villages de pêcheurs, son soleil et son ciel bleu qui donnent la vie mais également la pluie de juillet à décembre. Il y a aussi les très jolis coquillages déposés sur les plages après une forte houle et les colibris qui virevoltent de fleur en fleur pour sucer le nectar des fleurs. Pardon, je suis intarissable quand il s'agit de la nature, soupire Hortense détendue et le sourire aux lèvres.

En fermant les yeux, Charlotte s'était revue écoutant sa mère lire la lettre annuelle de sa tante Clotilde tandis que son imagination galopait à l'énoncé du simple nom de « Martinique », « Madinina », l'île aux fleurs.

* * *

Après deux semaines passées à *La Cherry*, Charlotte a l'impression de s'y trouver depuis des mois lorsque surviennent Monsieur de Croix-Valmer et son fils venus saluer leurs voisins. Leur domaine se trouvant à une dizaine de lieues, Honoré promet de revenir pour l'emmener en promenade découvrir les environs. Charlotte remercie mais décline la proposition. Le jeune homme ne montre pas son impatience et insiste imperturbablement.

- La jeunesse ne doit pas s'étioler en restant enfermée, n'est-ce pas, relève son père en se tournant vers leur hôtesse.

---

[6] Sorte de citrouille.

- Une jeune fille ne peut courir la campagne avec un homme aussi correct soit-il sans y perdre sa réputation, vous le savez, je le sais et Charlotte aussi. Je la crois sage de respecter des traditions, ce dont son oncle et sa tante peuvent être fiers, lui répond-elle en le regardant bien en face.

Comprenant qu'ils n'ont pas une alliée en la personne de Madame de Savenay, les deux hommes se voient contraints d'approuver sous peine de se montrer odieux et incorrects. Sans se concerter, l'un et l'autre se promettent de trouver un moyen de provoquer une rencontre, compromettante ou non. Compromettante ! C'est exactement le projet d'Honoré qui se posera ensuite en galant homme puisqu'il proposera le mariage à cette dulcinée qu'il supporte uniquement pour ne pas contrarier son père qui l'a menacé de le déshériter s'il ne lui obéissait pas. Il n'était pas question que cette mijaurée entrave son avenir. Ayant compris qu'il est inutile de la poursuivre de ses assiduités pour qu'elle se pâme, il ne lui reste qu'une solution pour atteindre son but : faire pression sur elle car une fois compromise aux yeux de tous, elle serait à sa merci.

Il remporte un demi-succès car Madame de Savenay finit par accepter une halte en leur demeure au cours de leur prochaine excursion dans la campagne.

Ernest-Hippolyte de Croix-Valmer admoneste son fils dès qu'ils se retrouvent à cheval, botte à botte, le long du chemin arboré.

- J'espère, Monsieur, que vous allez mener rondement cette question de mariage. Une fois uni à cette péronnelle, vous ferez ce que vous voulez, mais ne me décevez pas, je me suis engagé envers Monsieur de Roquefeuille. Il y va de votre intérêt.

Honoré maîtrise mal son exaspération.

- Père, vous me l'avez déjà répété cent fois. Une femme blanche, c'est fade, mais je ferai mon devoir, dussais-je la traîner de force jusqu'à l'autel.

Loin de supposer toutes ces manigances, Charlotte est tout simplement malheureuse parce que son cœur saigne d'avoir dû quitter son beau pirate. Elle pense à lui si souvent ! Comment pourrait-elle porter les yeux sur un autre alors qu'elle l'aime et l'aimera toujours ! Une force indéfinissable pousse Charlotte à l'espérer et cet espoir insensé elle le nourrit inconsciemment. Quand la nuit descend, voluptueuse, l'enveloppant de sa robe sombre, elle s'abandonne dans son ombre et rejoint en songe son amour égaré.

Sa confiance en Hortense de Savenay est telle qu'elle lui a raconté le périple vécu au cours des derniers mois : la mort de ses parents, l'embarquement à Nantes, le capitaine Merville tué ainsi que sa chère Berthe, les pirates, Tortuga et Xelha, la prison et son arrivée à Saint-Pierre. Mais surtout, elle a évoqué celui qui occupe toutes ses pensées.

Profondément émue par le récit de la jeune fille, Hortense s'est également laissée aller aux confidences. Les années n'ont pas effacé son chagrin et à plusieurs reprises elle a dû interrompre son récit au souvenir des larmes versées.

C'était en 1669. Sa fille alors âgée de quinze ans et son jeune frère de douze étaient allés jouer ou se promener sur la plage, leur lieu de prédilection depuis toujours. Le soir venu aucun n'était rentré à la maison et ne rentrerait plus jamais. Malgré les recherches, leurs corps n'avaient pas été retrouvés, la mer les avait emportés. Elisabeth et Maxime avaient été rappelés à Dieu ensemble. Le désespoir avait envahi toute la maisonnée et chacun savait, sans en parler, que chaque jour ils étaient présents dans leurs pensées et dans leur cœur.

L'âge venant, ils avaient trouvé une certaine paix intérieure.

La perte d'être aimés dans des circonstances dramatiques les rapproche encore davantage, Charlotte cherchant une épaule maternelle et Madame de Savenay une enfant à chérir.

* * *

Comme pour se débarrasser d'une corvée, elles conviennent d'un commun accord de se rendre sans tarder à l'*Habitation Laurence.* Ayant envoyé un messager pour prévenir de leur intention, elles prennent la route en début de matinée avant que la chaleur ne soit éprouvante.

Pratiquement en haillons, des esclaves hommes et femmes travaillent dans les champs sous le fouet et les ordres aboyés par le régisseur ou le contremaître, leur font comprendre qu'elles abordent les terres de l'*Habitation Laurence.* Les premiers portent des pantalons à ceinture de corde, les secondes de modestes robes de coton et un mouchoir noué en turban sur la tête.

Dominant l'Atlantique, la propriété se niche dans un écrin de verdure qui la dissimule au regard du passant qui ne peut la découvrir qu'en s'en approchant. En même temps, les visiteuses aperçoivent le village réservé aux esclaves. L'insalubrité des cabanes de la rue case Nègre et la saleté régnant autour ajoutent à leur mauvaise opinion sur les propriétaires. C'est avec un grand soulagement qu'elles apprennent par l'intendant que Messieurs de Croix-Valmer se trouvent à Saint-Pierre et n'ont pas pris connaissance de leur missive. Malgré la sollicitude du personnage falot qui les prie au nom de son maître à prendre une consommation fraîche, Hortense de Savenay décline avec politesse mais fermeté, assurant qu'elle préfère reprendre le chemin du retour tandis que le soleil ne brûle pas. Ni l'une ni l'autre ne souhaitent assister plus longtemps à cette brutalité sauvage et gratuite. Assises côte à côte, aucune n'éprouve le besoin de parler, confondue par le spectacle odieux dont elles ont été les témoins.

Charlotte n'ose pas aborder une nouvelle fois un sujet qui l'oppose à sa bienfaitrice et Hortense ne se sent pas le courage de défendre une position dont elle n'est plus aussi sûre, d'autant qu'elle ne peut nier le fait que d'autres propriétaires se comportent de manière aussi haïssable.

Pour certains colons, maltraiter leur main d'œuvre, qu'ils ne considèrent pas comme des êtres humains mais comme des animaux, est une preuve de leur supériorité. Dans la hiérarchie de la société martiniquaise, avoir des esclaves est un signe évident de richesse, facteur plus important encore que la noblesse que revendiquent encore certains grands Blancs dont fait partie de Croix-Valmer regardant avec hauteur ces petits Blancs aventuriers installés comme planteurs à la fin d'un contrat « d'engagé ».

Retrouvant l'harmonie de leur quotidien autour d'une théière fumante, Hortense et Charlotte aiment à évoquer leurs souvenirs. Lorsqu'une nouvelle visite d'Honoré vient briser ce moment de plénitude, elles se figent dans la même attitude de froideur.

S'inclinant, toujours la main sur le cœur, celui-ci déclare sans ambages venir faire sa cour à Mademoiselle de Beaumont, Monsieur de Roquefeuille ayant donné son absolution et son père étant favorable, ajoute-t-il avec condescendance, à une union entre leurs deux familles.

Son père ne refusera pas ma proposition, avait affirmé à son épouse Monsieur de Roquefeuille sûr de lui, *car cela lui permettra de sauver les apparences. Son rejeton, tout le monde le sait, préfère les jeunes éphèbes noirs aux jolies filles, même si rien n'a jamais été prouvé. En épousant votre nièce, il étouffera dans l'œuf un possible scandale et des sanctions sévères.*

Il avait eu raison.

Muette de stupeur, Charlotte tourne un regard implorant vers Hortense qui se contient pour ne pas laisser éclater la colère qui gronde en elle. Avec une lenteur étudiée, elle prend sa tasse de thé, en boit une gorgée, puis s'adresse avec un sourire courtois au jeune homme sûr de lui.

- Je ne doute pas de votre sincérité, mais vous comprendrez que Monsieur et Madame de Roquefeuille ne m'ayant pas avisée de cet état de choses, je ne puis pour l'heure autoriser votre démarche sans en avoir été expressément informée. Ma responsabilité et celle de Monsieur de Savenay sont engagées.

- Je me charge de vous le faire confirmer, dit-il en se levant. Le ton est poli mais l'expression des yeux est furieuse.

Tremblante de rage contenue, Charlotte maudit intérieurement sa famille martiniquaise.

- Je ne veux pas épouser cet homme, il me révulse.

Les manières obséquieuses d'Honoré de Croix-Valmer et sa façon insistante de la fixer mettent Charlotte mal à l'aise. Son instinct la pousse à mettre de la distance entre elle et lui, d'autant que son regard venimeux lui donne la chair de poule.

Madame de Savenay lui promet de consulter son mari pour envisager une solution. Celui-ci a un haut-le-corps en apprenant la nouvelle. Il est de notoriété presque publique qu'Honoré de Croix-Valmer est un inverti et un pervers. Si les colons ne lui ont pas fermé leurs portes, c'est uniquement par respect pour son père que l'on plaint ou que l'on clabaude. Impossible de révéler cela à la jeune fille et impossible de laisser faire les Roquefeuille qui ne peuvent ignorer qu'ils feraient le malheur de Charlotte en acceptant de l'unir à ce débauché.

- Je vais aller voir les Roquefeuille pour m'assurer de leurs intentions. Pendant mon absence, je suggère que vous vous rendiez toutes deux au domaine du Bois-Lélé où je vous rejoindrai. Votre père sera heureux de vous voir, dit-il en baisant tendrement la main de son épouse.

* * *

Le petit bagage de Charlotte s'est transformé en une malle grâce à la générosité d'Hortense qui lui a fait transformer plusieurs robes et offert chapeaux, gants de dentelles, souliers et ombrelle, sans oublier un très joli éventail, fort utile pour minauder dans les soirées mondaines, lui a-t-elle déclaré en riant.

Tandis que Louis-Henri de Savenay s'élance à cheval sur la route menant à Saint-Pierre, le carrosse mené par un jeune cocher roule doucement vers Le Prêcheur, un bourg fondé face à un rocher en forme de prédicateur en chaire par les premiers colons en 1635, qui peut s'enorgueillir d'avoir vu naître Madame de Maintenon. La légende veut aussi que les derniers chefs Caraïbes, pour ne pas subir la colonisation, aient préféré se jeter dans le vide du haut de la falaise après avoir avalé un poison.

Face à l'océan, près de l'anse Couleuvre, là où s'arrête le chemin, le père d'Hortense a bâti une solide maison en pierres assemblées avec un mélange de sable, de chaux, de cendre et même de sirop de canne, aux murs très épais, capable de résister aux cyclones. Sur le corps central rectangulaire blanc courent des zandolis, petits lézards verts. A l'intérieur le même blanc met en valeur des meubles en bois sombre.

Un rideau de verdure forme un écrin à la modeste bâtisse qui vécut des jours heureux lorsqu'Auguste-César de Valandry avait pris épouse.

Venu accompagner son ami François-Xavier de Savenay pour accueillir sa jeune femme et son fils Louis-Henri alors âgé de trois ans qui le rejoignaient comme prévu, il avait vu débarquer la belle jeune femme brune qui allait devenir la maîtresse de *Bois-Lélé*. Désorientée par la mort de ses parents au cours de la traversée et surprise par le coup de foudre dont elle était l'objet, l'orpheline avait accepté la demande en mariage avec reconnaissance et s'était prise d'affection pour son compagnon. Malheureusement, de santé délicate, elle n'avait pas survécu à l'accouchement de son premier enfant. Hortense n'avait pas connu sa maman. Elevée par une nounou martiniquaise du nom de Mélissa qui l'avait entourée de tous ses soins, Hortense avait toujours gardé une très grande tendresse pour les gens de couleur.

A soixante-cinq ans, le père d'Hortense est encore un fort bel homme dont on remarque peu le dos légèrement voûté parce que charmé par ses traits burinés sous une chevelure de neige bien fournie. Son regard vif s'éclaire à la vue des visiteuses.

La maison de plain-pied, plus petite que l'habitation de sa fille, comporte cependant plusieurs chambres et une grande salle à manger.

Hortense aime à revenir sur les lieux de son enfance et fait découvrir à sa jeune protégée les plages de sable noir des petites anses proches de la propriété facilement accessibles par de petits sentiers.

Trois jours plus tard, Louis-Henri de Savenay apporte des nouvelles. L'oncle et la tante de Charlotte sont inflexibles et prêts à donner la main de leur nièce à Honoré, estimant que sans dot elle a bien de la chance d'avoir été remarquée par un gentilhomme si riche et si généreux. L'abattement des deux femmes est manifeste mais le messager poursuit.

- Au club des Planteurs, j'ai appris que le jeune Philippe s'était également mis sur les rangs des prétendants, ce qui a provoqué la fureur du couple, celui-ci ayant jeté son dévolu sur l'héritier des Saint-Véran pour leur fille Amélie. Le sujet occupe toutes les conversations. D'après les rumeurs, les rapports entre les deux familles se sont distendus.

- S'ils ne souhaitent pas s'occuper de Charlotte, elle peut rester chez nous !

- Nous n'en avons juridiquement pas le droit, mais je vais me renseigner, lui répond Louis-Henri d'un ton peu convaincu.

Charlotte se jette dans les bras d'Hortense. Son cœur déborde d'affection pour cette femme qui l'aime comme une fille. L'éventualité de rester auprès d'elle et de son mari, qui l'intimide un peu doit-elle s'avouer pour être sincère, la transporte de joie.

Mais Monsieur de Savenay, se tenant loin des affairistes, n'était pas au courant des difficultés financières de Monsieur de Roquefeuille connues sous le manteau. Décidé à faire fortune, celui-ci avait pris des parts dans l'un des bateaux de la Compagnie des Indes Occidentales. Les bénéfices substantiels qu'il en avait retirés l'avaient incité à investir davantage à chaque voyage. Malheureusement, en 1674, le rachat des îles de la Martinique et de la Guadeloupe par le royaume de France avait soudain fait chuter les profits élevés du monopole commercial.

Capturé par une goélette pirate, la dernière cargaison avec laquelle il espérait se renflouer n'étant jamais arrivée, la ruine qui le menaçait l'obligeait à rechercher un mariage d'intérêt pour sa fille et ne lui permettait pas de jouer les bons samaritains pour sa nièce.

Il est bien certain que chacun mesure son honneur à son aune, fulmine-t-il intérieurement.

Ravi de voir réuni autour de lui ceux qu'il aime, Auguste-César de Valandry semble rajeuni. Parfaitement intégré à sa terre et peu intéressé par les réunions de Béké à Saint-Pierre, on peut le voir se promener coiffé d'un bakoua, un chapeau tressé dans la fibre de cette plante martiniquaise.

Le soir après le dîner, assis sous le carbet, ils écoutent tous ensemble les tambours accompagnant les chants nostalgiques des travailleurs noirs ainsi que préfère les appeler leur maître. Charlotte s'étonne car elle n'a jamais entendu chanter à Sainte-Marie.

- Cette tradition a disparu en même temps que nos enfants, murmure Monsieur de Savenay le regard perdu vers le quartier des esclaves, tandis que les yeux de son épouse se remplissent de larmes.

Que je suis sotte, se morigène Charlotte.

Le retour au domaine de *La Cherry* s'accomplit en compagnie de Monsieur de Savenay qui chevauche aux côtés de l'attelage.

Quelle n'est pas leur surprise, à leur arrivée, de voir un carrosse arrêté devant les écuries et le majordome se précipiter sur le seuil pour les prévenir que les Roquefeuille les attendent depuis plus d'une heure.

Installés devant des consommations qu'ils laissent réchauffer, l'oncle et la tante de Charlotte se lèvent comme un diable de sa boîte à l'apparition des de Savenay.

- Nous vous remercions d'avoir hébergé notre chère petite Charlotte.

- Nous venons la chercher, enchaîne Antoine-Emile sans détour.

- Monsieur de Croix-Valmer nous a demandé sa main, n'est-ce pas merveilleux, roucoule Clotilde en prenant la main de sa nièce qui la lui retire sans ménagement.

Voyant que le marquis allait intervenir, Antoine-Emile s'empresse d'ajouter.

- Nous sommes ses tuteurs. C'est à nous de décider ce qui est bon pour elle. Allez préparer votre bagage, nous partons tout de suite, dit-il en se tournant vers Charlotte qui se mord les lèvres pour ne pas leur crier son dégoût.

Impuissants, Monsieur et Madame de Savenay la serrent dans leurs bras. Hortense lui murmure à l'oreille qu'elle va tout tenter pour la sauver de ce mariage inepte.

La malle transportée d'un carrosse à l'autre, les Roquefeuille remontent en voiture avec un air de supériorité difficilement supportable pour les de Savenay qui préfèrent cependant éviter toute discussion qui perturberait encore davantage Charlotte déjà très éprouvée.

- A présent la maison va nous paraître terriblement déserte, murmure Hortense d'une voix tremblante.

23.

Dans le mois qui suit le retour brusqué à Saint-Pierre, Charlotte est bousculée par sa tante courant de tous côtés pour les préparatifs de son mariage qui doit avoir lieu la semaine suivante. Ernest-Hippolyte de Croix-Valmer, souhaitant une cérémonie fastueuse, a lancé des invitations à toute l'aristocratie sucrière. Les de Roquefeuille s'enorgueillissent à présent d'être intégrés à ce milieu qui les snobait depuis tant d'années. Que ce soit en sacrifiant leur nièce sur l'autel de leurs ambitions ne les embarrasse pas le moins du monde ! Ils estiment que le mariage d'Amélie avec Philippe de Saint-Véran sera facilité par l'union de Charlotte avec le vicomte. Charlotte qui, elle, a l'impression de flotter dans l'irréalité. Non, il ne s'agissait pas d'elle ! Ce mariage ne se ferait pas ! Sa bonne étoile ne le permettrait pas ! Outre le fait qu'elle éprouve une aversion inexplicable pour son futur époux, elle aimait un autre homme, d'une autre trempe, d'un autre monde !

Dans son esprit tourmenté, elle entend encore les propos de sa tante : *Tu feras comme toutes les femmes. La nuit, quand les pas de ton époux ivre ou portant encore l'odeur de la couche qu'il vient de quitter, tu te contraindras à sourire.*

Il n'y a pas un souffle d'air. Outre le coassement des grenouilles, la nuit est silencieuse, de ce silence propice à l'échafaudage de grands projets. Etendue sur son lit, Charlotte repense à l'extrême confusion dans laquelle l'ont plongée les pénibles révélations de mama Loula.

L'homme qui doit lui passer la bague au doigt n'aime pas les femmes, il les méprise même, leur préférant les jeunes esclaves mâles qui n'ont d'autres choix que d'accepter d'être son jouet.

Refuser de se prêter aux ébats vicieux avec Honoré coûte cher. Mama Loula n'a rien voulu lui cacher et lui a révélé un secret lourd à son cœur. Les affaires des Roquefeuille périclitant, le train de maison avait dû être réduit et ils avaient vendu Théophile, le petit jardinier, à Monsieur de Croix-Valmer. Son fils l'avait aussitôt appelé pour son service personnel. Ayant repoussé les avances d'Honoré, Théophile avait immédiatement été menotté et enfermé avant de subir le fouet attaché au poteau par les poignets au-dessus de la tête.

Sous le regard de tous les esclaves réunis, il avait été battu à mort.

Débarrassez-moi de ce nègre, c'était un mauvais exemple pour les autres, avait commandé Honoré à l'intendant obséquieux qui le suivait comme son ombre.

Mama Loula pleurait en évoquant le jeune garçon plein de vie qu'elle avait connu et dont elle avait appris la fin tragique par le cocher de l'*Habitation Laurence* croisé à Saint-Pierre lors d'un jour de ravitaillement au marché.

L'indignation de Charlotte se brise au fatalisme de mama Loula remuant la tête en gémissant, agitant le madras bleu et vert toujours fièrement planté sur son crâne.

Elle doit rapidement trouver un moyen d'échapper à ce mariage qui désormais lui inspire plus que jamais crainte et dégoût. Comment son oncle et sa tante ont-ils pu convenir d'une telle alliance ? Charlotte n'est pas dupe. Elle ne doute pas un instant qu'ils ont agi en toute connaissance de cause. *Je voudrais m'endormir ce soir et oublier à tout jamais mes souffrances passées, mes chagrins présents ; je voudrais me réveiller demain affranchie de mon destin.* Elle se sent si seule et si malheureuse... elle aurait tant aimé être entourée de personnes aimables et aimantes. Mais elle les a toutes perdues. Son père, sa mère, Berthe, Madame de Sévigné, Xelha... *Xelha !* répète Charlotte pour elle-même en se redressant aussi subitement que la lumière qui s'est faite dans son esprit.

Le matin, réveillée depuis plusieurs heures après une courte nuit, Charlotte attend impatiemment le bon moment pour sortir de la maison. Il est huit heures. Il fait déjà chaud et, à travers les rideaux, le soleil doré pénètre à flots dans sa chambre. La lumière éclabousse les murs de couleur claire et les meubles d'acajou. Charlotte avance sur le pallier et se penche prudemment au-dessus de la rampe pour regarder dans le vestibule. Il est vide. Avant de se glisser dans le couloir et de s'engager dans l'escalier, elle s'est assurée qu'aucun bruit ne vient de la chambre d'Amélie, preuve que sa cousine dort toujours. La gorge serrée, elle descend rapidement les marches. Au moment où elle atteint le rez-de-chaussée, elle entend dans la salle à manger sa tante donnant des ordres de sa voix aiguë. Lavage, blanchissage, ménage font résonner la maisonnée de son agitation quotidienne. Elle ouvre puis referme aussi silencieusement que possible la porte d'entrée et s'efforce d'apaiser les battements de son cœur.

Malgré l'heure matinale, l'atmosphère est déjà moite et lourde. L'humidité stagne dans l'air et la jeune fille sent son corsage lui coller à la peau. C'est la première fois qu'elle sort seule, et à pied. Empruntant la rue qui descend vers le port, elle passe devant la boutique du perruquier puis une auberge d'où s'échappe une agréable odeur de vanille. Elle croise autant de personnages richement vêtus que de marins ou de badauds de tout âge, miséreux et dépenaillés ainsi que quelques attelages soulevant de la poussière sur leur passage. Des femmes, le panier au bras, dirigent leurs pas vers les pêcheurs proposant des poissons de toutes couleurs à peine sortis des nasses.

Parvenue à hauteur des quais où la foule se bouscule déjà, un attroupement l'attire. En s'approchant, elle comprend qu'il s'agit d'une vente d'esclaves. Sur une estrade en bois, deux jeunes garçons à l'air apeuré, un vieil homme aux cheveux de neige bouclés et une adolescente à moitié nue sont exposés sous les yeux curieux ou intéressés de la foule. Leur peau huilée pour l'occasion brille sous les rayons du soleil. Le commissaire-priseur, un individu gras et rougeaud en chapeau, manches relevées jusqu'aux coudes, bonimente, le fouet à la main.

- Venez voir cette belle marchandise. Que du muscle, affirme-t-il en montrant les jeunes hommes, des forces de la nature et des esprits dociles, ajoute-t-il en se tournant vers le plus âgé.
Allons, allons, faites-moi vos plus belles offres pour ce mâle de premier choix !

Deux voix s'élèvent pour surenchérir. Culotte brun-roux, chemise à ruchés bordés par les revers d'une courte veste jaune, le plus jeune fait la dernière proposition.

- Sept, j'ai dit sept ! Sept une fois, deux fois... Vendu à l'honorable propriétaire du domaine des *Alizées*.

Puis, montrant la pauvre créature effrayée, l'obligeant à baisser les bras pour dégager sa poitrine.

- Quelle belle pièce, n'est-ce pas, souligne-t-il au gentleman qui se trouve près de lui, le regard lubrique posé sur le corps juvénile. Je vous ferai un prix si vous prenez le lot, lui glisse-t-il à l'oreille.

Charlotte se force à rester jusqu'au bout malgré la nausée qui lui met le cœur au bord des lèvres.

Enchaînés l'un derrière l'autre, les trois pauvres bougres sont emmenés, les pieds entravés, tirés par le cavalier à cheval devenu leur maître tandis que la petite négresse suit l'affreux bonhomme qui l'avait détaillé sans pudeur.

Le sort de ces êtres sans défense la bouleverse, mais elle ne peut malheureusement rien pour eux. Il lui faut penser à son propre avenir et trouver un embarquement sans tarder. Sur le port, un groupe de marins s'esclaffe bruyamment. Puisant son courage dans sa détermination à fuir loin de ces lieux inhospitaliers, elle les aborde et interroge.

- Savez-vous quels sont les navires en partance cette semaine ? Et leur destination ?

- Ouais mam'zelle ! *Le Conquérant* part pour Saint-Domingue dans cinq jours en passant par la Guadeloupe. Mais si vous voulez on peut vous emmener avec nous la semaine suivante, ce s'rait un vrai plaisir, pas vrai les gars ! fanfaronne un petit roux qui semble être le boute-en-train.

- Avan baché, apwen najé[7] !

L'expression créole fait rire le petit groupe.

- Merci ! Merci à vous et bonne journée ! lance Charlotte qui n'a pas compris et s'esquive rapidement pour rentrer sans tarder au domicile de ses oncle et tante. *Merveilleux !* songe-t-elle. De là, habillé en garçon, elle trouverait facilement le moyen de rejoindre Tortuga et Xelha qui, elle le savait, l'accueillerait à bras ouverts. A cette seule idée, son sourire s'agrandit et illumine son visage que l'angoisse avait marqué depuis son retour de Sainte-Marie. Son cœur se met à battre plus fort dans sa poitrine quand rêveuse, elle

---

[7] Avant d'embarquer, apprends à nager, un dicton qui signifie prudence est mère de sûreté.

pense à Morgan. Tout au fond de son être, elle espère le retrouver un jour. Ne lui avait-il pas avoué l'aimer lorsqu'ils s'étaient quittés en Jamaïque ?

* * *

Plus que sa toilette composée d'une jupe en point d'Angleterre sur un fond de couleur améthyste rehaussée sur le bas d'une dentelle plissée et d'un corps de jupe dévoilant ses épaules, Charlotte considère son reflet dans le miroir pour se donner du courage. Une lueur rebelle brille dans ses yeux. Ils veulent se débarrasser d'elle en lui faisant épouser Honoré ! Et profiter de la situation pour pavaner ! Eh bien ! Dans quatre jours, ils auront une belle surprise…elle aura disparu, songe-t-elle avec satisfaction en se préparant pour la réception organisée par Madame de Savenay dans leur maison de Saint-Pierre.

Les de Savenay possèdent un pied-à-terre à Saint-Pierre qui leur permet de participer à la vie mondaine et officielle de l'île. A la sortie de la ville, en direction de l'anse Turin, protégée par une haute végétation, ce qu'ils appellent *La Case* domine un panorama sublime ouvert sur la baie de Saint-Pierre et l'horizon lointain.

Depuis la mort de leurs deux enfants adorés, ils passent par des phases de repli à la nécessité de fuir les lieux chargés de souvenirs. A présent, ils essayent de se dévouer aux autres pour s'oublier eux-mêmes.

Dans le hall, Monsieur et Madame de Savenay ont un mot aimable pour chacun. Les invités, qui se pressent déjà dans la grande salle décorée de bouquets d'anthuriums rouges et roses autour de lourds chandeliers en argent, oublient leurs rafraîchissements pour chuchoter en regardant avec une évidente commisération les de Roquefeuille redressés comme des paons.

Les commentaires vont bon train.

- Croyez-vous que le fiancé va venir ?

- Que s'est-il passé exactement ?

- Comment un homme de la notoriété de Monsieur de Croix-Valmer peut-il être en prison ?

Prison ? Le mot perce l'oreille de Clotilde de Roquefeuille qui fait répéter le bavard.

- Ne savez-vous pas que Monsieur de Croix-Valmer a été arrêté et emprisonné cet après-midi ?

La phrase résonne lugubrement dans le silence qui s'est instauré. Sous le choc, Clotilde défaille. Son mari n'a que le temps de la saisir dans ses bras.

- Vite ! Des sels, Madame de Roquefeuille se trouve mal !

Laissant son épouse aux soins de Madame de Savenay accourue, Antoine-Emile va s'enquérir auprès de leur hôte du bien fondé de l'incroyable nouvelle.

- En effet, j'ai appris l'arrestation du père de votre futur gendre, lui confirme celui-ci d'un ton neutre.

Catastrophé, Monsieur de Roquefeuille se laisse choir sur le premier siège à sa portée en gémissant.

- Pourquoi ne m'a-t-on pas prévenu ?

Indifférent à son désarroi, Monsieur de Savenay rejoint son épouse impassible face à la mine défaite de Madame de Roquefeuille qui a retrouvé ses esprits.

Autour d'elles, les visages hypocrites ou sincères se sont éloignés après avoir exprimés des regrets ou des conseils.

Amélie tient la main de sa mère en jetant des regards haineux à Charlotte comme si elle était responsable de cette situation critique.

De son côté, la jeune fille n'ose se réjouir, mais cette nouvelle inouïe va changer le cours des choses, elle en est certaine. D'ailleurs, Honoré n'est pas là.

Ses réflexions sont interrompues par l'un des convives clamant à l'assemblée prise au dépourvu.

- Monsieur de Croix-Valmer s'est suicidé dans sa cellule. Il s'est pendu avec sa chemise.

Tout le monde se met à parler en même temps. Clotilde de Roquefeuille fait une véritable crise d'hystérie.

Conservant un calme olympien, Hortense et Louis-Henri de Savenay conseillent à Charlotte d'aller dans le jardin pour échapper aux inévitables doléances que chacun va se croire obliger de lui manifester.

Bientôt, je serai loin de toute cette méchanceté, de toute cette hypocrisie ! se dit-elle pour se rasséréner. Pourtant, elle a le cœur lourd.

Hortense l'avait accueilli si chaleureusement qu'elle éprouve une profonde tristesse à l'idée de ne plus jamais la revoir. Elle n'oubliera jamais leur première rencontre. Très belle avec ses cheveux bruns striés de quelques fils argentés, remontés en un chignon qui rehaussait la perfection de son profil. Il y avait eu tant de chaleur dans les mots si simples qu'elles avaient alors échangés ! Charlotte était immédiatement tombée sous le charme de sa douceur. Elle lui était apparue telle une fée protectrice.

Comment trouver quelque réconfort à présent puisqu'elle ne peut se confier à elle ?

Dans le fond du jardin déserté par les invités, Charlotte se réfugie derrière un massif d'hibiscus. Rendues chaudes et fortes par l'humidité ambiante, les senteurs des fleurs exhalent un parfum qui embaume l'air de la nuit. La tête levée, elle regarde le ciel de cette nuit claire dont elle pourrait presque compter les étoiles. Un bruit de pas sur le gravier l'arrache à sa contemplation. Contrariée, elle se tourne pour identifier l'intrus, mais la pénombre ne lui permet de distinguer qu'une silhouette masculine avançant dans sa direction jusqu'à n'être plus qu'à quelques pas d'elle.

- Morgan ! Morgan ! répète-t-elle d'une voix étouffée par l'émotion.

Incapable de bouger, elle lève vers lui un visage transfiguré de bonheur.

Il se tient, là, devant elle, muet. A la différence de Charlotte, son visage ne porte aucune marque de surprise. Bien au contraire, elle aurait presque cru le voir esquisser un sourire. Il a l'air de trouver tout naturel de la rencontrer en ces lieux.

Elle est encore plus belle que dans mon souvenir, songe-t-il.

Il avait attendu avec impatience qu'elle s'éloigne de cette foule curieuse et avide de sensationnel, l'observant à la dérobée depuis son arrivée.

Le silence devient palpable.

Ils se dévisagent. Aucun ne parvient à trouver les mots qu'il faut. Un millier de questions incohérentes traversent l'esprit de Charlotte, incapable d'en formuler une seule, tandis que Maxime attend un encouragement de sa part. L'élan réciproque qui les jette dans les bras l'un de l'autre brise toutes les barrières qui auraient pu exister entre eux et constitue l'aveu d'un amour partagé. Deux êtres qui s'aiment et que le destin remet brutalement en présence après de multiples aventures ont-ils vraiment besoin de mots pour se dire ce qu'ils ressentent ? Doucement, il l'oblige à lever le visage vers lui et ses yeux plongent dans les siens, comme s'ils voulaient percer les secrets cachés au plus profond de son âme. Puis il prend ses lèvres dans un baiser tour à tour exigeant, passionné et plein d'une tendresse infinie. Charlotte se sent fondre et craint de se perdre en lui.

Afin de dissiper les ombres qui planent entre eux depuis leur première rencontre, Morgan, de son vrai nom Maxime de Savenay, lui raconte les événements tragiques qui l'ont poussé à devenir pirate contre son gré, par désir de vengeance.

- Au contact de ces forbans, je me suis endurci et j'ai acquis une solide expérience de l'âme humaine. Je me suis rendu compte, parfois à mes dépens, que certains êtres sont pires que des bêtes sauvages. Mais j'ai appris également que c'est parmi les plus malheureux, ceux qui sont des naufragés de la vie, que l'on trouve le plus de réconfort et de fraternité.

A l'évocation de ce passé douloureux, ses yeux s'assombrissent, mais il poursuit. Il doit la vérité à la femme qu'il aime et avec qui il désire plus que tout partager sa vie.

- Enfants, nous nous promenions souvent avec ma sœur en fin de journée quand la chaleur tombait. Ce soir-là, nous avions été plus loin que d'habitude et étions parvenus à la grande anse Turquoise, en contrebas de l'*Habitation Laurence*, la distance entre les deux propriétés étant plus courte par la plage que par la route. Nous nous sommes trouvés nez à nez avec deux hommes transportant une énorme caisse qui, à notre vue, ont de surprise lâché leur charge. Le couvercle s'étant brisé dans la chute, son contenu s'est répandu sur le sol. Ernest-Hippolyte de Croix-Valmer survenant à cet instant avec un groupe de gaillards porteurs de caisses identiques à celle béant sous nos regards, il avait traité d'imbéciles les deux maladroits et s'était tourné vers celui qui surveillait les opérations.

Quelques mots murmurés avaient suffi…

Tandis que les armes étaient ramassées et redéposées dans la caisse, le dénommé Shark avait claqué des doigts et plusieurs hommes s'étaient précipités sur nous alors que nous tentions de nous enfuir, nous avaient bâillonnés et attachés pour nous porter sur leurs épaules comme de vulgaires paquets jusqu'aux barques dissimulées près des rochers.

Transportés à bord du *Black Shadow*, nous avons été enfermés dans la cambuse jusqu'à ce que le bateau soit en pleine mer.

Très vite, nous avons appris que nous étions destinés à être vendus au marché aux esclaves de Port Royal. Dans ma tête tournaient les récits des fantastiques batailles navales débusquant les corsaires contés par mon percepteur et espérait voir fondre sur ce maudit bateau une escadre libératrice. Mais les jours passaient et aucun secours n'étant en vue, bien que plus jeune, je me suis érigé en protecteur de ma sœur. Malheureusement, je n'ai rien pu faire lorsque, enchaîné, je l'ai vu emmenée de force par un énergumène barbu et velu à faire peur. Elisabeth n'était plus la même le lendemain matin. La robe déchirée, du sang sur les jambes, le regard absent… J'ai compris que ma sœur avait été violée. Refusant toute nourriture, elle a dépéri de jour en jour malgré mes efforts pour lui faire avaler au moins un peu d'eau. Le désespoir m'habitait car j'étais impuissant. Le dixième jour, elle s'est éteinte dans mes bras. Ôtant délicatement la chaîne qu'elle portait à son cou, à laquelle était suspendue la clé de son coffret à secrets, j'ai juré de lui faire justice et de tuer celui qui l'avait violentée.

Bouleversée par ces confidences dramatiques enfouies depuis des années dans le cœur de Morgan habité par l'esprit de vengeance, Charlotte a la gorge serrée et l'âme emplie de compassion.

Plongé dans ses souvenirs, Morgan regarde Charlotte sans la voir.

- J'ai réussi à m'échapper lors de l'escale de Tortuga et, m'enfonçant dans la forêt tropicale, ai trouvé refuge chez Xelha qui m'a élevé comme son propre fils. A seize ans, j'ai choisi la piraterie dans l'espoir de retrouver le bourreau, responsable de la mort de ma sœur. Cela n'a pas été facile. Il m'a d'abord fallu faire mes preuves pour devenir second, car le second peut se permettre d'influencer le capitaine dans ses choix de destination. Shark bougeait beaucoup sur les mers et changeait souvent d'itinéraire. Mais je l'ai retrouvé. Tu en as été témoin, puisqu'il nous a attaqués et faits prisonniers. Il m'a fallu du temps et de la patience pour ne pas me faire démasquer à Port Royal. Quand nous avons repris le bateau avec l'aide des nègres marrons, le destin a mis Shark sur mon chemin sans que je le cherche. Il était sur l'*Esmeralda*, s'en voyant déjà propriétaire. Je l'ai provoqué en combat singulier, comme un homme d'honneur, et je l'ai tué. Je me souviens de l'instant où j'ai fixé Shark droit dans les yeux en lui demandant s'il se souvenait d'Elisabeth !

Sa voix s'est enrouée en prononçant le cher prénom.

Charlotte n'interrompt pas le silence et attend que Maxime reprenne le fil de ses douloureux souvenirs.

- Justice étant faite pour que l'âme d'Elisabeth trouve enfin la paix, je suis rentré en Martinique. Une seconde mission m'y attendait, faire punir celui qui nous avait livrés à des pirates sanguinaires pour protéger son trafic.

Dans un élan spontané, Charlotte, horrifiée par le récit de Maxime, l'enveloppe de ses bras autour de sa taille et pose sa tête contre son épaule, sans dire un mot.

- J'ai avoué la vérité à Barracuda. Il m'a aidé à rejoindre la Martinique et à piéger Croix-Valmer. Il a envoyé un messager lui proposer de l'or et des pierres précieuses s'il parvenait à lui procurer des armes, comme il le faisait avec son ami Shark qu'il fournissait depuis de longues années. Auparavant, j'avais été voir mes parents qui nous ont cru noyés, aucun bâtiment n'ayant été signalé lors de notre disparition. Ce fut un moment très dur pour nous trois, car maman a tout de suite cherché la silhouette d'Elisabeth derrière moi. Comme à toi, je leur ai déroulé les douze années qui nous ont été volées.

- Je comprends que leur bonheur de te retrouver était diminué par la mort de leur fille.

- Maman a beaucoup pleuré, mais quand elle a compris que la demoiselle en détresse qui a pris mon cœur c'était toi, le sourire a de nouveau fleuri sur ses lèvres.

- Je lui avais parlé de toi, Morgan... Maxime.

- Pour toi, je serai toujours Morgan, mais tu peux aussi m'appeler Maxime, dit-il tendrement.

- Maxime ! C'est un prénom qui te va bien !

- Quant à mon père, poursuit Maxime, il est parvenu à maîtriser sa fureur lorsque je lui ai demandé son appui pour faire arrêter le misérable qui a détruit nos existences. Il a été prévenir le gouverneur qui s'est rendu sur les lieux prévus pour la tractation, c'est-à-dire à la grande anse Turquoise. Je me suis présenté sous le nom de Barracuda et, lorsque la livraison des armes s'effectuait, le filet s'est refermé sur ce fourbe de Croix-Valmer. Mon père accompagnait les soldats et n'a pu s'empêcher d'aller le gifler pour lui signifier son mépris. Pris sur le fait, ce traître a été emmené à la prison de Saint-Pierre, mais pas sans cracher une dernière méchanceté dans un ricanement qui lui tordait la bouche : *Comment va Mademoiselle Elisabeth ? »*

Ce trafiquant d'armes s'est également révélé être un usurpateur trompant tout le monde avec ses manières précieuses. Il n'était qu'un vil truand qui avait assassiné et endossé l'identité de son maître, le vrai Croix-Valmer dont il était le valet, pour prendre sa place à bord du bateau qui l'a amené ici. Il s'en était vanté auprès de Shark pour l'impressionner. Pour comble, c'était un lâche. Il n'a pas eu le courage d'assumer ses actes et s'est suicidé. Son fils devra rendre des comptes à la famille des Croix-Valmer de Touraine en droit de récupérer l'héritage et relever l'honneur de leur parent disparu.

Toujours blottie contre Maxime, Charlotte se dit qu'elle avait eu raison de croire à son destin. Il ne pouvait permettre qu'elle lie sa vie à un ignoble dégénéré.

- Je dois te faire un aveu à mon tour. J'avais prévu de m'enfuir pour Tortuga afin d'échapper à ce mariage avec Honoré de Croix-Valmer. J'espérais rejoindre Xelha et te retrouver. Elle me manque comme ...

Soudain elle s'interrompt, la voix brisée par la tristesse.

Maxime lit-il dans ses pensées ?

- Je te comprends, car de même que tes parents sont une partie de toi-même, Elisabeth sera toujours dans nos cœurs, mais nous lui devons de regarder vers l'avenir. Charlotte, ma tendre chérie, acceptes-tu d'être ma femme et d'éclairer ma vie de ton sourire merveilleux ?

- Oui, oui, oui, mille fois oui mon amour !

Un baiser ardent scelle leur promesse.

- Ne t'inquiète plus de rien à présent ma chérie. Mes parents m'ont raconté les épreuves que tu as traversées, mais à présent je serai toujours à tes côtés. Tu es en sécurité.

Quand il la regarde, son visage s'éclaire, son cœur amoureux se reflétant sur ses traits.

- J'aurai tant voulu que les miens te connaissent… je les aimais tant…

- Je t'aime Charlotte. Ces derniers mots, il s'est penché pour les murmurer, tout près des lèvres de la jeune femme. Leurs bouches s'unissent à nouveau tandis qu'il l'enlace tendrement comme pour chasser toutes les douleurs de son cœur. Elle laisse échapper un soupir.

- Nous devons retourner vers les invités à présent. Mes parents ont décidé d'annoncer officiellement le retour de leur fils en même temps que nos fiançailles, car je n'avais aucun doute quant à ta réponse à ma proposition, avoue-t-il avec un sourire heureux.

- Tes parents sont merveilleux. Je les aime énormément. Tu sais, lorsque j'ai vu ton père pour la première fois, j'ai vraiment eu un choc. J'ai eu l'impression de te voir. Maintenant je comprends, lui dit-elle dans un sourire.

24.

Une semaine plus tard, la célébration de leur union concrétise leur amour dans la plus stricte intimité de l'église de Saint-Pierre, entourés des seules personnes comptant vraiment pour eux. Pour l'occasion, Charlotte porte une magnifique toilette de satin blanc incrusté de dentelle ivoire qui avait été la propre robe de mariée d'Hortense.

Après que Monsieur et Madame de Savenay aient annoncé le retour de leur fils disparu, Maxime avait fait part de son intention d'épouser Charlotte.

Sous le choc de cette déclaration soudaine l'assistance était restée muette de stupéfaction.

Les convives allant de surprise en surprise avaient cherché à comprendre les événements qui allaient si vite ! La seule chose qui sembla parfaitement claire à tous, c'est que le fiancé absent ne pourrait plus prétendre à la main de Mademoiselle de Beaumont étant donnée l'opprobre jeté sur son nom par la trahison de son père. Désormais, personne n'avait plus à se voiler la face sur le vrai comportement de celui qu'ils avaient supporté par égard à Ernest-Hippolyte de Croix-Valmer.

Les de Roquefeuille s'étaient esquivés sans que personne ne les retienne.

Les langues s'étaient déliées pour approuver ou désapprouver selon les cas. Les commérages avaient été bon train, mais les nouveaux fiancés n'en avaient eu cure. Ils étaient heureux.

Une personne toutefois manque à Maxime pour que son bonheur soit parfait. Il sait qu'il en est de même pour ses parents. Charlotte ne remplace certes pas Elisabeth, mais elle comble déjà le vide laissé par sa sœur dans leur cœur. A son cou, Hortense porte la petite clé en or qui avait un jour intrigué Charlotte.

L'expression condescendante, les lèvres pincées de sa tante qui expriment sa pensée vis-à-vis d'une nièce qui manquait de reconnaissance, ainsi qu'elle osait le prétendre, font soudain pitié à Charlotte. Cette superbe, ce sentiment de supériorité que Clotilde affiche au risque d'être grossière, la jeune fille comprend que c'est tout simplement parce qu'elle est incapable d'amour, d'affection, de compassion et qu'elle a raté sa vie, enfermée dans sa carapace de froide arrogance.

Les nouveaux mariés partent seuls pour Sainte-Marie le jour même. Monsieur et Madame de Savenay les y rejoindraient plus tard. Ils souhaitent laisser le jeune couple profiter de quelques jours de tête-à-tête.

Charlotte a revêtu une très jolie chemise de nuit blanche bordée de dentelle et attend Maxime dans leur chambre. Lentement, la porte s'ouvre sur lui et elle ne sait que le regarder venir à elle, si beau, si viril. Il a ôté son pourpoint rebrodé de pierreries et ne porte plus sur ses hauts-de-chausses que sa chemise blanche ouverte dévoilant son torse puissamment musclé. Une bouffée d'émotions l'envahit brusquement. Les yeux brillants d'amour rivés sur elle, il s'approche de Charlotte sans un mot et c'est d'un geste naturel qu'il l'enlace pour l'attirer amoureusement contre lui. S'abandonnant à la délicieuse ivresse que cette étreinte provoque en elle, Charlotte lascive rejette la tête en arrière, lui offrant sa gorge qu'il honore de ses lèvres brûlantes.

Pour leur première nuit, il se montre patient, explorant chaque centimètre de son corps et l'encourageant à faire de même avec lui. Sous les caresses et les baisers de Maxime, les soupirs de Charlotte deviennent des gémissements. Lorsqu'il la sent prête à le recevoir dans l'écrin de sa féminité, il réfrène son désir pour attendre que passe la première souffrance, celle qui précède tous les plaisirs. Charlotte connaît alors le bonheur de la fusion parfaite, celle qui naît seulement quand l'âme et le corps des amants résonnent à l'unisson.

Après une nuit d'étreintes, d'aveux murmurés, de sommeils entrecoupés de réveils amoureux, elle bouge doucement contre le torse de Maxime, réveillée par les premiers rayons du soleil qui filtrent aux fenêtres. Les membres délicieusement endoloris, elle ne s'est pourtant jamais sentie aussi vivante et apaisée. Il lui semble avoir enfin trouvé un sens à sa vie dans les bras de celui à qui elle appartient depuis le premier regard, sans doute depuis l'aube des temps.

* * *

Les jours qui suivent s'égrènent paisiblement pour les habitants du domaine de *La Cherry*. Maxime est bien décidé à apprendre auprès de son père les rudiments de la vie de planteur colonial. Les tâches sont multiples et le travail important : gérer et organiser la vie de la plantation, surveiller les récoltes, encadrer les esclaves, savoir à quel moment couper la canne et replanter de jeunes pousses dans les champs demeurés en friche depuis quelques années, négocier la vente de la production de sucre à Saint-Pierre…

De son côté, Charlotte passe beaucoup de temps avec la maîtresse de maison, Hortense l'entraînant à sa suite dans ses activités charitables.

Les jeunes mariés s'accordent le plaisir de chevauchées et de promenades nocturnes sur les plages éclairées par la lune romantique.

Chacun prend son rythme dans une atmosphère de bien-être qu'aucun n'a ressenti depuis longtemps.

Mais le répit du bonheur que la vie semble enfin leur accorder prend fin le jour où un message arrive, informant Madame de Savenay que son père, touché par la fièvre jaune, réclame sa fille de toute urgence. Dès le lendemain, à l'aube naissante, Monsieur et Madame de Savenay prennent la route pour Le Prêcheur. Estimant que la tristesse a suffisamment empli la vie du jeune couple, ils ont refusé qu'il les accompagne et mis en avant des arguments qui se veulent rassurants.

- De toutes façons, père est solide, il s'en sortira. Ce n'est pas la première fois qu'il attrape un microbe, avait affirmé Madame de Savenay sans grande conviction.

- Un message pour vous, m'sieu.

- Merci mon brave Sylver, répond Maxime inquiet tout en décachetant le pli. Comment ses parents partis le matin même pouvaient-ils déjà lui envoyer des nouvelles ? Bien qu'il connaisse mal ce grand-père maternel que sa sœur et lui avaient peu vu durant leurs jeunes années, il était triste à l'idée de le perdre. Il avait tant côtoyé la mort qu'elle lui devenait insupportable.

Sa lecture achevée, il jette son cigare et passa les mains dans ses cheveux. A ce moment-là, Charlotte apparaît sur le seuil de la porte de la bibliothèque et s'approche.

- Tu as l'air soucieux ! Que se passe t-il ?

- Rien de grave. Juste un rendez-vous qui ne m'enchante guère ! dit-il en l'enlaçant pour l'embrasser tendrement. Mais l'instinct de Charlotte lui fait pressentir qu'il se passe quelque chose. Depuis quelque temps, son cauchemar, toujours le même, devenait de plus en plus fréquent et de plus en plus réel. Et, la nuit dernière, le réveil du scorpion qui habite sa chair dans une souffrance à l'intensité inégalée jusqu'à ce jour a mis l'esprit de Charlotte en alerte. Le danger est proche.

- Je ne serai pas long, mon amour. Je m'absente quelques heures seulement. Sur ces mots, il s'engage dans le couloir et rejoint les écuries. Un moment elle demeure sur place, immobile, tremblante, à le regarder s'éloigner, les mains glacées par une angoisse irrépressible.

Maxime se doute qu'Honoré ne peut qu'être de la même engeance que son père. *Des informations compromettantes sur Madame de Savenay, votre épouse, qui pourraient nuire à sa réputation et à la vôtre,* avait-il écrit. Quelles qu'elles soient, il est bien décidé à faire comprendre à ce bouffon que le chantage n'est pas une arme à utiliser contre lui sans le payer très cher. Dès qu'il aurait réglé ce problème, la vie pourrait reprendre son cours paisible.

Un bruit de sabots fait sursauter Charlotte qui, de sa chambre, dévale prestement les escaliers pour aller à la rencontre de Maxime.

- Vous ! s'exclame-t-elle surprise et déçue.

Honoré de Croix-Valmer se tient devant elle, arborant un sourire mauvais. Elle a l'impression de voir enfin son vrai visage, celui qu'elle a toujours deviné, imaginé.

- Si vous cherchez Monsieur de Savenay ou mon époux, ils sont absents, lui lance-t-elle froidement.

- Je suis au courant. Les messages venaient de moi, lui répond-il satisfait du succès de son stratagème.

D'abord interloquée, Charlotte se réjouit.

- Comment ? Alors Monsieur de Valandry n'est pas malade !

- Je voulais vous voir seule et c'est l'unique moyen que j'ai trouvé pour y parvenir. Voyez-vous, ma chère Charlotte, je tiens votre mari pour responsable de la mort de mon père.

- Vous savez pertinemment qu'il s'agissait d'un suicide !

- Peut-être, mais c'est votre époux qui l'a fait jeter en prison.

- Il y avait de bonnes raisons !

- Et moi, j'ai de bonnes raisons de vouloir me venger !

Une sueur froide coure le long du dos de Charlotte qui perçoit nettement la menace dans la voix de cet homme abhorré.

Dissimulant sa crainte sous une attitude posée, elle ne baisse pas le regard.

- Ne gâchez pas votre existence, la vengeance est mauvaise conseillère, tente de le raisonner Charlotte qui se demande où il veut en venir.

- J'ai décidé de vous tuer, espèce de femelle en chaleur, prononce-t-il d'un ton froid en s'avançant dangereusement vers elle.

Faisant surgir une dague de son pourpoint, il bondit soudain comme un fauve sur sa proie.

Charlotte n'a pas le temps de réagir qu'il est déjà sur elle et lui enfonce la lame en pleine poitrine. Une douleur fulgurante la fait s'effondrer sur le sol.

- Vous auriez dû m'épouser, cela vous aurait épargné une mort aussi pitoyable.

- Vous n'êtes qu'un lâche… Il vous retrouvera… et il vous tuera ! parvient-elle à lui jeter au visage entre deux spasmes.

- J'en doute, car je m'en vais très loin de cette île détestable et vérolée. J'ai l'impression que le destin de votre mari est de passer sa vie à courir après les meurtriers des femmes qu'il a aimées ! Pauvre homme ! dit-il en disparaissant dans un rire diabolique.

Charlotte souffre dans son corps, dans son cœur et dans son âme. Elle aurait tant aimé porter les enfants de Maxime… le voir vieillir… Le destin en a décidé autrement. Elle sent ses forces l'abandonner et n'a plus d'énergie pour lutter contre la mort qui rôde autour d'elle, prête à l'emporter loin de son amour. Convaincue que ses parents l'attendent de l'autre côté, Charlotte se laisse aller sans résistance à la langueur qui s'empare de son corps et ferme ses paupières devenues trop lourdes.

- Maudit… ! répète Maxime furieux, mais surtout anxieux, qui arrive au galop dans l'allée et descend prestement de sa monture pour entrer dans la maison. Quand il s'était présenté à l'Habitation Laurence, il lui avait été répondu que Monsieur n'était pas là.

- Charlotte ! appelle-t-il du bas de l'escalier.

N'obtenant aucune réponse et n'entendant aucun bruit, il crie plus fort.

- Charlotte !

Inquiet, Maxime monte à l'étage et, ne trouvant personne dans leur chambre, redescend aussi rapidement. *Elle doit être dehors*, se persuade-t-il en dirigeant ses pas vers la terrasse quand, soudain, dans l'entrebâillement de la porte de la bibliothèque, il l'aperçoit étendue sur le sol. Il se précipite et découvre le corps inerte de Charlotte baignant dans son sang.

- Charlotte ! Charlotte, mon amour ! hurle-t-il en la soulevant pour la prendre dans ses bras.

Le cœur transpercé, il comprend très vite qu'elle ne peut plus lui répondre.

Enfouissant son visage contre la poitrine ensanglantée de son aimée, il lui parle doucement pour lui dire adieu. Il revit douloureusement une autre mort mais, cette fois, il laisse couler sans honte des larmes salvatrices qu'il ne peut retenir.

Son cœur se ferme et la haine envahit son âme.

Le père lui avait fait perdre sa sœur tendrement aimée, le fils vient de lui arracher sa femme adorée. Il avait su faire payer le père, il saurait faire payer le fils, se jure Maxime qui se sent redevenir Morgan.

FRANCE

Entre 1963 et 1976

Sous la cinquième République…

25.

1963

Pour cette invitation chez Monsieur et Madame Salem, Jade se prépare avec soin. Elle veut se montrer à son avantage, belle sans ostentation. Devant le miroir de l'armoire en merisier, elle s'examine sans concession. Satisfaite de son image de jeune étudiante en droit sérieuse dans sa jupe à plis soleil de couleur vert bronze et son sobre chemisier blanc, elle ne peut cependant regretter la petite touche de fantaisie exprimée par la collection de bracelets argentés qui tintent à son bras droit.

Quittant sa chambre avant de changer d'avis, elle pirouette devant sa mère qui approuve sa tenue. Le petit sourire amusé de son père ne la perturbe pas. Elle les embrasse tous deux avec affection, les laissant assis côte à côte sur le canapé. Elise a préparé un plateau télé afin de regarder les informations mais surtout la piste aux étoiles, la seule émission qu'elle regarde régulièrement, sachant parfaitement que Baptiste ira se caler dans le fauteuil de son bureau pour y étudier un dossier en retard.

- Bonne soirée, lui souhaitent-ils d'une même voix.

L'un et l'autre sont fiers de Jade, leur fille unique, suivant ses études à la Nouvelle Université de Paris depuis le début septembre de cette année 1963. Ils connaissent ses amis et estiment normal que les parents de Khaled désirent rencontrer les fréquentations de leur fils. Eux-mêmes n'auraient pas autorisé Jade à rentrer tardivement sans savoir où et avec qui elle se trouvait.

Monsieur Salem, attaché à l'ambassade d'Egypte à Paris, est heureux que son fils se soit bien adapté à son nouvel environnement. Ses fonctions ayant souvent contraint la famille à déménager et à quitter son pays natal, il a conscience des difficultés rencontrées par Khaled pour conserver des amis, d'autant que le contexte n'avait pas toujours été propice, notamment lorsqu'il avait été nommé à Londres en 1956. A peine était-il en poste que le président Nasser avait provoqué un conflit en voulant nationaliser la compagnie universelle du canal de Suez. Les relations diplomatiques avec la France et l'Angleterre étaient restées tendues après l'arbitrage soviéto-américain qui avait contraint les Européens au cessez-le-feu.

Intimidée à l'idée de rencontrer les parents de celui qu'elle aime, Jade a préféré donner rendez-vous à Julie devant la grille de leur immeuble pour ne pas se présenter seule. Décliner son identité au gardien dans le hall tout en marbre puis emprunter l'ascenseur jusqu'au second étage les impressionne toutes les deux car elles n'étaient pas préparées à découvrir le luxe dans lequel évoluait Khaled : tapis persans en soie, miroirs aux encadrements dorés dans lesquels se reflètent les lustres étincelants et un majordome portant gants blancs qui les fait entrer dans l'appartement et les conduits jusqu'à leurs hôtes.

Souriante et affable, Madame Salem, les accueille avec une grande simplicité. Christian, l'ami des invités, qui, lui, suit ses études à la Faculté de Médecine boulevard Saint-Germain, se trouve déjà là, bavardant sans complexe avec le maître de maison qui s'approche des nouvelles venues pour les saluer.

Bien que de petite taille et menue, la mère de Khaled est une femme qui a une évidente personnalité. Sa lourde chevelure brune coiffée en chignon lui donne un air sévère démenti par ses yeux bruns pétillants derrière ses lunettes à monture d'écaille.

Jade admire le cadre confortable et intime de la pièce à l'éclairage discrètement diffusé par des lampes colorées disposées autour du canapé bas sur lequel s'amoncellent plusieurs coussins aux couleurs chatoyantes. Sur une table basse en cuivre finement martelé, un délicat service à thé entourant un plat de petits sandwichs au concombre n'attend que les convives pour que les verres soient remplis.

Assises en face de Khaled, Jade évite de le regarder et fixe son attention sur les belles tentures de lourd satin or et le papyrus situé au-dessus de la tête de Christian, représentant le couple solaire formé par Ankhsenamon et Toutankhamon assis face à face sous les rayons de Rê.

Malgré elle, ses yeux se posent sur Khaled qui, de son côté, ne peut s'empêcher de la dévisager en songeant combien elle est belle. Pourtant, chacun s'était promis d'éviter les regards complices pour que leurs parents comme leurs amis ne découvrent pas le lien secret qui les unit.

Elle concentre son intérêt sur Monsieur Salem, observant sa ressemblance frappante avec Khaled. Grands, minces et athlétiques, le regard brûlant d'un même feu intérieur, père et fils ont le même gestuel et la même attitude fière sans raideur. Mais les quelques fils argentés sur les tempes de Monsieur Salem et les traits marqués par le temps rappellent qu'un certain nombre d'années séparent les deux hommes.

Heureusement, Julie et Christian, ayant comme eux passé leurs partiels en février, animent la conversation, heureux d'exposer leurs projets d'avenir.

Madame Salem demande à Jade si elle connaît la signification de son prénom.

- Oui, il est symbolique d'immortalité en Chine. La passion de maman pour ce pays et son histoire m'a valu d'être baptisée ainsi. De plus, c'est une pierre qu'elle affectionne particulièrement. Elle possède un bouddha en jade vert transparent magnifique qu'elle a rapporté de son premier voyage dans l'Empire du Milieu.

- Elle est allée plusieurs fois en Chine ! questionne son époux.

- Deux fois seulement.

- Se rendre en Chine, c'est le rêve d'Omar, déclare Leila.

- Après la Chine, elle s'est rendue deux fois en Egypte où, dans l'Antiquité, l'importance des pierres étaient reconnue. Mais vous devez le savoir, se reprend-elle en réalisant à qui elle s'adresse.

- Je vous en prie, continuez, la prie Leila Salem.

- Au lieu du traditionnel cartouche, elle m'a offert cette émeraude parce qu'elle avait la couleur de mes yeux et qu'elle était la pierre de la connaissance secrète, dit-elle en montrant le pendentif niché dans son sage décolleté.

- C'est très intéressant, reconnaît la mère de Khaled. J'aimerais beaucoup connaître la symbolique du saphir bleu offert par mon mari à l'un de mes anniversaires.

- Je demanderais à maman et Khaled vous transmettra, propose Jade heureuse de ce lien tissé avec la mère de son aimé, n'osant s'interroger cependant sur la réaction de celle-ci si elle apprenait la vérité au sujet de ses relations avec son fils.

* * *

Dès le premier regard, une étincelle avait jailli entre eux.

Ses grands yeux verts en amande ourlés de longs cils soyeux rehaussant sa carnation de brune, une jolie bouche en cœur, un nez fin et l'ovale de son visage avaient séduit d'emblée le garçon de dix neuf ans, grand et athlétique, au teint hâlé et aux yeux de braises.

Indifférents à ce qui les entourait en ce jour de rentrée universitaire, ils s'étaient présentés l'un à l'autre dès le premier cours de philosophie juridique.

- Je m'appelle Khaled. Je suis inscrit en lettres. Et toi ?

- Moi c'est Jade et je suis en droit.

La gêne qui s'était installée, s'était rapidement dissipée grâce à l'intervention d'une étudiante qui s'était exclamée en entendant la jeune fille.

Le visage ouvert et le regard franc des yeux d'un vert plus clair que ceux de Jade de la nouvelle venue les conquièrent aussitôt. Petite et un peu ronde, elle ne passe certainement pas inaperçu avec sa magnifique chevelure rousse toute bouclée et les tâches de son constellant son nez et ses joues.

- Moi aussi, j'ai choisi droit.

L'heure des cours ayant sonné, ils s'étaient tous trois dirigés vers l'amphithéâtre pour faire connaissance avec leur nouvel environnement.

Jade et la dénommée Julie, suivant les mêmes cours, ne s'étaient depuis lors plus quittées, ce qui les avait rassuré car ensemble elles s'étaient senties moins perdues dans cette grande institution qu'était la Sorbonne, l'annexe de la Faculté de droit et de sciences économiques de la Nouvelle Université de Paris, prévue rue d'Assas pour 1961 n'étant toujours pas terminée.

La Sorbonne, institution prestigieuse, temple du savoir, a pris une part active aux débats philosophiques et politiques de son temps oscillant au fil des siècles entre le mouvement conservateur et libéral, ce depuis sa naissance au XIIIème siècle, devenant progressivement le symbole de l'université française.

Du fait des nombreuses reconstructions et rénovations subies au fil du temps, l'architecture de la Sorbonne est un savant mélange de styles non dépourvu de beauté, les façades représentant un échantillon de son long passé. En ces bâtiments, dont huit siècles d'histoire font un lieu riche et mystérieux, les deux jeunes filles parcourent les couloirs et les galeries pour trouver leur amphithéâtre.

L'une comme l'autre ont pris la filière Droit pour suivre les traces de leur papa. Le père de Jade a tracé sa voie comme avocat d'affaires tandis que le père de Julie a choisi la magistrature.

Depuis ce premier cours de philosophie juridique, seul cours qu'ils avaient tous trois en commun et à l'occasion duquel ils avaient fait connaissance, Jade, Julie et Khaled avaient pris l'habitude de s'attendre le matin pour un café au *Globe-trotters*. Christian, un ami d'enfance de Julie recommençant sa première année de médecine, les rejoignaient depuis qu'elle les avait présentés.

Jade attendait avec impatience ce petit quart d'heure journalier où elle savait revoir Khaled. Son cœur battait plus vite dès qu'elle apercevait sa haute silhouette se profiler dans l'encadrement de l'entrée ou en le voyant assis à leur table déjà plongé dans ses notes.

Pour lui plaire, elle prenait soin de sa mise et, surtout, n'omettait pas de se parfumer avec le *Chanel n° 5* que lui avait offert par son papa pour ses dix huit ans.

Après ce rendez-vous matinal quotidien, ils se séparaient pour assister chacun à leurs cours respectifs et mieux se retrouver après.

Le groupe avait plaisir à partager des loisirs et, le samedi soir, choisissait de se rendre au cinéma, au bowling ou tout simplement au café pour faire des projets d'avenir, philosopher ou refaire le monde. Quelquefois, ils allaient à la patinoire de Boulogne et, plus rarement, danser au Pacha sur la route de Roquencourt.

Plus âgé avec ses vingt ans, Christian s'était vu offrir une petite Dauphine de couleur ivoire grâce à laquelle les déplacements étaient facilités. Khaled, lui, bien qu'ayant également depuis peu son permis de conduire, préférait rouler en solex.

Ensemble, ils avaient été au cinéma voir *West Side Story, Les Oiseaux* et *les Parapluies de Cherbourg*, finissant la soirée dans une crêperie ou autour d'une pizza. Quelquefois, ils se laissaient emporter par des discussions tard dans la nuit, particulièrement lorsque Christian abordait son dada et leur parlait de ses acteurs préférés, donnant la première place à Sean Connery sur lequel il est intarissable.

- Allez voir *James Bond 007 contre Dr No* ou *Bons baisers de Russie* et vous serez d'accord avec moi. Il incarne le héros de Ian Fleming avec classe et humour.

Khaled lui répondait systématiquement en lui opposant Mercedes Colorado, l'actrice américaine d'origine espagnole dont il ne ratait pas un film.

Jade estimait quant à elle que les acteurs français n'étaient pas à dédaigner, ayant vu jouer Jean-Paul Belmondo dans *Cartouche* et Alain Delon dans l*e Guépard.*

Pour les mettre d'accord, Julie lançait alors très souvent le sujet sur la magie, un thème qui la fascinait.

Khaled se montrait son interlocuteur préféré car la magie venait d'Egypte, de l'Egypte antique. Pour être à la hauteur des interrogations de la jeune fille, celui-ci s'était mis à lire des ouvrages trouvés sur les étagères de la bibliothèque paternelle. Pour se rapprocher de Khaled, Christian n'avait pas hésité à faire lui aussi des recherches. Seule Jade exprimait des réticences et mêmes des peurs face à tous les phénomènes évoquant les esprits, les sortilèges et autres pratiques occultes.

- On devrait s'organiser une soirée spiritisme avait un jour proposé Julie sous le regard ahuri de Jade qui avait immédiatement exprimé sa désapprobation.

- Pourquoi pas ? Cela pourrait être drôle ! avait renchéri Christian tandis que Khaled avait précisé que le spiritisme n'était pas un jeu mais une pratique très sérieuse qu'il ne fallait pas prendre à la légère au risque d'en subir les graves conséquences.

L'idée avait finalement été abandonnée au grand soulagement de Jade.

Au café *Le Sahara*, rue de l'Eperon, Khaled leur a fait découvrir comment fumer le narguilé dont Christian est vite devenu un adepte.

Jade et Julie lui préfèrent la boutique d'à côté où la galerie d'art expose sculpture, peinture, verre, bronze et objets égyptiens tels que bijoux en lapis-lazuli, fioles de parfum, coffres incrustés et toute une série de narguilés plus beaux les uns que les autres.

Traversant le boulevard Saint-Germain, elles ne négligent pas non plus le chocolatier qui les reconnaît après plusieurs visites.

Entre les cours, les travaux dirigés et les sorties, les jours passent rapidement. Leur univers d'insouciance vole soudain en éclat à l'annonce de l'assassinat du président américain. Le 22 novembre 1963, les journaux et les radios concentraient l'information sur Dallas et la mort du président John Fitzgerald Kennedy. Emue aux larmes par la dignité de la Première Dame des Etats-Unis, Jade achète tous les journaux qui évoquent la tragédie. Le couple représentait si bien le bonheur avec ses deux enfants !

Les semaines et les mois n'ayant pas diminué l'attrait réciproque de Jade et Khaled qui le dissimulaient à tous, craignant de rompre l'harmonie de leur quatuor, tous deux avaient ressenti comme un drame personnel la destruction brutale de cette famille. Chaque fois qu'ils le pouvaient, ils se voyaient en tête-à-tête, sans pour autant s'avouer les sentiments qui gonflaient leur cœur.

Leur réticence à manifester cette attirance avait été renforcée par l'attitude de Christian qui n'avait pas caché son homosexualité et son émoi en présence de Khaled. Aussi grand que lui et aussi carré d'épaules, l'éphèbe blond aux yeux bleus brise pourtant bien des cœurs féminins, surtout depuis qu'il s'est mis à porter le blouson noir mythique des mauvais garçons pourtant passé de mode depuis presque deux ans.

Oublieux de tous ces petits tracas, Jade et Khaled avaient osé laisser éclore leur amour. Depuis ce fameux jour de l'an 1964, tout avait changé pour eux.

La Faculté de médecine avait organisé une soirée à laquelle Christian les avait conviés, insistant sur l'ambiance « géniale » qu'il ne manquerait pas d'y avoir. Il avait toutefois omis de préciser que celle-ci serait très arrosée, ce qui n'aurait pas manqué de dissuader Khaled dont la religion interdisait la consommation d'alcool. A minuit, seules quelques rares personnes pouvaient se prétendre sobres. Peu à l'aise dans ce milieu à la différence de Julie qui riait avec Christian et ses amis, Jade et Khaled s'étaient mis un peu à l'écart et ne s'étaient pas quitté un seul instant durant toute la soirée, attendant le moment opportun pour partir. Enfin parvenus à s'éclipser, ils avaient marché dans les rues de Paris, prenant leur temps pour repousser l'échéance de la séparation sans pour autant se l'avouer. Le fait de se retrouver en tête-à-tête aussi longtemps avait progressivement aboli les barrières que tous deux avaient dressées pour maîtriser leur attirance réciproque. Ainsi, avaient-ils succombé l'un et l'autre en échangeant leur premier baiser.

Depuis, ils vivent l'exaltation de ce bonheur partagé mais connaissent les affres d'une dissimulation qui leur pèse. Comment faire autrement ! Ils n'ont pas terminé leurs études et ne peuvent s'assumer sans l'aide de leurs parents. Des parents dont l'un et l'autre redoutent les réactions.

Baptiste Thuillier, avocat d'affaires à la tête d'un cabinet florissant, s'est fait une réputation d'homme d'honneur et de confiance. Jade qui considère son père comme un exemple n'a d'autres désirs que de lui ressembler et, surtout de le rendre fier d'elle et de sa réussite. Aussi a-t-elle toujours présent à l'esprit les propos tenus par son père. En effet, très catholique, il a répété à plusieurs reprises qu'il n'accepterait pas que sa fille lui présente un homme ayant une autre religion. La disparition du pape Jean XXIII en juin avait été profondément ressentie par les parents de Jade.

Musulman pratiquant, le père de Khaled n'était pas dans de meilleures dispositions. Sa profession lui avait fait croiser trop de personnes hypocrites qui, sous couvert de diplomatie, se ralliaient à des positions qu'ils n'hésitaient pas à remettre en cause en fonction des opportunités. L'équilibre maintenu au prix de nombre de discussions lui avait donné la certitude que le monde était fragile et que seule la religion donnait de la force à l'homme.

Les jeunes gens avaient donc décidé d'attendre le bon moment pour aborder ce sujet en douceur, chacun de leur côté, d'autant que la guerre d'Algérie avait laissé des traces non cicatrisées dans le cœur d'Elise Thuillier qui avait perdu son jeune frère en poste avancé sur un python dans les Aurès lors d'une dramatique embuscade tendue par les fellagas. Pas un homme de son groupe n'avait survécu.

Personne n'est donc au courant de leur histoire qui durait depuis trois mois déjà.

Depuis peu, Elise Thuillier avait rencontré la mère de Khaled qui s'était rendue à la galerie des antiquaires du Louvre pour la remercier des éléments transmis par l'intermédiaire de leurs enfants au sujet de son saphir bleu, heureuse d'avoir appris qu'elle possédait la pierre de la vérité et de la justice.

Dans la boutique, parmi les bibelots en exposition, une petite clé en or très ouvragée, véritable bijou d'orfèvrerie suspendue à une chaîne, avait retenu son attention au point d'en faire l'acquisition.

Bien que du même âge, les deux femmes s'étaient bornées à un échange commercial et s'étaient séparées après quelques mondanités sans s'étendre sur leurs enfants, pourtant leur sujet favori en toutes circonstances. Le seul qu'elles aient en commun car Elise Thuillier, femme entreprenante menant de front sa vie familiale et son activité professionnelle, est trop différente de Leila Salem, femme au foyer uniquement attentive au bien-être de son époux et de son fils.

* * *

Jade et Khaled ont la chance d'habiter à quelques rues l'un de l'autre mais à une dizaine de stations de métro de la Sorbonne, alors que leurs amis demeurent tout près de leurs facultés, dans le quartier Saint-Germain. Amis d'enfance, ils ont fréquenté des établissements voisins à toutes les étapes de leur scolarité.

Souvent, après leurs soirées à quatre, Christian raccompagne Julie à pied jusqu'au 21 de la rue Hautefeuille, un bâtiment dont la façade ancienne avec tourelles en pierres apparentes est situé en face de la fac de Médecine. Il rejoint ensuite son luxueux numéro 1 de la rue Danton en face du café Saint-André juste à l'angle de la place Saint-André des Arts. De leur côté, Jade et Khaled ont enfin la possibilité d'un tête-à-tête pour regagner leur domicile dans le 16ème. Main dans la main, ils remontent le boulevard, passent devant chez Gibert Jeune fermé à cette heure tardive, admirent la fontaine Saint-Michel où traînent encore quelques noctambules et rejoignent la bouche de métro de Cluny.

Le trajet leur semble toujours trop court, même si Khaled l'escorte jusqu'à l'angle de la rue Lyautey et de la rue Raynouard où il la quitte devant la porte de son immeuble avant de repartir vers la place du Costa Rica et le boulevard Delessert dans lequel débouche la rue Beethoven, une voie calme où il demeure chez ses parents.

Les soirs où le groupe se sépare à la fin des cours, ils aiment à se promener tous deux dans les jardins du Trocadéro et, parfois, traversent le pont d'Iéna pour aller jusqu'au champ de Mars pour s'embrasser loin de tout regard indiscret sur leur banc de l'allée Jean Paulhan et à l'ombre de la majestueuse Tour Eiffel.

Demain, ils ont décidé d'un commun accord d'aller en discothèque tous les quatre. Comme ils en ont pris l'habitude, ils iront au *Pacha* car ils y retrouveront une bande de copains. Tous ne suivent pas des études aussi laborieuses et leur donnent les dernières nouvelles de leurs chanteuses et chanteurs favoris glanées dans le magazine *SLC*[1] ou entendues à l'émission du même nom sur *Europe 1*. Ce ne sera pas un vrai plaisir pour les deux amoureux qui ne pourront danser langoureusement ensemble aucun slow.

- Nous nous défoulerons avec le twist, plaisante Jade.

- Tu as raison, *yé, yé, yé*, chantonne Khaled en imitant le *Belle, Belle, Belle* de Claude François.

* * *

Assise dans un fauteuil, un verre de Coca à la main, Jade a du mal à suivre la conversation de Christian penché vers elle qui parle pourtant suffisamment fort pour couvrir la musique assourdissante. Son regard est inévitablement attiré par la piste de danse où Sonia se trémousse devant Khaled en lui faisant les yeux doux. *Une vraie chatte en chaleur !* songe Jade agacée et jalouse, surtout frustrée de ne pas pouvoir la remettre à sa place ouvertement. Dès leur arrivée, Sonia s'était précipitée vers eux et, depuis le début de la soirée, ne cessait de tourner autour de Khaled en minaudant.

Inscrite aux mêmes matières et fréquentant ainsi les mêmes amphithéâtres, ils se voyaient régulièrement.

Sûre de son charme et jouant de son physique qu'elle sait attrayant, la blonde Sonia bat des cils avec un naturel à la hauteur de ses heures d'entraînement devant le miroir. Ses yeux bleus jettent des éclairs à ceux qu'elle dédaigne mais se font langoureux pour Khaled qu'elle a décidé de séduire. Au contraire de Jade qui persiste à porter un pantalon noir à pattes d'éléphant pour venir danser, elle n'a pas hésité à adopter la mini-jupe lancée par le grand couturier Courrèges. Ses jambes galbées ainsi mises en évidence, la poitrine serrée dans un justaucorps noir pour faire ressortir ses longues boucles balayant son dos, elle ne doute pas de son succès.

Après une série de rock en roll, une musique de dégénérés ainsi que le disent leurs pères respectifs, succède l'heure des slows tandis qu'une lumière tamisée remplace les spots multicolores clignotant de manière synchronisée sur la rythmique de la musique. Khaled invite Julie puis Sonia, bien que sa seule envie soit de danser avec Jade. Lorsqu'enfin il l'entraîne sur la piste, il lui enserre tendrement la taille. Ayant accordé suffisamment d'intérêt aux convenances pour préserver les apparences, ils doivent aussi retenir tous deux les gestes d'amour et de tendresse qui pourraient trahir la nature profonde de leur relation. Toutefois, Khaled ne peut s'empêcher de taquiner Jade avec les paroles d'une chanson qu'il a écrite en pensant à elle.

- Quand mes yeux se posent sur toi, si belle, je t'imagine tendre et féline, douce et féminine…, lui murmure-t-il à l'oreille.

- Arrête !

---

[1] Salut les Copains.

- Quand mes yeux se posent sur toi, je t'imagine soumise et libertine, offerte aux caresses clandestines de mes mains expertes ...

- Ce n'est ni le lieu, ni le moment. Nous ne sommes pas seuls au cas où tu ne l'aurais pas remarqué, lui répond-elle gênée. Jade, qui sent le feu lui monter aux joues, a l'impression que tous les regards convergent vers eux. Khaled imperturbable poursuit en resserrant son étreinte.

- Je veux te voir rougir, t'entendre gémir de plaisir à ton corps défendant, te sentir vibrante de désir...

- Arrête Khaled ! Soit un peu sérieux, dit-elle mi contrariée mi amusée en l'entendant rire tout bas.

- Quand ainsi je t'imagine, je veux te caresser de mes yeux, de mes mains et de mes lèvres affamées... Je veux te toucher, t'enflammer, t'aimer..., lui souffle-t-il avec une passion brûlante.

- Tu es vraiment incorrigible !

* * *

- Quatre heures ! La nuit sera courte articule Jade en étouffant un bâillement.

Assise à l'arrière à côté de son amie pour laisser les deux garçons devant, Julie n'a pas envie de dormir et plaisante Khaled.

- Tu as un ticket avec Sonia. Ce soir elle n'avait d'yeux que pour toi.

- Elle ne me plaît pas. Elle n'a pas l'air d'être franche, lâche Christian incapable de taire un sentiment de jalousie.

- Khaled la trouve sympa et estime qu'elle ne recherche que son amitié, ironise malgré elle Jade, regrettant que le sujet ait été évoqué. Il l'aimait et elle se savait. C'était ce qu'il y avait de plus important. Ils avaient déjà eu des conversations à ce sujet et il lui avait assuré que sa jalousie n'avait aucune raison d'être. Ils s'étaient rencontrés en cours et s'étaient tout simplement liés d'amitié. Toutefois, Jade ne pouvait s'empêcher de penser que cette « amie » cherchait à le séduire et entendre d'autres qu'elle-même y faire allusion la blesse plus que de raison.

L'intéressé, lui, sourit mais ne répond pas.

- On fait quoi demain ? C'est samedi.

Jade et Khaled appréhendaient cette question depuis qu'ils étaient sortis du *Pacha*. Ils voulaient tant avoir une journée entière à eux.

- Avec mon boulot, j'ai beaucoup de retard dans mes cours, donc je vais bosser pour être tranquille la semaine prochaine. Ne comptez pas sur moi.

- Je ne comprends pas pourquoi tu te compliques la vie alors que ton père te donne de l'argent de poche, se récrie son ami avec irritation.

- Mon père apprécie le fait que j'ai souhaité gagner les mensualités qu'il me donne. De plus, ce travail de traduction me plait énormément.

Jade, qui ne pouvait dire la même chose Julie étant avec elle en cours, prétexte que sa mère lui a demandée de l'aider toute la journée car elle reçoit des invités le soir.

- Je dois aller faire les courses, l'aider au ménage... ce n'est pas très excitant mais j'ai promis.

Elle omettait de préciser que sa mère l'avait seulement priée d'être là en fin de journée pour dresser la table.

- A dimanche pour voir *Orpheo Negro* alors ! conclut Julie en se tournant vers leur chauffeur désappointé qui ajoute.

- Pas question de rater ce film dont nous aimons la chanson et que nous n'avons pu voir lors de sa sortie en 1959. *My Fair Lady*, c'était bien mais c'était pour les filles, bougonne-t-il mécontent.

Tous approuvent. Ils avaient une telle habitude d'être ensemble qu'il n'était pas facile pour Jade et Khaled d'avoir des moments d'intimité.

Lorsque Christian les dépose à l'angle de la rue de Passy et redémarre en trombe pour les épater, Julie leur fait un grand signe de la main par la vitre ouverte.

Les parents de Khaled étant partis pour quelques jours dans leur maison du Caire, les amoureux profitent de l'occasion pour se retrouver une nuit entière. Jade a prévenu chez elle que la soirée organisée par l'un des étudiants se finirait tard et que certainement elle dormirait chez Julie. Elle était contrariée de ne pas dire la vérité, mais pouvait-elle faire autrement ? Non, pas encore. Heureusement sa mère connaît Julie et l'apprécie beaucoup.

La porte d'entrée à peine fermée derrière eux, ils se jettent dans les bras l'un de l'autre et s'embrassent avec fougue. Depuis le début de la soirée, ils attendaient ce moment et l'attente, douce torture, leur avait paru interminable. A présent, ils étaient enfin à l'abri des regards indiscrets, dans l'intimité de cette nuit qui leur appartenait.

- Nous l'avons échappé belle pour demain, s'esclaffe Jade en se remémorant leur discussion avec Christian et Julie.

- S'ils connaissaient la vérité, poursuit Khaled, je crois qu'ils ne nous le pardonneraient pas.

- Il y a des chances en effet, soupire Jade soudain aux prises avec un sentiment de culpabilité face au mensonge dont ils se rendent tous deux coupables.

Devinant son trouble, Khaled l'invite à ne penser qu'au moment présent.

- Le plus important, c'est d'avoir toute la nuit devant nous, lui susurre-t-il un sourire coquin aux lèvres, et j'ai l'impression que nous n'allons pas dormir beaucoup...

- Je ne vois pas... Le reste de sa phrase est étouffé par un baiser exigeant qui n'admet aucune résistance.

Il l'entraîne dans le salon, allume les deux bougies posées sur la table basse et la rejoint sur le canapé. Les yeux emplis d'amour, ils se regardent muets face à l'intensité de leur désir réciproque. Khaled prend son visage entre ses mains et se penche vers elle pour prendre ses lèvres douces et offertes avec une tendresse infinie. Plus rien n'existe que ce baiser de plus en plus passionné auquel elle répond avec ferveur, glissant une main audacieuse sous son pullover pour sentir sa peau douce et chaude sous ses doigts. Parcouru de frissons, dans un élan fiévreux, il la renverse sur le canapé sans cesser de l'embrasser. Jade bascule dans le monde des sens et s'abandonne au plaisir voluptueux qui la gagne toute entière.

Elle était devenue femme dans ses bras et se découvrait chaque fois plus hardie. Elle avait envie de sa bouche avide, de la chaleur de son corps contre elle. Emportés dans un tourbillon enivrant, ils se libèrent mutuellement de l'entrave de leurs vêtements. La tête rejetée en arrière, elle se laisse aller à la vague de plaisir qui l'envahit totalement. Enivrée par ses baisers impudiques et ses caresses expertes, elle s'enflamme. Elle tend les mains vers lui, pressée de le sentir en elle, mais il embrasse son ventre sans se soucier de son impatience. Il la met au supplice et il le sait. Il voulait la rendre ivre de désir et il y parvenait. Elle se consumait. Dans un gémissement rauque, elle se cambre vers lui et gémit. Khaled ne pouvait plus attendre, Jade le rendait fou. Leurs corps s'unirent dans un élan passionnel et fusionnèrent dans l'amour.

Quelques heures plus tard, ils gisent nus, enlacés dans le salon.

- Je t'aime, murmure-t-il à son oreille en suivant de la main les courbes somptueuses de ses hanches sur lesquelles dansent les flammes vacillantes des deux bougies prêtes à mourir d'un instant à l'autre.

- Idem, lui souffle-t-elle en écho, blottie contre son torse. Elle se délecte de l'odeur de sa peau qui imprègne la sienne des heures durant après l'amour. Elle a toujours envie de son contact, de le sentir physiquement près d'elle. Elle est convaincue que c'est cela, avoir quelqu'un dans la peau .... Loin d'en être effrayée, elle jouit de ce bonheur comparable à celui dont elle a toujours rêvé de vivre.

* * *

Les beaux jours printaniers ont entraîné les jeunes gens dans les jardins du Luxembourg où ils déjeunent d'un sandwich, délaissant leur café habituel et Rémi, le jeune serveur étudiant à la faculté de Sciences quai Saint-Bernard avec lequel ils ont sympathisé à force de venir tous les jours. Ils vont cependant y boire un café pour permettre à Julie de passer quelques minutes en compagnie de son coup de cœur, un coup de cœur réciproque son apparition déclenchant un sourire béat de la part de Rémi qui guette leur arrivée.

Aux joies du mois d'avril où renait la nature succède la période des révisions qui les occupent totalement en mai avant les affres des examens qui les mettent tous quatre sous pression jusqu'à la mi-juin.

Les écrits puis les oraux passés, ils peuvent enfin souffler mais le répit n'est que de courte durée l'attente des résultats leur parait d'autant plus longue qu'ils s'angoissent. Pourtant comme le leur rappelle Jade il est trop tard, les dés sont jetés ! Quand enfin le jour de l'affichage officiel arrive, c'est ensemble qu'ils s'y rendent commençant par la faculté de Médecine, enchainant avec celle de Lettres et terminant par celle de Droit.

Tous ayant été admis en deuxième année dans leur spécialité respective, ils sont d'accord pour faire la fête.

Enfin, ils vont pouvoir écouter Sheila, Françoise Hardy, Sylvie Vartan, Les Chaussettes Noires, Johnny Hallyday, Lucky Blondo, Dick Rivers ou Elvis Presley sans culpabiliser. Finis les travaux dirigés, finis les textes à apprendre par cœur, vive les vacances !

Mais, avec les vacances, les rendez-vous s'espacent pour les amoureux qui n'osent s'écrire et ne peuvent se téléphoner. Sous prétexte de rendre des livres, Jade s'est échappée pour retrouver Khaled car le lendemain elle part pour les Etats-Unis.

- L'Amérique, j'en rêve depuis toujours.

- C'est une chance d'avoir une cousine là-bas.

- Je ne la connais pas. Elle s'est mariée avec un Texan, mais ils vivent à présent en Californie. C'est formidable, ils ont une fille de mon âge.

- Tu vas passer un mois exceptionnel et revenir avec un accent abominable pour parler anglais.

- J'aurais aimé partager ce rêve avec toi.

- Moi aussi. L'année prochaine, nous partirons ensemble.

Un mois l'un sans l'autre ! Cette idée assombrit leurs regards. Ils savent qu'ils vont se manquer terriblement et s'embrassent avec frénésie.

- Je penserai à toi de retour dans ton pays d'origine. Le prochain pays que je souhaite connaître, c'est le tien, cette Egypte mystérieuse et ensorcelante.

- Mes parents sont très heureux que je sois auprès d'eux car ils sont fiers de m'avoir à leurs côtés quand ils rendent visite aux membres de la famille demeurés sur place.

- Moi aussi je suis fière lorsque tu es près de moi.

- Profites de ton rêve américain ma chérie, et reviens moi vite.

Enlacés, ils oublient tout ce qui n'est pas eux.

26.

Après plus de dix heures d'avion, deux heures d'attente pour récupérer les bagages et le passage à la douane, Jade aperçoit une pancarte « bienvenue Jade » balancée par un bras au-dessus de la tête d'un groupe gesticulant pour interpeller ceux qu'ils sont venus attendre. Une jolie femme se tient auprès de la jeune fille qui tient l'écriteau cartonné. Saluée chaleureusement par l'une et l'autre, Jade est entraînée vers la sortie pour gagner la Cadillac rose décapotée garée sur le parking, dont les ailerons pointus donnent l'impression qu'elle peut s'envoler. Sa cousine Suzanne, devenue Suzy aux Etats-Unis, lui exprime sa joie de la connaître.

- Nous parlons tous le français, explique-t-elle dans cette langue.
- Je préfèrerais parler anglais si vous le voulez bien.
- OK, ce sera mieux pour papa, reconnaît Debbie.
- Oui, mais Jim te demandera peut-être de converser avec lui car il se prépare pour le voyage en France qu'il m'a promis pour notre anniversaire de mariage l'année prochaine. Je serai heureuse de revoir ma cousine germaine. Je n'ai pas revu ta maman depuis..., voyons... oui, quinze ans, tu étais encore un bout de chou.

Les deux heures de voiture nécessaires pour arriver à San Diego s'écoulent très vite. Debbie, qui n'a qu'un an de plus qu'elle, est absolument ravie de sa venue et le lui exprime avec un grand naturel. Jade doit aussi répondre au flot de questions sur ses parents, sur la France et sur Paris. Oubliée la fatigue du voyage ! Oubliées les neuf heures de décalage horaire ! Malgré le bavardage ininterrompu de sa famille américaine, elle pose ses yeux émerveillés sur le paysage qui défile et les garde grands ouverts, malgré quelques picotements, pour ne pas rater la traversée de Los Angeles dans un labyrinthe de voies rapides qui permet de rejoindre l'autoroute en direction de San Diego.

Elle est enfin en Californie, son rêve ! Au sein d'une famille qui lui apparait immédiatement sympathique ! Ces vacances s'annoncent merveilleuses.

Les quartiers résidentiels regroupent de superbes villas dont aucune n'est délimitée par une clôture. Seules des frondaisons délimitent les propriétés avec, devant chacune d'elles, une boîte aux lettres comme elle en a vu dans les films américains. Dans la grande maison blanche de plein pied entourée d'un gazon vert égayé de quelques plantes, Suzy installe Jade dans une chambre aux double rideaux assortis au tissu fleuri du dessus de lit et de l'habillage de la table de nuit sur laquelle trône un cadre avec la photo de Suzanne et d'Elise au temps de leur adolescence, une attention qui lui va droit au cœur.

Le premier courrier qu'elle adresse à ses parents est dithyrambique. Elle a besoin de communiquer ses découvertes et son enthousiasme. Pouvaient-ils imaginer que deux garages contigus à la maison permettent de garer trois voitures, chacun ayant son propre véhicule ? Et quels véhicules ! *Chevrolet* et *Chrysler* tout en longueur aux couleurs rutilantes ! *Si papa pouvait les voir, lui qui a la passion des voitures !* Et pouvaient-ils imaginer qu'un mât dans le jardin voit flotter le drapeau américain ?

Malgré la disproportion américaine par rapport à son quotidien parisien, très vite, Jade s'adapte au mode de vie des Carlson.

Invités par des amis à faire un périple qui les mènera jusqu'à Monument Valley, Jim et Suzy laissent la maison aux deux jeunes filles. Devenues rapidement complices, elles ont échangé des confidences sur les tendres sentiments qu'elles éprouvent l'une et l'autre pour un garçon. Jade était heureuse d'évoquer Khaled et Debbie son histoire avec Jason. Aussi, lorsque deux jours après le départ de ses parents, elle est invitée par le jeune homme, elle n'hésite pas à en parler à Jade pour lui demander si elle accepte de rester seule quelques jours.

Si cette liberté surprend un peu Jade, elle apprécie la confiance qui lui est faite et savoure cette indépendance si nouvelle. *Si Khaled était auprès de moi, quel bonheur ce serait !* ne peut-elle que regretter en voyant Debbie rejoindre son Jason et monter dans la *Buick* reconnaissable à son emblème, trois boucliers alignés sur une diagonale inscrits dans un cercle.

Le lendemain, la cloche de la porte d'entrée maniée avec vigueur la réveille en sursaut. Encore endormie, elle va ouvrir et reste ébahie. Devant elle se tient Khaled, souriant, tenant un bouquet de roses rouges dans les mains. Sous le choc de la surprise, elle ne parvient pas à articuler un mot tandis qu'il lui tend les fleurs, geste qu'il accompagne d'un sonore bonjour. Elle se jette alors dans ses bras.

Après de tendres effusions, vient le moment des explications. En deux mots Jade lui explique qu'elle est seule et le presse de questions sur sa présence.

- J'accepterais volontiers un café. Le voyage a été long depuis Paris. Vol jusqu'à Los Angeles puis environ cent cinquante kilomètres d'autoroute en voiture jusqu'ici, je n'ai pas beaucoup dormi. Je suis venu directement à l'adresse que tu m'avais donnée et maintenant il faut que je trouve un hôtel près d'ici.

- Inutile. Toute la famille est partie pour plusieurs jours.

- Je ne veux pas te créer de problèmes avec…

- Il n'y a pas de problème. Debbie est au courant de notre amour et je lui expliquerai. C'est trop merveilleux, acceptes je t'en prie.

Vaincu par le regard tendre et l'alléchante proposition, il pose son sac tandis que Jade pense enfin à aller chercher un vase pour les roses abandonnées sur la console.

L'après midi, elle l'emmène à Moonlight Beach, la petite plage de sable blanc encadrée de falaises, formant une crique où trône un seul et unique palmier. Un poste de surveillance baignade observe les surfeurs qui flirtent avec les vagues déchaînées tandis qu'une musique des Beach Boys retentit depuis le transistor que certains ont apporté. Ils se prélassent au soleil, s'embrassent, se baignent, s'embrassent et rentrent se préparer pour aller dîner.

Le lendemain, Jade l'entraîne dans un tour de San Diego. Ils débutent leur journée par la visite du village de pêcheur au bord de la baie avec sa grande variété de petites boutiques et de petits restaurants où l'Espagne coloniale et l'époque victorienne se trouvent harmonieusement mêlées dans les styles architecturaux. Ils délaissent Seaport Village et ses calèches et s'embarquent pour une croisière dans la baie, avec le Coronado Bay Ferry. Ils passent sous le Coronado Bridge qui relie la presqu'île au continent et admirent les gratte-ciel de Downtowm en front de mer qui scintillent sous les rayons du soleil, heureux d'être ensemble.

Main dans la main, ils flânent dans Horton Plaza, le centre commercial à ciel ouvert aux tons pastel, empruntent l'escalator central pour accéder aux différents niveaux. Cent quarante boutiques et bars leur offrent une multitude de couleurs avec leurs enseignes et leurs vitrines. Les heures passent plus vite les unes que les autres et le soir tombant, ils découvrent un adorable petit restaurant mexicain niché dans une luxuriante végétation. Ne résistant pas au cadre romantique, intime et musical, Khaled invite Jade à dîner dans la vieille ville au cœur de San Diego.

Un peu gêné de squatter la maison des cousins de Jade, Khaled propose d'aller à Los Angeles. Ce matin-là, ils quittent San Diego de bonne heure en direction de la Cité des Anges et retiennent une chambre au *Hollywood Metropolitan Hotel* sur Sunset Boulevard pour deux nuits.

Deux journées dédiées à cette ville, qui fait rêver par son aura et sa célébrité passée, enthousiasment Jade qui rayonne de bonheur dans le bus descendant Sunset Boulevard pour les conduire sur Hollywood Boulevard. Ensemble ils cherchent les étoiles et les noms de leurs acteurs préférés et, devant le Mann's Chinese Theatre, les empreintes de mains et de pieds des célébrités. Khaled immortalise cette journée sur le célèbre Walk of Fame en photographiant Jade jouant la star devant l'objectif, les deux pieds posés sur l'étoile de Marylin Monroe qu'elle avait vu dans *Les Mitsifs* peu avant la mort dramatique de l'actrice en 1962.

Jade qui en a tant rêvé, ne réalise pas qu'elle est à Los Angeles et qui, plus est, avec l'homme qu'elle aime.

Los Angeles qui restera un souvenir magique dans son cœur, Khaled lui offrant, un genou à terre dans un petit salon déserté par la clientèle, la clé de vie qu'il a achetée pour elle en Egypte. En lui passant la chaîne autour du cou, il lui raconte que, selon légende, il lui fait ainsi don d'immortalité.

- C'est la raison pour laquelle les dieux la portaient dans la main dans toutes leurs représentations.

- Un jour, nous irons ensemble voir ces merveilles. J'ai toujours rêvé d'y aller, et avec toi ce sera encore plus beau. L'histoire de l'Egypte m'a fasciné dès le programme de sixième. Peut-être que la passion de ma mère pour ce pays n'y est pas étrangère tout comme celle de mon professeur qui transmettait à ses élèves son enthousiasme pour l'Antiquité. Je me suis sentie particulièrement envoûtée par le personnage de Néfertiti dont il donnait l'impression d'être amoureux. Avec toi, je suis persuadée d'y retrouver les fortes sensations qu'il avait fait naître en moi.

- Je serai heureux de te faire découvrir les racines de ma famille, si Dieu le veut !

- Dieu le voudra ! Je porterai cette clé ici, mais de retour à Paris je la conserverai dans son écrin tant que nous n'aurons pas officialisé notre relation.

- Je pense que tu as raison de ne pas vouloir éveiller de soupçons de la part de tes parents, et je souhaite que l'année qui vient te permette de l'exhiber aux yeux de tous avec fierté.

- Elle sera à mon cou pour la vie.

Au gré de leur cheminement dans les rues, une galerie d'art attire leur attention. Du même pas, ils pénètrent dans la boutique et furètent chacun de leur côté. Khaled tombe en arrêt devant un buste égyptien, subjugué par la ressemblance de la femme représentée avec celle qu'il aime. Portant alternativement son regard sur le buste puis sur Jade, il cède à la tentation de l'acquérir. Comme aimantée par l'attirance physique ressentie par Khaled, Jade se retourne et le fixe alors qu'il caresse ce visage et ces épaules nues d'une manière si sensuelle qu'elle sent le désir monter en elle comme s'il caressait sa peau.

La beauté lumineuse, sereine et pure qui a traversé les millénaires sans être altérée par le temps semble les unir dans un cercle magique.

Revenir à San Diego, c'est revenir vers la réalité.

Pour leur dernière journée, ils décident d'aller à la plage et d'y pique-niquer afin d'être l'un près de l'autre, sans se laisser distraire par l'environnement.

Allongés sur le sable, ils évoquent leur bonheur d'être réunis, leur désir de vivre ensemble quand elle aura terminé ses études, des enfants qu'ils auront et du choix des prénoms. Ils discutent sans complexe de religion et de leur façon de vivre.

Pendant ses vacances en Egypte, Khaled a parlé d'elle à ses cousins.

- Ils sont impatients de te connaître.

Il lui décrit son pays avec passion, lui promettant de lui faire visiter Tel Amarna, un site hors des circuits touristiques qu'il affectionne particulièrement et dont il lui conte l'histoire.

Alors que Jade imagine Néfertiti et Akhenaton, ce couple uni par l'amour et par la ferveur religieuse, il la fait rouler sur le sable doux et s'allonge sur elle sans se soucier de ses petits cris indignés.

Ils étaient heureux.

Se séparer est bien difficile après ces quelques pas dans les nuages !

Khaled s'arrache aux bras de Jade, monte en voiture et lui envoie un dernier baiser du bout des doigts. Jade, le cœur gros et les larmes aux bords des cils, lui répond de même. Une douleur aussi brève qu'intense lui saisit soudain la cheville tandis qu'un étau lui oppresse la poitrine. *Je suis trop émotive*, se dit Jade.

Quand elle se retrouve seule, elle se console en se répétant leur dernière conversation.

Il est temps de mettre au courant nos parents et amis à la rentrée. Nous ne pouvons plus cacher nos sentiments, ce serait malhonnête vis-à-vis de ceux qui nous aiment et que nous aimons. Je parlerai à mes parents puis je viendrai demander ta main à ton père. Quant aux amis, s'ils ne comprennent pas, tant pis car la vie ne se fait pas avec les amis.

Un peu effrayée à l'idée d'affronter ses parents, Jade préfère ne songer qu'à son avenir avec Khaled.

27.

La rentrée d'octobre 1964 réunit les quatre amis au *Globe-trotters*, leur habituel lieu de rendez-vous, Christian ayant obtenu un sursis pour finir ses études avant de partir à l'armée pour y effectuer son service militaire. Chacun est heureux de raconter ses vacances. Julie et Christian se sont vus à plusieurs reprises. Ensemble, ils ont joué les touristes à Paris, visitant le musée du Louvre et gravissant l'escalier en colimaçon de la Basilique du Sacré-Cœur. Leur meilleure journée fut sans conteste l'ascension des tours de Notre-Dame de Paris d'où ils dominaient la capitale. Julie partie avec ses parents à Deauville, Christian avait rejoint des copains sur la Côte d'Azur, curieux d'aller voir Saint-Tropez devenu le lieu à la mode avec Brigitte Bardot, la star des stars françaises. Khaled se garde bien de mentionner son aller- retour en Californie et n'évoque que son séjour en Egypte au sein de sa famille. Pressée de questions sur ses trois mois passés aux Etats-Unis, Jade communique à ses compagnons son enthousiasme pour ce grand pays. Survenant un grand sourire aux lèvres, Sonia interrompt leur conversation animée.

Avec le sans gêne naturel qu'ils lui connaissent déjà, elle s'assied sur la banquette, se serrant contre Khaled qui se pousse un peu contre Julie. En face d'eux, Jade sent la morsure de la jalousie lui étreindre le cœur tandis qu'un fourmillement désagréable gagne sa cheville. Percevant la tension qui s'est installée depuis l'arrivée de Sonia, Christian, d'un ton peu amène, s'enquiert tout à trac de l'heure des cours.

Ce rappel à l'ordre disperse le petit groupe.

Quelques jours plus tard, chacun prenant son rythme en fonction des professeurs leur enseignant des matières qu'ils ne partagent pas, Jade fait les cent pas devant l'embouchure du métro à la station Passy. Elle attend Khaled avec impatience et s'avance à sa rencontre dès qu'elle aperçoit sa haute silhouette.

- Mes parents ont reçu un courrier anonyme contenant l'une de mes lettres en provenance des Etats-Unis. Comment est-ce possible ! attaque-t-elle tout de suite.

- L'adresse que je t'ai donnée est celle d'un ami sûr, jamais il ne m'aurait trahi. D'ailleurs, il ne sait pas ton nom et ne connait pas ton domicile.

Maman m'a accusée d'hypocrisie et s'est mise à pleurer. Mon père… mon père m'a interdit de te revoir.

Khaled la prend dans ses bras en la voyant trembler. Il se sent impuissant à la consoler car il a conscience que leur relation est devenue difficile à présenter. Comment expliquer, ou plutôt persuader, qu'ils avaient l'intention de clarifier la situation et d'en parler ouvertement ?

Descendant rapidement les escaliers, ils parviennent sur le quai en même temps que la rame où s'engouffrent les Parisiens se rendant à leur travail.

Serrés contre la barre verticale à laquelle ils se tiennent pour ne pas être chahutés par les soubresauts du métro, ils chuchotent pour ne pas être entendus des passagers collés à eux.

- La Motte-Piquet Grenelle ! Vite, il faut descendre, s'écrie-t-il alors que les portes vont se refermer.

- On ne peut pas discuter dans le métro, se récrie Jade au bord des larmes.

- Viens. Tant pis pour les cours.

Lui prenant la main, il tourne le dos au couloir menant à la ligne n° 10 et l'entraîne vers la sortie.

Remontant le boulevard de Grenelle sous le métro aérien, ils restent silencieux, perdus dans leurs pensées. Ils atteignent ainsi la place Cambronne et s'asseyent à la terrasse d'un café.

- Je ne comprends pas comment ma lettre est tombée en d'autres mains que les tiennes puisque tu m'affirmes être sûr de ton ami. Qui a pu envoyer ce courrier à mes parents ? Pourquoi ?

Jade est malheureuse. Qui lui veut du mal ?

Khaled ne comprend pas non plus.

- Tes parents n'ont-ils rien reçu ?

- Non.

- Tu ne sembles pas beaucoup réagir, lui en veut la jeune fille.

- C'est-à-dire que…

- Tu me caches quelque chose !

- Ce n'est pas forcément lié, répond-il hésitant.

- Explique mieux !

- En ton absence, il m'est arrivé très souvent de relire les lignes que tu m'écrivais. Cela me rapprochait de toi.

- Et…

- Et justement, je ne trouvais plus cette lettre où tu évoquais de doux souvenirs de nos quelques jours à San Diego.

L'air buté soudain, Jade attend la suite, une suite que Khaled ne sait comment présenter.

- Alors que je revenais de récupérer ta lettre chez mon ami Paul et imaginais déjà la réponse que j'allais t'envoyer… Sonia… Sonia s'est trouvée devant moi sans que je l'aie vu arriver. C'est que Paul n'habite pas loin du Luxembourg… Bref, elle m'a fait des avances difficiles à ignorer.

- Je sais depuis le premier jour qu'elle cherche à te séduire. Alors, qu'est-ce que tu lui as dit ?

- Alors, je lui ai dit qu'il y avait déjà dans ma vie, quelqu'un dont j'étais très amoureux. Elle a deviné que c'était toi et je n'ai pas pu lui mentir. Elle a été très fair play.

- Cela m'étonne beaucoup.

- C'est elle ? m'a-t-elle demandé en montrant la lettre que je tenais encore à la main.

- Ma lettre ? Comment a-t-elle pu la récupérer si tu ne la lui a pas donnée ? remarque Jade soudain suspicieuse.

- J'ai dû la perdre lorsqu'elle m'a invité à prendre un verre pour sceller notre amitié.

- Sceller votre amitié ! Vraiment, tu l'as crue ! Quelle naïveté !

- Oui, je l'ai crue. Nous avons parlé de toi et elle n'a été que gentillesse à ton égard.

Jalouse et furieuse, Jade ne croit pas à la sincérité de Sonia. Son instinct féminin en alerte lui souffle que c'est à elle qu'ils doivent le cadeau empoisonné de la lettre anonyme.

- De ce pas, je vais aller voir ton amie. Je serais étonnée qu'elle soit aussi agréable avec moi.

- Je te demande de ne pas y aller. Elle m'a promis de garder le secret. Par Allah, je refuse de croire que Sonia ait pu faire une chose pareille.

- Ouvre les yeux. Elle essaie de se glisser entre nous et elle y parvient puisque tu préfères la défendre plutôt que d'aborder le vrai problème, comment affronter mes parents, s'énerve Jade dont la cheville recommence à fourmiller désagréablement.

- Je ne la défends pas, je t'explique la situation, telle qu'elle s'est passée. Ta jalousie t'empêche…

- Ma jalousie !

Outrée, Jade se lève et s'éloigne à grands pas sans que Khaled, cherchant sa monnaie pour régler l'addition, n'ait le temps de la suivre.

Leur première dispute brise le cœur de Jade.

A l'heure du déjeuner, Jade guette Julie à la sortie des cours. Dès qu'elle l'aperçoit, elle lui fait signe de la main pour l'attirer hors de la masse estudiantine.

- Que se passe-t-il ? Tu as une mine à faire peur. Pourquoi as-tu séché ?

- Arrête l'interrogatoire, je t'en prie. Viens, allons aux jardins du Luxembourg.

Maîtrisant sa curiosité, Julie emboîte le pas à son amie.

Foulant le gravier des allées, elles repèrent un banc à l'écart des promeneurs propice aux confidences.

- J'aime Khaled et il m'aime, jette-t-elle abruptement.

- Je m'en doutais et j'attendais que tu me le dises. Je comprends que tu aies souhaité vivre ton histoire à l'abri des commentaires, mais je me suis sentie un peu blessée que tu ne me considères pas digne de ton secret.

- Pardonne moi, s'il te plaît.

- Pourquoi m'en parles-tu aujourd'hui ?

- Tu es ma meilleure amie et toi seule peux me comprendre.

- Je t'écoute.

Le récit de Jade émeut Julie qui la console gentiment mais ne voit pas comment l'aider. Elle n'a jamais apprécié Sonia et, comme son amie en larmes, elle est persuadée de sa trahison.

- Je ne sais quel conseil te donner, sinon de faire la paix avec Khaled au plus vite.

- Je vous cherche partout, qu'est-ce que vous faites là toutes les deux ?

Christian, surgissant alors qu'elles ne s'attendaient pas à le voir, les laisse coites.

- Où est Khaled ?

- Il s'est disputé avec Jade.

Se levant pour lui faire face, celle-ci lui révèle leur relation amoureuse et l'objet de leur différend. Christian n'avait rien deviné et se sent vexé, d'autant qu'il s'y ajoute un sentiment de ridicule au souvenir des attentions qu'il manifestait toujours à Khaled devant les deux jeunes filles. Persuadé que Julie était au courant, il se fâche.

- Vous vous êtes bien moqués de moi tous les trois. Je ne veux plus vous voir.

Tournant les talons, il s'éloigne à grandes enjambées sans que ni l'une ni l'autre ne cherchent à le retenir.

Les jours suivants, Jade reprend le cours normal de son quotidien, mais aucun signe de Khaled ne vient la réconforter alors qu'elle vit très mal chez elle la situation familiale tendue. Cette situation est d'autant plus difficile à supporter pour Jade qu'elle ne se sent pas bien depuis qu'elle est en conflit avec ses parents à cause de Khaled. Indépendamment de la souffrance de son cœur blessé, des nausées et des vertiges l'incommodent, accompagnées d'une douleur lancinante et grandissante qui s'est emparée de sa cheville comme si le scorpion marquant sa chair depuis sa naissance avait subitement décidé d'en sortir.

Ce n'est qu'une semaine plus tard qu'ils se revoient au cours de philosophie juridique mais il l'ignore et l'évite. D'ordinaire passionnée par ce cours, l'esprit de Jade est aujourd'hui bien loin du principe des trois pouvoirs de Montesquieu dans *De l'esprit des lois* et de la théorie de la souveraineté proposée par Rousseau dans *le contrat social*. Passive, elle ne participe pas au débat du jour lancé par le professeur sur l'art et la manière de gouverner présentée par Machiavel dans *Le Prince*.

Jour après jour, elle espère un mot de Khaled, tente de croiser son regard et lui glisse un mot par l'intermédiaire de Julie. Toutes ses approches restent vaines. Il ne lui répond pas et la fuit. Ce silence meurtrier qui la torture venant se cumuler à l'atmosphère conflictuelle, elle perd progressivement l'appétit et redoute le moment de s'endormir. Elle n'aime pas ce rêve récurrent et angoissant où la silhouette qu'elle veut rejoindre s'éloigne d'elle pour disparaître dans les ténèbres.

De son côté, Christian boude et sèche les cours.

Voyant son amie dépérir, Julie décide d'agir. Voilà un mois que tout le monde se fait la tête. Cela suffit, estime-t-elle.

Entraînant Jade dans un café qu'aucun d'eux ne fréquente, elle ne l'a pas prévenue qu'elle y a donné rendez-vous à Khaled sous prétexte de lui parler de Christian.

Jade a un mouvement de recul en même temps que Khaled. L'un et l'autre se sentant pris au piège de l'amitié que leur porte Julie écoutent le petit discours qu'elle leur a préparé.

- Ne soyez pas ridicules. Vous vous aimez et vous gâchez votre amour à cause de cette Sonia qui flirte avec tous les garçons. Quand vous serez réconciliés, nous irons voir Christian. Il n'est pas question que je vous laisse les uns ou les autres détruire notre belle entente. Je vous abandonne, vous avez beaucoup de choses à vous dire.

Ne leur permettant pas de répondre, elle se lève et leur envoie un baiser du bout des doigts.

- A plus !

- J'ai été stupide, commence Jade, mais j'étais jalouse et malheureuse.

- Non, c'est moi qui n'ai pas compris combien c'était difficile pour toi. J'ai fait preuve d'un orgueil imbécile en voulant maîtriser la situation alors qu'en réalité elle m'échappait totalement.

- L'important c'est que nous soyons réunis.

- Qu'allons-nous faire ?

- Je vais avoir une conversation avec mes parents qui, eux, ne sont pas au courant.

Derrière son comptoir, le patron du bar leur lance un regard bienveillant.

- C'est beau d'être jeunes et amoureux, plaisante-t-il en clignant de l'œil vers le client sirotant sa bière en face de lui.

Indifférents à ce qui les entoure, les jeunes gens échangent leur baiser de réconciliation.

En rentrant, Jade téléphone à Julie et la remercie.

- Je ne sais pas ce que j'aurais fait sans toi, lui avoue-t-elle avec franchise.

- Tu es ma meilleure amie, je ne pouvais pas te regarder pleurer sans bouger. Bien, maintenant, je vais m'occuper de Christian.

Les choses ne sont pas aussi simples avec leurs parents respectifs.

Monsieur et Madame Thuillier n'en démordent pas : ils n'ont pas d'avenir ensemble. Culture différente, religion différente, trop jeunes pour comprendre qu'une telle union est vouée à l'échec.

Pour Jade la discussion ne peut se limiter à ces arguments. Elle tente de convaincre ses parents par un plaidoyer réaliste.

- Oui, il est musulman, c'est vrai. Mais sa vie n'en est pas bouleversée pour autant. Il ne mange pas de porc, certes, mais pour la simple raison que c'est un animal sale, porteur de maladie. D'ailleurs il est admis qu'il donne le ver solitaire. Maman cela ne te rappelle rien… Depuis que moi-même je l'ai eu, je ne suis pas particulièrement fana de cette viande. Il ne boit pas, ne fume pas … c'est plutôt bien, non ?

- Ma chérie, je comprends que tu cherches à nous persuader, mais la vie à deux est plus complexe et ne se limite pas à la nourriture.

- Ta mère a raison. Les vraies questions sont au cœur de la différence de religion et donc plus tard dans l'éducation des enfants.

- Il prie Dieu sous un autre nom que moi.

- S'il est pratiquant, tu devras te plier à sa religion et plus tard tes enfants. Jamais un musulman ne se tournera vers le catholicisme. Tu devras respecter le Ramadan…

- Oui, papa. Mais cela ne représente que quelques jours par an, cela n'est rien à côté du bonheur d'être avec lui.

- Dans cette religion, la femme n'est pas considérée, poursuit son père tournant en rond les mains dans le dos. Les feux de l'amour éteints, tu ne te sentiras plus toi-même.

Son père se contient, Jade le sait. Elle se tourne vers sa mère qui reste muette.

- Maman, je l'aime. Il m'aime. L'amour peut tout surmonter.

- Jade, je ne souhaite que ton bonheur. Mais j'ai peur que tu ne te fourvoies. Ce jeune homme t'a subjuguée, séduite justement par toutes ces différences, mais tu n'es pas la première et malheureusement l'expérience a prouvé que l'amour ne résout pas tout. Un jour il voudra retourner dans son pays et tu seras perdue dans une civilisation autre que celle que tu connais. Tu suis des études pour faire carrière, je ne pense pas que cela soit compatible avec la culture arabe.

- Musulmane, maman. Moi je suis sûre que la véritable foi n'a pas de frontière, qu'elle dépasse les différences de culture et de civilisation. Qui croit en Dieu croit en tous les autres Dieux, indépendamment des formes de croyances et d'expression de celles-ci, car le cœur et l'âme des hommes de foi ont des aspirations communes.

- Ces sentiments t'honorent, mais je suis plus pragmatique, lui répond son père.

Jade, se tordant inconsciemment les mains, les regarde tour à tour, implorant leur compréhension.

- Avec ta mère nous pensons que vous êtes trop jeunes pour construire un foyer. Vous n'êtes pas majeurs. Attendez trois ans, vous aurez fini vos études. Nous en reparlerons.

- Trois ans !

- Trois ans, répète son père. Je te demanderai cependant de ne pas te considérer comme fiancée à ce jeune homme que je ne souhaite pas rencontrer.

Jade a gardé en mémoire une phrase du Coran que lui a cité Khaled : « le paradis est aux pieds des mères ». Aussi espère-t-elle, avec le temps, trouver une alliée en sa maman qui la prend dans ses bras pour calmer son désappointement.

Lorsqu'elle rapporte cette entrevue à Khaled, celui-ci lui réplique avec colère que finalement leurs parents s'entendraient bien puisqu'ils leur tiennent de part et d'autre le même discours.

En effet, ses parents qu'ils pensaient émouvoir sont restés inflexibles. Pas question qu'il fréquente une jeune fille catholique.

A présent, chaque rendez-vous est source de discussions, chacun parlant davantage des parents de l'autre pour éviter de parler des siens. Ce sujet délicat les conduit à s'accrocher de plus en plus en souvent. Lorsqu'il lui propose de tout quitter et de partir vivre avec lui, Jade ne peut se résoudre à couper les ponts avec sa famille.

- Comment ? Je ne peux pas faire cela, comment vivrons-nous ? Je n'ai pas fini mes études ! Et je ne peux pas faire cela à mes parents, ils vont bien finir par accepter ...

- Tes parents ! Ils n'accepteront jamais notre union.

- Les tiens non plus.

- Raison de plus pour partir ensemble.

- Partir où ?

- Mon cousin me trouvera du travail.

- En Egypte !

- Tu rêvais de connaitre ce pays.

- Peut-être, mais pas dans ces conditions. Nous sommes mineurs, nous serons recherchés, ce n'est pas possible. La meilleure solution, c'est celle proposée par mes parents.

Il ne le croit pas.

A partir de ce jour-là, leur relation devient de plus en plus électrique. Khaled s'enferme progressivement dans un silence que Jade perçoit comme un mur infranchissable. Elle sait qu'au plus profond de lui, il lui en veut d'avoir refusé sa proposition et a le douloureux sentiment que désormais plus rien ne serait jamais pareil entre eux.

Quand, à la faculté, Sonia s'approche d'eux un grand sourire aux lèvres et lance un vague bonjour à Jade, se tournant ostensiblement vers Khaled pour lui remettre les notes d'un cours, l'échange est orageux après son départ.

- Comment peux-tu encore lui parler après ce qu'elle a fait ? Je ne te comprends pas.

Elle m'a tout avoué en pleurant. Elle regrette ce qu'elle a fait et m'a demandé pardon.

- Et tu l'as cru ? Tu te moques de moi.

- Oui, d'autant qu'elle fait tout pour se faire pardonner. Elle prend mes cours quand je ne suis absent parce que retenu par une mission d'interprète et, quand tu es partie avec tes parents en vacances à la Toussaint, elle n'a pas voulu que je reste seul à ruminer et m'a invité à des soirées avec ses amis.

- Et à moi, m'a-t-elle demandé pardon ? Elle cherche à détruire notre relation depuis des mois et toi tu lui dis, ce n'est pas grave !

La tension monte, le ton de même et finalement des mots malheureux sont échangés.

- Eh bien ! Puisque tu es si bien avec elle je t'en prie, vas-y.

- Très bien. Puisque tu prends les choses comme ça.

Jade le regarde s'éloigner sans se retourner, ne réalisant pas vraiment qu'à mi mots, ils viennent de rompre.

Jade se souviendra de ce 31 décembre. Demain, ils auraient dû fêter leur un an...

Vive 1965 ! rage-t-elle en sanglotant.

Assise sur son lit, Jade est anéantie. Elle ne parvient pas à réaliser que tout est fini entre eux. Que peut-elle faire ? Aller lui parler pour lui dire qu'elle regrette leur dispute, qu'elle s'est emportée, qu'elle ne veut pas le perdre ? Non, elle ne peut pas… Cela reviendrait à ignorer qu'il restait ami avec celle par qui le malheur était arrivé dans sa vie, celle qui par jalousie avait empoisonné sa relation avec ses parents, espérant ainsi la séparer de Khaled afin de le récupérer. Non, elle n'admet pas qu'il pardonne tout cela à Sonia et qu'il la garde dans son cercle amical. C'est tout simplement insensé. Elle ne le comprend pas. C'est à lui de venir s'excuser. Elle ne peut pas céder. Elle aime Khaled mais ce n'est pas une raison pour accepter l'inacceptable.

A bout de force, Jade n'arrive plus à penser de manière cohérente. Sa tête lui semble prête à exploser. Les mois passés avaient été très éprouvants et les examens approchaient. Julie avait raison. Elle n'était pas en état de prendre une quelconque décision aujourd'hui. Elle devait laisser passer un peu de temps, prendre du recul. Le plus important pour l'heure était de se concentrer sur ses examens.

Les deux dernières semaines précédant la période de révisions, Jade décide de ne plus assister au cours de philosophie juridique qu'ils ont en commun pour ne pas voir Khaled, ce qui la bouleverse trop. Mais le destin les fait se croiser à la bibliothèque, au jardin du Luxembourg ou au détour d'une rue, et Jade constate que Sonia toujours derrière ses talons rayonne de bonheur. *La garce !* songe-t-elle les larmes aux yeux, le cœur brisé.

28.

La période des révisions avait été un véritable supplice. Jade avait dû fournir des efforts considérables pour parvenir à se concentrer et à mémoriser toutes ces pages et ces pages de droit. Quand par moment le chagrin la submergeait, qu'elle sentait son cœur prêt à exploser, les larmes aux yeux, elle se morigénait et replongeait immédiatement dans ses livres avec rage. La nuit, en revanche, elle donnait libre cours à son chagrin, s'endormait épuisée d'avoir trop sangloté et se réveillait en sursaut le front baigné de sueur, le cœur cognant violement dans sa poitrine.

Un cauchemar, toujours le même, venait hanter son sommeil depuis plusieurs mois. Elle tendait les bras vers une silhouette inconnue dont elle ne discernait pas le visage. Pourtant, elle aspirait de tout son être à la rejoindre. Mais plus elle avançait vers elle mue par une force mystérieuse, plus celle-ci s'éloignait pour finalement disparaître dans les ténèbres. Depuis plusieurs mois il tourmentait ses nuits et devenait de plus en plus oppressant car elle devinait qu'il s'agissait de Khaled.

Sachant que ce cauchemar devenu obsessionnel, qui la laissait pantelante à son réveil, ne lui permettrait pas de trouver la paix dans le sommeil, Jade a de plus en plus de mal à s'endormir par crainte de sombrer dans ce qui tourne à l'idée fixe.

Nerveuse, Jade fait les cent pas dans le couloir de la Sorbonne où d'autres étudiants attendent comme elle en relisant leurs cours ou en échangeant des commentaires avec ceux qui sortent de la salle soulagés. Elle ne se sent pas prête pour l'oral anticipé de droit pénal. Les écrits étaient passés et ne restait plus que cette épreuve. Elle a l'impression de n'avoir rien retenu.

Il faut que je passe maintenant pour en finir ! se dit Jade bien décidée. En levant le nez de ses notes, elle l'aperçoit. A quelques mètres, Khaled se tient debout, lui tournant le dos. Le coeur de Jade se met à battre violemment dans sa poitrine et avant qu'elle n'ait le temps de réagir, elle voit Sonia s'élancer vers lui et l'embrasser. Détournant rapidement le regard, Jade sent la douleur reprendre le dessus. *Ce n'est pas le moment !* se répète t-elle, les larmes perlant à ses paupières. Il lui faut retrouver ses esprits au plus vite. Pourquoi fallait-il que les travaux de l'annexe de la Faculté de droit aient pris tant de retard, obligeant ses étudiants à passer leurs examens dans les bâtiments de la

Sorbonne, siège de la Nouvelle Université de Paris ? Pourquoi le destin s'amusait-il à la torturer ?

* * *

Les cours ont repris. Jade se demande encore où elle avait trouvé la force de répondre posément et avec justesse aux questions de l'examinateur. La réussite de ses examens la laisse indifférente, comme tout le reste d'ailleurs. Elle ne pense qu'à la lettre envoyée à Khaled à laquelle il n'avait jamais répondu. C'était bien fini entre eux. Comment pouvait-il l'avoir si vite remplacée, un mois, un mois seulement après leur dispute qui avait mal tournée.

Jade redoute chaque jour le moment où elle rencontre Khaled en compagnie de Sonia qui semble prendre un malin plaisir à la torturer avec ses exubérantes démonstrations d'affection. La tête haute, Jade s'oblige à rester indifférente et à ignorer la douleur de sa cheville qui s'intensifie en sa présence comme s'il existait une étroite dépendance entre elle et la souffrance de son cœur. *Elle ne lui donnerait pas le plaisir de la voir souffrir !* Khaled, quant à lui, ne daigne même pas lui adresser un regard.

Inquiète de la voir s'enfermer dans sa chambre dès qu'elle rentre et se replier sur elle-même, sa mère décide d'intervenir. Elle ne sait pas exactement ce qui s'est passé, mais elle devine que c'est grave pour Jade qui maigrit et ne peut cacher ses cernes sous les yeux. Il est évident qu'elle souffre par la faute de Khaled. Elise Thuillier n'a pas osé jusqu'à ce jour interroger sa fille qui ne lui fait plus de confidences depuis longtemps. *Où donc est passée notre belle complicité*, regrette-t-elle. Voir son enfant si malheureuse lui fait oublier la réserve qu'elle s'était imposée pour ne pas engager de conversation pénible pour toutes les deux.

- Ma grande chérie, je sais que tu as mal. Peut-être que de me parler te soulagerai ?

- Maman ! Je suis trop malheureuse. Khaled ne veut plus de moi, nous avons rompu.

- Je m'en doutais. Un premier amour déçu fait beaucoup souffrir, mais cela passera. Cette passion que vous éprouviez l'un pour l'autre n'est pas le sentiment qui permet de construire un foyer. Vous n'auriez pas pu être heureux ensemble… tu rencontreras un homme fait pour toi… et tu seras heureuse. Alors tu penseras à Khaled avec nostalgie mais sans regret.

- Jamais je ne l'oublierai. L'homme qui était fait pour moi, c'était lui.

Cultivant son chagrin, Jade refuse d'entendre les paroles de sa mère censées la réconforter. Elle n'était pas prête à entendre ces choses là. Il était beaucoup trop tôt.

Julie lui avait dit la même chose et cela l'avait énervée.

Plutôt rester seule avec mes souvenirs en écoutant Francis Cabrel et leur chanson aux paroles si symboliques *Je l'aime à mourir…* que d'entendre des conseils qui lui déplaisent, s'irrite Jade en fermant la porte de sa chambre d'autant que la douleur de sa cheville gagne chaque jour en intensité. Cet air qu'ils ont fredonné ensemble en riant et en chahutant, a pris depuis toute sa dimension poignante. Le bonheur affiché en couverture de son magazine par Johnny Halliday et Sylvie Vartan qui viennent de s'unir la fait sombrer dans un profond désespoir.

Les mois avaient passés. Jade, toujours plongée dans une tristesse insondable que son entourage ne parvenait pas à apaiser, était à présent en licence. Elle ne voyait plus Khaled mais croisait parfois Sonia au détour d'un couloir ou d'une rue. Indifférente aux regards narquois des autres étudiantes, Sonia avait adopté la mode de la mini-jupe, ravie de voir les garçons se retourner sur son passage.

Comment Khaled pouvait-il fréquenter une fille si provocante ? Cela dépassait l'entendement de Jade.

La souffrance qui consumait son cœur s'était lentement emparée de son corps comme un poison aux effets lents et de façon si sournoise qu'elle ne s'était pas rendue compte qu'elle tombait malade. Quand l'avait-elle réalisé ? Quand cela avait-il réellement commencé ? Jade ne saurait le dire avec exactitude. Après leur rupture, elle ne parvenait plus à se nourrir normalement et avait perdu dix kilos en quelques semaines. Son seul repas, le petit déjeuner, était composé d'une tablette de chocolat accompagnée d'un café. Mais au bout de quelques mois, son organisme mécontent avait réagi contre ce régime draconien qui ne lui convenait pas. Il réclamait plus mais l'estomac de Jade ayant perdu l'habitude de recevoir des aliments solides rejetait tout. Devenue l'esclave de sa maladie, elle s'affaiblissait jour après jour, dans de douloureux tourments sans savoir quoi faire. Elle n'avait plus de vie sociale et s'enfermait chez elle avec pour compagnons ses cours, son chagrin et son mal insidieux. Son âme avait rompu les amarres et s'était retirée très loin de tout dans un océan de solitude pour pleurer en cachette. Sans lui, elle se sent comme une âme perdue sur la terre sans issue, une âme en séquestre qui n'aspire qu'à partir pour renaître…

Lasse et désespérée, Jade, qui n'est plus que l'ombre d'elle-même, s'adresse parfois à Khaled dans le silence de la nuit.

Sans toi,
Je suis une âme en peine
Qui souffre parce qu'elle aime…
Une âme en perdition
Affligée sans explication…
Je vis d'errance
De bonheur en malchance,
De hauteur en décadence,
A la recherche de ma délivrance…

Consternés, ses parents et sa meilleure amie ne savent plus quoi faire pour lui faire croire en l'avenir et lui redonner goût à la vie.

29.

1973, huit ans plus tard…

Retenue par un appel téléphonique alors qu'elle allait quitter son bureau, Jade arrive très en retard à son rendez-vous. Elle court en apercevant Thomas devant l'entrée du théâtre du Châtelet. Patiemment, il l'a attendue pratiquement une demi-heure et lui tend les bras pour l'étreindre amoureusement.

Compréhensif comme à son habitude, le jeune homme ne s'attarde pas aux excuses de Jade et l'entraîne vers la rue des Halles où il a repéré un sympathique petit restaurant.

Comme elle, Thomas travaille dans un cabinet d'avocats. Ils aiment à parler ensemble de leur métier qui les passionne, chacun ayant choisi une spécialité différente. Jade étant fiscaliste et lui pénaliste.

Ensemble ils partagent nombre de points communs et, depuis deux ans qu'ils se fréquentent, tous deux envisagent avec sérénité de faire à présent leur vie ensemble.

Très amoureux, Thomas a su patienter pour laisser à Jade le temps d'être sûre de ses sentiments.

Ils avaient fait connaissance dans l'avion à l'occasion d'un déplacement professionnel de Jade à Fort-de-France alors que Thomas se rendait en Martinique pour quelques jours de vacances ensoleillées en ce mois de février 1971. Assis l'un à côté de l'autre, ils avaient bavardé agréablement pendant les huit heures de vol. Leur profession les avait rapprochés et ils s'étaient revus avec plaisir, d'abord dans l'île aux fleurs, puis à Paris.

Blond aux yeux bleus, son genre viking si éloigné de la personnalité de Khaled dont elle avait enfoui le souvenir au plus profond de son cœur avait attiré Jade vers le jeune homme doux et prévenant. A vingt-huit ans, il cherchait la femme idéale pour construire un foyer.

Elise et Baptiste Thuillier avaient accueilli Thomas avec l'espoir qu'il ferait oublier à leur fille chérie le terrible chagrin d'amour qui avait bouleversé sa vie. De même, Julie avait trouvé très sympathique le prétendant de son amie et, comme ses parents, avait soupiré d'aise en constatant que Jade retrouvait le sourire en sa compagnie.

L'amour dont Thomas l'entourait avec délicatesse et son caractère facile à vivre avaient eu raison des résistances de Jade qui se sent calme et protégée par la sincérité des sentiments qu'il lui porte. Elle n'éprouve pas pour lui de folle passion mais elle goûte en sa compagnie aux joies d'une vie tranquille, équilibrée et rassurante.

Julie, qui la voit moins souvent depuis qu'elles se sont lancées l'une et l'autre dans la vie active, lui a dit sans ambages combien elle avait de la chance d'avoir rencontré un garçon aussi gentil. Elle-même, à vingt-six ans, n'a pas trouvé l'âme sœur et aucun homme prêt à tout sacrifier pour lui faire plaisir ne s'est présenté à elle.

Malgré tous ces encouragements de la part de ses proches, ce n'est que deux ans plus tard que Jade et Thomas forment des projets d'avenir et envisagent de se marier.

Passionnée par son travail qui consiste essentiellement à faire des montages financiers pour des opérations immobilières, Jade ne conçoit pas d'être une femme au foyer, même lorsque Thomas évoque leur désir commun d'avoir des enfants.

- Maman a su mener de front sa vie familiale et sa vie professionnelle, je saurai faire de même.

Pour concrétiser leur engagement, Thomas très ému a offert une bague de fiançailles à Jade qui arbore depuis le diamant serti sur un anneau d'or à son annulaire gauche.

Saura-t-il lui accorder la compréhension et le soutien que son père a toujours apporté à sa mère, ne peut s'empêcher de ressasser Jade.

L'entente parfaite de ses parents, si elle lui sert d'exemple, n'étouffe-t-elle pas sa capacité de se lancer dans la vie à deux par une exigence qui brise toute tentative ?

* * *

Dès son entrée au cabinet *De Rochefort et Galbert associés* en juin 1967, Jade s'est liée d'amitié avec Alexandra, la discrète secrétaire exemplaire depuis la fin de ses études. Petite bonne femme androgyne tirant ses cheveux auburn en chignon banane et cachant son regard noisette derrière des verres de myope, elle sait dire à chacun le mot qui fait plaisir et chacun l'apprécie pour ses qualités tant professionnelles qu'humaines.

Elle a fait la connaissance de Julie par l'intermédiaire de Jade et sait combien leur lien est fort mais n'en prend pas ombrage. Elle ne sait pas tout ce qu'elles ont partagé car Jade n'aime guère parlé des années passées, mais elle a parfaitement compris leur complicité.

Ce samedi de mai, c'est avec elle que Jade court les magasins sur les Champs Elysées.

Lorsqu'elles s'arrêtent devant une boutique de robe de mariée, Alexandra comprend que le mariage est enfin en vue. Quelle n'est pas sa surprise lorsqu'elle lui dit soudain :

- Je me revoie, il y a cinq ans, à peu près ici, courant avec Julie pour entrer dans le premier café venu qui a éteint ses lumières et fermé ses portes derrière nous. A travers la vitre nous avons vu passer une horde humaine poursuivie par les CRS et nous étions bien heureuses d'avoir trouvé un abri.

Peut-être Jade regrette-t-elle que Julie ne soit pas à ses côtés également, elle qui a été présente dans les moments les plus durs de sa vie. Ne l'avait-elle pas aidé pour réviser ses examens, passant des nuits entières à lui faire réciter ses cours quand elle n'en avait plus la force ? N'était-elle pas restée à ses côtés alors que malade, elle n'était pas d'une compagnie des plus agréable ?

Jade mit du temps à admettre qu'elle souffrait d'anorexie boulimie. Très affaiblie en raison des nombreuses carences de son organisme, elle souffrait tant physiquement que psychologiquement et était arrivée au stade où elle n'avait plus la force de supporter cet enfer quotidien. La nourriture était devenue une obsession qui elle l'avait compris au fil de ses lectures spécialisées avait pour fonction de la protéger de sa souffrance originelle. Ne pouvant échapper à la douleur de sa séparation d'avec Khaled, elle l'avait occultée en la recouvrant d'une souffrance a priori plus supportable mais bien plus destructrice. Jade sentait son corps condamné, son âme empoisonnée mais luttait pour guérir, alternant entre l'espoir et le désespoir. Armée de courage, elle avait soulevé le voile pour regarder en face la douleur qu'elle avait enfouie au plus profond de son être. Elle l'avait laissé revenir sur le devant de la scène pour qu'enfin reconnue et acceptée celle-ci la laisse enfin en paix. Cinq années... oui cinq années de combat acharné contre elle-même, contre son chagrin durant lesquelles elle avait connu de douloureux moments de découragement et d'abattement.

Jade avait pleuré des nuits et des nuits durant pendant deux ans mais aujourd'hui, c'était du passé. Elle était guérie, ne pensait plus à Khaled et avait de surcroît réussi ses études de droit. Jade avait tourné la page pour en écrire une nouvelle plus heureuse avec Thomas auprès de qui elle se sentait apaisée.

Les événements de mai 68 qui avaient entraîné la paralysie économique du pays étaient loin des esprits. Quelle absurdité d'y penser aujourd'hui ! Jade se souvient des conséquences de ces journées mémorables. Car il y a toujours des conséquences, qu'elles soient au niveau national ou personnel. Le général de Gaulle n'avait pas été suivi et la victoire du « non » au référendum du 27 avril 1969, désaveu de sa politique, avait entraîné sa démission immédiate de la présidence de la République. *Quelles seraient les conséquences de ces années de souffrance ?* ne peut s'empêcher de songer Jade avec anxiété.

Par cette journée ensoleillée, toutes les terrasses de la plus belle avenue du monde sont pleines. Lasses de piétiner, Jade et Alexandra parviennent cependant à trouver une table libre.

- Vous avez prévu une date ? ne peut s'empêcher de questionner Alexandra.

- Pas encore. La réponse laconique tombe en même temps que l'arrivée du garçon venant prendre leur commande.

Un long moment plus tard, alors qu'elles s'apprêtent à partir, Alexandra va aux toilettes, laissant Jade seule à leur table.

Regardant d'un œil distrait les passants défiler devant elle, soudain son cœur fait un bond dans sa poitrine. Khaled, oui Khaled se dirige vers une table située derrière elle. Quand il croise son regard et réalise qu'il s'agit d'elle, il s'arrête brutalement. Ils se regardent et se sourient aussi surpris qu'heureux et, instinctivement, dans un même élan de spontanéité, elle se lève tandis qu'il vient à elle.

- Je suis heureux de te voir. Comment vas-tu ?

- Bien. Et toi ?

Ces banalités dissimulent mal l'émotion qui les étreint. Leurs regards brillants révèlent bien davantage leur émoi. Retrouvant son sang-froid et toute son éloquence, Khaled lui tend sa carte et lui propose un dîner le lendemain midi. Jade lui donne son accord et lui demande simplement le lieu du rendez-vous.

Alors qu'il rejoint ses amis quelque peu bruyants, Alexandra de retour à ses côtés lui demande qui est ce beau garçon.

- Un ancien copain de fac. Viens, dit-elle en lui prenant le bras pour l'entraîner plus vite, Thomas va m'attendre si nous nous mettons en retard.

* * *

Le lendemain, après une nuit courte comme à la veille d'un examen, Jade manifeste une fébrilité dont elle ne veut pas prendre conscience en se préparant pour son rendez-vous avec Khaled.

Ils ont convenus de se retrouver directement au restaurant..., un terrain neutre qui ne leur rappelle aucun souvenir du passé.

Lorsqu'elle pénètre dans la salle encore peu remplie pour un dimanche midi, Jade repère immédiatement Khaled qui vient sans attendre à sa rencontre et fait signe au maître d'hôtel de les mener à leur table.

Un peu désorientés par ce tête-à-tête survenu si subitement, tous deux sentent qu'il leur faut dissiper au plus vite le malaise planant entre eux.

- Je suis certain que tu t'épanouis dans ton travail. Quelle direction as-tu prise finalement après l'obtention de ton diplôme d'avocate ?

Peut-être un peu maladroite, la question oriente cependant la conversation vers un sujet qui détend l'atmosphère.

- Il y a cinq ans je suis entrée chez *De Rochefort et Galbert associés*. Je m'y plais énormément, les dossiers sont intéressants et je suis amenée à me déplacer, particulièrement aux Antilles. Et toi ?

- J'ai créé une petite société d'Editions qui marche pas mal.

Discuter projets professionnels les absorbe jusqu'au fromage auquel Jade, comme les plats précédents, touche à peine en en laissant les trois quarts dans son assiette.

Aucun n'est dupe mais aucun ne sait comment aborder le sujet qui leur brûle les lèvres : leur relation et les questions restées sans réponses depuis sept longues années.

Khaled s'étonne de la voir picorer, se souvenant du plaisir qu'il avait à la voir dévorer les spécialités égyptiennes cuisinées par sa mère elle-même quand elle venait chez lui à l'époque où rien ne semblait pouvoir atteindre leur amour qu'il gardait alors secret.

- Depuis ma maladie, je mange très mal.

- Tu as été malade, s'inquiète-t-il aussitôt.

Comprenant qu'il était inutile de tergiverser et que la sincérité devait primer, Jade lui avoue sa descente aux enfers qu'elle n'aime guère évoquer. Brièvement, elle lui raconte comment elle est tombée dans l'affreuse maladie, comment elle l'a affrontée seule puis avec l'aide de Julie d'abord, de sa mère ensuite.

- J'ai réussi à surmonter cette difficile épreuve, mais je reste fragile et mes rapports avec la nourriture sont encore chaotiques.

Instinctivement, Khaled a saisi la main tremblante posée sur la nappe près des couverts.

Un long silence s'instaure entre eux, coupé par le garçon venant leur proposer un dessert.

- Café, propose Khaled à Jade après la confidence qu'elle vient de lui faire.

- Café, répond-elle reconnaissante.

Seuls à nouveau, Khaled contemple le fin visage toujours aussi beau malgré les souffrances traversées.

- Je te dois la franchise moi aussi. Notre rupture m'a écrasé de chagrin. Plus rien ne m'intéressait et je ne voulais plus voir personne. J'ai sombré dans la dépression. Ma mère ne savait plus quoi faire et lorsqu'elle te maudissait d'avoir mis son fils dans cet état, je lui en voulais plus qu'à toi. Tu étais si froide et si distante quand je te croisais. J'ai fini par croire que la fin de notre histoire te soulageait. Je savais que le conflit avec tes parents te rongeait.

- Comment as-tu pu penser cela ne serait-ce qu'une seconde ? l'interroge Jade.

Emus, ils se regardent dans les yeux.

Réalisant que la souffrance a été leur lot commun sans le savoir, ils ressentent un besoin viscéral de se raconter l'un l'autre et de se comprendre.

- Pourquoi n'es-tu pas revenue vers moi alors ?

Soudain, Jade déverse tout ce qui lui a fait si mal.

- Je ne pouvais croire que notre amour finisse et j'ai voulu te parler. Mais, alors que j'étais sans nouvelle de toi et que j'ai vu Sonia se jeter à ton cou dans les couloirs lors des examens de février sans que tu la repousses, j'ai fait demi-tour. Le choc a été terrible et je me suis dit « ce n'est plus la peine, il m'a remplacée ».

Khaled fait un effort pour se souvenir de ce jour. Il se souvient que Sonia lui sautait au cou assez facilement mais qu'il n'y avait rien entre eux.

- J'aurais dû être plus ferme avec Sonia, mais je n'attachais pas d'importance à ses démonstrations d'amitié. Ce n'est que plusieurs mois plus tard, quand l'espoir d'avoir de tes nouvelles a été définitivement rayé de mon esprit que nos relations ont évolué. J'espérais ainsi pouvoir t'oublier en dressant un mur entre nous.

- Je t'ai écrit pourtant, mais tu ne m'as pas répondu.

- Je n'ai reçu aucune lettre de toi, sinon je serais immédiatement venu te voir.

Khaled devine que sa mère a certainement intercepté la lettre et préfère ne pas en convenir devant Jade.

Un nouveau silence, plus complice, les unit à présent.

Ils étaient bien jeunes et trop amoureux pour se méfier du monde qui les entourait. Aujourd'hui, ils réalisent le mal que Sonia leur a fait et constatent que vraiment tout était contre eux à ce moment là.

Ils ne peuvent se quitter sans avoir été au bout de leur démarche. Khaled commande un second café et poursuit sa confession.

- Ma relation avec Sonia a été un véritable échec. Je suis resté avec elle sans vraiment savoir pourquoi. Elle avait eu connaissance des folies que j'avais fait pour toi en allant aux Etats-Unis et attendait que j'en fasse autant pour elle. Cela m'était impossible mais elle ne voulait pas l'admettre. Elle cherchait à rivaliser avec notre relation et me demandait toujours si je pensais encore à toi. Au début silencieux, j'ai fini par lui dire oui à chaque fois qu'elle me posait la question. Mais elle ne souhaitait pas que notre relation se termine et elle acceptait tout. Au bout d'un moment, c'est moi qui y ai mis un terme. Cela n'avait aucun sens.

- Je suis désolée pour toi mais pas pour elle. Elle m'a fait trop de mal pour que je la plaigne. Heureusement, aujourd'hui tout va pour le mieux avec mes parents ; nous avons beaucoup parlé notamment à cause de ma maladie. J'espère qu'il en est de même pour toi.

- Pendant toutes ces années, je ne t'ai pas oubliée, lui lance Khaled à brûle pourpoint. Je pensais à toi sans cesse. J'ai tenté de reprendre contact avec toi il y a un an, mais j'y ai renoncé lorsque je t'ai croisée dans la rue avec un homme. Tu avais l'air d'être heureuse, alors je me suis dit que c'était idiot.

Jade ne sait que répondre. Elle était tellement persuadée qu'il avait fait un trait sur elle et sur leur amour !

- Depuis notre histoire, je refuse toute relation susceptible de devenir sérieuse. Je refuse les attaches. Je ne veux plus souffrir comme j'ai souffert pour toi. Allah en est témoin.

Troublée plus qu'elle ne l'aurait voulu, Jade s'aperçoit qu'elle n'a pas retiré sa main de la grande paume qui la recouvre.

- Je t'aime toujours, je n'ai jamais cessé de t'aimer, lui murmure Khaled en la fixant intensément.

- Moi aussi, lui répond-elle tout naturellement.

Leur amour, comme mis en sommeil toutes ces années, rejaillit intact de leur cœur et réunit comme par le passé leur âme dans un même élan fusionnel. Plus rien ne compte que cet instant.

Elle ne pense plus à rien, pas même à Thomas qu'elle a complètement oublié pendant leur échange.

Déstabilisée par une situation qu'elle était loin d'imaginer, Jade ne sait plus quoi dire, ni quoi faire. Pour l'heure, elle ne voit d'issue que dans la fuite pour réfléchir et se lève.

- Je dois partir.

- Quand nous revoyons-nous ?

- Je ne sais pas.
- Mardi ?
- Mardi si tu veux. Je te montrerai des photos de voyages avec Julie.

Malgré les aveux qu'ils viennent de se faire, ils n'osent pas s'embrasser et se séparent sur une pression de main.

Jade sent le regard de Khaled sur sa nuque tandis qu'elle se dirige vers la sortie. *Quelles sont ses pensées à présent ?* se demande-t-elle.

Atterrée de réaliser combien elle s'est elle-même fourvoyée toutes ces années. *J'ai refoulé au plus profond de moi tout sentiment, toute douleur, tout émoi pour ne pas mourir d'amour mais en vain puisque pas un instant ma mémoire n'a failli, pas un seul détail n'est parti dans l'oubli !* A vouloir rayer Khaled à tout prix de sa vie, Jade a failli se détruire et quand enfin elle se croit définitivement guérie, dix minutes face à lui suffisent à réduire à néant tous ses efforts. Elle l'aime toujours. Ses sentiments qu'elle croyait morts et enterrés ne le sont pas du tout. Bien au contraire, ils sont bien vivants comme ceux de Khaled à son égard. Comment est-ce possible ? Pourquoi ne se sont-ils pas retrouvés plus tôt au lieu de souffrir chacun de leur côté ? Pourquoi l'a-t-elle rencontré justement aujourd'hui quand sa vie reprend un cours heureux ?

Peut être est-ce une épreuve que la vie lui envoie pour tester la profondeur de son attachement à Thomas ? Ou bien est-ce simplement un cadeau qui lui donne la possibilité de comprendre pour mieux oublier ? Quoiqu'il en soit, elle ira le retrouver mardi car elle meurt d'envie de le revoir qu'elles qu'en soient les raisons.

Le soir, au cours du dîner, Jade ne participe pas à la conversation, laissant Thomas bavarder avec ses parents.

Son père a-t-il remarqué qu'elle semble absente qui lance un sujet qu'elle ne peut ignorer !

- Avez-vous décidé d'une date de mariage ?

Laissant Thomas répondre, Jade se rend dans la cuisine pour aider sa mère qui la prend de court en la poussant dans ses retranchements.

- J'ai l'âge d'être grand-mère. J'espère que vous envisagez d'avoir un bébé.

Jade rêve d'être maman et quelques jours en arrière elle aurait dit oui sans hésitation, mais aujourd'hui tout est différent. Pourquoi ? A cause d'une rencontre incroyable. *Non, je n'ai pas le droit de remettre mes projets en question. Je dois me reprendre au plus vite*, se morigène Jade soudain très angoissée.

30.

Les journées de lundi et mardi semblent longues à Jade impatiente de retrouver Khaled auquel elle pense avec fébrilité comme si c'était son premier rendez-vous.

A l'évidence, elle n'a jamais cessé de l'aimer même si elle a tout fait pour l'oublier jusqu'à s'en persuader. Savoir que lui aussi a souffert autant qu'elle et lui a conservé tout son amour lui donne des ailes. Elle n'a pas l'impression de tromper Thomas puisqu'elle n'a pas cherché à rencontrer Khaled, le destin l'ayant remis sur son chemin au moment où elle pensait engager sa vie avec un autre. Peut-on lutter contre le destin ? Non, Jade ne le croit pas.
Elle ne se sent donc pas coupable vis-à-vis de Thomas et laisse s'épanouir des sentiments qu'elle ne peut contrôler. *Inutile de se poser trop de questions*, se convainc-t-elle décidée à se laisser guider par les événements. Il ne faut pas lutter contre la providence, Jade en est certaine.

Pourtant, elle ne peut s'empêcher de se demander ce qu'aurait été sa vie si elle avait écouté son cœur et non ses yeux ce fameux jour où elle avait vu Sonia se jeter au cou de Khaled. Si elle lui avait ouvert son cœur comme elle le voulait, elle serait peut être aujourd'hui mariée avec lui et heureuse. Si seulement elle pouvait revenir sur le passé, remonter le temps un instant ….

Le doute s'insinue en elle malgré tout. Et si ce qu'elle ressent aujourd'hui n'était que le fruit de son romantisme exacerbé ? Elle a tant rêvé de vivre un conte de fées, ce conte de fées vécu avec Khaled pendant un temps, qu'elle reporte peut être tous ses fantasmes sur cette histoire à cause de son côté dramatique. Il y a des chances en effet que cela soit le cas. Elle est adulte aujourd'hui et elle doit en finir avec cela. Elle ira le voir, tentera de le regarder avec les yeux de la raison et non avec ceux du romantisme. Alors tout rentrera dans l'ordre. Voilà ce qu'elle doit régler aujourd'hui, voilà pourquoi la vie les a remis en présence. Elle n'a d'autres choix que de classer tous les vieux dossiers avant d'engager sa vie avec Thomas. Elle sera alors libre et leur amour pourra s'épanouir sain et solide.

- Tu as vraiment l'air amoureuse, la tête dans les nuages lui a lancé avec envie Alexandra la veille au bureau.

- Oui, Thomas est merveilleux.

Jade n'avait parlé de son prochain rendez-vous à qui que ce soit ni à Alexandra qui la materne par moment, ni à Julie à laquelle elle avait cependant téléphoné. Elle préférait secrètement garder pour elle cette parenthèse que personne ne comprendrait. Elle savait ce que chacun lui aurait dit et elle ne voulait pas l'entendre. Bientôt son histoire avec Khaled aurait rejoint les archives de sa vie, alors inutile d'inquiéter ceux qui l'aimaient.

* * *

Le mardi soir, Julie passe la voir à l'improviste poussée par son intuition à cette visite surprise car elle sent bien qu'il se passe quelque chose. Elle connaît bien sa meilleure amie et au téléphone sa voix, ses propos ont alerté son sixième sens. Jade se sent incapable de mentir à son amie inquiète et lui raconte les circonstances qui l'ont amenée à son entrevue de ce soir.

- Tu as accepté de le revoir ?
- En toute amitié.

Julie a du mal à la croire.

- Quand tu parles de lui tu me dis qu'il n'est qu'un ami et pourtant tes yeux sont le plus bel aveu d'un sentiment bien différent. Ton regard empli de nostalgie te trahit. Tes yeux parlent d'amour quand ta bouche parle d'amitié.

L'air innocent, Jade fait comme si elle n'avait rien entendu et se prépare.

- Tu prends beaucoup de soin à ta toilette pour cet ami, marmonne Julie contenant difficilement sa désapprobation.
- Il ne faut pas que j'oublie les photos.
- Parce que vous allez regarder des photos ?
- Oui, nos photos de voyages. Je lui donnerai de tes nouvelles.
- Après sept ans et alors que vous vous aimez toujours, vous allez seulement regarder des photos. Pardonnes-moi d'en douter, lui rétorque Julie sceptique. Au fait, reprend-elle, tu lui as parlé de Thomas ?

Jade avait espéré que Julie ne lui poserait pas cette question. Elle fait un signe négatif de la tête et s'empresse de lui dire qu'elle compte lui en parler ce soir.

- Dimanche, je n'en ai pas eu l'occasion.
- Comme c'est bizarre !

Jade supporte mal le sourire narquois de son amie et met fin à la conversation.

- il faut que j'y aille, je te téléphonerai demain.
- Non, tu me téléphones ce soir en rentrant.
- Mais si je rentre tard ?
- Ce n'est pas grave car je crois que j'aurai du mal à m'endormir.
- Comme tu veux.

Jade n'avait pas précisé à Julie qu'elle revoyait Khaled chez lui cette fois. Il avait pris un appartement à… Pas si loin de chez elle et ils ne s'étaient jamais encore croisé en sept ans. Incroyable… Elle ne savait pas ce qu'elle allait faire et quelle serait son attitude. Sa belle assurance commençait à fondre comme neige au soleil… elle devait réussir pour être libre. Elle se doit d'être courageuse et forte comme lorsqu'elle a vaincu sa maladie.

Personne n'avait cru qu'elle parviendrait à guérir seule, sans se faire hospitaliser. Elle avait pourtant réussi à force de volonté…

Elle sonne à l'interphone ; il lui ouvre. Elle monte les escaliers au lieu d'emprunter l'ascenseur pour apaiser son excitation.

Il l'attend à la porte d'entrée. Elle ne peut s'empêcher de le trouver toujours aussi attirant. Ses yeux sombres brillent de la même flamme que dans son souvenir. Elle sent son cœur battre à tout rompre et tente de maîtriser sa respiration pour n'en rien laisser paraître.

Il l'invite à s'installer sur le canapé encombré de coussins et lui offre de boire un thé à la menthe. Tandis qu'il verse le liquide brûlant dans les verres, Jade promène son regard sur l'aménagement de la pièce. Tapis, papyrus encadrés sur les murs, rideaux lourds aux couleurs chatoyantes et chaudes lui rappellent sa première invitation chez ses parents.

Khaled lui tend son verre et s'assied à côté d'elle mais pas aussi près qu'elle l'aurait souhaité. *Non !* se morigène-t-elle, *ne commence pas à avoir de telles pensées sinon la soirée va mal finir.* Mais comme s'il avait entendu son désir, il se rapproche d'elle. Elle sent que les pensées de Khaled rejoignent les siennes.

Ah ! Les photos, songe-t-elle. *Cela détendra l'atmosphère et calmera les soubresauts de mon cœur.*

Tout au contraire, leur tête penchée sur les clichés, leurs coudes qui se frôlent, leurs mains qui s'effleurent chargent l'atmosphère d'électricité.

- J'ai prévu des pâtes pour manger ? Cela te va ?

- Très bien.

Assis face à face, leurs regards se croisent inévitablement et expriment bien d'autres choses que les banalités proférées pour combler un silence qu'ils refusent de voir s'installer. Chacun sent la force d'attraction qui le pousse vers l'autre.

- Je ne veux pas rentrer tard, il faut que j'y aille.

- Attends, il n'est que 21 h 30. Je te raccompagnerai.

Déjà debout la main sur la poignée de son sac, le regard de Jade se pose sur le buste qu'il avait acheté à Los Angeles. Immobile et contractée, elle reste plantée devant la terre cuite faisant affluer les souvenirs heureux. Ses défenses faiblissent. Ils se regardent. Sans un mot, il s'approche d'elle, libère sa longue et soyeuse chevelure dans laquelle il glisse une main, l'attire contre sa poitrine pour la sentir dans ses bras, joue doucement avec ses lèvres avant de les prendre passionnément. Jade ne peut pas résister à cette étreinte que sa raison refuse mais que son cœur attend désespérément depuis le début de la soirée.

En retrouvant les lèvres qui l'ont autrefois grisée, elle retrouve également ce tourbillon de sensations extrêmes dont le souvenir a hanté ses nuits sans sommeil. Le brasier qu'elle croyait éteint se réveille et la consume avec une telle intensité qu'elle en est effrayée.

A partir de cet instant, elle cesse de s'appartenir.

Elle s'abandonne et gémit de plaisir, attisant le désir de Khaled. Elle voudrait le repousser mais elle n'en a pas la force. Tant d'années à le pleurer, à tenter d'oublier ses baisers… Elle le désire plus que jamais. Elle veut le toucher, elle veut l'aimer comme s'ils ne s'étaient jamais quittés. Toutes ses bonnes résolutions se sont envolées.

Soudain, il s'écarte d'elle, respire profondément et lui dit d'une voix sourde.

- Je ne veux pas que tu partes maintenant. J'ai trop attendu cet instant et il m'étreint jusqu'à la douleur. Je n'ai jamais aimé aucune femme comme toi, Jade, et il me semble que je t'aimais avant même de te connaître. Et lorsque je t'ai vu, j'ai su que c'était toi que j'attendais.

Reprenant ses lèvres avec passion, ils sombrent tous deux dans un monde qui n'appartient qu'à eux et sans qu'elle en ait réellement conscience il la dévêt. Ils se retrouvent tous deux nus prêts à s'aimer, à s'unir corps et âme.

Soudain, la sonnerie du téléphone retentit avec insistance brisant le charme et la magie du moment. Dans un éclair de lucidité, Jade réalise ce qui est sur le point de se produire et le repousse fermement, la mort dans l'âme.

Qu'était-elle en train de faire ? Elle avait quelqu'un dans sa vie vis-à-vis de qui elle se devait d'être fidèle à défaut de l'aimer comme elle aimait Khaled. Elle ne pouvait pas trahir Thomas qui était si sincère et si aimant. Elle n'en avait pas le droit. Elle ne pourrait plus se regarder dans la glace le matin sans se mépriser. Le cœur déchiré, évitant de le regarder dans les yeux pour garder le peu de sang froid qu'elle venait de retrouver, elle avoue à Khaled qu'elle va vivre avec Thomas. Elle n'a pas trouvé le moment opportun pour lui en parler plus tôt et ne savait pas comment le lui dire après leur aveu réciproque l'autre jour au restaurant.

Après un long silence pesant, Khaled ne tente pas de la retenir.

- Je comprends. Nous pouvons toujours nous téléphoner pour nous voir en amis de temps en temps. J'ai envie de te revoir, de savoir ce que tu deviens.

- C'est la seule relation qu'il puisse y avoir entre nous désormais. Je ne souhaite pas que tu sortes de ma vie définitivement et je serai heureuse d'avoir de tes nouvelles.

Jade sent les larmes monter en elle comme une lame de fond et sait que le moment est venu de le quitter. Elle devait se retenir pour ne pas rendre la situation plus éprouvante qu'elle ne l'était. Résignée, elle se détourne lentement et, le cœur lourd, franchit le seuil de la porte sans se retourner et sans que Khaled cherche à la retenir. Une larme innocente et rebelle, venue des profondeurs de son âme, roule doucement sur sa joue.

L'air frais de la nuit la fait frissonner. Mais est-ce la fraîcheur ou le souvenir des lèvres tièdes sur les siennes ? Lentement, elle porte la main à sa bouche.

L'émotion fiévreuse qui l'avait envahie mit bien longtemps à disparaître, mais elle était bien décidée à faire une croix sur cette histoire quel qu'en soit le prix.

31.

Le mois de juin approche, de même que la concrétisation de son engagement avec Thomas. Plus le jour de son déménagement approche, plus Jade craint de faire une erreur. Il était trop tard pour changer d'avis, tout étant programmé. *Je ne peux plus faire marche arrière*, se répète-t-elle depuis plusieurs jours et au cours de ses nuits d'insomnie.

Se laissant porter par le mouvement impulsé, elle laisse Thomas fixer une date pour leur mariage. Tous autour d'elle préparent la noce prévue pour septembre alors qu'elle-même hésite à donner son congé au propriétaire de son studio.

Lorsque Thomas l'embrasse amoureusement, elle ne peut s'empêcher de penser à Khaled et à leurs étreintes passionnées. Jade culpabilise et, pour la première fois, n'ose se confier à sa meilleure amie. Julie comprendrait-elle ? Pourrait-elle l'aider à démêler ses sentiments ? Elle se sent si vivante dans les bras de Khaled mais si protégée dans ceux de Thomas!

N'est-ce pas le fruit de mon imagination romanesque, ressasse Jade qui craint d'idéaliser Khaled après toutes ces années de séparation. Thomas se montre si prévenant, si adorable !

Mettant une mauvaise volonté inconsciente aux préparatifs du mariage, Jade voit la date fatidique se rapprocher et s'affole. Dans un mois, elle se liera pour la vie avec un homme qu'elle n'aime pas. Après des jours et des jours de tourments, elle se rend compte qu'elle l'aime bien mais que son amour, celui avec lequel elle veut tout partager, c'est Khaled.

Je ne peux pas vivre dans le mensonge. Je pense toujours à Khaled, même quand je suis dans les bras de Thomas. J'espère un appel de Khaled alors que j'ai rendez-vous avec Thomas. Je dois être honnête envers eux et envers moi-même et choisir ma vie sans laisser de regrets derrière moi.

Un voyage d'affaires en Martinique vient à point la distraire de ses tergiversations. Ce déplacement imprévu lui apparaît salutaire pour réfléchir. En ce mois d'août, le cabinet tournant un peu au ralenti, elle sollicite de prolonger son séjour de quelques jours. Le recul lui permettra de prendre une décision, elle en est certaine.

Jade aime les Antilles. Enfant, la Martinique fut sa première destination, ses parents l'ayant emmenée avec eux lors de vacances scolaires. Elle a toujours, dans un joli bocal, les petits coquillages roses et les coraux ramassés alors sur la plage de Diamant. Est-ce la raison pour laquelle elle ressent une attirance particulière pour l'île aux fleurs ?

Comme à Paris, elle s'étire en regardant le soleil par la fenêtre, tendant les mains vers lui comme pour absorber un peu de son énergie. Ce réflexe instinctif lui paraît d'autant plus vital pour son équilibre qu'elle a remarqué la dépendance de son organisme à la présence de ses rayons. N'aimant pas fermer les volets, elle se réveille naturellement en même temps que lui et éprouve une intense fatigue dès qu'il a disparu derrière l'horizon. Ainsi a-t-elle tendance à dormir beaucoup plus en hiver qu'en été, sa saison préférée. En Métropole où le soleil est loin d'être tous les jours au rendez-vous, Jade sait que son absence assombrit indubitablement sa journée.

En Martinique, pas de problème, il est là tous les jours.

Professionnelle sérieuse, Jade prépare son dossier afin de mener au mieux les discussions qui l'attendent dans la journée. La veille au soir, son client était venu la chercher à l'aéroport et l'avait conduite jusqu'à son hôtel en plein centre ville de Fort de France. Prétextant la fatigue et le décalage horaire, elle avait refusé l'invitation à dîner et s'était couché de bonne heure.

Ses deux journées de travail effectuées et sa mission remplie, Jade quitte la capitale de l'île pour un petit hôtel situé dans le sud, en face du Diamant. Elle a loué une voiture et prend plaisir à rouler sur ces petites routes qui débouchent sur la vision bleue servant d'écrin au célèbre rocher. Une averse torrentielle, comme il en tombe régulièrement en cette saison des pluies, a fait sortir une multitude de petits crabes rouges et noirs qui tapissent littéralement la route.

Levée tôt ce matin-là, Jade, après un petit déjeuner comportant ananas et café noir, a déjà sillonné les alentours et admiré avec bonheur les fleurs multicolores mais inodores, avant de se rendre sur la plage aux reflets dorés. Elle marche, enivrée par l'embrun salé, tandis que s'efface l'empreinte de son pas balayé par des vagues à l'écume blanche et mousseuse venant mourir sur ses pieds nus. Fascinée, émerveillée par l'océan, elle scrute l'onde et ses courants, la transparence des eaux claires pour trouver une réponse à ses tourments. Elle croise un couple se tenant par la main, rayonnant d'amour et de bonheur qui ne la voit même pas. Auréolés d'un halo de magie, ces deux êtres respirent l'harmonie tandis que leur sourire comme leurs yeux semblent être un hymne aux amoureux.

Elle s'arrête pour l'observer à la dérobée et voit à travers lui le couple qu'elle souhaiterait former avec Khaled. Cette évidence lui rend l'espoir. Fini d'être déchirée entre son cœur et sa raison ! Fini d'avoir peur de l'avenir, peur de souffrir ! Les étoiles brilleront de nouveau dans la nuit.

Lentement, l'astre solaire témoin de sa résurrection descend derrière les nuages, colorant les Cieux d'or dans son sillage. Jade s'arrête subitement sous la fulgurante douleur qui s'empare de sa cheville pour disparaitre aussitôt. *J'ai du me faire piquer par une petite bestiole de rien !* conclut jade en s'installant dans le sable. Le regard perdu dans l'horizon, elle s'adresse à Khaled comme s'il était là et l'entendait. *J'ai cru pouvoir t'oublier, j'ai cru pouvoir aimer encore, mais tout cela bien à tort. Ton souvenir pareil au soleil caresse ma peau avec la douceur de ses rayons de chaleur et me ramène à l'éveil. Alors, pourquoi ne pas tenter de dépasser nos peurs passées et saisir cette seconde chance que la vie nous offre ? Avec amour, ne pouvons-nous pas tout affronter, tout surmonter ?*

Une paix intérieure l'habite à présent qu'elle a pris sa décision. Comment avait-elle pu hésiter si longtemps à saisir la seconde chance que la vie lui offrait de laisser s'épanouir son amour pour Khaled, auprès de Khaled ?

Elle saurait trouver les mots pour expliquer à Thomas, sachant avec regret qu'il souffrirait, mais vivre auprès de quelqu'un qui en aime un autre serait encore pire.

Jade quitte l'île paradisiaque impatiente de téléphoner à Khaled qu'elle n'a pas revu ni entendu depuis ce fameux mardi.

Sachant que Thomas viendra la chercher à l'aéroport d'Orly, elle lui parlera sans tarder.

* * *

Rompre avec Thomas fut difficile. Convaincu que son trouble était passager, dû à des souvenirs survenant inopinément, il lui avait montré une compréhension allant jusqu'à accepter de retarder leur union pour lui permettre de se retrouver, persuadé qu'elle l'aimait et que tout rentrerait dans l'ordre. Jade s'était refusée à lui laisser le moindre espoir malgré la souffrance qu'elle lisait dans ses yeux. Avec franchise, elle lui avait avoué ses hésitations, mais l'affection qu'elle lui portait n'avait rien de commun avec le sentiment qui l'unissait à Khaled. Comprenant qu'il l'avait définitivement perdue, Thomas lui avait souhaité d'être heureuse et l'avait quitté précipitamment.

Décidée à construire une vie harmonieuse, Jade va directement chez ses parents les informer de son choix.

- La vie nous offre une seconde chance, je ne veux pas la rater.

Ses parents l'ont tellement vu souffrir qu'ils ne souhaitent aujourd'hui qu'une chose : son bonheur. Ils l'embrassent et l'invitent à revenir avec celui qu'elle aime.

Le cœur léger, l'âme en fête, Jade décide de se rendre directement chez Khaled. Une telle nouvelle ne se téléphone pas, elle se vit face à face.

Arrivée devant sa porte, elle compose le code qu'elle n'a pas oublié et prend l'ascenseur jusqu'au troisième étage. Tremblante d'émotion, elle sonne à la porte. Le sourire disparaît de son visage illuminé de joie. Une femme, à demie nue, lui ouvre et lui demande ce qu'elle veut. Incapable de répondre, Jade s'élance en trombe dans l'escalier au risque de tomber les larmes lui brouillant la vue.

Dans la nuit sombre, elle marche dans les rues sans savoir où elle va. Désespérée, elle pleure sans voir les passants qu'elle croise.

Oh oui, je l'aime toujours, l'appelle encore mon Amour sans l'espoir d'un retour. Oh oui, je l'aime de toute mon âme, à en souffrir, à en mourir...

De retour chez elle après des heures d'errance, Jade se dirige vers sa chambre sans allumer la lumière et s'allonge recroquevillée sur son lit pour donner libre cours à son chagrin. Son cœur et son âme saignent d'un renoncement définitif à quelque chose d'essentiel. Khaled ne pouvait connaître le cheminement qui l'avait ramenée vers lui. Il était normal qu'il mène sa vie. Ils semblaient condamnés à ne jamais pouvoir se retrouver pour être tout simplement heureux ensemble. Il n'y avait rien à comprendre, c'était ainsi… L'amour qu'ils éprouvaient l'un pour l'autre n'était que douleur et destruction. La souffrance du passé refaisait surface, aussi puissante, aussi redoutable qu'il y a sept ans. Ce constat brutal sort Jade de sa léthargie. *Non ! Je refuse de souffrir à nouveau ce que j'ai souffert ! Il est hors de question que je retombe malade et que je revive cet enfer !* Il valait mieux pour eux deux qu'ils ne se voient plus. Ils ne pouvaient ni s'aimer ni être amis. Elle allait lui écrire une lettre.

Comment Jade pourrait-elle savoir que son amour est maudit depuis des millénaires ? Que sa tâche de naissance en forme de scorpion à la cheville en est la matérialisation ? Que les douleurs qu'elle y ressent en sont l'expression ?

Bien décidée, Jade se lève. Elle avait trop souffert. Elle préférait se déchirer le cœur elle-même, briser en elle tout espoir tout de suite pour ne plus retomber dans les affres de la maladie. Il lui faudrait du temps pour s'en remettre, elle le savait, mais elle vaincrait cet amour destructeur.

Assise à son bureau, à la lueur de sa petite lampe d'appoint, Jade commence à écrire. Des larmes jaillissent au rythme de sa plume, les mots se faisant l'écho de ses tourments.

Le temps n'a rien changé aux sentiments que j'ai pour toi, même si les ans passés nous ont séparé toi et moi.

Perdue dans mes rêves éveillés, je pense encore toujours à toi, à notre amour, à nos émois, à nos baisers.

Mon cœur bat pour toi avec toujours le même émoi sans que je puisse le raisonner, sans que je puisse le tromper et je sais désormais qu'il en sera ainsi tout au long de ma vie.

Pourtant, je sais bien qu'il est trop tard pour nous, que sur nos deux chemins il n'y a plus de nous même si mon cœur croit encore en toi et moi…

C'est pourquoi j'ai décidé de tourner la page sur nous quel qu'en soit le prix, quelles qu'en soient les difficultés, quelle qu'en soit la souffrance éprouvée…

32.

1975, deux années ont passé…

- Viens je t'invite au resto pour fêter nos douze ans d'amitié, annonce Julie venue rendre visite à Jade.
- Je ne suis pas habillée pour sortir.
- On s'en fout.
- Et si justement ce soir nous rencontrions l'homme de notre vie ! plaisante Jade.
- Au moins, on saura que c'est pour notre personnalité et pas pour notre physique.

Elles éclatent de rire ensemble et attrapent leur sac à main.

Seule reste libre une table pour quatre que le garçon leur désigne.

Dans le feu de la discussion, Julie bouscule à plusieurs reprises l'homme assis derrière elle. Se retournant à demi, elle s'excuse sans lui prêter autrement attention. Croit-il qu'il s'agit d'un prétexte ? Lorsqu'une vieille femme se présente avec son panier plein de roses, l'inconnu lui demande d'offrir de sa part et de celle de son compagnon une rose blanche aux deux demoiselles de la table située derrière eux. Ne pouvant faire autrement que de les remercier, elles leur proposent un café qu'ils s'empressent d'accepter en s'installant à leurs côtés, aux deux places vides.

En revanche, lorsqu'ils proposent d'aller danser, les deux jeunes femmes prétextant une fatigue due à une longue journée de travail déclinent l'invitation. Un peu déçus, ils n'insistent pas et elles quittent leurs gentils dragueurs qui ont interrompu une conversation que Julie est bien décidée à reprendre, ce qu'elle ne manque pas de faire dès qu'elles se retrouvent chez Jade.

- Ainsi, quand Nicolas t'a demandé de vivre avec lui, tu as rompu !
- Nous ne nous connaissons que depuis un an. On se voyait pour le meilleur en vivant chacun séparément, c'était parfait. Puis soudain, il m'a parlé mariage et enfant.
- Et alors ?
- La vie à deux n'est pas pour moi, mon travail ne me permet pas d'avoir des enfants.
- Il a accepté tes arguments ?
- Pas vraiment. Il estime que je n'ai pas besoin de travailler autant, que son salaire peut nous faire vivre tous les deux avec un enfant.

- Tu n'as pas envie de fonder une famille !

- Il est hors de question que je laisse mon travail pour être femme au foyer. Nicolas l'a parfaitement compris.

- Mais tu as rompu tout de même.

- Il insistait. Cela ne nous empêche pas de vivre ensemble et de nous marier m'a-t-il dit, ajoutant qu'il avait une femme de ménage pour m'aider. Il m'a obligée à devenir plus directe.

- Dans le genre…

- Dans le genre, je ne veux pas tomber amoureuse de toi. L'amour fait trop souffrir. Il m'a répondu que le passé est le passé et qu'il faut le laisser où il est, aller de l'avant. Mais je ne changerai pas d'avis, je ne peux me décider à prendre le risque d'aimer même différemment. J'ai trop peur de souffrir, même si j'avoue nourrir pour lui un sentiment non défini. C'est ainsi, je n'y puis rien, je refuse de nouveaux chagrins.

Consciente que le passé de Jade pèse sur son quotidien et sur ses lendemains, Julie n'insiste pas malgré la tristesse ressentie pour son amie.

Chacune se tait, plongée dans ses réflexions.

Jade se revoit à l'aéroport d'Orly alors qu'elle attendait pour faire enregistrer ses bagages. L'homme se trouvant derrière elle dans la file avait engagé la conversation. Ils s'étaient retrouvés assis l'un près de l'autre dans l'avion pour Pointe-à-Pitre puis dans le même hôtel. Le soir même de leur arrivée Nicolas l'avait invité à dîner en bord de plage, le restaurant du de l'établissement hôtelier où ils étaient descendus. Puis, sous le clair de lune, ils avaient fait une balade romantique couronnée par un tendre baiser.

Le lendemain, ils s'étaient revus sur la plage ombragée de cocotiers au sable blanc et fin, aux eaux limpides et turquoise protégées par la barrière de corail. Le midi ils avaient partagé une salade créole, se laissant porter par la douceur de vivre de Karukera, l'île aux belles eaux, comparée à un papillon posé entre l'Atlantique et la mer des Caraïbes.

Laissant Nicolas à ses vacances, Jade l'avait quitté pour se rendre à son rendez-vous d'affaires et avait trouvé un message lui donnant rendez-vous au restaurant mais ses interlocuteurs l'avaient retenue à dîner ce soir-là.

Devant repartir par le vol du lendemain, elle lui avait téléphoné pour s'excuser et lui proposer de se dire au revoir au déjeuner. Ils avaient échangé leur numéro de téléphone pour se revoir à Paris.

Ensuite, tout avait été très vite dès son retour. Trop vite peut-être, se dit-elle à présent.

Egarée dans ses souvenirs, Jade n'écoute pas la musique qu'elle a programmée en fond sonore.

Julie répète pour la seconde fois sa question.

- Tu penses encore à lui !

L'une et l'autre savent qu'il est inutile de préciser de qui elle parle.

- Oui, tu le sais bien. Mais maintenant que j'ai accepté cet amour en moi, sans chercher à l'occulter, je le vis bien, même si parfois je suis nostalgique et me demande où il est, ce qu'il fait, s'il est avec quelqu'un…

- Tu passes à côté de ta vie. Tu as trente ans maintenant.

- Je n'arrive pas à comprendre cette histoire, poursuit Jade indifférente au commentaire de son amie. Peut être que nous nous reverrons… et que nous réussirons à être ensemble un jour, peut être que non. Qui sait ? De toute façon, je suis incapable d'aimer quelqu'un d'autre. Certains jours, je me dis que la vie ne peut pas séparer éternellement deux êtres qui s'aiment et d'autres, je me dis que nous n'étions pas faits l'un pour l'autre.

Julie ne sait quoi lui répondre.

- Au fait, toi aussi tu as trente ans. Il me semble que tu devrais appliquer à toi-même les conseils que tu distribues aux autres.

- Ce n'est pas la même chose. Moi, j'ai fait le choix du célibat et de la vie d'une femme libre et libérée, d'autant que depuis le huit mars, à l'occasion de la journée internationale de la femme le président Giscard d'Estaing a fixé trois objectifs précis : supprimer les discriminations sexuelles, développer la politique d'éducation, permettre aux femmes de choisir entre carrière et maternité. Comme tu peux le constater, 1975 est une année majeure pour moi.

Le rire factice de Jade résonne dans la pièce où la musique s'est tue.

Avec ce silence propice, à nouveau toutes deux plongent dans leurs souvenirs.

Pour apaiser son chagrin, Jade avait adopté la même démarche que celle utilisée pour guérir de sa maladie : affronter et accepter la vérité aussi douloureuse soit-elle. Elle avait du admettre qu'elle aimait Khaled et l'aimerait toujours sans espoir. Elle avait appris à ses dépens que l'oubli, tel un pansement posé sur une plaie non désinfectée, n'était pas le remède aux blessures du passé. Hors de notre champ de conscience, celles-ci n'en demeurent pas moins bien présentes dans notre inconscient, jusqu'au jour où sous l'impact d'un facteur extérieur, la souffrance ignorée par refoulement volontaire ressurgit intacte avec une violence déstabilisante. Pour guérir de profondes blessures, il faut les affronter et non les ignorer, les identifier pour les analyser et les comprendre ce qui implique de plonger au cœur de sa souffrance pour la réduire à sa plus simple expression c'est-à-dire au simple souvenir, ce qui prend du temps. Toutefois, le fait de savoir que Khaled l'aimait aussi lui rendait le deuil impossible et l'empêchait de passer à autre chose. Elle ne cherchait donc plus à faire sa vie et fuyait les relations sérieuses dans lesquelles elle se sentait incapable de s'investir préférant se jeter corps et âme dans son travail. Cet investissement total lui valait aujourd'hui une proposition d'avancement impliquant une mutation en Martinique. Elle avait quinze jours pour réfléchir et donner sa réponse. Jade avait spontanément eu envie d'accepter mais après mûre réflexion, elle pensait refuser. Elle n'avait pas envie de quitter ses parents et ses amies. Partir au loin pour un pays lointain, pour fuir et oublier ne servait à rien car il est des souvenirs que nous ne pouvons oublier, que nous ne pouvons effacer comme celui d'un grand amour. Nous vivons avec au présent, une larme au fond du cœur, déchirés entre espoir et douleur.

Son histoire est elle ridicule ? En tout cas, elle est bien réelle.

Après sa rupture avec Thomas, Jade s'était confiée à Alexandra. Pour elle, cette romance dramatique mais si romantique ne pouvait se terminer que par un happy end. Elle était convaincue qu'ils se retrouveraient. Il ne pouvait en être autrement.

- J'ai repris le contrôle de ma vie en rompant avec mes rêves pour fuir les espoirs insensés. Je préfère ne pas m'attacher à un dangereux espoir, lui répondait-elle à chaque fois.

Mais, au fond d'elle-même, elle espérait toujours.

* * *

A la suite de leur première rencontre, la mère de Khaled s'était intéressée à la litho thérapie et avait fait communiquer à Jade, par l'intermédiaire de son fils, l'adresse d'un magasin spécialisé rue de Miromesnil. La jeune fille avait beaucoup lu sur cette science qui l'avait passionné. Elle l'avait prise très au sérieux et depuis se soignait beaucoup de cette façon.

Totalement concentrée sur le choix d'un lapis-lazuli qu'elle compte offrir à Julie, Jade ne prête guère attention à ceux qui l'entourent et encore moins aux gens qui entrent dans la boutique. Son prénom prononcé par une voix si familière la fait sursauter et réveille le scorpion qui habite sa cheville, endormi depuis deux ans. Avant même de se retourner, elle sait à qui elle va être confrontée.

Devant elle se tient Khaled.

Ne sachant quelle contenance adopter, ils ne se tendent pas la main, ne s'embrassent pas, restant face à face un peu empruntés.

- Quel surprenant hasard ! Que fais-tu ici, questionne Jade préférant éviter de parler d'elle.

- Je suis déjà venu à cette adresse pour maman, mais aujourd'hui je viens acheter un collier d'ambre pour ma femme.

- Tu es marié ! s'exclame Jade malgré elle.

Le visage de Jade ne change pas d'expression mais ses lèvres pâlissent. Elle cherche les mots pour le féliciter sans trahir la détresse qui l'accable soudain.

- Oui, et depuis un mois papa d'un petite Samira. Et toi ? Que deviens-tu ?

Le monde s'effondre pour elle et elle tente par tous les moyens de contrôler les larmes qui lui montent aux yeux. C'est la fin de tous les espoirs inconscients qu'elle nourrissait. Les mains soudain glacées comme son cœur que la douleur gonfle au point qu'il lui semble prêt à éclater, dans un état second, Jade décrit brièvement sa vie de travail et de voyages. Le sourire qu'elle s'efforce d'afficher lui fait mal. *Ne pas penser, ne pas réfléchir pour l'instant, remettre à plus tard ce sombre moment où affluent larmes et souvenirs* ! se répète-t-elle pour garder une certaine contenance.

- Je pensais que tu avais épousé ton fiancé.

- J'ai rompu avec Thomas après nos retrouvailles.

- Pourquoi, s'étonne Khaled.

- Pour revenir vers toi. Mais c'était trop tard. Tu avais une autre femme dans ta vie.

- Absolument pas. Je n'espérais, n'attendais qu'un mot de toi, mais tu n'es pas venue.

- Je suis venue. J'ai tout expliqué à Thomas, j'ai convaincu mes parents de la force de notre amour, et je me suis précipitée chez toi où une femme dans une tenue plus que légère m'a ouvert la porte. Surpris, Khaled réfléchit à haute voix, partageant ses pensées. A ce moment-là, sous le choc de ses retrouvailles avec Jade il n'avait même plus goût aux aventures d'un soir alors comment avait-elle pu voir une femme chez lui ? A la description qu'elle lui fait de la personne, Khaled réalise brutalement qu'il s'agissait de sa cousine de passage en France.

L'entraînant par le bras hors du magasin où leurs confidences prononcées à mi-voix ne sont guère propices, ils se retrouvent dans la petite cour attenante. Un silence pesant s'installe, ce simple contact réveillant en eux l'envie de se jeter dans les bras l'un de l'autre. Chacun réalise qu'une fois encore ils sont passés à côté du bonheur. Il y a deux ans, ils auraient pu se retrouver vraiment, mais hier comme aujourd'hui, ils se sont seulement croisés.

D'une voix rendue rauque par l'émotion, Khaled lui avoue qu'il l'aime toujours, qu'elle est la seule et unique femme de sa vie, qu'il a parlé d'elle à sa femme.

Jade contrôle difficilement ses larmes qui ne demandent qu'à couler abondamment. Non elle ne doit surtout plus pleurer. Elle doit être forte, même si elle est effondrée. Si seulement elle lui avait ouvert son cœur sans peur. Décidément, elle était frappée d'inconscience pour avoir commis deux fois la même erreur. Pourquoi avait-elle accordé plus de confiance à ses yeux qu'à son cœur ? Pourquoi n'avait-elle pas eu le courage de déclencher une explication avec Khaled même au risque de rompre puisque de toute façon son attitude l'avait amenée à la rupture ?

Comprenant qu'il va lui devenir difficile de conserver sa détermination de ne pas laisser paraître ses sentiments, Jade sent qu'il lui faut partir. Oui, c'est le moment de partir si elle veut garder la seule chose qui lui reste : sa dignité.

S'arrachant à l'étreinte de la main de Khaled enserrant toujours son bras, sans un mot, Jade s'éloigne à grands pas.

Une impression d'abandon envahit Khaled regardant la fine silhouette diminuer puis disparaître.

- Oh Khaled ! s'exclame Jade allongée sur son lit. Lorsque leurs regards s'étaient croisés, elle y avait lu la même souffrance que celle qui étreignait son cœur, elle y avait perçu le même amour que celui qui emplissait son âme. Elle avait tenté de rester impassible, indifférente à sa présence quand tout son être tendait vers lui. La douleur broie son cœur. Elle l'aime profondément et sait que ce n'est pas une illusion, une projection fantasmagorique. Elle l'a compris dans l'épreuve et la souffrance. Bien que leur amour soit réciproque, ils ne sont pas parvenus pas à se trouver, passant leur temps à se croiser et à se déchirer. Elle est dans l'incompréhension la plus totale. Aujourd'hui, bien que cela dépasse son entendement, Jade prend pleinement conscience qu'il est possible de vivre sans partager sa vie avec son grand amour. Elle réalise que les contes de fées qui ont bercé son enfance ne sont finalement que mensonges. La vie est cruelle et injuste.

- Si seulement j'avais tout quitté quand tu me l'as demandé ! Mais comment aurais-je pu savoir ce qui allait se passer par la suite ? Jade a la sensation de perdre le sang de son cœur sans mourir, d'être prisonnière de cet amour perdu qui dort au fond de son cœur mais qu'un rien éveille jusqu'à la douleur.

L'esprit tourmenté, elle se convainc qu'elle est le jouet d'une force qui la dépasse.

Destinée ! Es-tu prison ou liberté ? Es-tu rêve ou réalité ? Qui es-tu donc Destinée ? Dois-je croire que tout est déjà tracé ou puis-je espérer par mes choix te décider ?

Elle n'avait pas acheté le cadeau de Julie dont c'était aujourd'hui l'anniversaire. La veille, sa rencontre avec son amour de toujours l'avait anéantie. Elle n'avait envie de voir personne, voulait rester seule. Elle se sentait anesthésiée. Elle avait atteint un seuil de souffrance tel qu'elle ne ressentait plus rien, qu'elle ne parvenait toujours pas à pleurer.

- Je dois prendre sur moi, réitère-t-elle mentalement pour la énième fois. Julie trouvait toujours les mots qui la réconfortaient dans les pires moments mais, ce soir, elle n'avait pas envie de se confier.

Son amitié l'aide à sortir de sa torpeur. Rapidement habillée, elle monte dans sa voiture et rejoint le groupe de filles entourant Julie pour ses trente ans. Elle passe la soirée dans un état second mais parvient à faire bonne figure. Elle sent cependant le regard soupçonneux de Julie se poser sur elle à plusieurs reprises et sait qu'elle a deviné sa détresse intérieure.

Demain est un autre jour. Peut-être appréciera-t-elle alors la sollicitude de son amie ! De toute façon, elle n'aurait pas voulu lui gâcher sa fête.

* * *

- Tu as besoin de vacances. Que dirais-tu d'aller en Espagne. J'ai toujours eu envie d'aller en Andalousie, poursuit Julie à l'adresse de Jade, toutes deux ayant déjà découvert un certain nombre de pays ensemble.

- Sans moi. Ce pays ne m'attire pas du tout. Les gens y sont durs et intolérants. Tout sauf l'Espagne. Je n'en ai pas un bon souvenir.

- Comment peux-tu dire cela, tu n'y as jamais mis les pieds ?

- Je voulais dire que c'est l'impression que me donne ce pays au travers de mes lectures.

Julie n'insiste pas et lui propose une croisière.

- J'adorerais, mais je suis malade en bateau.

C'est nouveau ça, songe Julie qui comprend qu'elle va avoir du mal à persuader son amie de partir pour se changer les idées. Habituellement, Jade était toujours la première à sortir sa valise.

Alors qu'elle pensait le sujet difficile à relancer, la semaine suivante Jade lui apporte une brochure consacrée à l'Egypte.

- Ce n'est peut-être pas le meilleur choix, lui indique-t-elle sans ménagement.

- Au contraire, il y a longtemps que je souhaite y aller. C'est le bon moment justement, le moyen d'exorciser cet amour qui me ronge.

- Entendu. Occupes-toi d'organiser le voyage.

Depuis qu'elle avait pénétré dans cette agence pour s'occuper de leurs billets, Jade avait la certitude d'avoir choisi la meilleure solution pour faire définitivement son deuil d'un amour impossible. *Majestueuse, mystérieuse et secrète comme le désert, obscure et lumineuse comme le Nil, je vais enfin te connaître, Egypte, pays de mon cœur !*

Dans le journal qu'elle a ouvert voici quelques mois pour y relater ce qu'elle ne souhaite dévoiler qu'au temps qui passe, courent les mots qui libèrent Jade.

J'ai fait dans tes yeux mon premier voyage égyptien…

Un voyage merveilleux au cœur de la vie et de la mort, au cœur de l'éternité…

Un voyage en amoureux tout contre toi dont je me souviens…

Aujourd'hui, je pars faire avec mes yeux ce voyage nostalgique longtemps rêvé à l'ombre des tiens…

J'aurais aimé m'émerveiller avec toi à mes côtés devant les pyramides, tombeaux éternels qui nous guident vers le ciel et nous rendent muets, plein d'admiration devant l'œuvre de Pharaon.

33.

Avoir quitté la veille la grisaille parisienne et le temps pluvieux habituel en ce mois de mars, pour se retrouver ce matin sous le doux climat du Caire et son ciel sans nuage avec son amie Julie, remplit d'aise Jade pressée de faire connaissance avec cette ville qui ne dort jamais dont lui a si souvent parlé Khaled avec nostalgie.

Julie n'a pas cette impatience et lui suggère de passer cette première matinée au calme avant de se lancer dans le grouillement de la foule. Bien décidée à s'autoriser un peu de farniente, elle l'entraîne vers la belle piscine en forme de haricot au cœur d'un jardin luxuriant d'hibiscus et de bougainvilliers entretenu avec un soin extrême. Pour l'heure désertée par les clients de l'hôtel en dehors d'un petit homme en chemisette fixant son objectif sur les trois millions de blocs de pierre culminant à 146 mètres, elles demeurent en admiration devant la plus célèbre des pyramides se découpant sur l'horizon.

Jade a délibérément choisi de séjourner au *Mena House,* le seul hôtel évoquant un palais des mille et une nuits et offrant cet exceptionnel décor. Elle explique à Julie que son implantation si près du site de Guizèh, au pied de l'une des sept merveilles du monde antique et la seule à se tenir encore debout, est dû au fait qu'Eugénie, l'impératrice des Français épouse de Napoléon III, avait annoncé son intention de venir à l'inauguration du canal de Suez dont son cousin, Ferdinand de Lesseps, était l'artisan.

Peu impressionnée par les connaissances de son amie, Julie, protégée par un large chapeau, étale consciencieusement une crème protectrice sur son épiderme blanc. Ravie d'avoir une peau naturellement hâlée, Jade exhibe sans complexe un maillot de bain d'un rouge éclatant mais d'une pièce, respectueuse de la morale religieuse du pays où elle se trouve. Allongée sur sa chaise longue dans ce havre de paix loin de l'agitation du Caire, elle ressent avec une acuité grandissante les énergies invisibles qui enveloppent son cœur et s'insinuent dans son âme. Loin d'en être effrayée, Jade se laisse envahir par ces étranges sensations.

Après une matinée d'oisiveté et un déjeuner sous forme de buffet qui leur fait découvrir les plats traditionnels tels que crème de sésame, purée d'aubergines, feuilles de vignes farcies, poisson grillé sur lit de persil, pâtisseries fourrées à la pistache et aux amandes, les deux jeunes femmes se sentent appelées par l'extraordinaire construction cinq fois millénaire qui semble veiller sur leur luxueuse résidence.

Tout autour de la pyramide de Khéops touristes et vendeurs de cartes postales se côtoient. Sur la proposition d'un guide, Jade et Julie suivent un groupe de Japonais qui pénètrent dans les entrailles du temple funéraire et s'engagent, courbés, dans le passage étroit et les couloirs bas menant à la chambre de la reine, puis du roi contenant un sarcophage de granit brisé et vide. La chaleur et l'odeur de refermé sont oppressantes et c'est avec soulagement, mais les jambes flageolantes, qu'elles retrouvent l'air libre. Sans se concerter, elles s'assoient sur une grosse pierre, indifférentes à ce qui les entoure. Les sens en éveil, Jade éprouve le besoin pressent de s'isoler en elle-même pour mieux ressentir l'énergie mystique qui émane de ces demeures d'éternité et l'appel du désert qui résonne en elle.

Un bon moment plus tard, elles achèvent leur visite par le Sphinx, majestueux lion couché à tête humaine qui semble être le gardien naturel des trois pyramides pointant vers le ciel, que l'une et l'autre admire sans réserve en se remémorant les paroles du romancier français André Malraux : « Pas un voyageur qui n'ait eu le cœur étreint… ». Le soleil rougeoyant déclinant à l'horizon, il leur apparaît plus mystérieux dans ce décor nimbé d'irréel imprégné de la magie du passé.

Après un copieux petit déjeuner et un repos réparateur dans leur superbe chambre meublée d'antiquités anglo-égyptiennes, les deux amies décident que le lèche-vitrine fait également partie du plaisir des vacances et quittent le *Mena House* d'un pas léger. Sans maquillage et simplement vêtue d'un chemisier rouge et d'un pantalon de lin beige, Jade ajuste ses lunettes noires pour dissimuler ses yeux brillants qui fixent, fascinés, les pyramides dressées tout près de leur lieu de villégiature. Considérant qu'elles font partie du décor, Julie n'y prête plus guère d'attention. Sans y porter un regard, elle guide Jade vers un taxi stationnant à quelques mètres.

- Au Khan El-Khalili, indique-t-elle au chauffeur.

D'après son guide, Julie a relevé qu'il ne fallait pas rater ce marché d'artisanat, excellent point de départ pour explorer les vieux quartiers et leurs ruelles étroites bordées de boutiques, particulièrement le long de la Qasaba où se trouvent les orfèvres et le souk El-Nahhasin qui l'allèche avec son bazar des dinandiers.

Silencieuses, elles observent la vie quotidienne des Cairotes à travers la vitre. A la terrasse de cafés, des hommes au visage buriné fument la chicha, la longue pipe à eau, en surveillant la lente combustion des braises, d'autres jouent aux cartes ou aux dés. Quelques uns lisent tout simplement le journal.

Ville cosmopolite comptant de nombreux complexes hôteliers et des boutiques de souvenirs en tout genre, elle attire de plus en plus de touristes passionnés par la prestigieuse civilisation pharaonique et les vestiges des splendeurs passées.

Quittant le havre qu'offrait le véhicule qui les débarque à l'ombre d'un sycomore, elles empruntent la longue avenue principale regorgeant de multiples devantures et commencent par s'imprégner de l'ambiance particulière de la cité où les automobilistes klaxonnent intempestivement et les voitures soulèvent une fine poussière sur les passants et touristes indifférents à ce léger inconvénient.

Sur le pas de leur porte, certains commerçants hèlent ceux qui ne s'arrêtent pas. Elles plongent dans cette atmosphère bruyante, regardent onduler les galabiehs de toutes couleurs suspendues à l'extérieur des magasins et les tapis, poteries, verres soufflés, paniers de toutes grandeurs, cuivres et narguilés s'offrant au désir des acheteurs.

Décidée à faire des emplettes, Julie entraîne Jade à l'intérieur d'une boutique débordant de tuniques égyptiennes dont certaines sont abondamment brodées. Un vendeur lui fond immédiatement dessus.

- Française ! Paris ?

Le sourire du vendeur s'élargit.

Après un marchandage qui est le jeu normal entre les deux parties, auquel Jade ne se mêle pas, Julie, satisfaite, repart avec un très beau vêtement typique, de coton bleu seyant à son teint de blonde et à ses yeux couleur du ciel.

Un peu plus loin, une sorte de bazar attire leur attention. Leurs yeux s'habituent rapidement à l'intérieur un peu sombre. Tandis que Julie se dirige vers les flacons à parfums en verre de couleur finement travaillé d'or, comme attirée par un aimant Jade va directement vers un pan de mur à l'opposé et tombe en arrêt devant un papyrus tout encadré : le portrait de Néfertiti. Le fin profil la fascine.

- Te voilà enfin de retour !

Jade ne se retourne même pas en entendant cette voix qui lui semble familière. Elle continue de fixer la reine comme si elle attendait quelque chose.

- Elle est belle, n'est-ce-pas ?

Trop absorbée dans sa contemplation, Jade n'a pas entendu s'approcher le vieil homme et sursaute quand il s'adresse à elle.

- Oui, en effet.

- Vous aussi, vous êtes très belle, insiste l'Egyptien portant une galabieh bleue, la tunique traditionnelle sans col ni ceinture.

- Merci. Oui, merci, balbutie Jade encore sous le charme.

Convaincue que son imagination ou le soleil sont responsables de cette fugitive sensation d'irréel, elle quitte brusquement sans se retourner cet espace où elle se sent soudain oppressée.

Quelques instants plus tard, elle franchit à nouveau le seuil du bazar et demande au marchand de lui emballer le portrait sans même lui en demander le prix.

Un petit sourire aux lèvres, celui-ci lui demande si elle connaît l'histoire de la grande reine.

Un peu, répond elle. Et je sais que son buste, retrouvé sur le site de Tell El-Amarna, est exposé au musée de Berlin.

- Le site se trouve à environ cinq cents kilomètres d'ici, précise l'homme en la fixant bizarrement.

Jade ne répondant pas, il insiste. Si vous désirez y aller, je connais quelqu'un qui pourrait vous y mener. Un très bon guide.

Sur le point de refuser, Jade se tait soudain déconcertée lorsqu'il ajoute.

- N'avez-vous pas envie de retrouver vos origines ? Si un homme n'accepte pas son passé, il n'a pas d'avenir…

- Je ne suis pas Egyptienne, lui lance-t-elle la voix étranglée tandis que le vieil homme lui répond dans sa langue maternelle.

- Pardonnez-moi, mais je n'ai pas compris. Je ne parle pas arabe.

- Votre âme semble pourtant le comprendre.

- Je croyais qu'il n'y avait plus rien sur ce site, reprend Jade pour changer de sujet.

- Les réponses que vous cherchez se trouvent sur le sol de l'illustre capitale dont la renommée a franchi les siècles et dont la destinée demeure aussi fascinante que mystérieuse, lui rétorque mystérieusement son interlocuteur.

- Je suis très intéressée par votre proposition, s'entend répondre Jade malgré elle comme si elle était spectatrice de la scène.

- Revenez demain, lui enjoint le vieil homme en lui plaçant le papyrus empaqueté dans les mains tout en la menant vers la sortie.

Julie surgissant à ses côtés semble la ramener à la réalité lorsqu'elle lui montre avec enthousiasme ses achats composés de petites boîtes en bois incrusté de nacre et de statuettes pharaoniques. Elle s'aperçoit alors soudain qu'elle n'a pas réglé son acquisition.

Jade se souvient de ses conversations avec Khaled et la nostalgie l'envahit. Elle regrette de ne pas se rendre à Tell-el-Amarna en sa compagnie. Il lui avait si bien décrit la civilisation égyptienne et la légende d'Isis et Osiris qu'elle avait eu depuis ce jour le désir de se rendre dans ce pays vivant au rythme de l'éternité et fascinant l'Occident depuis la découverte de la tombe de Toutankhamon et le décryptage de la pierre de Rosette par Champollion.

Après une nuit entrecoupée de rêves étranges et d'insomnies, la jeune femme se prépare pour aller en ville organiser cette escapade dans le passé. Elle sait que de ce haut lieu de l'Egypte sous le Nouvel Empire, seules restent quelques pierres du grand temple d'Aton. Elle presse cependant Julie pour s'y rendre et, après force discussions, lui avoue qu'elle a accepté la proposition du marchand avec le sentiment qu'elle devait aller voir ce site pourtant si éloigné de leur lieu de villégiature. Julie n'a pas mâché ses mots pour lui dire combien elle trouvait stupide cette idée d'excursion alors qu'il y a tant à visiter aux alentours. Cependant, étant donné qu'elle a poussé Jade dans ses retranchements pour l'éloigner de Paris afin de lui changer les idées, elle se résout à l'accompagner à la boutique à l'enseigne de « El Dahab »[2] où le vieil égyptien leur présente Karim qui va leur servir de guide. Grand, brun, très typé, l'homme inspire aussitôt confiance à Jade tandis que Julie lui adresse son plus beau sourire, déjà séduite par le regard de velours.

C'est donc avec le même intérêt que l'une et l'autre l'écoutent expliquer qu'il faudra prendre l'avion pour Râs Ghârna et, de là, traverser le désert oriental depuis les bords du golfe de Suez jusqu'aux rives du Nil, soit un peu plus de deux cents kilomètres de voiture. Aucune structure touristique ne pouvant les accueillir, il faudra dormir à la belle étoile avant de repartir le lendemain par le même chemin.

---

[2] En arabe, signifie l'or.

L'aventure excite les deux amies à présent impatientes de partir.

Il leur faut attendre quarante huit heures avant d'embarquer, un laps de temps qu'elles mettent à profit pour voir le site archéologique de Sakkarah comprenant plusieurs nécropoles dont le complexe funéraire de Djoser dominé par la pyramide à degrés réalisée par l'architecte Imhotep, la Citadelle dont la construction a été lancée par Saladin, la mosquée de Mohammed Ali où, suivant l'usage, elles se sont déchaussées pour fouler les tapis, et enfin le musée national abritant la plus grande collection du monde d'objets d'art égyptiens anciens. Plutôt que de suivre un guide officiel, les jeunes femmes ont préféré parcourir à leur rythme les différentes galeries du rez-de-chaussée et de l'étage.

Dans les salles présentant le fameux trésor de la tombe de Toutankhamon, bijoux et objets funéraires d'une richesse indescriptible, cercueil de bois recouvert d'or décoré de pierres précieuses, cercueil d'or massif pesant cent dix kilos, les visiteurs subjugués s'attardent sur le fin masque d'or incrusté de lapis-lazuli du jeune pharaon. Jade et Julie éblouies par tant de merveilles ne font pas exception.

En redescendant au rez-de-chaussée, Jade découvre la salle dédiée à l'époque amarnienne. Comme une automate, elle y pénètre et se dirige vers le buste inachevé de Néfertiti duquel elle ne parvient pas à détacher son regard. Une bizarre sensation la submerge et semble la clouer sur place. Le cœur étreint par une douleur intense et inexplicable, elle ne peut retenir quelques larmes qui roulent sur ses joues. La voix de Julie qui l'a rejointe lui semble lointaine, si lointaine…

- Remue-toi, la tance son amie qui la saisit par le bras, brisant une chaîne invisible qu'elle ne peut expliquer mais dont elle ressent encore la puissance.

S'éloignant comme à regret, elle se contraint à ne pas tourner la tête vers cette vitrine qui l'attire et l'aspire malgré elle. D'un geste rapide, elle essuie ses yeux humides.

Jade effectue la fin de la visite dans un état un peu second. Heureusement, Julie met sur le compte de la fatigue le désintérêt inhabituel de sa compagne. Elle aussi commence à avoir mal aux pieds et à saturer d'histoire antique.

Enfin, leur guide vient les chercher au petit matin à leur hôtel et les mène jusqu'à l'aéroport, près d'un hangar où les attend un petit appareil prévu pour six personnes maximum. Les deux amies écoutent les consignes de leur accompagnateur et, deux heures plus tard, suivant le peu bavard Karim, elles se dirigent vers un 4x4 noir parqué près de la sortie du terrain d'aviation presque désert.

L'homme se tenant près du véhicule parlemente un moment avec leur guide puis s'empare de leurs petits bagages qu'il dépose dans le coffre arrière avant d'aller s'asseoir derrière le volant. D'un signe, Karim leur demande de monter à l'arrière tandis qu'il prend place aux côtés de celui qu'il appelle Anouar. Surprises par la présence d'un chauffeur dont il n'avait pas été fait mention, elles obtempèrent cependant.

Parties alors que le soleil n'était pas levé, les jeunes femmes subissent à présent ses rayons lumineux qui ont chauffé la carrosserie. Dans l'habitacle relativement confortable, la chaleur s'est installée, comme s'installe pendant plusieurs kilomètres le silence. Jade et Julie, cédant à la fatigue, se sont endormies l'une contre l'autre sous le regard amusé des deux hommes.

Une bonne heure après leur départ, un soubresaut de la voiture les réveille brutalement. Un pneu éclaté contraint à faire un arrêt. Le soleil, pratiquement au zénith, brûle la peau. Prudentes, Jade et Julie se sont vêtues de pantalons légers et de tuniques à manches pour se protéger des coups de soleil intempestifs. Un chapeau et des lunettes noires complètent leur équipement sans leur apporter de soulagement contre l'impression de fer à repasser qui les écrase.

Imperturbable, Anouar change le pneu tandis que Karim s'adresse enfin à elles.

- Il y a une sorte d'oasis à quelques kilomètres. Nous y ferons halte pour nous restaurer. En attendant, il faut vous désaltérer, dit-il en leur tendant une outre pleine d'eau fraîche.

Revigorées, elles reprennent place et sentent immédiatement la sueur couler le long de leur dos. Plus détendues, elles échangent quelques mots sur l'immensité du désert et posent des questions à Karim qui leur explique qu'ils suivent l'ancienne piste caravanière et que ce qu'elles croient être de l'eau n'est en réalité qu'un mirage.

A la pause, la gorge sèche, chacun mastique difficilement un sandwich.

Julie commence à regretter son transat au bord de la piscine et la citronnade qu'elle sirotait au bar.

Le vent chaud soulève le sable qui s'infiltre partout. Elle a l'impression d'en avaler en même temps que le pain mou qu'elle finit par remettre dans son sac papier.

Le parcours paraît interminable à Julie d'autant que Jade ne se montre pas plus loquace que les deux hommes. C'est avec un soulagement évident qu'elle entend Karim leur dire qu'ils sont arrivés.

Son sourire disparaît aussitôt en découvrant une terre désertique et brûlée par le soleil s'étendant aux pieds de montagnes arides à l'aspect écrasant.

- Mais, il n'y a rien !

Sans tenir compte de cette remarque, Karim ouvre le coffre et tend à chacune d'elles un parapluie noir pour les protéger du soleil encore éclatant.

Déçue et de mauvaise humeur, Julie décrète qu'elle préfère tenir compagnie au chauffeur qui s'installe à l'ombre procurée par le véhicule. Jetant un coup d'œil à Jade, elle est dépitée de constater que celle-ci semble supporter le climat étouffant.

- Repose-toi, lui lance-t-elle avant de mettre ses pas dans ceux de Karim.

Celui-ci paraît soudain transformé. Sans se retourner, il évoque Aménophis IV, le pharaon hérétique qui prit le nom d'Akhenaton « serviable pour Aton » et transféra la capitale de Thèbes à Tell-el-Amarna, appellation arabe de la cité d'Akhetaton « l'horizon d'Aton ». Son règne marqua une rupture dans l'évolution historique de l'Egypte car il modifia les traditions et tenta d'organiser une société différente. Toutefois, si Akhenaton est perçu comme l'inventeur du dieu Aton, la renaissance solaire pourrait en fait être datée de Thoutmès I et d'Hatshepsout. C'est à leur époque qu'apparaissent les hymnes solaires dans les tombes thébaines et sur les obélisques de Karnak. Jade le suit comme son ombre, écoutant avec beaucoup d'attention la reconstitution qu'il fait de cette époque, du mode de vie des habitants, de la spécificité de l'art amarnien. Il lui montre les traces restantes du palais royal et l'entraîne vers quelques tombes conservées offrant au regard la représentation du roi et de sa famille. Karim remarque combien elle est transfigurée et, de sa voix chaude, s'adresse tout naturellement à elle en arabe pour évoquer Néfertiti. Seul un léger tressaillement effleure la jeune femme qui l'écoute toujours aussi attentivement.

- Cela fait si longtemps ! Je t'attendais…

Cette voix douce, semblant venue de très loin comme portée par un vent d'outre-tombe, elle la reconnaît. Oui, cela fait si longtemps et pourtant…

- Le moment est venu pour toi de te rappeler d'où tu viens et qui tu es, Ankhsesenpaton…

Karim poursuit ses explications mais elle ne l'entend plus. Son esprit est ailleurs. Comme une automate, Jade s'avance seule au milieu des quelques ruines perdues dans ce cirque rocheux et désertique, et lève les bras vers le ciel, mains tendues vers le soleil à présent rougeoyant.

De loin, Julie se demande à quoi elle joue.

Anouar, s'il est surpris ne le manifeste pas. Il explique seulement à sa voisine que la reine Néfertiti « la belle est venue » vénérait ainsi le dieu Aton. La jeune femme n'ose pas lui dire qu'elle a déjà vu son amie agir ainsi le matin en se levant lorsque le soleil brille sur Paris.

Le regard perdu dans l'horizon, Jade ne voit pas le scorpion s'approcher discrètement quand soudain une douleur fulgurante à la cheville la ramène brutalement à la réalité. Aussi soudainement, la tête lui tourne, elle se sent prise de vertiges et… s'évanouit sous le regard inquiet de Julie qui se précipite vers elle.

- Ne vous inquiétez pas ! la rassure Anouar qui l'a rejointe. Il s'agit certainement d'une petite insolation. Elle va vite s'en remettre.

Jade se réveille toute étourdie. Il faisait encore jour. Que faisait-elle allongée dans le *4x4* ? Que s'était-il passé ? Combien de temps était-elle restée inconsciente ? Les questions se bousculent dans sa tête tandis qu'elle porte instinctivement son regard sur sa cheville. Frappée de stupeur, ses yeux s'écarquillent. Sa tâche de naissance a disparu !

A ses côtés, Julie inquiète lui prend la main.

- Que se passe-t-il ? On dirait que tu as aperçu un fantôme ?

Je me sens seulement un peu fatiguée, articule-t-elle, l'esprit en déroute.

Elle est heureuse d'apprendre par son amie, rassurée de la voir éveillée, qu'ils passeront la nuit sur place.

Voir le soleil se coucher sur le Nil est un enchantement qui ravi les deux amies. Avec la venue de la nuit, la température fraîchit et Julie retrouve sa gaîté. Elle donne un coup de main pour monter les deux petites tentes apportées par Karim pendant que Jade aide Anouar à allumer un feu pour réchauffer leur repas du soir. A la lueur des flammes chacun se régale de boulettes de moutons avec du riz agrémenté d'oignons grillés et, comble du luxe, d'un thé noir. Allongée sur le dos, Jade contemple un ciel étoilé comme elle n'en a jamais vu et se laisse bercer par la voix de leur chauffeur dont le chant nostalgique s'élève vers la voûte céleste.

Délaissant Julie entraînée dans une grande conversation avec Karim, elle se glisse dans son sac de couchage, voyant leurs ombres se profiler sur la toile qui la protègera de la fraîcheur nocturne.

Les paupières lourdes, elle s'endort très vite d'un sommeil peuplé de rêves. Elle tend les bras vers un homme grand, vêtu d'un simple pagne blanc… Lui aussi tend les bras vers elle… un mur invisible infranchissable semble les séparer… Il lui demande pardon…

Jade se réveille en sursaut, le front baigné de sueur. Une douleur intense lui étreint la poitrine, la même que celle éprouvée lors de la perte d'un être cher, tandis qu'elle essaie de revivre la scène qui l'a bouleversée. Que signifie ce rêve qui lui rappelle son cauchemar sans lui ressembler et lui laisse une impression étrange de déjà vécu ? Qui est cet homme ? Son cœur bat la chamade au seul fait de l'évoquer. Pour détourner son esprit de cet inconnu et trouver quelque repos dans le sommeil, elle se replonge dans l'histoire de ce pharaon dont l'épouse fut une grande reine aux dires de Karim. Mais, en songeant à Néfertiti, apparaît aussitôt à ses côtés l'homme de son rêve et elle se sent à nouveau désorientée. Ce n'est qu'au petit matin que Jade épuisée parvient à s'endormir quelques heures.

A son réveil, Jade ne sait plus si elle a mélangé rêve et réalité. A-t-elle une imagination débordante ou s'est-elle trop imprégnée des explications passionnantes de leur guide ?

De toute façon, pour elle une chose est certaine, si elle ne regrette pas d'être venue, elle a finalement hâte de repartir.

Quant à Julie, elle se demande encore pourquoi elles ont perdu deux jours de vacances pour venir voir « rien ». N'aurait-il pas été préférable de faire la croisière sur le Nil, regrette-t-elle ! Visites et repos alternés leur auraient été plus profitables, elle n'en doute pas.

Une tasse de café soluble et quelques biscuits avant de plier le « camp » et les voilà tous quatre remontés en voiture pour emprunter le chemin du retour, le même qu'à l'aller.

Julie ne peut s'empêcher de confier à l'oreille de Jade :

- J'espère que tous les pneus tiendront la route, car nous n'en avons plus de secours.

Sa crainte restera injustifiée. Bien qu'impatiente d'être dans l'avion, le trajet lui semble plus rapide dans ce sens. L'avion attend sur le tarmac et décolle peu après pour les ramener vers la vie citadine du Caire.

Pendant le vol, Jade se force à oublier les images qui lui viennent malgré elle à l'esprit et provoque en elle un malaise qu'elle ne s'explique pas.

Le jour suivant, alanguies sur une chaise longue Jade et Julie se relaxent au soleil, se baignent dans la piscine peu fréquentée, bronzent et boivent des cocktails de fruits ou du thé à la menthe tout en discutant de choses et d'autres. Elles ont toujours de quoi échanger et se montrent intarissables qu'il s'agisse de travail, de relations sentimentales, d'aventures ou de questions philosophiques.

Elles ne dédaignent pas la grande salle à manger qui a conservé tout son charme oriental d'origine où elles se régalent de la cuisine locale. Parmi les plats typiquement égyptiens, elles goûtent au maahchi, les feuilles de vigne avec tomates, aubergines, courgettes ou poivrons farcis de riz et parfois de viande, à la fattah composée de pain rassis trempé dans un bouillon, le tout relevé d'ail et de vinaigre puis recouvert de yaourt, de noix concassées et de raisins secs.

En ce dernier après-midi de vacances, le sujet que ni l'une ni l'autre n'ont osé aborder depuis leur retour de Tell el-Amarna s'impose tout naturellement. Jade se confie à Julie. Elle lui fait part des visions qu'elle a eues, de la voix qu'elle a entendu, du rêve si réel qu'elle a fait et fait encore depuis. Mais le plus étrange reste la disparition de son tatouage naturel à la cheville, ce scorpion qui faisait partie intégrante d'elle-même depuis sa naissance. Jade n'a aucune explication rationnelle et cela la perturbe. Avec sa vision cartésienne de l'univers, elle se trouve à l'instar de Julie devant un mystère obscur. Ces lieux qu'en principe elle ne connaît pas, elle a l'impression de les retrouver, tout simplement.

- Je ne sais pas quand ni comment mais je suis certaine d'être déjà venue ici.

- Tu commences à me faire peur Jade !

- Moi aussi, je commence à me faire peur…

34.

Encore imprégnée de son extraordinaire voyage en Egypte, Jade se réhabitue mal à son rythme parisien. Honteuse de n'avoir pas eu l'idée de rapporter un objet pour sa mère dont l'anniversaire est proche, elle décide d'aller faire des courses aux galeries Montparnasse.

Sa flânerie la conduit jusqu'à la rue de la Gaîté où elle connaît, à l'angle du boulevard Edgar Quinet, une petite boutique proposant de ravissants chemisiers et sous-vêtements féminins. Son attention se porte sur une chemise de nuit brodée exposée en vitrine. Au moment où elle s'apprête à entrer, son pas est stoppé net par un bras qui la retient.

- Elle est très belle, comme toi, lui glisse subrepticement une gitane en lui prenant la main d'autorité. La vérité est proche... Tu la découvriras si tu ouvres ta conscience... Il est des moments dans la vie où face à l'évidence on ne peut que s'en remettre à sa bonne étoile. Et il se pourrait bien que ce soit effectivement le cas pour toi... Les événements du moment ne prennent pas cette tournure pour rien. Ils s'inscrivent dans un cadre bien précis et font partie de ton destin.

Jade ne démêle pas bien la tirade de cette femme qui disparaît aussi discrètement qu'elle était apparue et ne lui a rien demandé contre ses prédictions.

* * *

Le lendemain dimanche, Jade ayant refusé de sortir avec des amis, décide de faire un nettoyage de printemps et commence par ranger son armoire. En vérité, elle a besoin de s'occuper pour arrêter de penser à la voyante et à ce qu'elle lui a dit. Car son esprit a parfaitement enregistré les propos de la gitane.

Sa distraction rend ses mouvements maladroits. Une boite tombe du haut de son étagère, s'écrase sur le tapis et se vide de son contenu. Accroupie pour récupérer les objets éparpillés, Jade retrouve sa clé de vie qu'elle n'a jamais portée. Une vive émotion lui serre aussitôt la poitrine. *Je l'ai rangée il y a des années et aujourd'hui, justement quand je reviens d'Egypte, je remets la main dessus.*

Jade commence à douter du hasard. Il s'est passé tant de choses bizarres depuis quelques temps ! Et cette voyante qui lui dit des choses incompréhensibles ! S'est-elle laissée envoûter par la magie de cette Egypte pharaonique ! Qu'est ce que cela peut bien vouloir dire ? Existe-t-il des pouvoirs supérieurs inconnus ?

C'est un chemin subtil qui sépare la coïncidence du destin. Jade est à la veille de le comprendre.

Sa réflexion est interrompue par la sonnerie du téléphone.

- Veux-tu m'accompagner à une exposition sur l'Egypte, lui propose sa maman. C'est le dernier jour et comme tu reviens de là-bas je me suis dit que cela te plairait.

L'Egypte ! Encore l'Egypte ! Que de coïncidences. Sans hésiter, elle accepte et se prépare pour la rejoindre. Prête à entrer dans la douche, elle constate avoir toujours la clé dans sa main gauche.

- Pourquoi ne la porterais-je pas après tout, dit-elle à son reflet dans le miroir.

Jade n'a rien raconté à sa mère et ne lui racontera rien. Elle la sait trop cartésienne pour prêter foi à ces histoires.

Elle ôte sa chaîne pour remplacer l'émeraude qu'elle porte en pendentif autour du cou, cadeau d'anniversaire de ses parents pour ses seize ans, par la clé de vie offerte par Khaled.

Soudain, sous le coup de visions effrayantes, elle met les mains sur sa poitrine et se laisse tomber sur le sol de la salle de bain, incapable de surmonter l'angoisse oppressante et paralysante qui l'a assaillie. Immobile, elle ne peut détacher son regard du poignard et du sang que son esprit projette devant elle tandis qu'une impression étrange et désagréable s'empare de tout son être.

Envahie par un sentiment d'immortalité, Jade ne perçoit plus de frontière entre la vie et la mort, comme si des portes venaient de s'ouvrir pour lui donner accès à l'au-delà… Prise d'une violente panique, elle arrache d'un geste vif la clé de vie qui pend à son cou. Aussitôt, tout semble redevenu normal. Mais ce n'est qu'un bon moment plus tard que Jade retrouve enfin ses esprits. *Que s'est-il passé ? Que lui est-il arrivé ?* se demande-t-elle inquiète pour sa santé psychique. *Je vais très vite oublier et tout va rentrer dans l'ordre. Ce doit être la fatigue.*

Au rendez-vous, elle a le plaisir de voir que son père se tient aux côtés de sa mère. Sa présence la rassure. Elle les embrasse avec une chaleur qui les fait rire. Comment pourraient-ils comprendre ce qu'elle-même ne comprend pas. Elle passe la soirée avec eux, réconfortée de les voir toujours égal à eux-mêmes dans l'amour qu'ils se portent et la complicité qui les unit. A ses yeux, ils représentent le couple idéal, celui qu'elle aurait ardemment voulu bâtir.

Lorsqu'ils se séparent, l'angoisse l'habitant et lui étreignant la poitrine depuis le matin s'est apaisée mais se réveille tandis qu'elle repense à l'incident de l'après-midi. Heureusement, ses parents n'avaient rien remarqué d'étrange.

En admiration devant un papyrus extrait du *Livre des morts*, Jade avait fait un commentaire des plus troublants à leur adresse : *Ne trouvez-vous pas formidable cette pensée égyptienne selon laquelle la mort n'est que le commencement !*

C'est exactement la traduction des hiéroglyphes ! s'était alors exclamée sa mère en lisant le panneau explicatif installé sur le côté droit à l'opposé de Jade interloquée tandis que ses parents ne s'attardaient pas davantage et passaient à la vitrine suivante.

Les semaines suivantes, Jade ne parvient pas à se concentrer sur son travail et les dossiers complexes de défiscalisation en pile sur son bureau semblent la narguer, de même que le soleil de juin filtrant à travers la vitre.

Elle ne réussit pas à effacer les images obsédantes qui défilent devant ses yeux et ressent depuis une vive douleur au niveau du plexus solaire qui l'empêche de s'alimenter correctement et lui est si familière. Elle avait vécut avec elle durant toutes les années de sa maladie.

Dans un état de profond malaise, Jade revoit en boucle la scène de la salle de bain dont le souvenir s'accompagne toujours de la même angoisse.

Malgré ses efforts, Elle ne parvient pas à surmonter sa peur viscérale de tout ce qui est occulte car c'est bien de cela dont il s'agit, elle en est certaine.

Elle se jure de ne plus jamais porter cette clé de vie. Pourtant, elle a l'intuition qu'elle va devoir affronter sa peur et trouver des pistes pour comprendre au risque de ne pas parvenir à revivre normalement. *Mais où trouver des éléments d'explication ? Qui pouvait l'aider ?* se demande-t-elle désespérée.

Elle en est là de ses réflexions quand Alexandra entre dans son bureau, un gobelet à la main.

- Je sais que tu ne refuseras pas un café.
- C'est gentil, la remercie Jade.
- Je viens aux nouvelles. Tu as l'air bizarre depuis quelques temps. Quelque chose ne va pas ? Tu sais que tu peux compter sur moi !
- Je le sais. Rassures-toi, simple fatigue passagère.
- On part ensemble ce soir.
- Ce soir ? Euh… Oui, d'accord.

Jade avait complètement oublié cette invitation à dîner chez Alexandra demeurant près de Versailles. Elle n'a pas spécialement envie de voir du monde, mais si elle se décommandait elle éveillerait les soupçons d'Alexandra

* * *

Depuis son retour d'Egypte, Jade s'est forcée à accepter toutes les invitations pour éviter de rester seule chez elle, à penser. Elle avait été troublée quelques jours auparavant, le 19 août exactement, en lisant dans les journaux que le Shah d'Iran avait posé la première pierre de Shahestan destinée à être la nouvelle capitale du pays. Pourquoi avait-elle aussitôt pensé à Akhenaton et à sa cité de Lumière ?

En ce soir d'été, dans le salon d'Alexandra, la conversation porte sur la vie, l'avenir, leurs espoirs. Sans tenir compte de la présence d'un tiers, à brûle-pourpoint, celle-ci demande à Jade pourquoi elle n'a pas passé un concours pour être juge comme Julie, ou même l'examen d'avocat. Jade explique qu'elle ne se sentait pas la force de décider du destin d'individus ou d'avoir une part de responsabilité dans l'échec d'une plaidoirie.

- Il y a dans votre réaction une résultante de vos vies précédentes, lui affirme Olivier très sérieusement. Psychologue, le cousin de son amie, plus âgé qu'elles, s'intéresse à tout ce qui est sciences occultes.

- Ne commence pas sur ce sujet, le supplie Alexandra en joignant ses deux mains comme pour prier.

N'écoutant pas la supplique de la jeune femme, il se tourne vers Jade en qui il perçoit une interlocutrice intriguée et se lance dans une diatribe qu'aucune n'ose plus interrompre.

- La primauté absolue accordée à la connaissance rationnelle a amputé l'homme occidental de l'essentiel de lui-même. Elle lui a progressivement fait perdre le contact avec son corps, avec son âme et son environnement naturel, avec son intuition et sa propre transcendance.

Il lui précise qu'il existe une autre dimension de l'être humain, plus vaste, plus spirituelle aussi, à laquelle l'homme peut accéder pour peu qu'il ouvre sa conscience.

Se pourrait-il qu'Olivier puisse lui apporter des réponses ? se demande soudain Jade qui repense aux événements récents.

- Parmi les phénomènes occultes, quel est celui qui vous intéresse tout particulièrement ? s'enquiert-elle d'un air qu'elle espère plus poli qu'intéressé.

- Depuis plusieurs années, je me penche sur le phénomène de la réincarnation. C'est absolument fascinant ! Comme les vagues de l'océan, les vies et les morts se suivent, la roue des réincarnations tourne.

- Quel rapport avec la psychologie ?

- Certains de nos traumatismes psychiques et physiques trouvent leur origine dans nos vies antérieures. L'exploration de celles-ci permet à toute personne qui le souhaite, à travers un travail particulier, de faire la lumière sur des problèmes oppressants. Il s'agit d'une thérapie un peu avant-gardiste, je le sais, mais les résultats sont époustouflants. A partir du moment où le souvenir du traumatisme remonte à la surface c'est-à-dire dans le champ de conscience, les troubles du comportement cessent presque immédiatement. La plongée dans les vies antérieures comme dans celles de souvenirs d'enfance enfouis dans notre subconscient a des vertus thérapeutiques. Aussi invraisemblable que cela puisse paraître, celui-ci n'oublie rien et se souvient de tout ce qui nous est arrivé…

Olivier, heureux d'avoir trouvé une personne intéressée par son travail, ne remarque pas le trouble de Jade qui repense à tout ce qui s'est passé en Egypte. Imperturbable, il poursuit ses explications.

- Plonger en soi-même et en ramener des souvenirs précis et détaillés d'événements qui se sont produits des siècles auparavant est une expérience absolument fantastique.

- Tu l'as déjà fait toi-même ?

- Bien sûr.

- Raconte-moi comment tu as fait et ce que tu as ressenti.

Passant la tête à la porte de la cuisine, Alexandra s'étonne.

- C'est bizarre que tu aborde ce phénomène, d'habitude tu n'en parle qu'en famille ! Je te préviens, Jade, c'est un peu délirant. Bref, ce n'est pas mon truc, je vous laisse sinon le poulet va brûler.

Jade était impatiente d'entendre ce qu'il allait lui raconter.

- Où en étais-je ? Ah oui !... Il faut canaliser sa conscience supérieure, entrer peu à peu en union avec la partie la plus élevée de soi-même pour pouvoir accéder aux souvenirs de nos vies antérieures qui sont stockés dans notre subconscient au même titre que ceux de notre vie présente. La première chose bouleversante qui apparait lorsque l'on retrouve la mémoire d'une vie antérieure c'est que celle-ci nous ressemble. On y découvre la clé de certains de nos comportements, de certaines de nos croyances, de nos goûts, de nos problèmes, de nos peurs, de nos traumatismes...

- De quel genre de traumatisme s'agit-il ?

- Ils sont nombreux et divers. Le plus marquant est celui de la mort. C'est au moment même de celle-ci et dans la façon dont s'accomplit le passage que se profilent nos vies futures. Plus la tension de ce moment est forte, plus les résidus karmiques que sont nos pensées et nos sentiments sont forts eux aussi et plus important est le karma qu'ils vont générer. Plus simplement, si nous mourons en proie à des sentiments violents, ces derniers vont créer des résonnances d'égale intensité dans les vies futures via le karma.

- Qu'est-ce que le karma ? l'interroge Jade qui a l'intime conviction que cette conversation contient un message à son intention. Fascinée par son récit, elle boit littéralement ses paroles.

- C'est le code génétique de notre âme. Contrairement à ce que la plupart des gens croient, nous ne sommes pas des êtres neufs à la naissance. Nous sommes d'une certaine façon conditionnés par notre karma qui nous pousse à effectuer certains choix, à vivre certaines expériences. Les traces laissées en nous par nos vies antérieures vont également déterminer nos dons, nos faiblesses mais aussi les éléments majeurs de notre existence. C'est la rencontre de lieux, de personnes ou de situations liées à nos existences passées qui provoque la réactivation de notre karma.

- Si je comprends bien, demande Jade inquiète, nous sommes prisonniers de notre karma, condamnés à subir les conséquences de nos vies antérieures.

- Non. Condamné est un mot excessif. Les événements de nos vies passées sont une réserve de connaissances et d'expériences à la disposition de notre libre arbitre pour nous permettre d'évoluer dans notre vie présente.

- N'est-il pas impossible de mener une existence normale en ayant conscience d'un vécu antérieur ?

- L'oubli de notre bagage karmique est nécessaire à la quiétude de notre esprit ce qui explique que nous naissions amnésiques. Toutefois, comprendre le sens de notre réincarnation peut parfois nous aider à résoudre notre karma et à nous en libérer pour préparer les suivantes.

Persuadée qu'il y a quelque chose dans son karma qui la lie à Khaled, Jade raconte son histoire à Olivier sans pouvoir retenir quelques larmes sauvages. Pourquoi n'avaient-ils pas réussi à faire leur vie ensemble ? Pourquoi la vie les remettait-elle régulièrement en présence pour les faire souffrir ?

- Il y a très certainement un lien karmique entre vous. Les êtres qui s'aiment aujourd'hui intensément se sont souvent connus et aimés dans d'autres vies et éprouvent le besoin irrésistible de se retrouver. Si pour des raisons diverses, comme toi et Khaled, ils ne parviennent pas à s'unir aujourd'hui, ils poursuivent leur évolution propre en établissant des liens profonds avec d'autres êtres. Mais tôt ou tard, ces âmes jumelles sont destinées à se rencontrer à nouveau comme les couples éternels sont appelés à se reformer… Jade ! Tu vas bien ?

- Pardon, je... bredouille-t-elle troublée. Je suis désolée… Je pensais à ce que tu venais de dire et… L'émotion qui étreint son cœur est telle que Jade ne parvient pas à achever sa phrase.

- Si cela te bouleverse autant, c'est qu'il y a quelque chose… Je te propose de tenter l'expérience pour essayer de comprendre.

35.

Jade est convaincue d'avoir aimé Khaled dans des vies antérieures. *Qu'avaient-ils vécus ensemble pour ne pas parvenir à s'aimer librement aujourd'hui ?* s'interroge-t-elle depuis deux semaines. Plus le jour convenu avec Olivier approche, plus elle se sent malheureuse. Le cœur serré, elle pleure comme si elle venait de perdre Khaled une nouvelle fois. Consciente de l'absurdité de la situation, elle n'en parvient pas plus à maîtriser ses émotions.

J'aime un homme sans plus en avoir le droit... je l'aime sans raison et malgré moi... j'aime un homme avec qui je ne peux vivre... je l'aime à ne pouvoir que lui survivre...

Elise Thuillier avait beaucoup souffert de l'attitude de sa fille pendant cette maladie pernicieuse qui avait créé une distance entre elles. Elle avait tout tenté pour l'aider, sans savoir si elle employait des moyens appropriés. Leur amour, leur courage commun, avaient permis de ne pas détruire le lien privilégié qui les unissait depuis toujours. Aussi avait-elle compris la veille que Jade avait besoin d'elle. Si elle avait été heureuse que sa fille ne se renferme pas en elle-même comme elle l'avait déjà fait, Elise s'inquiétait de l'état d'esprit dans lequel elle se trouvait et avait aussitôt accepté de l'accompagner pour cette surprenante expérience. Elise n'en avait pas parlé à son mari dont elle était certaine du scepticisme.

Olivier ayant admis sa présence, Elise installée en retrait observe sa fille et la trouve très contractée. D'ailleurs, le psychologue, Elise ne sait comment l'appeler, la fait s'installer sur le divan destiné à la relaxation. Lui-même s'assoit sur une chaise près d'elle après avoir créé une pénombre éclairée par la seule lueur vacillante d'une bougie.

- Ferme les yeux. Ecoute les différentes musiques planantes dont l'objet est de te plonger dans un état de calme et de paix intérieure pour réveiller et activer les énergies endormies.

Ne recourant pas à l'hypnose, Olivier lui explique qu'elle devra se concentrer sur sa voix qui la guidera à travers les étapes de la relaxation puis vers l'événement recherché.

Dans ta vie présente, tu as connu et aimé Khaled. Si vous vous êtes déjà rencontrés dans une autre vie, dans un autre temps, un autre lieu, nous allons le découvrir ensemble. Nous allons progressivement endormir ton mental et mettre en veilleuse ton esprit conscient. Ainsi libéré du présent, une partie de ta conscience va pouvoir partir explorer ta mémoire karmique. Tu es prête ?

- Oui…

- Pour commencer, nous allons toi et moi, relaxer, endormir la partie physique de ton être car lorsque le corps physique est calme, détendu, endormi, l'esprit a accès à d'autres vérités, à d'autres réalités. Inspire lentement puis expire profondément pour ouvrir ta conscience et laisse toi porter par la musique… Tu te sens calme, tu te sens tranquille… Et là, derrière tes paupières closes, je voudrais que tu penses à une plage, un soir d'été… Crée-la, imagine-la, visualise-la… Le soleil déjà bas sur l'horizon s'apprête à se coucher mais il fait encore chaud… Sens cette chaleur… Crée-la… Et le sable presque blanc sous la lumière dorée du soleil te parait doux… Imagine que tu marches sur cette plage, vêtue d'un vêtement, un vêtement ample et blanc dans lequel tu te sens bien… Ressens sous tes pieds le sable mouillé par l'écume… Sens… Perçois… Ressens l'odeur saline qui flotte dans les airs… Ecoute le chant des vagues, ce chant qui a bercé le genre humain depuis des millénaires… Tu peux l'entendre… Il n'y a personne sur cette plage… C'est une plage déserte un soir d'été baignée par les derniers rayons de soleil… Trouve une place dans le sable et allonge ton corps… Allonge-le et permet lui de se relaxer, de s'endormir.

Olivier guide Jade pour que chaque membre de son corps physique s'imprègne de la sérénité du lieu et soit totalement détendu. Par la même occasion, il l'initie à voir, à ressentir par l'esprit et non par la matière, à exercer ses yeux spirituels bien différents des yeux physiques. Dans le monde de l'esprit, penser quelque chose c'est le faire exister d'où l'importance de la visualisation. Après avoir appelé son ange gardien pour la protéger dans son voyage, il lui indique la direction de sa destination finale, l'endroit où se trouve ce qu'elle cherche.

Guidée par la voix d'Olivier, Jade traverse le tunnel temporel dans un tourbillon auquel elle s'abandonne jusqu'à la lumière blanche dans laquelle elle se fond sans appréhension.

* * *

- Que perçois-tu là ? Es-tu à l'intérieur ou à l'extérieur ?

- C'est un espace fermé. Une grande salle. Il y a beaucoup de lumière…

- Es-tu seule ?

- Non. Il y a du monde partout. J'ai l'impression que je suis à une réception.

Après un moment de silence, elle précise.

- J'entends de la musique. Des couples dansent…

- Concentre-toi sur toi. Promène mentalement tes mains autour de ton corps et dis-moi si tu es un homme ou une femme.

- Je suis une femme. Je porte une robe de bal. Je crois que je fais partie de la noblesse.

Olivier lui pose d'autres questions toutes plus précises les unes que les autres pour permettre à sa conscience d'investir cette autre réalité du passé, d'entrer plus avant dans ce corps et d'en ressentir les émotions.

- A quoi te fais penser cette réception ? Où es-tu d'après toi ?

- En Espagne. C'est l'Inquisition. Le nouvel inquisiteur semble être à l'honneur. Tout le monde lui tourne autour avec de grands sourires. Il me regarde. Je sens son regard incisif posé sur moi.

- Que ressens-tu pour cet homme ?

- Du mépris pour ce qu'il est. Du dégoût pour les avances qu'il me fait depuis son arrivée en Castille.

- Je voudrais que tu te concentres sur les autres personnes présentes autour de toi. Comment sont-elles ? Décris-les-moi.

- Elles sont très élégantes. Il y a un homme... il a les cheveux noirs et le teint mat... j'ai l'impression de le connaître depuis toujours... de l'avoir attendu... C'est Khaled ! C'est lui, j'en suis sûre !

- Avançons un peu dans le temps. Dis-moi si tu lui parles au cours de la soirée.

- Oui.

- De quoi parlez-vous ?

- Il me complimente.

- Comment s'appelle-t-il ?

- Arturo.

- Et toi ? Comment t'appelles-tu ?

- Angelica.

- Avançons encore dans le temps. Dis-moi si tu le revois ?

- Nous sommes dans le jardin de mes parents. Il me déclare son amour.

- Que ressens-tu ?

- Je suis heureuse. Je l'aime. Je veux passer le reste de ma vie avec lui.

- Qu'allez-vous faire maintenant ?

- Il va demander ma main à mon père.

- Avançons jusqu'à ce moment-là ? Ton père accepte-t-il ?

- Oui. Mais il est très inquiet car l'inquisiteur lui a fait part de son désir de m'épouser. Il craint cet homme tout puissant.

- Avançons encore dans le temps vers la fin de cette histoire. Vous mariez-vous ?

- Non.

- Pourquoi ?

- Arturo est mort. L'inquisiteur l'a provoqué en duel, un duel déloyal car il l'a fait assassiner par derrière par l'un de ses hommes de main.

Jade commence à remuer sur le canapé. Dans son agitation grandissante, elle se met à pleurer vivant son passé au présent, l'émotion ancienne remontant intacte avec le souvenir. L'inconscient de Jade avait déverrouillé ses portes.

- Poursuis. Que se passe-t-il ensuite ?

- Je suis arrêtée. Je suis emmenée dans une cellule sinistre… et insalubre… Il n'y a pas de lumière… Personne ne sait où je suis… hoquète-t-elle la gorge nouée.

- Pourquoi es-tu arrêtée et par qui ?

- L'inquisiteur veut que je l'épouse, sinon il me fera juger pour sorcellerie.

- Avançons dans le temps. Epouses-tu cet homme qui te fait du chantage ?

- Non.

- Comment lui échappes-tu ?

- J'avais préparé un poison. Quand les Alguacils sont venus me chercher, je l'ai caché dans mon corsage. Ils ne m'ont pas fouillée poursuit Jade dont le rire de victoire se mêle aux larmes de désespoir.

- Qu'en fais-tu de ce poison ?

- Je vais le boire… Je le bois…

- Que ressens-tu ?

- Je vais mourir, je le sens… je n'appartiens qu'à Arturo et je vais le rejoindre... Je flotte… je vois mon corps immobile gisant par terre…

- Très bien. Maintenant, peux-tu faire le lien entre l'histoire d'Angelica et Arturo et celle de Jade et Khaled ?

- Il y a toujours des personnes qui s'interposent pour les empêcher de s'aimer par jalousie…

- Laisse aller le passé. Détaches-toi de lui. Redeviens libre dans ton présent. Il n'y a plus besoin d'expérimenter les effets du passé. Redeviens libre, libre…

Après quelques instants, Olivier demande à Jade comment elle se sent ?

- Quelle expérience ! C'était bien lui. Il avait le même visage. Pourquoi faut-il que l'histoire se répète ?

- Il y a sans doute une raison karmique à votre histoire d'amour impossible. Pour la connaître, il faudrait aller à la source de vos racines karmiques, c'est-à-dire retourner dans la vie antérieure au cours de laquelle votre karma s'est créé. Nous pourrions essayer d'aller voir plus loin dans une prochaine séance, si tu le souhaites.

* * *

Les portes de l'inconscient de Jade s'étaient ouvertes, libérant des forces incontrôlables et de puissantes émotions déstabilisatrices. Découvrir que les lieux, les événements et les êtres humains se croisent et s'entrecroisent indéfiniment tandis que les siècles et les millénaires s'écoulent l'avait également désorientée au plus haut point.

Témoin discret, Madame Thuillier ne sait que penser, elle aussi très perturbée.

Heureusement que je suis là pour partager ce lourd moment. Jade avait besoin de son soutien, de cela elle était certaine.

Attablées devant un café dont elles ont toutes deux un grand besoin, chacune respecte le silence de l'autre.

Leurs pensées cheminent. Elise prend la main de sa fille dans la sienne, la serre pour l'assurer de sa compréhension. Bien des choses s'expliquent au travers de ce qu'elles viennent d'entendre. Elise par la voix de sa fille, Jade par les explications d'Olivier.

- Il faut le temps d'absorber cette idée de réincarnation, lui glisse doucement sa mère qui accepte ainsi de reconnaître un phénomène qui ne l'avait jamais effleurée.

- Tu le crois aussi, maman !

- C'est très dérangeant ce sentiment que tu puisses avoir déjà vécu et être aujourd'hui une personne dont les actes antérieurs se répercutent sur ta vie actuelle !

- J'ai la conviction que tout cela est vrai.

- Cela va-t-il t'aider à construire ton existence présente ?

- Je l'espère, maman.

Angelica ! Arturo ! se répète Jade. Ignorant tout de l'Inquisition espagnole, elle effectue quelques recherches dans la vaste bibliothèque de ses parents espérant satisfaire sa curiosité grandissante. Au fil des pages, elle découvre que celle-ci est née en Andalousie en 1481 avec le premier autodafé et devient toute puissante grâce à l'indépendance qui lui est accordée par le pape Sixte IV en 1478. Soudain, ses yeux s'arrêtent sur un paragraphe et elle s'exclame pour elle-même : *j'ai trouvé !* Emue, elle le relit plusieurs fois, parcourue de frissons. ...*A partir de la fin du XVème siècle, l'Espagne n'échappe pas à l'épidémie de sorcellerie qui se répandit dans le reste de l'Europe et elle prend part à la répression. Des sorcières sont brûlées en Castille et en Aragon, puis en Navarre au début du XVIème siècle... Au reste, alors que la persécution des magiciens et sorciers faisait ailleurs des milliers de victimes, la question ne se posa vraiment dans la péninsule ibérique qu'au Nord de la Castille et en Navarre... On célébra à Logrõno en 1610 un terrible autodafé... Ce fut le dernier du genre. Il faut ici rendre hommage à un inquisiteur intelligent Alonso de Salazar Frias qui, d'une tournée en Navarre, conclut qu'il n'y avait dans cette sorcellerie qu'imagination et fausses accusations... A la différence du reste de l'Europe, on ne brûla plus en Espagne pour sorcellerie...*

Décidée à mener jusqu'au bout sa quête sur les mystères du karma, pendant les deux semaines précédant son second rendez-vous avec Oliver, Jade réfléchit à tout ce qui lui était revenu pendant la première séance et tente de reconstituer le puzzle. Elle met bout à bout les éléments : Espagne, Egypte, ce que la voyante lui avait dit, la scène de la salle de bain. Quel est le lien entre tout cela ? Elle espère le découvrir la fois prochaine. Grâce à Olivier, elle sent qu'elle ne va pas tarder à comprendre.

Tant de souvenirs ponctués de rires et de larmes. Pas un moment depuis tant d'années de bonheurs ou de joies immenses, de peines ou de chagrins intenses auquel elle ne soit associée. Si dans l'Amour on peut parler d'âmes-sœurs faites pour se rencontrer, si de l'Amour vient l'Amitié, elle était la sienne sans hésiter. Julie connaissait les secrets de son âme, ses doutes et ses flammes, ses tempêtes et ses armes que jamais elle n'a blâmés. Elle connaissait les secrets de son cœur, ses ombres et ses bonheurs, ses victoires et ses erreurs qu'elle comprenait avec chaleur. Jade pense à Julie, sa meilleure amie, persuadée de l'avoir connu dans des vies passées tout comme ses parents qu'elle chérit et a toujours peur de perdre. Olivier ne lui avait-il pas dit que *les personnes avec lesquelles tu ressens un lien puissant dans ton existence ont été proches de toi dans une autre vie. Vous avez pu être parents, amis, amants mais si vous ressentez un lien plus profond encore avec un autre être, si cette personne est comme le prolongement de vous-même, alors il y a de grandes chances pour que vous vous soyez aimés, pour que vous ayez vécu, marché, souffert et ri ensemble.*

Jade s'interroge sur ses parents. L'étaient-ils dans sa vie précédente ? Une chose est sûre pour elle, ils le seront dans la prochaine.

36.

Allongée, les yeux fermés, Olivier enjoint Jade à respirer profondément et à se laisser totalement aller. Le corps relaxé, l'esprit en veille, sa conscience se libère plus facilement que lors de la première séance pour partir explorer le temps.

- Tu vas retourner dans le passé, bien loin dans le passé, à l'époque où toi et l'homme que tu as connu comme étant Khaled vous êtes rencontrés pour la première fois. Va vers un événement important qui t'aidera à prendre pied dans cette vie là si, bien sûr cette vie là existe. Que perçois-tu ? Où-es tu ?

- Je suis dans ma chambre. Je viens de retrouver la clé de vie que Khaled m'a offerte. Cela ne sert à rien, s'interrompt-elle. Ce souvenir date d'il y a quelques semaines à peine.

- Poursuis quand même.

Après un moment d'hésitation, Jade reprend.

- Je ne l'avais jamais portée… Et j'ai eu envie de la mettre autour de mon cou. Quelques minutes plus tard, j'ai ressenti une angoisse m'étreindre douloureusement la poitrine et j'en suis tombée par terre. J'ai eu l'impression d'être immortelle, qu'il n'y avait plus de frontière entre le monde terrestre et l'infini.

- Et maintenant, je vais compter jusqu'à 5 et à 5 tu vas voir la cause, la cause, oui la cause de cette vision d'immortalité qui affecte ton présent et rien d'autre, rien d'autre que la cause, la cause.

1… 2… 3…4… 5…

Maintenant laisse les choses se faire. Que se passe t-il ?

Le décor avait changé… Jade avait basculé d'une vie à l'autre. Elle était de retour dans son passé.

- Où es-tu ?

- Je suis dans un halo de lumière.

- Avec tes mains, fais le tour de ton corps et dis-moi si tu es une femme ou un homme ?

- Je sais que je une femme mais je ne sens pas mon corps.

- Que ressens-tu ?

- Je me sens légère.

- Que fais-tu ?

- J'accompagne Hamosis aux portes de l'au-delà car il est mort.

- Qui est Hamosis ?

- C'est Khaled.

- Reculons dans le passé de cette vie au début de cette histoire. Où es-tu ?

- Je suis sur les bords du Nil. Hamosis m'apprends à pêcher.

- Avançons un peu dans le futur. Que se passe-t-il ?

- Je suis désespérée car on veut me faire épouser un homme que je n'aime pas. Je suis venue demander conseil à Néfertiti. Elle me dit d'accepter mon destin et me donne une clé de vie.

- Revois-tu Hamosis ?

- Oui. Nous prévoyons de nous enfuir.

- Y parvenez-vous ?

- Non, car Hamosis est emprisonné et assassiné. Revivant ce souvenir douloureux, Jade s'agite sur le canapé.

- Comment est-il mort ?

- Il a été lâchement poignardé sur ordre de mon mari. Ses traits se crispent en évoquant ce drame et la voix étranglée par l'émotion, elle ajoute.

- Il me l'a avoué lui-même plus tard avec satisfaction.

- Que se passe t-il après la mort d'Hamosis ?

- Mon mari a été accusé d'assassinat sur la personne d'Akhenaton qui a disparu alors qu'il se rendait à Thèbes sur la barque royale. Sur l'ordre de Toutankhamon, soutenu par les grands prêtres, il a été emprisonné et exécuté pour trahison envers pharaon et l'Egypte.

- Qu'es-tu devenue ensuite ?

- Mon père m'a avoué n'avoir pas eu d'autre choix que celui de me faire épouser Sinoufer. Il savait qu'Hamosis et moi nous aimions et il avait prévu d'accepter ce mariage. L'intervention d'Akhenaton avait mis fin à ce projet.

Olivier estime avoir suffisamment fait progresser Jade et la ramène en douceur à sa vie présente, de la même manière que la première fois. L'évocation des vies antérieures décrites par Jade lui permet de croire que le drame de son amour impossible, c'est-à-dire la cause originelle de sa blessure karmique, s'est noué là, en Egypte, sous le règne d'Akhenaton et de Néfertiti, entre Ankhsenamon et Hamosis.

- Crois-tu que Khaled et moi nous sommes retrouvés dans d'autres vies que ces deux là ?

- Oui. D'après mon expérience, il paraît plus que certain que vous vous soyez réincarnés plusieurs fois au cours des siècles passés. Il y a aussi de fortes chances pour que vous vous soyez alors retrouvés. Ce qui est sûr, c'est que tu es aujourd'hui appelée à te détacher définitivement du puissant karma qui t'unit à Khaled.

- Cela signifie-t-il que nous ne nous croiserons plus jamais ?

- Non. Il est très probable que vous vous retrouviez pour le meilleur cette fois car il semble que vous vous cherchiez depuis des millénaires. Or la recherche de l'amour inconditionnel comme le vôtre est le but de notre existence, le facteur qui par excellence nous pousse à renaitre encore et encore. Infini et éternel, l'amour est une vibration fondamentale, la plus puissante de l'Univers. Ni le temps, ni l'espace, ni la mort ne peuvent séparer ceux qui se sont connus, aimés et continuent à se retrouver à travers les âges.

- Comment nous reconnaîtrons-nous ? demande Jade soudain anxieuse.

- L'alchimie amoureuse ne doit rien au hasard. Elle naît de la rencontre de deux inconscients qui se choisissent ou dans votre cas se reconnaissent. Une gestuelle, une voix, un grain de peau, une façon de dire ou d'être réveille ce qui sommeillait au plus profond de nous à notre insu dans notre mémoire la plus ancienne.

* * *

Toutes ces années, Jade s'est demandé s'ils n'auraient pas dû dévoiler leur amour au grand jour au lieu de le soustraire à la vue de leur entourage. Leur histoire aurait peut-être alors pris une tournure plus heureuse... Elle sait à présent qu'ils n'auraient pas pu faire autrement en raison de la puissance de leur karma. Profondément marqués par leurs vies passées communes, tous deux savaient inconsciemment que le monde extérieur constituait une menace pour leur amour et l'avaient instinctivement protégé de celui-ci. Mais une fois encore, ils avaient échoués sans savoir pourquoi le sort s'acharnait contre eux, sans savoir qu'ils se rencontraient et s'aimaient depuis des siècles sans jamais parvenir à être durablement heureux ensemble.

Jade réalise avec douleur que leur amour était condamné avant même de naître dans cette vie, que son cœur est aujourd'hui prisonnier de s'être un jour donné sans connaître les lois ni le prix de l'éternité. Sachant que nul ne peut lutter contre sa destinée, elle sent le poids de ces vies successives de souffrance s'abattre sur ses épaules et est envahie par un sentiment de fatalité qui va à l'encontre de tout ce qu'on lui a appris jusqu'alors. Elle doit désormais apprendre à vivre avec cette douloureuse mémoire et l'accepter sans colère ni ressentiment pour que son cœur et son âme trouvent enfin la paix. Jade est consciente que seul le temps apaisera son chagrin et sa révolte instinctive contre le destin qu'elle sait inutile et perdue d'avance. Au moins est-elle soulagée à l'idée de s'être libérée de son karma pour ses vies futures. *Mais Khaled était toujours dans l'ignorance ! Cela ne constituait-il pas un obstacle à leurs retrouvailles ?* s'interroge Jade soudain anxieuse.

Accablée par l'enchaînement des récents événements, elle décide de croire que « non » et gonflée d'un nouvel espoir prend la décision d'accepter la proposition de son patron. Elle partirait s'installer en Martinique. Ses parents et Julie lui manqueraient inévitablement mais là-bas elle se reconstruirait, elle guérirait son âme et son cœur de cet amour trop pesant, de cet amour infini perdu dans les nébuleuses instances de ses vies.

Blessures d'un jour, douleur de toujours, le temps même ne peut que les atténuer, amers souvenirs du passé, déchirante réalité de chaque jour.

Comment pourrais-je un jour oublier cet amour qui a traversé les siècles et qui défit le temps ?

Elle fuyait. Oui, elle fuyait et alors…elle n'avait plus suffisamment de ressources en elle pour surmonter cette nouvelle épreuve dans ces lieux chargés de souvenirs et prendre le risque de le croiser à nouveau. Elle aspirait à vivre, oui à vivre et non à survivre comme elle le faisait depuis ces dix dernières années. Pour cela, il lui fallait s'éloigner géographiquement de celui avec lequel elle avait connu le meilleur et le pire de ce que l'amour avait à offrir, de celui avec lequel elle partageait tant de souffrances depuis des millénaires. Elle devait partir loin de lui, ne plus rêver de son regard même si ses yeux ne voyaient que lui pour être heureux.

Chaque larme est une histoire de mon histoire, un mot de mon âme au désespoir quand vient le soir. Chacune naît dans mon cœur d'une douleur et porte en elle la mémoire de sa naissance. Je n'ai qu'une âme qui traverse le temps mais tant de larmes et d'états d'âmes qui l'accompagnent. Aujourd'hui, je n'en ai plus qu'une à verser par amour, une larme pour l'éternité…

Jade ferme son journal intime et l'enserre d'un gros ruban bleu avec l'intention de ne plus lui confier une ligne.

Résolue à obéir au grand mystère de la vie, de la mort et de la réincarnation, elle ne lutte plus à contre courant et a accepté sa mutation aux Antilles.

Assise dans la salle d'embarquement, elle attend l'appel des passagers pour Fort-de-France. Ses parents et ses amies n'ont pas cherché à la retenir, conscients qu'elle devait construire sa vie sur de nouvelles bases.

Ce 2 janvier 1976, le trafic est intense malgré un ciel bas et gris. Peu attentive à ce qui l'entoure et aux nombreux voyageurs qui défilent devant elle, Jade remarque cependant un couple enlacé, dont l'air heureux peut laisser supposer qu'il part en voyage de noces.

La nostalgie de ce qui aurait pu être lui met du vague à l'âme. Sa sensibilité à fleur de peau a besoin de l'exprimer. Avant de quitter ce sol où il demeure, elle s'adresse une dernière fois à lui. Elle lui envoie ces mots qu'elle aurait aimé lui dire. Sans s'en rendre compte, elle se met à penser tout haut.

Je n'ai pas les mots pour te dire mon Amour ce qui arriva un jour toute rationalité faisant défaut, ni ceux pour te convaincre que la destinée a suivi son cours sans que nous puissions y opposer notre veto. Mais j'ai encore les mots pour t'affirmer que je t'aime comme au premier jour et ceux-là ne me feront jamais défaut. Je ne sais pas ce que demain nous réserve, je ne sais quel chemin sera le nôtre. L'éternité nous rendra-t-elle l'un à l'autre où rester séparés nous devrons sans fin ? Je n'ai pas la réponse à ces questions mais je sais que nous nous aimons. Même si tu ignores tout de notre histoire passée, je vivrai cette vie avec l'espoir de te retrouver dans la prochaine.

37.

Jade ne regrette pas d'avoir émigré vers le soleil. Depuis près de six mois qu'elle vit en Martinique, elle a l'impression d'avoir enfin extirpé tout de son passé si douloureux. Son bureau se trouvant à Fort de France, elle avait toutefois cherché et trouvé un joli petit appartement aux Trois Ilets, un village typique et paisible.

Son travail l'intéresse toujours autant, mais elle vit à un rythme très différent, un rythme qui lui semble à présent naturel et lui convient parfaitement. Aller à la plage le soir après une journée plongée dans des dossiers ou prendre le bateau le week-end pour aller sentir les embruns en pleine mer est un sort enviable aux dires de ses amies qui lui écrivent fréquemment.

Fin mars, Julie profite de congés à rattraper pour prendre l'avion et lui faire la surprise de quelques jours entre filles. Jade lui fait alors découvrir la Martinique profonde et traditionnelle.

Julie ne cache pas à son amie combien elle est ravie de la voir souriante et épanouie.

- Si je savais écrire, j'aurais pris ma plume pour raconter cette histoire d'amour aussi belle et aussi triste que celle de Tristan et Iseut. J'aimerais avoir ce don dans ma prochaine vie.

- Encore faudra-t-il que tu t'en souviennes !

- Exact. Si je ne me souviens pas cette présente vie, je ne me souviendrai pas non plus de notre histoire d'amour.

- Bref, l'important c'est que tu ne regrettes pas ton choix.

- La seule chose que je regrette un peu, c'est de ne plus pouvoir aller au cinéma et de ne pas avoir mes revues préférées.

- Laisse-moi te faire la revue de presse, plaisante Julie. Simone Signoret a écrit *La nostalgie n'est plus ce qu'elle était*, à paraître très prochainement et que *Les dents de la mer* est un film qui connaît un beau succès ainsi que *On a retrouvé la 7ème compagnie.* Côté potins, on parle d'un second divorce entre Liz Taylor et Richard Burton qui s'étaient remariés en octobre 1975 après leur séparation de juin 1974. Quant à Samy Collins, l'héroïne qui a remporté un succès international avec le film *Nord-Sud*, elle attend un bébé pour début août prochain.

- Je sais en revanche que *Le vieux fusil*, avec Philippe Noiret et Romy Schneider, a obtenu le César du cinéma. J'espère que je pourrai voir le film lors de mon prochain séjour en Métropole et acheter le dernier Goncourt obtenu par Romain Gary sous le pseudonyme d'Emile Ajar pour son roman *La vie devant soi*, un titre qui me plaît énormément... J'apprécie beaucoup le jeu de cette actrice capable de tenir des rôles légers ou tragiques qui nous a tant fait rêver en incarnant le personnage de Sissi. Pas toi ?

Bien qu'en relation constante avec ses parents soit par lettre soit par téléphone, elle ne leur a pas parlé de Philippe dont elle avait fait la connaissance lors de son précédent séjour et qu'elle a retrouvé au cours d'une réception donnée par le Préfet. A cette époque, trop préoccupée par des sentiments divers, elle n'avait guère prêté attention à lui. Il vivait en Martinique comme ses parents et grands-parents avant lui et avait repris la direction de la rhumerie familiale. Lors de cette réception, il avait su la faire rire, lui décrire son île et son passé avec un enthousiasme qui l'avait séduite et, depuis, ils se voyaient régulièrement.

Cependant, son cœur avait trop souffert, elle voulait le préserver et ne souhaitait pas s'attacher.

Il lui avait fait découvrir la douceur de vivre au rythme de la langueur créole en même temps que les petites anses bordées de végétation tropicale, baignées d'une large palette de couleurs qui lui avait donné l'envie de s'essayer à la peinture. Mais comment rendre la beauté des cocotiers s'inclinant sur une mer limpide et turquoise quand on n'est qu'un amateur débutant ?

La luxuriance de la nature, sa grande variété de fleurs et d'arbres aux formes et aux couleurs exotiques comme les flamboyants écarlates l'été, les hibiscus rouges ou jaunes, les oiseaux de paradis, les balisiers, les roses de porcelaine, les anthuriums avaient redonné à Jade le goût de la vie.

Philippe lui avait déclaré sa flamme, mais avait accepté d'être patient avec Jade. Aimant et compréhensif, il faisait tout pour lui faire plaisir, espérant qu'un jour elle accepterait de s'engager en toute plénitude dans une vie avec lui. Souvent, il l'emmenait visiter l'intérieur de l'île pour l'avoir à lui seul ou à la plage des Salines qu'il affectionnait particulièrement, Jade lui préférant celle du Diamant qui lui rappelait des souvenirs d'enfance, aimant à revoir la maison où elle était venu avec ses parents. Mais, très souvent, il privilégiait une sortie en catamaran qui leur faisait vivre des heures hors du temps, surtout depuis cette rencontre survenue un mois plus tôt.

Seuls sur la route déserte menant à Sainte-Marie, le soleil dardait ses rayons sur la toiture du véhicule dont les vitres baissées ne rafraîchissaient pas les occupants tenaillés par la soif. Sur le pas d'une cabane en feuilles de bananiers séchées, se tenait une doudou pittoresque avec son madras fièrement posé sur la tête et sa robe de même couleur jaune, rouge et vert dont une morceau de dentelle égayait les manches et le bas de la jupe d'où émergeaient deux pieds chaussés de souliers différents. Un large sourire illuminant ses traits, elle leur avait offert un grand verre de jus de fruit.

Tandis que Jade était allée se rafraîchir les mains et le visage à la source coulant tout près, l'imposante femme refusait le billet que lui tendait Philippe. Lui attrapant le poignet, elle l'avait tiré vers elle et lui avait murmuré dans un français correct, le visage soudain fermé :

- Cette femme ne t'est pas destinée. Une malédiction pèse sur elle.

Jade s'approchant, elle avait poursuivi en créole et s'était détournée pour franchir le seuil de sa maison dont elle fermait la porte.

- Quelle étrange personne, s'exclame Jade plutôt amusée.

Philippe lui avait pris le bras et l'avait entraînée jusqu'au véhicule, pressé de s'éloigner. *Nous ne vivons plus au temps des prédictions d'avenir, Jade n'est pas Joséphine Tasher de la Pagerie,* se convainquait-il pour surmonter le malaise qui l'habite.

Jade avait passé un cap, elle le savait. Il y avait d'autres façons d'aimer sans pour autant être malhonnête. Elle repense à Thomas ainsi qu'à Nicolas. A ce moment là, elle n'était pas prête à une telle relation. Aujourd'hui, elle sait que c'est sa seule chance de connaître un bonheur à deux. Elle n'a aucun regret, car hier c'était hier, aujourd'hui c'est aujourd'hui avec Philippe.

Elle s'était décidée à se confier à Julie.

- Enfin ! Enfin, tu acceptes de te donner une chance de faire une vie heureuse !

- Je préfère attendre encore avant d'en parler à mes parents, même si cette fois je suis convaincue d'avoir fait le bon choix.

- Tu vas les tranquilliser car ils s'inquiètent énormément pour toi, je le sens quand ils parlent de toi, même s'ils restent très discrets sur leur peine.

- Je te remercie d'aller les voir régulièrement.

- Au cours de cette année écoulée, j'ai appris à les aimer comme mes propres parents. Bien sur, nous parlons de toi. Ils ont bien conscience que ce dépaysement t'a fait beaucoup de bien.

- Nous ne comprenons pas toujours nos épreuves d'un jour et pourtant nous finissons toujours par les déchiffrer. La vie nous répond au moment où elle le juge opportun, sans qu'il nous soit besoin de lui forcer la main.

De cela, Jade est persuadée. Elle a compris, à force d'épreuves douloureuses, que la vie n'est pas le paisible chemin de nos rêves enfantins mais un labyrinthe mystérieux, un fleuve trouble et capricieux qui doit être accepter ainsi. Se dresser contre elle en l'accusant d'être injuste ne servait à rien d'autre qu'à attiser nos propres douleurs, nos propres frustrations. L'homme se croit libre d'agir et de choisir du simple fait qu'il puisse dire « je le veux » ou « je ne le veux pas ». Mais c'est oublier que nous avons tous un destin ou un karma limitant notre liberté de choix et d'action.

Jade était enfin parvenue à faire son deuil de Khaled sans l'oublier et sans cesser de l'aimer. Il avait sa place dans le livre de ses souvenirs, en attendant de retrouver la première place dans sa vie future. Pour s'assurer la suppression définitive de tous les implants karmiques ignorés de sa conscience qui pourraient agir de façon négative sur le futur, Jade avait utilisé un zyrcon rouge brun, pierre achetée dans sa fameuse boutique parisienne avant son déménagement.

* * *

Les contraintes professionnelles l'ayant amenée en cette fin juillet à faire un aller-retour à Paris, Jade fait le bonheur de ses parents en leur annonçant qu'elle leur présentera Philippe, un ami qui la courtise et la sécurise, lors des prochaines fêtes de Noël à l'occasion desquelles ils viendront la voir dans son île.

- Vous me manquez tellement ! J'espère que vous allez rester le plus longtemps possible !

Elle savait que ses parents souhaitaient refaire un voyage en Chine, curieux de voir l'évolution de ce grand pays après la Révolution culturelle de 1966. Malgré cela, elle ne doutait pas qu'ils privilégieraient un séjour aux Antilles pour être auprès d'elle. Le 28 juillet, l'annonce par tous les médias d'un séisme d'une grande violence en Chine faisant un très grand nombre de victimes les aurait, de toutes façons, dissuadé de se rendre dans l'Empire céleste.

Revoir le siège de son cabinet pour la réunion de l'ensemble des responsables outre-mer et ses anciens collègues ne provoque en elle aucun regret. Elle profite de son court séjour pour revoir ses amis et boucle sa valise pour aller rejoindre celui qui l'attend à l'autre bout du monde. A présent, Jade a hâte de le retrouver et de préparer la venue de son père et de sa mère.

Elle n'a pas désiré qu'ils l'accompagnent à l'aéroport d'Orly car, cette fois, il s'agit d'un départ très différent. Toute à ses projets d'avenir, Jade n'estime pas utile d'acheter revues ou journaux, d'autant que les gros titres ne sont guère propices à l'euphorie avec la mention d'un nouvel attentat anticolonialiste.

Son bagage déposé à l'enregistrement, Jade dirige automatiquement ses pas vers le café où, avant chacun de ses embarquements, son père les emmenait boire un café et manger un croissant tandis que sa mère lui faisait ses dernières recommandations.

Attendrie par ces images qui lui traversent l'esprit, Jade recule sans regarder derrière elle et écrase le pied du monsieur venu passer sa commande. Elle se retourne pour s'excuser et reste coite. Son cœur bondit sous l'effet de la surprise.

- Jade !
- Khaled !

Quand elle le regarde droit dans les yeux, Jade a l'impression de ne jamais l'avoir quitté.

- Comment vas-tu ? Que deviens-tu ? Je pense à toi souvent tu sais.
- Bien. Je vais bien. Tu pars en voyage ?
- Non, je viens de conduire des cousins repartant en Egypte. Et toi ?
- Je suis venue pour mon travail. Je rentre chez moi, en Martinique.

Elle suit son regard qui fixe son annulaire gauche.

- Non, je ne suis pas mariée. Pas encore.

- Tu es toujours aussi belle.

- Je suis en paix avec moi-même lui répond-elle en songeant *j'étais en paix avec moi-même jusqu'à ce que je te rencontre il y a quelques minutes.*

Son regard intense et profond la fixe comme pour lire en elle et lui attrape le bras comme pour la retenir.

Jade repousse sa main. Il s'apprête à dire ce qu'elle sait mais qu'elle ne veut plus entendre.

- Ne dis rien. Nous nous sommes déjà tout dit, le reste nous le savons et aujourd'hui les mots qui peuvent être douloureux sont inutiles. *On dit que le temps apaise les tourments, qu'il agit sur les blessures tel un pansement ! Alors pourquoi ne suis-je point apaisée ? Pourquoi ma douleur est-elle intacte ?* se demande Jade désemparée de faire ce constat.

Khaled hoche silencieusement la tête. Il sait qu'elle a raison.

Jade ne veut pas le quitter sans lui communiquer les mots d'espoir qui l'habitent. Un sourire aux lèvres, elle lui murmure.

- Rendez-vous dans une prochaine vie…

Khaled a-t-il entendu ces mots ?

A peine les a-t-elle prononcés, qu'une explosion fait sauter le bar. Debout près de la charge placée dans une valise abandonnée, la mort les unit alors que la vie les avait séparés.

Ce même 9 août 1976, une petite fille prénommée Sheridan naît au Bahreïn et un petit garçon prénommé Scott voit le jour en Californie.

REMERCIEMENTS

Absorbées par nos personnages devenus le principal sujet de nos conversations, nous ne pouvons mettre un point final à cet ouvrage sans saluer la patience d'André Bessière, époux et père des auteurs que nous sommes.
Premier lecteur, son regard critique nous a permis de peauphiner notre texte aux fins d'une bonne et intelligible compréhension.

Merci également à Sandra Caroupaye qui nous a amicalement photographiées pour notre quatrième de couverture dans le cadre enchanteur d'une île des Antilles.

TABLE DES MATIERES

L'HARMATTAN, ITALIA
Via Degli Artisti 15 ; 10124 Torino

L'HARMATTAN HONGRIE
Könyvesbolt ; Kossuth L. u. 14-16
1053 Budapest

L'HARMATTAN BURKINA FASO
Rue 15.167 Route du Pô Patte d'oie
12 BP 226
Ouagadougou 12
(00226) 76 59 79 86

ESPACE L'HARMATTAN KINSHASA
Faculté des Sciences Sociales,
Politiques et Administratives
BP243, KIN XI ; Université de Kinshasa

L'HARMATTAN GUINÉE
Almamya Rue KA 028
En face du restaurant le cèdre
OKB agency BP 3470 Conakry
(00224) 60 20 85 08
harmattanguinee@yahoo.fr

L'HARMATTAN CÔTE D'IVOIRE
M. Etien N'dah Ahmon
Résidence Karl / cité des arts
Abidjan-Cocody 03 BP 1588 Abidjan 03
(00225) 05 77 87 31

L'HARMATTAN MAURITANIE
Espace El Kettab du livre francophone
N° 472 avenue Palais des Congrès
BP 316 Nouakchott
(00222) 63 25 980

L'HARMATTAN CAMEROUN
BP 11486
Yaoundé
(00237) 458 67 00
(00237) 976 61 66
harmattancam@yahoo.fr

Achevé d'imprimer par Corlet Numérique - 14110 Condé-sur-Noireau
N° d'Imprimeur : 60467 - Dépôt légal : mai 2009 - *Imprimé en France*